Tanja Neise
Der Orden der weißen Orchidee –
Der Ursprung

## Das Buch

Romantasy im Strudel der Zeit.

Die Geschichte um Marie und Richard geht weiter:

Aus verschiedenen Jahrhunderten kommend, entdecken sie auf einer gefährlichen Zeitreise ihre Liebe füreinander. Doch das gemeinsame Glück hält nicht lange an, die beiden werden getrennt und Marie landet im falschen Jahrhundert – allein. Dieses Abenteuer bringt sie an ihre Grenzen, denn sie erfährt Dinge, die nicht nur ihr eigenes Leben in Gefahr bringen. Wird sie Richard jemals wiedersehen?

## Die Autorin

Tanja Neise wohnt in einem kleinen brandenburgischen Dorf. Bereits in frühester Jugend schrieb die verheiratete, mehrfache Mutter gerne Gedichte und Geschichten, doch im Laufe des Erwachsenwerdens trat dieses Hobby immer mehr in den Hintergrund. Da sie eine eifrige Leserin ist, fragte ihr Mann eines Tages, ob sie nicht selbst ein Buch schreiben wolle. Nach und nach nahm der Gedanke Gestalt an. Da die Autorin an einer seltenen Autoimmunerkrankung leidet und viele Freizeitaktivitäten nicht möglich sind, stürzte sie sich mit Eifer auf das wiederentdeckte Hobby.

# TANJA NEISE

## Der
# Orden
## der weissen
# Orchidee

## Der Ursprung

Deutsche Erstveröffentlichung bei
47 North, Amazon Media EU S.á.r.l
5 Rue Plaetis, L-2338, Luxembourg
Oktober 2015

Umschlaggestaltung: Semper Smile
Lektorat: Catherine Beck
Satz: Monika Daimer, www.buch-macher.de

Gedruckt durch Amazon Distribution GmbH
Amazonstraße 1
04347 Leipzig, Deutschland

ISBN: 9-781-503-95214-0

www.amazon.de/47north

# Kapitel 1

## August

Finsternis umgibt mich. Es ist ganz still.

Mein Herz rast wie ein Presslufthammer in meiner Brust, während meine Augen krampfhaft versuchen, sich an diese undurchdringliche Dunkelheit zu gewöhnen. *Richard, wo bist du?* Doch ich wage es nicht, die Frage laut auszusprechen.

Eine Angst, die ich nicht zu benennen vermag, ergreift Besitz von mir. Hart schlingt sie ihre Klauen um meine Selbstbeherrschung. Am liebsten würde ich Richards Namen herausschreien, doch die Gänsehaut auf meinem Arm, hervorgerufen von der unheimlichen Stille, erinnert mich daran zu schweigen.

Irgendetwas lauert dort in der Dunkelheit, ich spüre es ganz deutlich. Mit jedem Schlag meines Herzens wächst die Gewissheit, dass Richard nicht hier ist. Doch was treibt mir den Angstschweiß auf die Stirn?

Langsam gewöhnen sich meine Augen an die Schwärze, und ich nehme vereinzelt Konturen wahr. Verzweifelt versuche ich, ruhig zu bleiben und mich daran zu erinnern, wo ich mich befinde. Schließlich müsste ich theoretisch immer noch im Garten der von Lübbens sein. Theoretisch – doch was weiß ich, was in der Zukunft aus dieser Familie geworden ist. Ein Rascheln, rechts von mir, reißt mich aus meinen Gedanken. Mir stockt der Atem, und in diesem Moment legt sich eine warme Hand auf meinen Mund, und ich werde leicht nach hinten gezogen.

»Pst! Sonst bemerkt dich noch jemand!« Das konnte nicht sein, doch der Hauch von Zimt, den ich auf der Hand wahrnehme, bestätigt mein Gefühl. Es ist Ilaria. Wie ist es möglich, dass sie in der Zukunft ist? Und dann trifft mich die Erkenntnis mit voller Wucht. Die Beine versagen mir fast den Dienst, und ich bin kurz davor, einen hysterischen Anfall zu bekommen. Ich habe das Zeichen in entgegengesetzter Richtung über die Borke gestrichen! Ich bin zurückgereist! Und Richard ist Jahrhunderte von mir entfernt. Etwas Schweres legt sich auf mein Herz.

Ich nicke, damit sie weiß, dass ich verstanden habe. Langsam zieht sie ihre Hand weg, und ich drehe mich zu ihr um. Ilaria steht zwischen zwei Bäumen, und das spärliche Mondlicht, das seinen Weg durch das Grün findet, erhellt ein wenig ihr Gesicht. Sie ist immer noch das wunderschöne zarte Wesen, das ich so schnell liebgewonnen hatte, aber sie ist älter geworden. Sie lächelt zaghaft. Stürmisch schließe ich sie in die Arme. »Wirst du verfolgt?«

Sie schüttelt den Kopf. »Nein, aber wenn dich jemand vom Personal erkennt und merkt, dass du keinen Tag gealtert bist ...«

Sie hat vollkommen recht, niemand darf mich zu Gesicht bekommen.

»Was machst du hier?« Ilaria sieht mich fragend an.

Ich bemühe mich, ihr die verfahrene Situation zu erklären. Sie weiß, was mir Bernardi in der kleinen Hütte angetan hat. Weiß, wie er mein ungeborenes Kind tötete. Ihr Vater muss es ihr erzählt haben. Es ist offensichtlich, dass sie es weiß, ich kann das Mitleid in ihren Augen sehen. Sanft legt sich ihre Hand auf meinen Unterarm, doch ich richte mich auf, um nicht an dem

Schmerz, der über mich hinwegrollt, zu zerbrechen. Sie versteht mich auch ohne große Worte. »Als wir durch eure Eiche in der Zukunft gelandet sind, trafen wir auf die Männer, die uns damals den Häschern der Kirche zum Fraß vorwerfen wollten. In mir drin ist etwas zerbrochen. Ich habe mir sämtlichen Frust von der Seele geschrien. Was dann passiert ist, kann ich dir kaum erklären.«

Neugierig blickt sie mich mit grünen Augen an. »Versuch es einfach.«

»Irgendwie hat sich meine Stimme verändert, sie wurde ganz tief, vibrierte und klang ... Wie soll ich es sagen? Sie klang seelenlos. Die Männer hielten sich die Ohren zu und schrien vor Schmerz. Das Blut lief ihnen aus den Nasen und Gehörgängen. Richard packte mich, denn auf ihn hatte es keinerlei Wirkung. Er ritt mit mir zum Anwesen von Alfons' Nachfahren, und dann bin ich hier gestrandet. Der Baum hat mich nur bis zu dir gebracht, er hat nicht den vollen Zeitraum ausschöpfen können, da er noch so jung ist. Das bedeutet, selbst wenn ich wieder in die Zukunft gelange, wüsste ich nicht, wann die Reise zu Ende wäre. Vermutlich würde ich erst Jahre nach Richard ankommen.« Eine tiefe Verzweiflung macht sich in mir breit.

»Und ich hatte gehofft, dass ihr zwei mittlerweile glücklich und zufrieden irgendwo sesshaft geworden seid. Das ist ja ganz offensichtlich nicht der Fall.«

Traurig schüttele ich den Kopf. »Und du, Ilaria? Was machst du in Alfons' Garten?«

»Ich gehe jeden Abend zu dem Baum. Irgendwie gibt er mir ein wenig Hoffnung. Und nun steht genau die vor mir! Alfons hat mich vor ein paar Tagen bei sich aufgenommen, als ich in dieser Zeit hier ankam. Ich war nicht mehr hier, seit wir uns damals verabschiedet haben. Ich bin in die Vergangenheit geflüchtet. Meinem Vater hatte ich versprochen, niemals wiederzukommen. Er wollte lieber auf mich verzichten, als mein

Leben in Gefahr zu bringen.« Kraftlos sacken ihre Schultern herab, und sie sinkt ins feuchte Gras. »Er ist schon mehrere Jahre tot. Ich habe ihn nicht noch einmal gesehen. Wenn ich das gewusst hätte.«

»Aber warum bist du zurückgekommen, Ilaria? Warum hast du dein Versprechen gebrochen?« Ich knie neben ihr nieder und nehme sie in den Arm.

Ihre Worte werden von einem leisen Wimmern durchbrochen, das langsam lauter wird. Ich kann es kaum glauben, doch Ilaria durchlebt eine solche Veränderung, und ihr Gesicht erhellt sich. Ihre Augen beginnen zu leuchten, und sie springt auf. Eilig lenkt sie ihre Schritte zu dem schönen Pavillon, der in mir eine sehnsuchtsvolle Erinnerung an Richard weckt, die ich jedoch schnell wieder von mir schiebe.

Erst jetzt bemerke ich das weiße Bündel, das dort liegt. Ein Baby. Ilaria hat offenbar ein Kind zur Welt gebracht. Gekonnt legt sie das Kleine an die Brust, und gleich darauf höre ich schmatzende Geräusche. Leise trete ich zu den beiden. Sie lächelt mich glücklich an.

»Das ist mein Pulcino … das bedeutet Küken. Mein Sohn.«

»Oh, Ilaria, das ist wundervoll, ich freu mich so für dich. Wenn ich Richard jemals wiedersehen sollte, werde ich ihm davon erzählen.« Sanft drücke ich ihr einen Kuss auf die Wange und schaue mir den kleinen Jungen genauer an. Ein schwarzer Flaum ziert sein Köpfchen, und die Augen sehen mich klar an, während er begierig am Busen seiner Mutter saugt. Sanft streicht der Abendwind über meine Haut, und ich lasse die friedliche Atmosphäre auf mich wirken. So ähnlich hätte unser Kind bestimmt auch ausgesehen. Der Kloß in meinem Hals lässt sich nur mit Mühe und Not herunterschlucken, doch das mulmige Gefühl des Verlusts in meiner Magengegend bleibt. Mein Blick wandert wieder zu dem kleinen Erdenbürger.

Müde vom Saugen schließt das Kind die Augen. Der niedliche Mund löst sich von der Brust, und ein wenig Milch läuft ihm aus dem Mundwinkel. Er schläft. Vorsichtig legt Ilaria den Jungen über die Schulter und streicht ihm sanft über den Rücken. Ihre Mühe wird mit einem leisen Bäuerchen belohnt. Wir lächeln uns an. Glücklich, in dieser Situation für kurze Zeit unsere Probleme vergessen zu können.

»Ich nehme dich mit ins Haus. Wenn wir ganz still sind, wird uns niemand bemerken. Um die Uhrzeit schlafen schon alle. Du kannst in meinem Zimmer übernachten. Morgen früh werde ich mit Alfons sprechen und ihm von dir erzählen. Er wird dir sicher helfen.«

Ich folge ihr, und die Hoffnung, dass ihre Worte der Wahrheit entsprechen, hinterlässt in mir ein Gefühl der Freude. Auch wenn ich skeptisch bin, wächst sie in mir und schlägt Wurzeln.

\* \* \*

Ich warte. Ilaria hat Alfons durch eine der Bediensteten rufen lassen. Gestern Abend hat sie mir noch das Jahr genannt, in dem ich gelandet bin: 1616. Acht Jahre sind vergangen. Zumindest hier an diesem Ort, allerdings nicht für mich. Eines hat mich jedoch erstaunt: Dieses Mal bin ich sogar in einem anderen Monat angekommen. Es ist April, der Frühling hat gerade erst Einzug gehalten. Ob dieser Wechsel des Monats daran liegt, dass der Baum noch nicht alt genug ist?

Es klopft. Schnell verstecke ich mich in dem Kleiderschrank, der so groß ist, dass wahrscheinlich fünf Menschen in ihm Unterschlupf finden könnten.

»Herein.« Ilarias Stimme dringt gedämpft an mein Ohr. Ich höre ein leichtes Poltern, und dann Alfons Stimme.

»Guten Morgen, Ilaria. Deine Zofe hat mir ausgerichtet, dass du mich erwartest. Nun denn, hier bin ich.«

Die harten Worte passen so gar nicht zu ihm. Ich habe ihn noch nie mit einem Menschen so streng sprechen gehört. Hat er sich so sehr verändert? Wo ist der ruhige, sanftmütige Mann geblieben? Derjenige, der für seine Freunde durch die Hölle und zurück geht.

»Setz dich bitte, Alfons.«

Die Tür zum Schrank öffnet sich, und ich muss kurz blinzeln, um mich an die plötzliche Helligkeit zu gewöhnen.

»Du kannst rauskommen, Alfons ist allein.«

Vorsichtig steige ich hinaus. Ich sehe zu den Sitzgelegenheiten hinüber und finde die Augen meines früheren Freunds. Entgeistert starrt Alfons mich an.

»Marie?« Er schlägt die Hand vor den Mund, und eine einzelne Träne stiehlt sich aus dem faltigen Augenwinkel. Schnell gehe ich zu ihm und nehme ihn in den Arm, auch wenn das in dieser Epoche natürlich eine unangemessene Reaktion ist. Aber ich kann nicht anders. Er ist alt geworden, und doch strahlt er noch immer die Ruhe und Besonnenheit aus, die ich so sehr an ihm schätze. Sogleich fühle ich mich geborgen und zumindest ein klein bisschen in Sicherheit.

Nach kurzer Zeit richte ich mich auf und merke die Feuchtigkeit auf meinem Gesicht. Auch ich weine – schließlich bin ich bis vor ein paar Stunden davon ausgegangen, ihn nie wiederzusehen.

Ich erkläre ihm in wenigen Worten meine Odyssee. Da er bei meiner Rettung aus Bernardis Klauen dabei war und von Richard über das Geheimnis unserer Gabe informiert wurde, muss ich kein Blatt vor den Mund nehmen.

»Nachdem ich als Zweite aus dem Baum getreten war, erkannte ich, dass wir in einen Hinterhalt geraten waren. Die Männer von Kuhn haben bereits auf uns gewartet.«

Erschrocken reißt Alfons die Augen auf. »Das ist nicht dein Ernst!«

»Doch, leider schon. Er hatte unseren Brief an Richards Mutter abgefangen und prahlte damit, uns auseinanderzubringen. Außerdem erzählte er etwas davon, wie schrecklich es wäre, wenn Richard und ich ein gemeinsames Kind bekommen würden. Da geschah etwas mit mir. Irgendetwas Dunkles, Böses hat sich tief in meinem Inneren zusammengebraut.« Ich berichte ihm von den Männern und was dann geschehen war. »Doch so haarsträubend diese Sache war, so sehr half sie uns, zu flüchten.« Meine Hände zittern unkontrolliert. »Irgendwann kamen wir an deinem Haus an und lernten einen deiner Nachfahren kennen. Er half uns, dank eines Schreibens, das von dir stammte.« Nun kann ich mir ein Grinsen nicht verkneifen, und auch Alfons lacht. Ilaria wirkt während meiner Erzählung seltsam abwesend. »Und dann ist mir das Missgeschick passiert. Ich habe das Zeichen des Baums falsch herum angewendet und landete in dieser Zeit. Ohne Richard.«

»Oh!« Kurz überlegt er, bevor er sagt: »Das ist natürlich eine verfahrene Situation. Aber glaub mir, nichts ist so schlimm, wie es scheint. Denn im Gegensatz zu dir hatte ich acht Jahre Zeit, um Bernardis Aufzeichnungen und die Sammlung über eure Familie zu durchforsten.«

Ungläubig starre ich ihn an.

»Ja, du hast richtig verstanden. Giovanna, Bernardis Tochter, hat mir alle Papiere gegeben. Und nicht nur das.« Nun lächelt er mich geheimnisvoll an. Seine Augen leuchten, er wirkt glücklich. »Es scheint, dass neben Mia doch noch ein wenig Platz in meinem Herzen übrig gewesen war. Ich habe sie geheiratet. Nach dem Tod des Vaters hat ihr Bruder mittlerweile das Erbe angetreten. Beide sind euch sehr dankbar.«

»Bernardi ist tot?«

Alfons nickt.

»Das beruhigt mich irgendwie. Du bist verheiratet? Unfassbar. Ich dachte, dass du nie wieder heiraten würdest, und dennoch hast du es getan. Ich gratuliere dir.«

Die neue Frau an Alfons' Seite ist niemand anderes als Giovanna. Zu der Freude für Alfons mischen sich auch die Erinnerungen an das alte Steinhaus. Ein flaues Gefühl macht sich in meinem Bauch breit – schließlich war sie diejenige, die mich gefangen hielt. Und dennoch hat sie mir bei meiner Flucht geholfen. Sie schrieb Richard den Brief, der ihn zu mir geführt hat.

»Danke.« Er sieht wirklich glücklich aus. »Sag, Marie, wie viel Zeit ist vergangen, seit du mich das letzte Mal gesehen hast?«

»Ehrlich gesagt nur ein paar Tage. Oder sehe ich irgendwie anders aus?« Frech grinse ich ihn an, und er lacht aus vollem Herzen.

»Wenn ich bis jetzt nicht geglaubt hätte, dass du es wirklich bist, spätestens nun wäre der Zeitpunkt der Erkenntnis.«

Ilaria beobachtet uns ohne jede Regung in ihrem Gesicht, während sie den kleinen Jungen stillt. Irritiert wende ich mich wieder Alfons zu, der weiterspricht und dieses teilnahmslose Verhalten offenbar nicht bemerkt. »Was meinst du, wie Giovanna reagieren wird?«

»Sie weiß ja eigentlich wer oder vielmehr was du bist. Deshalb können wir sie doch ins Vertrauen ziehen, oder?«

Ich nicke als Zeichen meiner Zustimmung.

»Und schließlich könnte sie noch das eine oder andere wissen, das nicht in den Schriften steht – letztendlich war sie die engste Vertraute ihres Vaters«, fügt er hinzu.

Ich bin mir nicht sicher, wie umfangreich das Material ist, das Alfons nun in seinem Besitz hat, und die Neugier treibt mich an, die nächste Frage zu stellen. »Was genau hast du denn in Erfahrung bringen können?«

»In den vergangenen Jahren habe ich mich ausführlich dem Studium der alten Werke gewidmet. Es gab auch einige Schriften, die Richard damals bei Bernardi nicht zu Gesicht bekommen hat. Gerade die habe ich mir noch genauer angeschaut, und was ich herausgefunden habe, ist durchaus interessant für dich.«

Die Neugier in mir ist nicht nur geweckt, sondern hellwach. Mein Blick ist ihm Aufforderung genug, fortzufahren.

»Es sind unter anderem Schriften darunter, die der irische Mönch von der grünen Insel mitgebracht hat. Ich konnte es kaum glauben. Als ich sie in den Händen hielt, hat mich dann doch die Ehrfurcht gepackt. Marie, es sind sogar Karten dabei!«

Ich reiße erstaunt die Augen auf.

»Irgendjemand hat vor vielen Jahren die Standorte der magischen Bäume in Irland eingezeichnet.«

»Wirklich? Gibt es denn so viele? Das war ja mutig.« Der Wissensdurst hat mich gepackt.

»Nein, das war zu dieser Zeit normal. Die Leute dort glaubten an mystische Wesen, Zauberer und alles, was damit zusammenhängt. Nie wären sie auf die Idee gekommen, jemanden für so etwas zu verurteilen. Im Gegenteil. Wer solches Wissen und solche Gaben erlangte, wurde verehrt. Schau dir nur mal die ganzen irischen Märchen und Sagen an.«

Wo er recht hat, hat er recht. »Nun erzähl schon, Alfons. Was genau kann mir in meiner Situation helfen?« Die Ungeduld bringt mich fast dazu, ihn zu schütteln, doch ich beherrsche mich gerade noch.

»Es ist so, dass es laut der Aufzeichnungen Träger eurer Gabe gibt, die sehr viel Macht besitzen. Diese haben sie als Nachfahren von Geburt an. Denn nur wenn zwei von euch sich vereinigen, kann aus diesem Kind sozusagen ein übermächtiger Gabenträger werden.«

Meine Gedanken rasen.

»Ein solcher Spross ist praktisch ab Geburt zu Reisen in der Zeit in der Lage.«

Als ich kurz zu Ilaria schaue, sehe ich sie immer noch tief versunken. »Ilaria?«

Sie schreckt hoch und sieht mich mit weit aufgerissenen Augen an.

»Was ist los?«, will ich wissen.

»Pulcino ... Sein Vater ist auch einer von uns. Er ist tot, deshalb bin ich zurückgekommen.« Das Schluchzen, das aus ihrer Kehle dringt, zerreißt einem wirklich das Herz. Schnell eile ich zu ihr und nehme sie tröstend in den Arm.

»Das tut mir so leid, Ilaria.«

Doch sie wirft mir einen Blick zu, der mir die Haare zu Berge stehen lässt. Sie schaut mich mit irren, hasserfüllten Augen an, und ich erkenne sie kaum wieder.

»Ich werde einen Weg finden und ihn retten. Schließlich gibt es noch andere Bäume. Ich gehe zurück und warne ihn.« Ihre Stimme klingt eiskalt.

»Aber Ilaria, wir können nicht in die Geschehnisse der Zeit eingreifen. Und selbst wenn wir es könnten, kann das ungeahnte Folgen haben. Vielleicht würdest du nie mit ihm zusammenkommen, und dein kleiner Junge hätte nie das Licht der Welt erblickt.« Doch ich sehe an ihrem Gesicht, dass sie das ungehört an sich abprallen lässt.

Alfons sitzt da und beobachtet uns völlig sprachlos. Er wirkt erschüttert. »Marie, wir reden später unter vier Augen. Ich muss dir noch einiges erzählen, dass dich wahrscheinlich überraschen wird. Ich gehe jetzt in die Bibliothek. Du weißt sicher noch, wo du sie findest. Vielleicht solltest du Ilaria dazu überreden, ein wenig zu schlafen.« Dann steht er auf, und ich bleibe mit einer Ilaria zurück, die mir so fremd geworden ist. Beängstigend fremd. Eine ungewisse Angst um den kleinen Jungen schleicht sich in mein Herz.

\* \* \*

Als Ilaria endlich eingeschlafen ist, nehme ich das Baby und verlasse leise das Zimmer. Da der Kleine schläft, gelingt es mir, in die Bibliothek zu gelangen, ohne dass mich jemand entdeckt. Ganz in ein Buch vertieft, sitzt Alfons in der hinteren Ecke, die er durch einen Paravent verdeckt hat. Das ermöglicht uns ein wenig Ungestörtheit.

Beflissen springt er auf. »Marie. Setz dich zu mir.«

Vorsichtig lege ich den Kleinen auf das Sofa und lasse mich erschöpft auf das ausladende Möbelstück fallen. Der dunkelgrüne Samt unter meinen Fingern fühlt sich weich und einladend an. Alfons reicht mir ein Glas, und wir stoßen mit einem dunkelroten Wein an. »Auf unsere Freundschaft.«

»Auf unsere Freundschaft!«, entgegne ich inbrünstig, denn die möchte ich nicht missen.

Nachdem jeder einen kleinen Schluck zu sich genommen hat, schaut er mich ernst an. »Es ist schön, dich wiederzusehen. Ich bin erleichtert, dass es dir gut geht. Die verfahrene Situation, in der du dich befindest, erschüttert mich jedoch ein wenig. Ich vermag mich kaum in Richard hineinzuversetzen. Er muss Höllenqualen leiden, da er nicht weiß, wo du bist.«

Mit brennenden, unvergossenen Tränen in den Augen stimme ich ihm nickend zu.

»Vielleicht taucht er ja in ein paar Tagen wieder hier auf, wenn er eins und eins zusammengezählt hat. Lass die Hoffnung in deinem Herzen. Sollte es anders sein, gibt es alternative Wege, die du beschreiten kannst. Wie gesagt, die Schriften haben einiges offenbart, das euch bisher verschlossen geblieben ist. Ich wollte schon Ilaria ins Vertrauen ziehen, doch dann habe ich ihren Gemütszustand bemerkt. Aber bisher dachte ich nicht, dass es ihr so schlecht geht. Gerade eben wurde ich in ihrem Zimmer eines Besseren belehrt.« Traurig sinken seine Schultern herab, und die Augen verweilen an einem Punkt hinter den kostbaren Fenstern, weit in der Ferne.

»Seit wann ist sie denn nun genau hier?« Ich versuche mir ein Bild zu machen, wie schlimm es um sie steht. Da es sich um nichts Körperliches handelt, liegt es außerhalb meiner Kraft, ihr zu helfen. Das allein bricht mir schon das Herz. Allerdings macht mir das kleine Bündel, das wohlig schlafend neben mir auf dem Sofa liegt, noch mehr Sorgen.

»Oh, sie ist mittlerweile seit fast zwei Wochen bei uns. Sie stand eines Morgens mit dem kleinen Jungen in unserem Salon. Selbstverständlich habe ich sie aufgenommen, schließlich wusste ich um die Geschichte ihrer Familie. Doch Ilarias Verfassung verschlechterte sich von Tag zu Tag. Es gibt Momente, da denkt man, alles sei in Ordnung, und zu einem anderen Zeitpunkt habe ich Angst um den Jungen.« Bereits nach diesen wenigen Stunden kann ich verstehen, was er meint.

»Wie alt ist er jetzt?«, will ich wissen.

Über sein Gesicht huscht ein Lächeln. »Er ist jetzt genau zwanzig Tage alt.«

So ein kleiner Wurm und so viele Probleme, die ihm jetzt schon das Leben schwermachen. »Wie sollen wir ihr nur helfen?« Mein erschütterter Tonfall weckt das Kind, das augenblicklich zu wimmern anfängt. Noch bevor ich reagiere, hat Alfons eine kleine Glocke geschwungen und bedeutet mir, hinter die Bücherwand zu gehen.

Es klopft, und kurz darauf öffnet sich die Tür. »Sie haben geläutet?«

»Arturo, schicke bitte die Amme.«

Eine Amme? Wozu? Ilaria kann den Jungen doch allein stillen.

Nachdem die Frau das Baby abgeholt hat, schleiche ich langsam hervor. Als Alfons meinem fragenden Blick begegnet, versucht er mir die Situation zu erklären. »Ich habe die Amme schon vor einer Woche in unseren Dienst genommen. Ilaria ist teilweise viele Stunden nicht dazu in der Lage, sich um ihr Kind zu kümmern. Mach dir keine Gedanken, er hat es gut bei ihr. Sie ist ein herzliches Weib.«

Mein Gesicht macht mich mal wieder zu einem offenen Buch.

»So, nun lass uns über das Thema deiner Gabe weiterreden, solange wir noch ungestört sind.« Nickend stimme ich ihm zu, und er fährt fort. »Als sie bei uns eintraf, überschlugen sich meine Überlegungen. Ich habe, nachdem sie mir seinen Namen genannt und mir erklärt hat, der Junge sei durch einen Träger der Gabe gezeugt worden, eindeutige Schlüsse gezogen.« Er macht eine bedeutungsschwere Pause, schaut mich eindringlich an. »Sie hat ihn Richard genannt. Euch beiden zu Ehren.«

Richard, nicht Pulcino. Da dämmert es mir, dass Pulcino lediglich der italienische Kosename für Küken ist. Irgendetwas nagt plötzlich an meinem Unterbewusstsein, will raus, aber ich kann es nicht erkennen. Nicht benennen. Es arbeitet in mir. Ich versuche meine Gedanken zu ordnen, schaffe es aber nicht, dieses Gefühl in Worte zu verwandeln.

Richard …

Schwarze Haare …

Aus einer Familie, die mit der Gabe gesegnet ist …

Tante Lenas Worte kommen mir in den Sinn.

Richard ist ein Findelkind.

Das kann nicht sein. Bestimmt interpretiere ich mal wieder zu viel in die Situation hinein. Meine Augen schließen sich kurz, damit ich klarer denken kann. Ich atme noch einmal tief ein, bevor ich sie erneut öffne. Und dennoch bleibt die Vermutung, dass es sich bei dem kleinen Erdenbürger um meinen Richard handeln könnte. Im Kopf überschlage ich die Bilder von Onorio, der eine solche Ähnlichkeit mit meinem Mann hatte, dass es eigentlich schon offensichtlich war. Die beiden waren nahe Verwandte. Oh, mein Gott. Und doch, einen winzigen Zweifel muss ich mir erhalten, sollte ich mich in eine Theorie verrennen, die nicht im Entferntesten der Realität entspricht.

»Sag, Marie, hältst du es für möglich, dass es sich bei dem Kleinen um deinen Richard handeln könnte?« Diese Worte laut ausgesprochen und nicht nur als wahnwitzige Gedanken in meinem Kopf herumschleichen zu hören, lässt mich frösteln. Langsam schließen sich meine Lider und mein Kopf nickt ganz ohne mein Zutun.

»Gut, denn ich bin überzeugt davon, dass er es ist. Wie sonst hätte er gemeinsam mit Ilaria in diese Zeit zurückkehren können?« Ruhig schaut er mich an. Ruhig und sicher. Kein Zweifel ist in seinen Augen zu finden, nur eine Gewissheit, die mich fast schockiert.

Im gleichen Moment hallt ein Schrei durch das alte Gemäuer, der die feinen Härchen auf meinen Unterarmen emporschnellen lässt. Erschrocken fahren wir aus unseren Sitzen, uns ist sofort bewusst, dass etwas Schreckliches passiert sein muss.

»Bleib hier. Niemand darf dich sehen. Versteck dich hinter der Wand. Ich werde nachsehen, was geschehen ist.«

Mit diesen Worten eilt er aus der großen Bibliothek, und mir bleibt nichts anderes übrig, als zu warten.

Schweiß dringt aus jeder Pore meines Körpers, da ich am liebsten Alfons folgen würde, um demjenigen zu helfen, der so fürchterlich geschrien hat. Doch die Angst, entdeckt zu werden, lässt mich in meinem Versteck verharren. Sollte er meine Hilfe benötigen, wird mich Alfons mit Sicherheit rufen.

# Kapitel 2

## August 1616

So vergehen gefühlte Stunden, bevor Alfons zurückkommt. Sein Anblick schockiert mich. Das vorher blütenreine weiße Hemd ist blutgetränkt. Er schaut zermürbt und traurig zu mir. Ich versuche eine Verletzung zu erkennen, doch er sieht nicht so aus, als wenn ihm etwas fehlen würde.

»Oh, Gott, was ist passiert? Braucht mich jemand?«

Erschöpft schüttelt er den Kopf und setzt sich dann aufs Sofa. Bitte lass es nicht schon wieder Alfons' Frau sein oder eins der Kinder – noch so einen Schicksalsschlag würde er kaum verkraften. Bereits seine erste Ehefrau verlor er auf tragische Weise, weit vor ihrer Zeit. Sein Sohn ist ihm geblieben, doch als wir ihn kennenlernten, begleitete ihn stets eine tiefe Traurigkeit.

Zaghaft setze ich mich neben ihn, lege meine Hand auf seinen Arm und gebe ihm ein wenig von meiner Kraft. »Es ist …«, er stockt, aber ich bin geduldig und warte die nächsten Worte ab. »Es ist Ilaria. Sie hat sich vom Balkon gestürzt. Sie muss auf der Stelle tot gewesen sein, obwohl es keine wirkliche Höhe war.«

»Oh, mein Gott!« Meine Stimme ist nur ein zittriges Flüstern. Tränen fließen ungehindert meine Wangen hinab. Warum? War es falsch, dass ich den Jungen mit in die Bibliothek genommen habe? Dachte sie, ich hätte ihn entführt? Ich bete inständig, nicht an ihrem Tod schuld zu sein.

Gemeinsam sitzen wir in der Stille, tauschen unsere Erinnerungen an diese wunderschöne junge Frau aus, bis Alfons meine Hand ergreift.

»Komm, ich bringe dich in eins der Gästezimmer und schicke dir Giovanna. Ich habe ihr vorhin erzählt, dass du da bist, darüber hat sie sich unheimlich gefreut. Sie wird dir ein wenig zu essen bringen und auch frische Kleidung. Diejenigen, die dich erkennen könnten, werde ich von dir fernhalten. Allen anderen erzählen wir, du wärest Ilarias Cousine.« Aufgrund der vielen Informationen und der Schreckensnachricht schaffe ich es nur noch, hinter Alfons herzugehen. Mein Kopf ist leer. Nichts passt mehr hinein. Und so lege ich mich erschöpft auf das große Bett, als er das mir zugewiesene Zimmer verlässt. Oh Gott, auf diese Weise habe ich mir Richard nicht hierher gewünscht. Nicht so.

* * *

Ich muss eingeschlafen sein, denn als ich erwache, ist der Raum in schummriges Licht getaucht. Eine Hand streichelt liebevoll meinen Unterarm. Trotz des Schlafs bin ich immer noch erschöpft. Ich öffne meine müden Augen. Vor mir sitzt Alfons neue Ehefrau. »Marie.« Mehr nicht. Nur dieses eine Wort kommt aus dem Mund von Giovanna. Ich weiß, sie kann nichts dafür, dass ihr Vater über die Leiche meines Kindes ging, um seinen Sohn zu retten. Doch es ist eine Sache, was mein gesunder Menschenverstand mir sagt, und eine andere, welche Erinnerungen mich gerade überschwemmen.

Sie drohen mich in einem Strudel voller Emotionen hinabzuziehen. Irgendwohin, wo der Schmerz mir nichts mehr anhaben kann.

Sie erkennt meine Gefühlslage sofort. »Es tut mir so leid. Ich hoffe, irgendwann wirst du mir vergeben können.« Sie weint die Tränen, die wie ein dicker, fetter Kloß in meinem Inneren feststecken. Und auch wenn es hätte andersherum sein sollen, lege ich meine Hand tröstend an ihre Wange.

»Lass es gut sein, Giovanna. Ich habe dir bereits vergeben. Mir tut es leid, dass du ein solches Leben hattest, bevor du Alfons geheiratet hast. Nicht nur ich habe unter deinem Vater gelitten.« Es ist die Wahrheit. Sie kann einem nur leidtun. Als uneheliches Kind eines so mächtigen Mannes, wie Carlo Bernardi es war, groß zu werden, war sicherlich nicht einfach. Doch das Schlimmste war, dass er sie wie eine Marionette behandelt hat. Er nutzte sie aus, schickte sie zum Spionieren in dieses Haus, und immer begleitete sie die Angst um ihren todkranken kleinen Bruder. Zu guter Letzt musste sie auch noch mit ansehen, wie dieser Mann, dem es nur darum ging, sein Erbe zu erhalten, mein Kind abtreiben ließ. Kalt und herzlos. Giovanna hatte versucht, ihn zu stoppen, doch das war schier unmöglich. Es ist ein Wunder, dass sie in all der Zeit nicht ebenfalls die Schwärze in ihre Seele gelassen hatte. Wäre sie nicht gewesen, hätte Richard mich nie gefunden. Sie war es, die ihm die anonyme Nachricht zukommen ließ, nur dadurch konnte er mich retten. Sie pflegte mich, bis Richard kam, um mich zu retten.

Als ich meine Arme ausbreite, stürzt sie sich regelrecht in die Umarmung, und wir trösten uns gegenseitig. Geben uns Halt, als die Erinnerungen ihren Höhepunkt erreichen. Langsam löst sie sich von mir. »Ich bin trotz alledem froh, dich wiederzusehen, Giovanna. Und ich freue mich sehr, dass Alfons und du zueinandergefunden habt. Aber nun erzähl mir von deinen Kindern.« Über ihr Gesicht wandert wieder dieses faszinierende Lächeln, das aus ihrem herkömmlichen Aussehen ein engelsgleiches Antlitz zaubert. Das ist mir früher bereits an ihr aufgefallen.

Sie erzählt mir von ihrem Sohn, den sie Onorio genannt haben, im Andenken an den Freund der Familie und Vater von Ilaria. Ihrer gemeinsamen Tochter haben sie den Namen Mia gegeben, so wie Alfons erste Frau hieß. Giovannas Großherzigkeit beeindruckt mich. Das ist ein Zugeständnis, das nicht jede Ehefrau ihrem Mann gegenüber machen würde.

»Und sollte uns der liebe Gott mit einem weiteren Mädchen beschenken, wird es deinen Vornamen erhalten. Ich bin so froh, dich wohlbehalten wiederzusehen. Alfons hat versucht, mir alles zu erklären. Anfangs war es schwierig, doch im Laufe der vergangenen vier Jahre bin ich eine studierte Frau in dieser Fachrichtung geworden. Es ist unglaublich, geradezu fantastisch. Ich bin stolz darauf, zum Kreis der Eingeweihten zu gehören. Du kannst immer auf mich zählen.« Dieses ruhige Versprechen besiegelt sie mit einem Kuss, den sie mir auf die Stirn haucht. »Es gibt allerdings in deiner jetzigen Situation ein Problem.«

»Welches denn noch?«

»Die Aufzeichnungen ergaben, dass es den Reisenden nicht erlaubt ist, in die Nähe ihres Selbst zu gelangen. Es stehen nur ungenaue Angaben darin. Was genau passieren würde, habe ich vergebens gesucht. Aber ich möchte es, ehrlich gesagt, nicht erleben. Darum musst du uns noch heute Abend verlassen.«

Entgeistert sehe ich sie an. Was meint sie damit? Warum sollte ich gehen müssen?

»Du bist die Einzige von uns, die den kleinen Jungen an seinen Bestimmungsort bringen kann. Und wenn ich deinen Richard richtig einschätze, wird er bald bei uns aufkreuzen. Er wird nach dir suchen, und irgendwann wird es ihm gelingen, seine Marie zu finden. Bis dahin musst du fort sein und das Kind zu eurer Familie bringen.«

Die Eindringlichkeit, mit der sie dies sagt, macht mir Angst.
»Ich habe dir Papier und Tinte hingestellt. Schreib einen Brief an ihn. Erkläre ihm, was passiert ist. Ich werde ihn bei uns aufnehmen. Und wenn du zurückkommst, wird er auf dich warten.«

Wie gern würde ich ihren Worten Glauben schenken, doch es gibt so vieles, das ihm zustoßen kann. Oder mir. Es würde an ein kleines Wunder grenzen, sollten wir uns jemals wiedersehen. Und sollte er jemals in diesem Haus aufkreuzen, glaube ich nicht, dass er warten würde. Er wäre auf der Suche nach mir, und zwar unerbittlich. Denn eines ist mir klar geworden: Unser Schicksal war schon immer miteinander verwoben. Wie sagte meine Großmutter so schön? Wir sind füreinander bestimmt. Auf ewig.

»Wie stellst du dir das vor, Giovanna? Wie soll ich denn in die richtige Zeit gelangen?«

Sie zieht eine lederne Tasche unter einem Beistelltisch hervor. »Hier drin sind Abschriften des Themas, von sämtlichen Unterlagen, die sich in unserem Besitz befinden. Wir haben damit gerechnet, irgendwann einmal dir oder deinen Leuten zu begegnen. Du kannst sie während der langen Fahrt studieren.«

Abwehrend hebe ich meine flache Hand. »Moment! Wo soll ich hin? Und woher können wir uns so sicher sein, dass es sich bei dem Kind tatsächlich um den kleinen Richard handelt? Was ist, wenn wir nun völlig falsch liegen?«

Giovanna schaut mich nachsichtig an. »Marie, du bist jetzt erst angekommen. Wir haben während der vergangenen Wochen ständig alle Fakten hin und her gedreht und sind immer wieder zu demselben Schluss gekommen. Es muss Richard sein. Er hat Alfons erzählt, dass er ein Findelkind ist. Als Ilaria zurückkam, waren wir uns zuerst nicht sicher, doch im Laufe der Zeit, als sich der Wahnsinn manifestiert hat, rückten sämtliche Puzzleteile an ihren Platz. Wir fingen an zu planen. Irgendwann musstest du bei uns auftauchen, denn nur du konntest diejenige sein, die ihn in eine andere Zeit bringen kann. Alles ist vorbereitet. Alfons wird dich begleiten. Heute Abend brecht ihr nach Irland auf.«

* * *

Die beiden haben wirklich jegliche Details berücksichtigt. Reisedokumente. Kleidungsstücke, die nach meinen Maßen angefertigt worden sind. Als ich nachfragte, woher sie die hätten, erinnerte mich Giovanna an die Tatsache, dass ich die meisten meiner Habseligkeiten bei meiner Abreise zurückgelassen habe. Und nun steht die abfahrbereite Kutsche vor dem Haus. Beleuchtet von einigen Fackeln, die mir den Einstieg erleichtern.

Selbst die verschwiegene Amme wurde bereits bei ihrer Einstellung diesbezüglich ausgesucht. Ihr Name ist Magda, und weder stellt sie Fragen, noch macht sie den Eindruck, als wäre ihr die Situation unangenehm. Sie wird uns begleiten. Außerdem reisen ein Kutscher und ein gefährlich aussehender Typ mit, zu unserem Schutz. Alfons und ich werden die Reise als Eheleute antreten: Herr und Frau von Finkler. Es ist der Mädchenname von Alfons verstorbener Frau Mia, die aus dem Adelsgeschlecht der Liudolfinger stammte. Und Richard ist unser Sohn. Welch verworrene Geschichte!

* * *

»Du denkst wirklich, dass diese Bäume noch dort stehen? Warum sollten die Iren sie nicht abgeholzt haben?« Die Aufregung ist jedem meiner Worte anzuhören. Die Karten liegen über unsere Schöße ausgebreitet vor uns, und Alfons ist gerade dabei, mir die Kreuze und Zahlen zu erklären, die ich vor mir sehe.

»Ich habe dir doch erklärt, dass die Iren sehr abergläubisch sind, denn obwohl viele katholisch getauft wurden, haben sie ihr Erbe nicht vergessen. Diese Bäume sind ihnen heilig. Vielleicht wird es Verluste gegeben haben, aber niemals konnten die Gegner jeden dieser mächtigen Laubbäume vernichten. Siehst du dieses Kreuz? Das da?«

Ich nicke eifrig.

»Die Zahl dahinter?«

Wieder nicke ich, da ich nicht weiß, auf was er hinaus will.

»Das ist unser Ziel. Dieses Exemplar wird dich um fast genau 200 Jahre nach vorne bringen. Du wirst dann im Irland des Jahres 1816 ankommen. Dort in der Nähe werden eine Kutsche, eine Amme und genügend Geld auf dich warten, damit du unbescholten nach Deutschland kommst. Ich werde hier auf dich warten, und dann fahren wir gemeinsam zurück nach Florenz und können unsere geliebten Ehepartner in die Arme schließen.« Er lächelt mich siegessicher an. Ein kurzes Beben geht durch die Kutsche und die Karte rutscht herunter. Schnell greife ich danach und falte sie ordentlich zusammen.

»Alfons, das ist ein sehr guter Plan. Hast du in deinem Testament mal wieder einen Zusatz eingebaut?« Ich erinnere mich an eine Begebenheit. Als Richard und ich in der Zukunft bei ihm angeklopft haben, öffnete man uns bereitwillig die Türen, nachdem wir unseren Namen genannt hatten. Man sagte uns, ein Ahn hätte in seinem Testament verfügt, dass Marie und Richard von Reichen immer geholfen werden müsse, sollte man dieses Erbe antreten wollen.

Das schelmische Grinsen bestätigt mir meine Vermutung. »Ich sorge für meine Lieben, selbst weit nach meiner Zeit. Und ihr zwei gehört zur Familie. Basta, wie die Italiener so schön sagen.«

»Was meintest du mit fast genau 200 Jahre?«

Er schmunzelt. »Es gibt ein paar Bäume, die euch Reisende nicht immer volle Jahre zurückschicken. Allerdings habe ich die nur in Irland entdecken können. Dieser bestimmte bringt dich jedenfalls 199 Jahre und fünf Monate in der Zeit nach vorne!«

»Das ist ja unglaublich! Dann kommen wir ja fast zu Richards Geburtstag an.«

»Ja.« Alfons sieht aus wie eine Katze, die gerade eine fette Beute entdeckt hat.

Passend zu meiner Garderobe habe ich einen Beutel, in dem ein Geheimfach eingenäht ist. Darin habe ich die Karte verstaut, in der Hoffnung, keinen der anderen Bäume suchen zu müssen. Außerdem befindet sich dort ein Brief, den Alfons in Ilarias Zimmer gefunden hat. In einer wunderschönen Schrift stand dort: *Für den erwachsenen Richard!*

Natürlich sind wir alle sehr neugierig, was darin steht. Vielleicht würde dieser Brief offenbaren, wer der Vater ihres Kindes ist. Vielleicht.

Ich hoffe sehr, dass ich so schnell wie möglich ankomme. Wäre es nicht mal zur Abwechslung schön, ohne Umwege an ein Ziel zu gelangen? Ohne Komplikationen. Wie gern wäre ich mir sicher, dass dieser Wunsch erfüllt wird. Doch die Vergangenheit hat mich gelehrt, dass die Realität oft anders aussieht als das simple Wunschdenken von einer der Schachfiguren Gottes. Diese Lehren waren hart und schmerzhaft.

\* \* \*

Der kleine Richard wächst mir während der langen Stunden in der Kutsche immer mehr ans Herz, jedoch versuche ich, ihn auf Abstand zu halten. Es wäre doch irgendwie unnatürlich, ihn auf diese mütterliche Weise an mich zu binden. Solche Gedanken überschlagen sich in meinem von den vielen Erschütterungen der holprigen Fahrt weich geklopften Gehirn. Ich möchte ihn für die Zukunft nicht mit kindlichen Erinnerungen an mich ketten. Eine erschreckende Vermutung huscht durch meinen Kopf. Was, wenn er sich nur deswegen in mich verliebt hat? Doch so schnell, wie sie gekommen ist, so schnell vertreibe ich sie wieder.

Ich fahre aus meinen Überlegungen hoch, als die Amme ihn mir in den Arm drückt und so meine Vorsätze über Bord wirft. Seine knubbeligen Händchen greifen meinen Zeigefinger. Als ich tief einatme, nehme ich den typischen Babygeruch wahr, und erneut zieht sich mein Herz schmerzhaft zusammen, als ich an das Kind denke, das nie das Licht der Welt erblickt hat. Hätte unser Kind so ausgesehen? Ein Schluchzer bahnt sich den Weg durch meine Kehle, und verzweifelt presse ich den Jungen an mich und vergrabe das Gesicht in den dunklen Locken, während er ganz still hält, als würde er schon alles verstehen.

Ich versuche zu lächeln, während mir Tränen des Verlusts und der Freude aus den Augenwinkeln rinnen.

»Alles in Ordnung, Marie?« Alfons sieht mich fragend an und reicht mir ein Taschentuch.

Dankbar nehme ich es entgegen und trockne mein Gesicht damit. »Ja, alles in Ordnung. Nur manchmal verzweifele ich an den Dimensionen, die diese ganze Sache annimmt.«

Er antwortet nicht, sein Nicken genügt.

Die Amme Magda beobachtet mich stumm, wenn sie denkt, dass ich es nicht merke. Ich kann es ihr kaum verübeln. Es ist ein Wunder, dass sie bei uns bleibt und uns nicht mit Fragen bombardiert. Nach und nach vertraue ich ihr, und würde sie mich nach der Wahrheit fragen, wären meine Antworten keine Lügen mehr.

\* \* \*

Die Tage in der Kutsche vergehen langsam und schleichend, nur unterbrochen durch kurze Pausen. Wir halten uns stets bedeckt, kommen erst spät abends in den Dörfern an und verlassen die Orte mit dem ersten Hahnenschrei.

Im Grunde habe ich keine Angst, entdeckt zu werden – von wem auch? Aber es lauern überall Gefahren. Sei es von Wegelagerern oder sonstigen Kriminellen, die Alfons' Geld schon von Weitem riechen können.

Wir durchqueren Italien und Frankreich. Wären wir nicht in solcher Eile, könnten wir die Fahrt glatt genießen. Doch in meinem Inneren breitet sich eine immer größer werdende Sehnsucht nach meinem Mann aus. Sie frisst sich durch mich hindurch wie Säure, die meine Hoffnung auf ein glückliches Ende mehr und mehr zunichtemacht. Das trägt dazu bei, dass ich mich in mir selbst verkrieche und kaum noch etwas wahrnehme, das außerhalb der Kutsche ist.

Wir tauschen einige Male die Pferde, da die Strapazen auf Dauer zu viel für die Tiere sind. Selbst bei unseren abendlichen Pausen gewähre ich meiner Umgebung keinen Zutritt in meinen Geist. Die Depression, die ich so gut bekämpft hatte, in den Tagen, nachdem Richard mich in Bernardis Hütte gefunden hatte, kehrt zurück, greift mit kalten Klauen nach mir. Doch Alfons scheint zu erahnen, welchen inneren Kampf ich ausstehe. Immer wieder nickt er der Amme zu, die mir dann beiläufig das Kind in die Arme legt, um irgendeine fadenscheinige Verrichtung zu erfüllen.

Endlich erreichen wir Calais. Es ist schon spät in der Nacht, als wir ankommen, doch jeden von uns packt die Vorfreude, dem Ziel näher gekommen zu sein.

Alfons bucht für uns alle eine Überfahrt. Für die Kutsche samt Pferden hat er einen guten Preis erzielt. Sie wird einem Reisenden, der in die entgegengesetzte Richtung reist, demnächst als Gefährt dienen. Vermutlich wird der Händler einen hohen Preis dafür erzielen können, da es sich um ein wirklich wunderschönes und edles Objekt handelt.

* * *

Die Seeluft schlägt mir an diesem Morgen feucht ins Gesicht. Der Geruch nach Salz und Fisch, der so typisch für Hafenstädte ist, weht mir um die Nase. Ein rauer Herbstwind peitscht das Wasser unruhig gegen die Kaimauer, doch trotzdem scheint die Sonne, und weit in der Ferne kann ich die Umrisse der Kreidefelsen von Dover sehen. Ein wunderschöner Ausblick. Hastig knüpfe ich den Mantelkragen zu und vergrabe meine Nase darin, um der kalten Brise zu entgehen.

Die Amme hat den kleinen Richard fest in Decken eingewickelt, was ihm augenscheinlich gefällt, denn er schläft den Schlaf der Gerechten. Verträumt hängt mein Blick an dem Kind, und für kurze Zeit vergesse ich meine Sorgen.

Plötzlich werde ich hart zur Seite geschubst, und jemand reißt mir meinen Beutel aus der Hand. Nur Alfons helfenden Armen habe ich es zu verdanken, nicht auf dem vom Meerwasser feuchten Boden zu landen. Schon spurtet Arturo, unser Bodyguard, los, um den Dieb zu stellen, was ihm bereits nach ein paar Metern gelingt. Mir schlägt das Herz bis zum Hals. In dem Beutel ist die Karte der Bäume. Das hätte wirklich schlecht für uns enden können. Im Stillen nehme ich mir vor, auf der Überfahrt die Zeit zu nutzen, indem ich mir ein Geheimfach in mein Kleid einnähe. So kann ich die Karte zukünftig direkt am Körper tragen. Selbst wenn ich die Tasche verlieren sollte oder sie mir jemand stehlen würde, wäre die Karte sicher. Ein solches Risiko kann ich nicht noch einmal eingehen. Mein Blick huscht automatisch zu dem Kind, das ich an seinen Bestimmungsort bringen muss. So schnell wie möglich.

Arturo schleift unterdessen den Kriminellen mit einem festen Griff im Nacken zu uns. »So, und nun erklärst du den Herrschaften, was du mit ihrem Eigentum vorhattest!«, herrscht er den Mann in der Landessprache an.

Erstaunt blicke ich den italienischen Hünen an, der offensichtlich auch der französischen Sprache mächtig ist. Doch der

Angesprochene verweigert jede Auskunft. Arturo boxt ihn hart in den Magen, sodass dem schmächtigen Kerl die Luft wegbleibt und er zu würgen beginnt.

Wie es scheint, bin ich die Einzige, der dieses Schauspiel nicht gefällt, denn der Kutscher und die Amme bestaunen das Geschehen mit offenem Mund. Arturo wiederum redet unablässig auf den Gefangenen ein, während mein guter Freund das Verhör mit verschränkten Armen und grimmigem Blick verfolgt.

Letztendlich halte ich es nicht mehr aus und lege Alfons die Hand auf den Arm. »Lass es gut sein. Sieh ihn dir an. Ich glaube, er hatte Hunger. Er vermutete bestimmt Schmuck oder Geld in meiner Tasche. Hab Mitleid. Bitte.« Und wieder kommt mir die Gabe zu Hilfe. Alfons Augen schwirren zwischen meinem Gesicht und meiner Hand hin und her. Er weiß, dass ich ihn ein wenig beeinflusse, ihm ein friedliches Gefühl schenke, doch er nickt und gibt Arturo ein Zeichen aufzuhören. Mürrisch schleudert dieser den Dieb von sich, als wäre er stinkender Unrat. Mit schmerzverzerrtem Gesicht humpelt der Mann davon.

»Wir müssen vorsichtiger sein«, spricht Alfons das aus, was ich auch schon dachte.

Alle nicken. Und als eine Windböe meine Röcke aufbauscht, erkenne ich mal wieder, wie schwierig der weitere Weg noch werden kann.

»Kommt, wir gehen jetzt an Bord. Ich habe uns in der Kapitänskajüte eingemietet. Dort werden wir erst einmal Ruhe vor solchem Gesindel haben.«

Die Planke, die feucht von der Gischt ist, verspricht mir wenig Sicherheit, während ich balancierend über sie laufe. Arturo hat sich des Kindes angenommen, da er offensichtlich Magda nicht zutraut, sicher an Bord zu gelangen.

* * *

Kurz nachdem das Schiff abgelegt hat, bemerke ich, dass ich seekrank werde. Alfons ist eindeutig härter im Nehmen. Er läuft an Deck herum, als wäre er an Land. Unfassbar – er lächelt sogar, während ich vermutlich schon grün im Gesicht bin.

Die Kapitänskajüte erdrückt mich und enthält definitiv nicht genügend Sauerstoff. Mir ist speiübel, und ich halte krampfhaft eine Schüssel in den Händen, die ich schon mehrmals benutzt habe. Magda kümmert sich mütterlich um mich, streicht mir immer wieder das schweißnasse Haar aus der Stirn und reinigt meinen Mund mit einem kalten, feuchten Tuch. Doch das alles hilft nicht gegen die Übelkeit. Wie gut, dass die Überfahrt nicht allzu lange dauert und wir nach einigen Stunden schließlich den Hafen von Dover erreichen.

Als meine Füße endlich wieder festen Boden unter sich haben, schlottern mir die Knie, und ich kann mich nur mit Mühe und Not auf den Beinen halten.

Alfons stützt mich, und ich atme tief ein.

Hinter uns kommen nach und nach die anderen den Steg hinunter zum Hafengelände.

»Wie schlimm ist es, Marie?«, will er von mir wissen. Sein mitleidvoller Blick zeigt mir deutlich, welch erbärmlichen Anblick ich biete.

»Mir dreht sich noch alles, aber es wird langsam.« Mehr als eine gequälte Grimasse wird nicht aus dem Lächeln, das ich ihm schenke.

Alfons bietet mir seinen Arm an, und ich hake mich bei ihm ein. »Komm, wir suchen uns erst einmal eine Möglichkeit zur Weiterfahrt. Sobald wir eine Kutsche haben, fahren wir an der englischen Südküste entlang, bis wir einen adäquaten Hafen erreichen, der Überfahrten anbietet. Dort werden wir abermals ein Schiff besteigen. So leid es mir tut, aber deine Seekrankheit darf uns davon nicht abhalten.«

Mehrere zwielichtig aussehende Männer stehen unweit des Kais und warten auf Kundschaft, denen sie die bereitstehenden Kutschen und Pferde verkaufen können. Wir gehen an ihnen vorbei, bis Alfons vor einem kleinen Mann hält. Das Gesicht des Alten hellt sich schlagartig auf und entblößt einen zahnlosen Mund.

Schnell wird sich Alfons mit ihm einig, und wir können ein Gefährt besteigen, das uns von Dover wegbringt. Es ist nicht komfortabel, aber stabil, und es wird seinen Zweck erfüllen. Erschöpft sinke ich in die Polster und bin sogleich eingeschlafen.

* * *

Die Reise ist beschwerlich, und meine Laune sinkt langsam auf den Nullpunkt. Je näher wir unserer nächsten Schifffahrt kommen, desto grimmiger werde ich. Diese extreme Übelkeit ist definitiv nichts, auf das ich mich freue.

Doch das Unaufhaltsame tritt ein. Wir erreichen die westliche Küste Englands. Am Abend unseres vorletzten Tags auf dieser Insel essen wir gerade in einem Gasthof zu Abend, als der Wirt zu uns tritt und Alfons anspricht.

»Guten Abend, Sir. Ich habe gehört, dass Sie einen Übersetzer für die irische Sprache benötigen.«

Alfons sieht auf. »Ja, guter Mann, das stimmt. Ich verstehe zwar ein wenig die Sprache der grünen Insel, doch ich möchte mich nicht darauf verlassen müssen. Warum fragen Sie?«

»Nun, meine Frau kommt aus Irland. Wir sind zwar schon lange verheiratet, und sie wohnt daher auch bereits seit vielen Jahren in England, jedoch hat sie unserem Sohn Padraig das Keltische beigebracht. Er spricht diese Sprache wie ein Einheimischer, zumindest sagt seine Mutter das.« Er stockt kurz, fährt dann aber selbstbewusst fort: »Wenn Sie ihm die Hin- und Rückreise zahlen würden und ihn ansonsten noch ein wenig entlohnen, wäre er damit einverstanden, Sie nach Irland zu begleiten. Er will dort seine Verwandten besuchen, doch ich bin nicht gewillt, ihm diesen Luxus zu bezahlen. Eine solche Vereinbarung wäre genau das Richtige für ihn.«

Alfons steht auf und reicht dem dicken Mann seine Hand, der sofort mit einer riesengroßen Pranke danach greift. »Das ist großartig. Einverstanden.«

Gut, ein Dolmetscher ist uns schon mal sicher.

# Kapitel 3

## August 1616

Kilometerlange, dünengesäumte Sandstrände tauchen vor unserem Schiff auf. Völlig undramatisch senken sich die niedrigen Felsen in die Keltische See. Weiter hinten bewegen sich Hunderte von kleinen dunklen Körpern, und als wir näher kommen, kann ich erkennen, dass es sich um Seehunde handelt. Begierig inhaliere ich die irische Luft. Ich wollte schon immer mal Irland besuchen, doch irgendwie passiert in letzter Zeit so vieles, das ich mir niemals hätte vorstellen können. Dennoch bewundere ich die grünen Farbschattierungen, die der Insel ihren Beinamen gaben. Die Gräser und Sträucher stehen in vollem Saft und strotzen nur so vor Kraft. Ob die Menschen, die hier leben, auch wissen, wie schön ihre Heimat ist? Ich bezweifele es. Der Alltag entreißt einem das Gespür für Ästhetik.

Padraig, unser Übersetzer, hat uns mehrmals eingebläut, nach Möglichkeit nicht Englisch zu sprechen. Selbst dann nicht, wenn wir in dieser Sprache angesprochen werden sollten. Viele Iren befinden sich zurzeit im Kampf gegen die Engländer, die nach und nach ihr Land besetzen. Vor einigen Jahren kam es zur »Flucht der Grafen«, was dem englischen Einfluss Tür und Tor öffnete. Mittlerweile wird das gesamte soziale und politische Gefüge des alten gälischen Irlands zerschlagen. Sollte uns ein Ire für einen Sympathisanten der Engländer halten, wären wir in ernsthafter Gefahr.

Das Schaukeln des Schiffs hat seine Wirkung auf mich verloren. Die Übelkeit hat sich verflüchtigt. Die untergehende Sonne, welche die Küste vor mir in dieses besondere irische Licht taucht, lässt die Landschaft ihre ganze Schönheit und Dramatik entfalten.

Ich erinnere mich an einen Spruch von George Bernhard Shaw:

*»Irland ist im Guten und im Bösen mit keinem anderen Land zu vergleichen, und kein Mensch kann seinen Rasen betreten oder seine Luft atmen, ohne ein bisschen besser oder ein bisschen schlechter zu werden.«*

Egal wie, dieses Land übt bereits in diesem Moment eine ungeheure Anziehungskraft auf mich aus.

* * *

Am nächsten Tag halten wir spät abends an einem Gasthof. Wir haben unser Ziel beinahe erreicht. Morgen werden wir den Eichenwald erreichen. Wir müssen nach Glendalough, denn dort in der Nähe der Wicklow Mountains soll der Baum zu finden sein.

Zu unserem Glück bekommen wir drei Zimmer. Natürlich teilen Alfons und ich uns eins davon. Die anderen beiden gehen einmal an die Amme und Richard, und das letzte teilen sich die Männer, die Alfons mitgenommen hat.

Es ist nicht die erste gemeinsame Übernachtung, sodass ich von Alfons' Nähe auch nicht mehr peinlich berührt bin. Die ersten Nächte fielen mir schwer, doch ich glaube, ihm ging es nicht anders. Unsere Freundschaft und die Mission, die wir angetreten haben, halfen uns, die Scheu zu vergessen. Das tiefe Vertrauen, das ich ihm entgegenbringe, tut das seine dazu.

Außer uns ist nur ein Gast da. Es ist ein grobschlächtiger Bauer, der an einem Becher nippt, mit Sicherheit etwas Hochprozentiges. Seine glänzenden Augen verweilen eine Spur zu lange auf mir, bevor er wegschaut. Dieser Kerl strahlt etwas aus, dass es mir kalt den Rücken hinunterläuft.

Wir setzen uns an einen Tisch, während die Bediensteten an einem anderen Platz nehmen. Nachdem wir das Essen bestellt haben, huschen meine Augen wieder zu dem Mann, doch er ist weg. Erst da merke ich, unter welche Anspannung seine Anwesenheit meinen Körper gesetzt hat.

»Marie, auf unsere Mission, die vor uns liegt.« Alfons hebt den Becher.

»Ja, Alfons, auf unsere Mission.«

Wir heben die Becher und toasten uns zu, beide in der stillen Hoffnung, dass alles gut gehen wird.

\* \* \*

»Sie sind weg!« Alfons kommt wutentbrannt zur Kutsche. Es ist sehr früh am Morgen, und wir sind gerade im Begriff aufzubrechen.

Verwirrt schaue ich ihn an. »Wer ist weg?«

»Richard und die Amme. Ich kann sie nirgends finden. Sie arbeitet seit einem Jahr für meinen Bruder und ist vollkommen vertrauenswürdig. Es muss etwas passiert sein, sie würde nicht einfach in einer Nacht- und Nebelaktion verschwinden. Und erst recht nicht das Kind stehlen.« Er läuft auf und ab. »Wann hast du sie zuletzt gesehen?«

»Vor ungefähr einer halben Stunde. Sie ist mit Richard nach oben in das Zimmer gegangen, wollte den Kleinen stillen und alles für die Fahrt packen.«

»Im Zimmer war sie nicht. Unser Gepäck ist nicht angerührt worden. Das heißt, sie muss kurz nach dem Besuch bei dir verschwunden sein. Ist dir irgendetwas an ihr aufgefallen?« Seine Augen huschen hin und her und suchen die nähere Umgebung ab.

»Nein, Magda wirkte wie immer. Ruhig, in sich gekehrt, und sie sprach nur das Nötigste. Was könnte denn passiert sein?«

Er schaut mich lange an und schüttelt dann nur den Kopf, bevor er wieder zum Gasthof eilt.

Mit bösen Vorahnungen steige ich aus der Kutsche, folge ihm jedoch nicht. Meine Intuition führt mich zu den Ställen, doch es ist niemand da. Leer und verlassen liegt das Gebäude nun hinter mir. Meine Gedanken rasen, versuchen die vergangene Situation zu analysieren. Da kommt mir der Gedanke, es noch mal in dem Stallgebäude des Nachbarbauern zu versuchen. Vorsichtig, um mein Kleid nicht zu beschmutzen, steige ich über den morschen Zaun. Der leichte Bodennebel schluckt die Geräusche, die ich verursache. Eine unheimliche Stille liegt über diesem Stückchen Land. In meinem Bauch schlagen die Alarmglocken Purzelbäume, doch ich ignoriere sie und gehe weiter. Die Tür zum Stall ist nur angelehnt. Entschlossen blicke ich durch den offen gebliebenen Spalt. In diesem Moment höre ich etwas. Ein Mann stöhnt, redet laut und aggressiv. Die Lautstärke nutze ich aus und schiebe die hölzerne Tür noch ein wenig auf. Was ich sehe, lässt mir das Blut in den Adern gefrieren. Am Boden liegt Magda. Regungslos. Ist sie tot?

Ich hatte mich bemüht, keine Geräusche zu machen, aber meiner Kehle scheint ein Schluchzen entwichen zu sein, denn der Bauer dreht sich um, und als er mich sieht, huscht ein dreckiges, süffisantes Grinsen über sein Gesicht. Nur kurz, dann ist es verschwunden, und er kommt langsam auf mich zu. Es ist der Kerl, der am Abend zuvor in der Gaststätte gesessen hatte.

»Guten Morgen, gnädige Frau. Die Alte hat versucht, mich zu bestehlen. Als ich sie zur Rede gestellt habe, hat sie mit einem Knüppel auf mich eingeschlagen. Es tut mir leid, dass eine so vornehme Dame wie Sie so etwas zu Gesicht bekommt. Kommen Sie, ich bringe sie zurück zum Gasthaus.« Seine Hand greift nach meinem Arm, den ich ruckartig wegziehe.

»Diese Alte, wie Sie so schön sagen, ist die Amme meines Kindes. Sie hat es gar nicht nötig zu stehlen. Was also ist hier vorgefallen?« Meine Stimme schwankt nicht, lässt mich Gott sei Dank nicht im Stich.

Der grobschlächtige Kerl sieht mich an, dann huscht sein Blick hinter mich, und ein verschlagener Ausdruck tritt in seine Augen. Mit einer Schnelligkeit, die ich ihm mit seiner Statur nicht zugetraut hätte, greift er nach mir und hält mich so fest, dass ich außerstande bin, mich zu wehren. Ruckartig schleift er mich in den Stall und schließt die Tür mit einem Fußtritt. »Eine Vornehme hatte ich noch nicht, doch so ein Herzchen wie du passt mir grade genau. Die blöde Alte hat sich gewehrt, bevor ich zu meinem Spaß gekommen bin. Doch den wirst du mir nun besorgen.«

Sein Atem, der mir bei diesen Worten ins Gesicht schlägt, lässt in mir eine nie gekannte Übelkeit aufsteigen.

»Wo ist mein Kind, Sie dreckiges Schwein? Was haben Sie mit meinem Jungen gemacht?«

Mit einer so plötzlichen Bewegung, dass ich sie nicht habe kommen sehen, greift er mir in die Haare und schleudert meinen Kopf an einen der dicken Holzbalken. Dann sacken mir die Beine weg, und alles um mich herum wird schwarz.

\* \* \*

Dumpfe Geräusche dringen an mein Ohr. Kurz versuche ich, mir über den Zustand meines Körpers klar zu werden. Ich kann mich nicht bewegen, bin also gefesselt. In meinem Mund steckt irgendein Stück Stoff, und allein bei dem Gedanken daran fange ich an zu würgen. Heiß brennen mir die Tränen in den Augen, und ich schlucke schnell die bittere Galle, die mir die Kehle hinaufsteigt.

Mein Kopf brummt, und meine Augen sind geschwollen. Ich öffne sie trotzdem. Der schmutzige Raum, in dem ich bin, muss eine Kammer sein. Meine Hände sind hinter meinem Rücken zusammengebunden, und die Füße sind ebenfalls verschnürt. Ich kann mich kaum bewegen. Als ich den Kopf zur Seite drehe, fällt mein Blick auf ein größeres Stoffbündel. Richard! Mein Herz setzt einen Schlag aus. Krampfhaft versuche ich eine Bewegung seines Brustkorbs zu erkennen, aus Angst, er könnte tot sein. Aber meine Sorge ist unbegründet, er schläft. Leise Schmatzgeräusche dringen an mein Ohr. Sein winziger Mund saugt an seinem Daumen. Ein Seufzer der Erleichterung dringt aus meinem Mund, zum Glück so leise, dass der Junge weiterschläft.

Schritte nähern sich der Tür, die kurz darauf aufgerissen wird.

»Na, Herzchen, gut geschlafen?«, flüstert der Kerl. »Schön leise, wir wollen doch nicht den Kleinen wecken und ihn damit einer unnötigen Gefahr aussetzen, oder?«

Mit weit aufgerissenen Augen schüttele ich den Kopf. Er befreit mich von dem Knebel, doch ich tue ihm nicht den Gefallen, um mein Leben zu betteln. Brutal drückt er meine Knie durch und öffnet die Fesseln an meinen Fußgelenken. Doch durch seinen Griff ist es mir unmöglich, ihn zu treten. Grob reißt er mich auf die Füße und schleift mich hinter sich her. Unser Weg führt uns durch ein Zimmer, das aussieht wie eine Wohnküche.

Die nächste Tür, die er öffnet, gibt mir den Blick auf ein schäbiges Schlafzimmer frei. Ich versuche mich zu wehren, bin aber machtlos gegen diesen Kerl, der mich um fast zwei Köpfe überragt. Mit einem kräftigen Ruck seiner Arme zerrt er mich nach vorne und schubst mich aufs Bett. Wild tretend rutsche ich weiter nach hinten, bis ich mit dem Rücken an der Wand sitze. Doch meine Mühen scheinen ihn nicht abzuhalten. Ganz im Gegenteil, sein Gesicht zeigt mir deutlich, wie viel Spaß er an diesem Spiel hat. Also versuche ich es mit einer anderen Strategie, solange ich noch dazu in der Lage bin, denn die Panik vernebelt mir langsam das Gehirn und verwandelt sich in Hysterie.

»Bitte, mein Mann ist wohlhabend. Ich werde erzählen, dass Sie mich und unseren Jungen vor der Amme gerettet haben. Er wird Sie entlohnen. Bitte versündigen Sie sich nicht noch mehr.«

Das Grunzen aus seinem Mund ist Antwort genug und gibt meiner Angst Futter, um über meinen Verstand zu gewinnen. Brutal steckt er mir erneut den alten Lappen in den Mund. Ein Messer blitzt auf, und ich fange an zu hyperventilieren. Langsam kommt er damit auf mich zu.

Panisch versuche ich mich hinzustellen, doch das Bett ist zu weich. Ich komme nicht hoch, und schon kniet er zwischen meinen Beinen. Mit seinen Knien fixiert er sie und macht es mir dadurch unmöglich, mich zu bewegen. Er weidet sich an meinem Anblick, genießt die Angst, die ich empfinde. Grinsend beginnt er ganz langsam, mein Kleid vom Saum aus nach oben aufzuschneiden.

Entsetzt von dem Gedanken, was jetzt passieren wird, schließe ich die Augen und versuche mir einen schönen Ort vorzustellen, doch das gelingt mir nicht. Als die Klinge des Messers auf der Haut meines Oberschenkels entlangkratzt, halte ich die Luft an. Dann spüre ich das Metall am anderen Bein. Kalte Luft streicht über meine nackte Haut.

Ächzend erhebt er sich, und langsam läuft wieder etwas Blut in meine unteren Extremitäten. Er hat meine sämtlichen

Kleider zerschnitten. Ich liege nackt auf einem Berg Stoff. Je mehr ich mich bewege, desto weniger bin ich bedeckt, lediglich die Ärmel meines Kleids halten noch. Wenn ich doch nur meine Hände nach vorne bekäme, aber es ist aussichtslos.

»Tja, Herzchen, so gefällst du mir noch besser als vorher. Gefällt dir auch, was du siehst?« Er lacht aus vollem Hals, dann grinst er mich süffisant an – doch plötzlich geht eine Veränderung in ihm vor. Sein Gesicht verzerrt sich, und er sackt zusammen, fällt hinterrücks vom Bett.

Als sein Körper am Boden aufkommt, erkenne ich den Grund für seinen Zusammenbruch. Alfons steht mit zornverzerrtem Gesicht und einer blutigen Klinge in der Hand da, sichtlich darum bemüht, seinen Blick von meinem nackten Körper abzuwenden. Seine Hände greifen nach einer Decke, dann legt er sie vorsichtig über mich, zieht den Lappen aus meinem Mund und erlöst mich von meinen Fesseln. Nach einer endlosen Zeit schaffe ich es, endlich von dem Bett zu rutschen. Befreit reibe ich mir die Handgelenke und bedecke meine Blöße mit der Decke. Fest wickele ich sie um meinen Körper und kontrolliere, ob die Karte mit den Bäumen noch da ist. Erleichtert halte ich sie in den Händen.

»Danke.« Alfons nickt, unfähig zu sprechen. Eine namenlose Wut hat Besitz von ihm genommen.

In der Kammer liegt noch immer das schlafende Kind. Rasch hebe ich den Jungen von dem schmutzigen Boden auf.

Notdürftig versuche ich die Fetzen meiner Kleidung zu richten, um einen nicht allzu lädierten Eindruck zu machen, was mir aber nicht gelingt. Mit hoch erhobenem Kopf und dem Jungen im Arm gehe ich durch die Tür vor das Haus. Von Weitem kann ich die Kutsche entdecken, die noch immer am Rande des Felds steht. Als der Kutscher uns entdeckt, eilt er über den Acker auf das Haus zu, doch als er mich sieht, mich wirklich sieht, bleibt er abrupt stehen.

Alfons greift vorsichtig nach meiner Schulter und dreht mich sanft zu sich herum. »Oh Gott, Marie, sag, dass das nicht passiert ist. Ich könnte Richard nie wieder in die Augen schauen.« Seine Hand wischt über sein Gesicht.

»Es ist gut, Alfons, keine Sorge. Kurz bevor er mir etwas antun konnte, hast du mich gerettet.«

Mit feuchten Augen nimmt Alfons mir den Jungen aus dem Arm und drückt ihn.

»Was ist mit Magda?«, will ich wissen.

»Sie ist in der Kutsche. Es geht ihr gut, sie hat nur eine große Beule.«

Erschüttert schüttele ich den Kopf. Dann finde ich meine Sprache wieder. »Sie lag im Stall. Ich wusste nicht, ob sie noch lebt.«

Alfons Stimme ist schneidend wie eine Axt. »Dieser Bauerntrampel hat in jedem von euch beiden nur ein Stück Fleisch gesehen. Er wollte sie vergewaltigen, doch sie hat sich wie wild gewehrt. Er hat zugeschlagen, und sie wurde ohnmächtig. Als sie wieder zu sich kam, rannte sie sofort zu uns.«

»Und das Schwein wurde seiner gerechten Strafe zugeführt!« Meine Schultern sacken herab. Fassungslos über meine Worte starre ich auf meine Finger.

Aber auch seine Hände wirken fahrig. Immer wieder wischt er sie sich an einem alten Lappen ab. Ich suche Alfons Blick, erwidere ihn hart und unnachgiebig. »Du hast das Richtige getan. Ich bin stolz auf dich. Dieser Abschaum hat es nicht anders verdient.«

»Meinst du wirklich, Marie?«

»Und ob ich das meine. Magda ist eine ruhige und gottesfürchtige Frau, der so etwas nie hätte widerfahren dürfen. Glaube mir, das war kein Mensch, das war ein Nichts. Lass uns nicht weiter darüber nachdenken.« Woher diese Worte kommen, kann ich mir kaum erklären. In mir scheint ein Hass verwurzelt zu sein, der so heiß brennt, dass ich dem toten Kerl noch ins Gesicht gespuckt hätte. Der Tod des Mannes lässt eine Befriedigung in mir zurück, die mich eigentlich ängstigen sollte.

* * *

Wir beerdigen den Mann nicht. Tränen des Zorns brennen auf meinen Wangen, als ich mir neue Kleider anziehe. Danach setzen Alfons und ich uns zu dem schlafenden Richard und der Amme in die Kutsche, während einer von Alfons' Leuten die Hütte des Bauern in Brand steckt. Als die ersten Flammen nach oben schießen, sind wir schon weit weg, doch ich schaue hin, bis ich nichts mehr erkennen kann. Mit brennenden Augen wende ich meinen Kopf wieder ins Innere der Kutsche. Alfons' Hand streicht liebevoll über die dunklen Locken des Jungen.

Eine enorme Schwere setzt sich auf meine Brust, und die Müdigkeit übermannt mich.

# Kapitel 4

## August 1616

Die Luft vibriert vor Anspannung. Wir nähern uns dem Gebiet, in dem der Baum zu finden ist. Werden wir ihn erkennen? Ich glaube schon, denn wenn ich mich an die Erlebnisse mit den anderen Exemplaren erinnere, dann war es doch jedes Mal so, dass eine enorme Anziehungskraft und Ausstrahlung von den Bäumen ausgegangen war.

Seit einigen Minuten traue ich mich kaum noch zu atmen, so aufgeregt bin ich. Dann halten wir an einer Lichtung. Alfons und ich steigen aus.

»So, und nun müssen wir ihn nur noch finden. Mit Sicherheit kein leichtes Unterfangen, doch machbar.« Mein treuer Begleiter versucht Zuversicht auszustrahlen, aber sein Blick huscht unruhig über die schier endlose Anzahl von Eichen. Einige sind mit Moos und Flechten bewachsen und verraten ihr hohes Alter, doch nichts deutet auf einen dieser besonderen Bäume hin. »Ich weiß nicht, wie wir ihn finden sollen«, presse ich hervor.

»Vielleicht musst du dich konzentrieren oder allein sein.« Er sieht mich fragend an, was ich mit einem unsicheren Schulterzucken quittiere.

»Lass uns ein Stück weiter in den Wald hineingehen. Komm.«

Als wir uns ein ganzes Stück von der Kutsche entfernt haben und uns niemand mehr beobachten kann, sagt er ganz leise: »Und jetzt schließt du die Augen, entspannst dich und versuchst dich darauf zu konzentrieren, ihn zu finden.«

Ich weiß nicht, warum, aber er hört sich so sicher an, dass ich der Aufforderung Folge leiste. Ich versuche, tief in mich hineinzuhören, etwas zu empfangen. Plötzlich habe ich das Gefühl, dass alle meine Sinne geschärft sind. Die Geräusche des Waldes treten in den Hintergrund, und ein Rauschen tritt an ihre Stelle. Ein Flüstern. Eine Erinnerung huscht kurz durch meine Gedanken. Eine Erinnerung an die erste Begegnung mit *meinem Baum*. Die feinen Härchen auf den Unterarmen stellen sich auf, und ein Frösteln geht durch meinen Körper. Als ich die Augen wieder öffne, sehe ich ihn. Mächtig und erhaben sticht er aus der Masse heraus. Warum hatte ich ihn nicht schon vorher bemerkt? Er ist so anders als alle anderen.

Alfons' Augen folgen meiner Blickrichtung, doch als ich ihm ins Gesicht sehe, merke ich, dass er ihn nicht erkennt.

»Du hast ihn? Dann lass uns den Kleinen holen und keine Zeit verlieren.«

Schnell eilen wir zurück zur Kutsche, doch als wir näherkommen, hören wir bereits aufgebrachte Stimmen miteinander reden. Wir schleichen uns an und suchen ein Versteck hinter einem dicken Baum.

»Wo habt ihr den Schmuck und das Geld versteckt?« Eine tiefe, kratzige Stimme herrscht unsere Leute an, die mit dem Rücken zur Kutsche gedrängt wurden. Er spricht Englisch. Wie könnten sie ihm antworten? Wahrscheinlich beherrschen sie die englische Sprache gar nicht.

Der Hüne namens Arturo und auch Padraigh liegen leblos am Boden, und von Richard ist nichts zu sehen. Lediglich

Magda und der Kutscher blicken angsterfüllt auf drei Männer, die sie mit Degen und Messern in Schach halten. Alfons gibt mir ein Zeichen, dass er sich von hinten anpirschen will und dass ich hierbleiben soll. Ich nicke und beobachte wieder die Szene vor mir.

»Los, Mann, sag schon, wo ich was Wertvolles finde oder wo deine Herrschaften sind!« Der Kutscher wirkt wie gelähmt, sieht sein Gegenüber nur mit glasigen Augen an. Ohne Vorwarnung tritt der mit der kratzigen Stimme vor und lässt die Klinge – wie es scheint, ohne Widerstand – in den versteinerten Mann hineingleiten. Den Mund zu einem stummen *Oh* verzogen, bricht der arme Kerl zusammen. Ein kurzes Zucken erschüttert seinen Körper, ein letztes Mal. Die Amme beginnt hysterisch zu schreien, wofür sie eine schallende Ohrfeige erntet. Leider fängt jetzt das Baby an zu schreien.

Ein siegessicheres Lächeln umspielt den Mund des Mörders. Ein Zeichen von ihm, und einer seiner Männer geht zur Kutsche, um das Kind zu holen. Rumpelnd steigt er in das Gefährt und verschwindet aus meinem Blickfeld.

»Steven? Was machst du so lange, du sollst nur das Balg holen!« Als er keine Antwort erhält, wird er misstrauisch. Langsam tritt er an die Tür, während sein Kumpel die Amme in Schach hält. Dabei ist das gar nicht nötig, da sie wie paralysiert die Arme um ihren Oberkörper geschlungen hat und hin und her schaukelt, ganz so, als würde sie ein unsichtbares Kind trösten.

»Das gibt es doch nicht! Steven ist tot!«

Neben mir taucht völlig unvermittelt Alfons auf. Der kleine Richard liegt in seinen Armen, doch irgendwie sieht es aus, als würde etwas nicht mit ihm stimmen. Und dann erkenne ich den Grund. Er atmet nicht mehr!

»Alfons ... er atmet nicht mehr!« Tränen verschleiern mir die Sicht. Panik macht sich in mir breit.

»Ich weiß, Marie, beeil dich, zu dem Baum zu kommen. Wir haben unerwartet Hilfe bekommen. Richard ist hier. Du musst so schnell wie möglich mit dem Kleinen weg.« Er schiebt mich in die Richtung, aus der wir vorhin gekommen sind.

Dann erwache ich wie aus einer Trance. »Richard? Aber … aber …« Und da wird mir klar, warum das Kind in Alfons Armen nicht mehr atmet. Die beiden Richards sind sich zu nahe, nehmen dem jeweils anderen die Lebensenergie.

»Gib ihn mir und hilf bitte meinem Mann!« Ich reiße den Jungen an mich und renne so schnell ich kann zu der Eiche, die vor mir strahlt wie kein anderer Baum in der Umgebung. Meine Füße fliegen förmlich über den unebenen Waldboden. Atemlos komme ich vor dem Riesen zum Stehen und streiche in aller Eile das Zeichen über die Borke. Als ich mich umdrehe, sehe ich, wie Alfons zusammensackt, die Augen angsterfüllt aufgerissen. Nein! Das kann nicht sein.

Er hebt die Hand und macht eine Bewegung, als wollte er eine Fliege verscheuchen. Angst, Panik und Trauer lähmen mich für kurze Zeit, doch dann drehe ich mich entschlossen um, presse das Kind an meine Brust und trete in den Baum, der sich einladend geöffnet hat. Ob es zusammen mit dem kleinen Jungen klappen wird, weiß ich nicht, aber nichtsdestotrotz muss ich fort. All meine Bedenken sind wie weggewischt, als mich die Wärme umgibt, die ich so sehr herbeigesehnt habe. Mein Blick huscht hinter mich, und für einen kurzen Moment sehe ich von Weitem ein Paar grüne Augen, die mich eindringlich anschauen. Dann umschließt mich die Dunkelheit.

* * *

»Sind Sie Marie? Marie von Finkler?«, fragt mich eine raue, tiefe Stimme, nachdem ich mit dem Jungen im Arm zu der vereinbarten Lichtung gelaufen bin.

Ich schaue in ein paar graublaue Augen, unfähig zu antworten. Ich nicke lediglich.

Starke Hände greifen unter meinen Arm und geleiten mich sicher zu einer edlen Kutsche. Der Mann legt mir einen dicken Mantel um die Schultern. Erst da merke ich, wie kalt es ist. Vor meinem Mund kann ich kleine Atemwölkchen erkennen. Also stimmt es. Ich bin also wirklich in einem anderen Monat angekommen, nicht nur in einem anderen Jahr. Genau, wie Alfons es gesagt hatte. Der gefrorene Waldboden knirscht leise unter meinen Füßen.

Alfons ... mein guter, treuer Freund. Was ist aus dir geworden? Hast du deine Familie wiedersehen können?

Und was hat Richard dort gemacht? Vielleicht konnte er ihn retten.

Mittlerweile hat das Gesicht des Kleinen wieder eine rosige Farbe angenommen. Aufgeregt saugt er an seinem Däumchen, doch so sehr er sich auch bemüht, sein Hunger wird nicht gestillt. Mit einem entrüsteten Blick fängt er an zu schreien, als ich in das Gefährt steige.

»Willkommen.« Eine stämmige, sehr gutmütig dreinblickende Frau nimmt mir den schreienden Jungen aus dem Arm und legt ihn sich geschickt an die Brust. Fast im selben Augenblick ist ein zufriedenes Schmatzen zu hören. »Mein Name ist Ria. Ich wurde hergeschickt, um Ihnen mit Ihrem Sohn behilflich zu sein.« Mit ihrer freien Hand greift sie neben sich und überreicht mir einen Briefumschlag mit Siegel.

Ungeduldig und von schrecklichen Befürchtungen geplagt, reiße ich ihn auf. Die elegante Handschrift meines Mannes erkenne ich sofort.

*Meine geliebte Orchidee,*
*ich konnte leider nichts mehr für Alfons tun. Er hat den*
*Angriff nicht überlebt.*

.....

Mit einem Schluchzer presse ich das edle Papier an mein Herz. Tränen bahnen sich ihren Weg, und ich kann nicht mehr anders, als in Gegenwart der Amme zu weinen. Unmöglich, noch länger die tapfere Marie zu spielen, rinnt mir das salzige Nass die Wangen hinab. Ria schaut dezent zur Seite.

Ich brauche lange, bis ich mich so weit beruhigt habe, um den Brief weiter lesen zu können.

.....

*Er hat mir noch von meiner leiblichen Mutter berichten können und wer der Säugling in deinen Armen war. Glaube mir, er starb am Ende friedlich und sagte mir, dass er nichts bereute.*

*Ich habe einen Brief an Giovanna geschickt und ihr alles erklärt, sodass sie Dir dieses Schreiben hier zukommen lassen kann. Bitte sei tapfer. Die Kutsche wird dich zum nächsten Schiff bringen, und die Amme und die Helfer werden dich sicher nach Berlin begleiten, denn dort hielt sich 1816 unsere Familie auf. Du wirst deine Aufgabe mit Bravour meistern, da bin ich mir vollkommen sicher. Ansonsten hätte Großmutter mich mit Sicherheit vorgewarnt. Ich werde eine Weile warten und dann durch den Baum reisen. Dort werde ich ausharren, bis das Schicksal Dich wieder zu mir führt, und dann werden wir gemeinsam einen Weg nach Hause finden.*

*Ich bin in Gedanken bei Dir. Ich liebe Dich, ob in dieser oder einer anderen Zeit.*

*Für immer, Dein Richard*

Er wird kommen! Ein Hoffnungsschimmer, wenigstens einer. In meinem Kopf bahnen sich Erinnerungen an Alfons ihren Weg. Erinnerungen an einen schönen Nachmittag an einem Fluss, weit weg von diesem Ort. Das ist es, an was ich mich erinnern möchte, wenn meine Gedanken zu unserem treuen Freund huschen sollten. An Frieden. An Freundschaft. An Hoffnung.

Entschlossen richte ich mich auf, bereit, diese Mission zu Ende zu bringen. Zu kostbar war das Opfer, um jetzt zu resignieren.

»Entschuldigung?« Meinen Kopf ein wenig aus der Kutsche gebeugt, suche ich nach dem Mann, der mich vorhin empfangen hat. Er steht ein wenig abseits und spricht mit einem anderen Kerl, der einfache Arbeiterkleidung trägt. Als er meinen Ruf hört, dreht er sich sofort um und kommt strammen Schrittes zu mir.

»Ja?« Erwartungsvoll bleibt er vor mir stehen.

»Wann werden wir abfahren?«, möchte ich wissen.

Seine Stirn legt sich für einen flüchtigen Moment in Falten, doch sogleich besinnt er sich auf Haltung und erwidert: »Sobald Sie es wünschen. Ich erwarte Ihre Anweisungen.«

»Gut, also bitte gleich.« Dann fällt mir noch etwas ein. »Was macht der Mann dort draußen?«

»Das ist einer der Männer, die die Hütte für Ihren Gatten bauen. Laut meinen Informationen wird er demnächst erwartet.« In seinen Augen flackert ein bisschen von der Neugier, die in seinem Inneren vorherrschen muss. Mitten aus dem Wald kommt eine Frau mit ihrem Kind, und kurze Zeit später soll auch der Ehemann erscheinen. Niemand weiß so recht, was das zu bedeuten hat. Ich kann mir gut vorstellen, welche enorme Anzahl an Fragezeichen da durch seinen Kopf huscht.

»Sehr gut …« Da fällt mir auf, dass ich seinen Namen gar nicht kenne.

»Liam«, verrät er und deutet eine kleine Verbeugung an. »Dann mal los.« Schnell rutsche ich auf die gemütlich gepolsterte Bank zurück, ganz die befehlsgewohnte Adlige. Wenn der wüsste. Doch ich habe mir geschworen, niemanden mehr in Gefahr zu bringen, indem ich von meiner Gabe berichte, oder denjenigen irgendwie sonst ins Vertrauen ziehe. Ich werde das allein schaffen. Jetzt habe ich die Hoffnung, Richard wiederzusehen. Das allein zählt.

* * *

Die Landschaften, Meere und Menschen huschen an mir vorbei, während ich meinen Gedanken den Vorzug gebe. Mit niemandem rede ich mehr als das Nötigste. Wir setzen über nach England, durchqueren das Land und verlassen es wieder auf dem Schiffsweg. Jeder Kilometer bringt mich weiter von ihm fort, und gleichzeitig verringere ich den zeitlichen Abstand zu unserem Wiedersehen.

Calais ist zu dieser Jahreszeit ein windiges Plätzchen, und auch hier bleiben wir nur kurz.

Ich bekomme die besten Zimmer in den besten Gasthäusern. Es ist für alles gesorgt, sodass ich mir um nichts mehr Gedanken machen muss. Einerseits ein angenehmer Aspekt, jedoch lässt mir dieser Umstand unserer Reise nur noch mehr Zeit zum Denken und Grübeln. Es ist, als wäre ich mit einem dunklen Schleier der Trauer bedeckt. Eine Düsternis nimmt von mir Besitz. Immer wieder fange ich die sorgenvollen Blicke von der Amme auf, doch aufgrund meiner abweisenden Art traut sie sich nicht, mich anzusprechen.

* * *

Eines Abends verkündet Liam, dass wir morgen, spätestens übermorgen, unseren Zielort erreichen werden. Sofort bin ich hellwach, und weg ist der Schleier, der mein Gemüt umnebelt hat. Vorfreude erfasst mich. Ich werde sie wiedersehen, meine Familie: Lena, Paul, Burkhardt und vielleicht auch meine Urgroßmutter Lizzy, von der ich diese unfassbare Gabe geerbt habe.

Und dann noch Berlin. Ich bin so neugierig auf alles.

Zappelig rutsche ich auf den Polstern herum und schaue immer wieder nach draußen, doch es ist dunkel, und ich kann nichts erkennen. Als ich schließlich müde auf meinem Lager liege, habe ich das Gefühl, dass mein Geist so wach ist, dass er keine Ruhe finden wird. Doch irgendwann fallen mir doch die Augen zu, und ich schlafe ein.

\* \* \*

Leider kann ich nicht viel von Berlin sehen, denn als wir ankommen, ist es schon dunkel. Ratternd rollt die Kutsche über das Kopfsteinpflaster.

Als sich die Tür der Kutsche öffnet, kann ich erkennen, dass wir vor einem wunderschönen Stadthaus aus hellem Stein stehen. Mit einer kleinen Gaslaterne in der Hand leuchtet mir Liam den Weg zur Haustür, die sogleich geöffnet wird.

Eine noch relativ junge Elisabeth Heegemann oder besser gesagt Elisabeth von Weilheim strahlt mich an. »Du musst Marie sein! Ich freue mich so, dich zu sehen.«

Endlich – wie lange hatte ich mir gewünscht, sie zu sehen? Sie richtig kennenzulernen. Stürmisch nehme ich sie in die Arme. Sie ist nicht viel kleiner als ich und hat fast den gleichen Körperbau. Sie schaut mich an, und ein Kribbeln huscht über meine Wirbelsäule, da ich das Gefühl habe, dass sie bis in meine Seele blickt. Sanft streichelt sie meine Wange. »Komm rein. Wo ist das Kind?«

Ich schaue meine Urgroßmutter Lizzy irritiert an.

»Der Brief eines Reisenden erreichte mich vor ein paar Monaten und kündete diesen reizenden Besuch an. Alles ist vorbereitet. Bringt das Kind her, aber ohne, dass es jemand sieht.«

Da ich nicht gleich reagiere, gilt der letzte Satz Liam, der sofort zur Kutsche eilt und der Amme Bescheid gibt.

Schnell huschen wir alle ins Haus. Die Angestellten werden in den unteren Bereich geschickt, wo sich die Küche befindet und sie etwas zu Essen erwartet. Lizzy, Richard und ich steigen die Treppen nach oben und betreten ein hell erleuchtetes Schlafzimmer. Eine junge Frau mit einem großen Schwangerschaftsbauch eilt uns entgegen. Wie angewurzelt bleibe ich im Türrahmen stehen, als ich die junge Lena erkenne. Sie heißt mich herzlich willkommen, indem sie mich in eine Umarmung zieht. Zumindest daran hat sich nichts geändert.

»Willkommen, kleine Nichte.« Scherzhaft zwinkert sie mir zu. »Und das ist dann also mein Sohn Richard?« Lächelnd beugt sie sich zu dem schlafenden Kind in meinem Arm. Langsam erwache ich aus meiner Erstarrung und reiche ihn ihr.

»Hallo, Lena – ja, das ist er.«

»Sehr schön, dann hat diese Maskerade auch endlich ein Ende.« Genervt zeigt sie auf ihren Babybauch.

Da dämmert es mir. Richard muss Bescheid gegeben haben. Und diese wundervolle Familie, die ich die meine nennen darf, hat sich bereitwillig auf die Ankunft des neuen Erdenbürgers vorbereitet. Niemandem wird auffallen, dass Richard plötzlich da ist. Lediglich das Alter des Kindes könnte Probleme verursachen. Zumindest am Anfang, da der Junge definitiv nicht mehr aussieht wie ein neugeborener Säugling.

Wir folgen ihr weiter in das große Zimmer hinein. Kerzen erhellen den Raum, und die schweren Samtvorhänge sind zugezogen, um uns vor neugierigen Blicken zu schützen.

»Woher wusstet ihr, dass ich heute komme?«, will ich wissen.

Lächelnd schließt meine Urgroßmutter die Tür und antwortet: »Das wussten wir nicht genau. Der Brief sprach von einem ungefähren Zeitraum – von zwei Wochen. Du hast es geschafft. Ich bin sehr stolz auf meine Urenkelin. Aber bitte erzähl uns nun alles. Wir wissen nicht viel, nur, dass wir uns auf deine Ankunft vorbereiten sollten und dass Lena dieses Kind als ihr eigenes ausgeben soll.«

Wir setzen uns vor den Kamin, nur wir drei Frauen, und ich fange an zu erzählen. Von Anfang an. Als ich zu der Stelle komme, in der Wulfson meine Urgroßmutter umbringt, stocke ich kurz. Sofort schnellt Lizzys Hand nach oben und verbietet mir jedes weitere Wort.

»Wir wollen nicht Schicksal spielen, mein Kind. Ich möchte nur das Nötigste wissen. Wie und wann genau ich sterben werde, überlassen wir dem lieben Gott.« Sie lächelt mich zuversichtlich an, doch alles in mir schreit danach, sie zu warnen.

Es ist bereits spät in der Nacht, als ich mit meiner Erzählung fertig bin und die beiden keine Fragen mehr haben.

»Wie genau stellst du dir es vor, Richard nun als deinen Sohn auszugeben? Ich meine, er sieht ja nicht aus wie ein Neugeborenes.«

»Ich werde morgen gleich zu unserem Landgut aufbrechen, und dort komme ich, oh Wunder, bereits mit einem Säugling an. Niemand wird das Geburtsdatum in Frage stellen.« Lena grinst schelmisch.

»Welches Geburtsdatum?«

»Morgen ist der 28. Februar 1816, Richards Geburtsdatum. So stand es in dem Brief.«

Ja genau, unser gemeinsamer Geburtstag.

»Und du wirst mich und deine Urgroßmutter begleiten. Wir brauchen noch Geleitschutz. Und wer wäre besser dafür geeignet als der verschwiegene Liam?«

* * *

Als ich am nächsten Tag zum Frühstück nach unten in den hellen Salon gehe, ist der Raum voller Menschen. Aufgeregtes Stimmengemurmel schlägt mir entgegen.

»Guten Morgen.« Urgroßmutter Lizzy sitzt aufrecht am Tisch und zwinkert mir zu.

»Guten Morgen.« Scheu drücke ich ihr einen Kuss auf die Wange.

Mein Blick schweift durch den Raum. Mehrere neugierige Augenpaare sind auf mich geheftet. Onkel Burkhardt, Lenas Mann, lächelt mir aufmunternd zu. Sein Haar wirkt dunkler, als ich es in Erinnerung habe, und die vielen Lachfältchen um seine Augen sind noch nicht zu sehen. Auf seinem Schoß sitzt ein kleiner Junge, das muss Bernhard sein, Richards Bruder. Müde liegt sein Köpfchen an der Schulter seines Vaters. Er nuckelt an seinem kleinen Daumen und beäugt mich skeptisch.

Ich begrüße alle. Als ich mich setzen möchte, kommt gerade Urgroßmutter Lizzys Mann Paul von Weilheim ins Zimmer. Zielstrebig eilt er auf mich zu und reicht mir die Hand. Auch er ist deutlich jünger als bei unserem letzten Treffen. Dann hatte er eindeutig geflunkert, als er mir sagte, dass er mich nicht kannte bzw. sich nicht sicher war, ob ich es sei. Immer wieder muss ich mir vor Augen halten, dass sie mich noch nicht kennen. Für sie bin ich eine Fremde, und meine Erinnerungen sind nicht – noch nicht – die ihren.

Paul hilft mir, den Stuhl an den Tisch zu schieben, ganz Kavalier alter Schule.

»Pass auf, Kindchen«, richtet sich meine Urgroßmutter an mich. »Wir werden gleich gemeinsam aufbrechen, sobald du mit dem Essen fertig bist. Wir haben die Amme bereits bezahlt und fortgeschickt. Nur der nette junge Mann wird uns begleiten. Wir werden zu unserem kleinen Landgut fahren, und auf dem Weg dorthin wird der Kleine seine Mutter wechseln. Niemand wird dort an uns zweifeln. Lena hat Milch, da sie den kleinen Bernhard noch stillt. Ein fliegender Wechsel, nicht wahr, mein Schatz?« Verschwörerisch zwinkert sie mir wieder zu. »In dem

Brief stand, dass man diesem Liam vorbehaltlos trauen kann. Das werden wir bedingt nutzen.«

»Ihr habt ja wirklich an alles gedacht.« Ich komme nicht umhin, die ganze Planung zu bewundern.

Die weisen Augen der älteren Frau schauen mich stolz an, und ein Lächeln sorgt dafür, dass viele kleine Lachfältchen das strahlende Gesicht noch verschönern. »Wir haben uns bemüht. Doch deinen Mut sollte man bei dem ganzen Lob auch nicht außer Acht lassen. Ich bin sehr stolz, deine Urgroßmutter zu sein.«

Ich kann nicht anders und stürze mich in ihre offenen Arme. Wie sehr habe ich mir das gewünscht. Tiefe Geborgenheit umhüllt mich. Sie setzt ihre Kräfte ein, doch ich freue mich darüber, denn dieses Gefühl berauscht mich so sehr. Ich genieße es und bin kaum fähig, die Verbindung zu kappen.

# Kapitel 5

## März 1816

Das kleine Landgut ist ein Traum. Umgeben von einem Buchenwäldchen liegt ein Anwesen, das sich in der untergehenden kühlen Frühjahrssonne in strahlendem Weiß präsentiert. Im Sommer muss es einen atemberaubenden Anblick bieten.

Als unsere Kutsche hält, eilt bereits ein Teil des Personals herbei, um uns behilflich zu sein.

»Frau von Reichen, ist das der neue Erdenbürger? Was für ein hübsches Kerlchen und ihrem Mann wie aus dem Gesicht geschnitten.« Eine nette ältere Dame nimmt Lena den Säugling ab und freut sich über die wachen Augen des Kleinen. »Wie heißt denn der Familienzuwachs?«

»Das ist Richard, liebe Gisela, und dies ist meine Freundin Marie von Finkler. Sie wird für zwei Tage unser Gast sein, bevor sie sich auf die weitere Reise begibt.«

Neugierig wendet sich die Hausdame mir zu und nickt freundlich. »Willkommen, Frau von Finkler. Sollten Sie irgendwelche Wünsche haben, scheuen Sie sich nicht, sich an mich zu wenden.«

»Nein, das werde ich nicht.« Ich lächle ihr zu. Sie scheint nett zu sein.

Hinter mir steigt meine Urgroßmutter aus der Kutsche. »Na, kaum ist ein weiteres Mitglied der nächsten Generation geschlüpft, denken die jungen Leute gar nicht mehr an mich.« Kaum hat sie den Fuß aus der Kutsche gestreckt, stürzen alle herbei, um ihr zu helfen, was ihr ein verschmitztes Grinsen aufs Gesicht zaubert. »Siehst du, Marie, mit einem schlechten Gewissen machen sie alles für mich!«

Kurz schaut Lena sie entrüstet an, doch dann beginnt sie zu lachen, und wir anderen fallen mit ein.

Gisela schüttelt gutmütig den Kopf und geht mit Richard im Arm zum Haus. Die anderen Angestellten haben sich mittlerweile unser Gepäck genommen und folgen ihr.

Lena hakt sich bei mir unter. »So und nicht anders haben wir es geplant. Sie haben nur Augen für das Kind und denken gar nicht über irgendwelche Zusammenhänge nach. Nie würde jemand in Frage stellen, was wir sagen. Wir sind rechtschaffene Menschen.« Kichernd zieht sie mich und Urgroßmutter mit sich zum Haus.

\* \* \*

Am Abend des darauffolgenden Tages stehe ich vor einem Spiegel, und ein Hickser entweicht meinem Mund, als ich mein Spiegelbild erblicke. Das, was ich sehe, habe ich schon einmal zu Gesicht bekommen.

Ich trage ein cremefarbenes Spitzenkleid, und meine Haare sind kunstvoll hochgesteckt. Es ist eins der Kleider meiner Urgroßmutter, und sie bestand darauf, dass ich es zu dem Festessen, das heute stattfinden soll, trage. Es ist das Kleid, das ich anprobiert hatte, als ich Uroma Lizzys Nachlass durchforstet hatte, und es kommt mir vor, als würde diese Erinnerung bereits Jahrzehnte zurückliegen.

Einige Freunde der Familie werden uns heute besuchen, und ich möchte, dass meine Verwandten stolz auf mich sind ... oder sie sich zumindest nicht für mich schämen müssen.

»Bist du fertig?« Lena, die den Kopf zur Tür hereingesteckt hat, sieht mich bewundernd an. »Du wirst den alleinstehenden Herren ganz schön den Kopf verdrehen.«

Entsetzt reiße ich die Augen auf. »Ich möchte nicht, dass irgendjemand denkt, ich wäre auf der Suche nach einem Ehemann.«

Lena lacht belustigt auf. »Genieß es doch einfach. Na, nun komm schon, die Gäste werden jeden Moment da sein.«

Sie hält mir ihre Hand hin, die ich ergreife und gemeinsam gehen wir die Treppe nach unten. In diesem Augenblick öffnet Gisela die Eingangstür, und eine ältere, mürrisch dreinblickende Dame und ein junger Mann betreten das Haus.

Ich habe das Gefühl, jemand würde mir den Sauerstoff aus den Lungen pressen, und bleibe stehen. Lena kann ihren Schwung nicht mehr abbremsen und läuft in mich hinein. Ich gerate ins Schwanken, knicke um und wäre mit Sicherheit böse gestürzt, wenn der junge Mann mir nicht zu Hilfe eilen würde. Seine kräftigen Arme fangen mich beherzt auf und halten mich, bis ich wieder genug Balance habe, um allein stehen zu können. Ganz langsam lässt er mich los, doch seine Augen haben sich in meinen verankert. »Geht es Ihnen gut?«

Nur krampfhaft kann ich dem Impuls widerstehen, mich von ihm loszureißen. »Ja, danke, Herr Wulfson.«

Eine seiner Augenbrauen schnellt in die Höhe. »Wurden wir einander bereits vorgestellt?«

Wie dumm von mir. Der Schock, ihn wiederzusehen, hat mich unvorsichtig werden lassen. »Nein, das nicht, aber die liebe Lena hat mir bereits von Ihnen erzählt. Ihre Beschreibung ließ keinen Zweifel zu, wer Sie sind.« Ich versuche charmant zu sein, doch mein Gesicht fühlt sich an wie eine Maske. Wulfson – ausgerechnet er. Dieser Mörder. Der zukünftige Mörder meiner Urgroßmutter. Und doch darf ich mir nichts anmerken lassen. Sie will nichts davon hören, wie sie sterben wird, und ich kann den Lauf der Geschichte nicht ändern – wer weiß, welche Konsequenzen das hätte. Ich muss mich zusammenreißen.

Er lächelt mich sanft an und reicht mir seinen Arm. »Kommen Sie, ich werde Sie sicher zu Tisch begleiten.«

Um keinen weiteren Fehler zu begehen, hake ich mich bei ihm ein und ergebe mich in mein Schicksal.

Schnell werden die Tischkärtchen vertauscht, und ich sitze neben Wulfson, der mich kaum aus den Augen lässt. Begierig versucht er, mehr über mich herauszufinden.

»Wo kommen Sie her, Fräulein von Finkler?«, will er wissen.

»Frau von Finkler, bitte, ich bin verheiratet.« Diese Neuigkeit schockiert ihn weniger, als ich erhofft hatte. »Ich komme aus Serwasto, das ist in der Nähe von Neustadt-Eberswalde.« Ich bin sehr abweisend, kann aber nicht anders. Dieser Mann ist vielleicht jetzt noch jung und nett, aber eines Tages wird er ein Monster sein.

Doch ihn scheint das in keiner Weise zu stören. Im Gegenteil, offenbar weckt es seinen Jagdinstinkt. Ich habe nicht viel Erfahrungen mit Männern, dennoch erkenne selbst ich dieses Gebaren, und es lässt mir die Nackenhaare hochstehen. So langsam verstehe ich auch, warum er mich damals immer so ernst und böse angestarrt hat. Damals, als ich meine erste Reise durch den Baum gewagt hatte. Für mich ist seitdem in etwa ein Jahr vergangen. Ein Jahr, das mir wie ein Jahrhundert vorkommt, so viel ist seit dieser Zeit passiert. Für die Menschen hier ist es die Zukunft. Eine Zukunft, die ich in keinem Fall ändern darf. In mir drängt alles danach, dem Kerl neben mir ein Messer in die Brust zu rammen. Ich glaube, ich wäre sogar dazu fähig. Zumindest würde ich es nicht hinterrücks tun, so wie er. Meine

Wut ist fast schon greifbar. In meinen Ohren rauscht es, und ich spüre ein Vibrieren in meinen Adern. Mein Blick fest auf das Gesicht des Mannes neben mir geheftet, sehe ich, wie er den Mund bewegt, höre jedoch keine Worte. Stattdessen nehme ich etwas wahr, das mich augenblicklich in die Realität zurückbefördert. Aus der Nase von Wulfson fließt Blut, und er zieht ein merkwürdiges Gesicht. Er fasst sich an die Ohren, und im nächsten Moment ist der Spuk zu Ende. Entsetzt reiche ich ihm ein Tuch, springe auf und verlasse fluchtartig den Raum.

Ich muss hier raus. Ich brauche frische Luft. Schnell klappern meine Schuhe über die Kacheln, bis ich endlich die Veranda und kurz darauf den Garten erreiche. Die eiskalte Luft sticht in meinen Lungen. Könnte es sein, dass ich dieses Nasenbluten durch meine Wut verursacht habe? Die Erinnerung an die Lichtung, an Kuhn und seine Männer, die schmerzerfüllt am Boden lagen, aus Nasen und Ohren blutend, schießt in meine Gehirnwindungen. Was geschieht mit mir? Ich, die nie einer Fliege auch nur ein Haar krümmen konnte.

»Alles in Ordnung mit Ihnen, Frau von Finkler?« Wulfson taucht plötzlich neben mir auf und legt seine Hand auf meinen Arm.

Reiß dich zusammen, Marie! »Ja, danke, Herr Wulfson. Alles bestens, ich kann nur kein Blut sehen.«

»Das hat man Ihnen deutlich angemerkt.« Belustigt schüttelt er den Kopf. Seine Hand liegt noch immer auf meinem Arm. »Aber selbst in diesem aufgelösten Zustand sind sie immer noch eine der schönsten Frauen, die ich je gesehen habe.« Sein Daumen streichelt in kreisenden Bewegungen meinen Oberarm.

»Was fällt Ihnen ein! Nehmen Sie augenblicklich Ihre schmierigen Finger von mir. Ich habe Ihnen deutlich zu verstehen gegeben, dass ich verheiratet bin.« Und wieder diese Wut. Und wieder fängt Wulfsons Nase an zu bluten. Ich entreiße ihm meinen Arm und stürme ins Haus. Immer zwei Stufen auf einmal nehmend, laufe ich nach oben in mein Zimmer.

Erschrocken lasse ich mich auf mein Bett sinken. Das kann nicht sein. Ich verletze Menschen allein durch meine Wut. Und nun verstehe ich auch, warum Wulfson mich nicht leiden konnte. Oder besser gesagt: nicht leiden können wird. Ich habe ihn dermaßen vor den Kopf gestoßen. Habe wegen eines ehrlich gemeinten Kompliments so sehr die Fassung verloren, dass es schon beleidigend ist. Die Blicke, die er mir zugeworfen hat. Seine Hand auf meinem Arm. Die Erinnerungen an das, was noch kommen wird. All das hat in mir etwas durchdrehen lassen. Irgendwie bekomme ich vor mir selbst Angst.

Das Klopfen an der Tür jagt einen Adrenalinstoß durch meinen Körper, und ich fahre hoch, als hätte mich etwas gestochen.

»Marie?« Es ist Urgroßmutter Lizzy.

»Ja, komm rein Omi.« Ich habe mir mittlerweile angewöhnt, sie Omi zu nennen. Das passt zu ihr, und ich habe das Gefühl, dass es mich ihr näher bringt.

Leise öffnet sie die Tür und schiebt sich geräuschlos durch einen Spalt in mein Zimmer. »Was ist denn los, meine kleine Blume? Warum bist du so überstürzt vom Essen verschwunden? Der junge Wulfson wollte nach dir sehen und kam völlig verstört zurück.« Ihre Augen sehen mich fragend an, und irgendwie beschleicht mich das Gefühl, sie würde mir mit diesem Blick bis in die Abgründe meiner Seele schauen.

»Wulfson wird eines Tages …«, stoße ich hektisch hervor, doch sie lässt mich nicht ausreden.

»Stopp! Nichts, aber auch gar nichts, was du mir sagst, darf die Geschichte verändern. Ganz egal, was es ist. Hörst du Mädchen? Das ist mein voller Ernst, und in deinem eigenen Interesse musst du dich daran halten. Wir wissen nicht, welche Auswirkungen das in der Zukunft haben wird.«

Widerwillig nicke ich. Es kostet mich einen enormen Willen, doch ich verstehe ihre Argumente, auch wenn es mir das Herz zerreißt.

»Gut, Marie. Möchtest du mit nach unten kommen?«

»Nein.« Traurig schüttele ich den Kopf und drehe mich schnell zur Seite. Tränen brennen in meinen Augen, und ich will nicht, dass sie das sieht.

»Gut, mein Schatz. Ich muss wieder nach unten. Du weißt, die Pflichten einer Gastgeberin.« Ein sanfter Druck an meiner Schulter, und dann huscht sie leise wieder aus dem Zimmer und lässt mich mit den Dämonen der Zukunft allein.

\* \* \*

»Was? Heute noch? Aber wir haben uns doch gerade erst kennengelernt?« Lena ist sichtlich um Fassung bemüht, als ich ihr am nächsten Morgen eröffne, dass ich abreisen werde.

Die ganze Nacht habe ich wach gelegen und überlegt, wie ich Urgroßmutter retten könnte, ohne die Zukunft, wie ich sie kenne, zu gefährden. Gar nicht. So hart, wie es ist, wie es sein wird, ich kann sie nicht retten.

Mein Weg muss mich zurück nach Irland führen, zurück zu Richard. Richard. Ein kleines Lächeln stiehlt sich in mein Gesicht. Urgroßmutter Lizzy sieht es und lächelt zurück.

»Lena?«

»Ja, Mutter?«

»Marie hat einen Mann, zu dem sie zurück möchte. Wer wären wir, sie aufzuhalten?«

Lena legt eine Hand auf den Mund. »Oh, entschuldige. Das wusste ich nicht. Und ich wollte dich gestern schon mit dem jungen Wulfson verkuppeln … was ja definitiv gescheitert ist.« Kichernd eilt sie zu mir und nimmt meine Hände in die ihren. »Sag, ist er es wert, deine Familie zu verlassen?«

»Ich wäre eine Lügnerin, wenn ich das leugnen würde. Er ist mein Leben.«

Meine Urgroßmutter legt den Arm um meine Schultern, bevor sie spricht: »Dann kann dich nichts und niemand aufhalten. Und es sollte auch niemand wagen.«

Wie recht sie hat.

»Ich wollte auch nur scherzen«, schmollt Lena.

»Das weiß ich. Aber es wird Zeit. Ich habe mich verabredet und möchte ihn nicht warten lassen. Nicht zu sehr. Wir waren schon viel zu lange getrennt.«

Plötzlich kommt Leben in die beiden. Emsig fangen sie an, für mich zu packen, während ich mich von den beiden kleinen Jungen verabschiede.

Liam wird gerufen, die Kutsche bespannt und das wenige Gepäck eingeladen. Essens- und Getränkevorräte werden ebenfalls verladen. Wir sind gut ausgerüstet für die erste Strecke bis Calais.

»Marie?«

»Ja, Omi?« Ihre schon ein wenig faltige Hand legt sich weich und warm auf meine Wange, während ich sie fragend anschaue.

Langsam zieht sie einen Brief aus ihrer Tasche. »Ich wollte dich fragen, warum du mir diesen Brief nicht persönlich gegeben hast?«

»Ich? Der ist nicht von mir.« Erstaunt greife ich nach dem Umschlag. Das Papier ist sehr alt und brüchig, und dann erkenne ich zu meiner Verblüffung meine eigene Handschrift. »Oh, er ist von mir. Aber ich habe ihn noch nicht geschrieben.«

Urgroßmutter Lizzy hält beide Hände abwehrend nach oben. »Marie, ich habe dir doch ausdrücklich gesagt, dass ich die Zukunft nicht verändern werde, auch nicht, wenn es um mein Leben geht.«

Entschlossen halte ich ihr den Brief wieder hin. »Ich weiß. Aber hierbei geht es vielleicht um etwas ganz anderes. Es muss etwas sein, das für mich von unendlicher Wichtigkeit ist.«

Sie nimmt ihn nicht zurück, egal, wie sehr ich mit dem Brief herumwedele. »Ich glaube, es muss sehr wichtig sein, vielleicht auch für dich und alle, die dir lieb sind. Bitte nimm ihn und öffne ihn erst zu dem Zeitpunkt, der hier auch steht. Es ist kein genaues Datum, nur das Jahr. Etwas wird 1820 passieren. Es ist etwas, das in der Zukunft, aus der wir kommen, wahrscheinlich schon passiert war, sonst hätte ich ihn nie geschrieben, da bin ich mir sicher. Anders kann ich mir diesen Brief nicht erklären.«

»Gut, ich nehme ihn und werde versuchen, alles zu tun, um dir zu helfen. Doch du versprichst, dass es nichts ist, das den Verlauf der Geschichte beeinflussen wird?«

Ihr eindringlicher Blick geht mir durch und durch. Insgeheim bin ich froh, dass ich dem Impuls, ihr von Wulfson zu berichten, widerstanden habe.

»Ich glaube, das kann ich dir ohne Sorge versprechen. Hoch und heilig. Ich würde nie gegen die Regeln des Ordens verstoßen.«

»Gut, gut, mein Schatz, dann ist das beschlossen. Ich vertraue dir.« Zärtlich tätschelt ihre Hand noch mal meine Wange, bevor sie mich an den Schultern fasst und umdreht. Entschlossen schiebt sie mich Richtung Kutsche.

Der Abschied reißt mir ein Loch ins Herz. Vor allem, als ich meine Omi in den Arm nehme und weiß, dass ich sie nie wiedersehen werde.

# Kapitel 6

## März 1816

»Frau von Finkler? Wir erreichen gleich Calais«, ruft Liam mir vom Kutschbock aus zu. Wir sind beide allein auf Reisen. Eine kleine unauffällige Kutsche, wenig Gepäck und eine Frau, die ihre Familie schrecklich vermisst. Doch so sehr ich auch unter der Trennung leide, noch mehr freue ich mich auf das Wiedersehen mit Richard. Ich hatte mir von Lena ein paar Bücher und Häkelzeugs geben lassen, damit sich die Zeit nicht endlos hinzieht. Doch zum Lesen habe ich wenig Muße, und beim Häkeln schweifen meine Gedanken immer wieder ab. Seit ich Richard das letzte Mal gesehen habe, sind etliche Wochen vergangen. So viel ist seither passiert.

Was hat er in der Zwischenzeit erlebt? Er musste unseren treuen Freund Alfons zu Grabe tragen und dessen Familie in einem umfangreichen Brief schildern, was geschehen und was nun zu tun war.

Das war eine Bürde, die er allein hatte tragen müssen, und darum beneide ich ihn definitiv nicht. Als meine Erinnerungen ein Bild von Alfons vor meinem geistigen Auge entstehen lassen, muss ich ganz schön schlucken. Alfons, wie er zusammen mit Peter und mir am Ufer des kleinen Flusses in St. Gallen sitzt. Alfons, der fast verzweifelt ist an der Situation in Dornbirn. Oder wie er stolz in seiner Bibliothek stand, als er uns seinen Schatz gezeigt hat.

Er ist für uns gestorben. So viele Menschen, die auf meiner Reise durch die Zeit ihr Leben verlieren. Natürlich gehört das zum Kreislauf des Lebens dazu, aber diese Erkenntnis tröstet mich wenig. Wie auch? Es bringt sie nicht zurück.

Doch dann kommt mir ein irrwitziger Gedanke. Ich kann sie jederzeit besuchen. Wer sonst, wenn nicht eine Zeitreisende? Das ist eine Sichtweise, die mich ein kleines bisschen aufmuntert.

Das Kreischen der Möwen signalisiert, dass der Hafen in unmittelbarer Nähe sein muss. Vorsichtig halte ich meine Nase zum Fenster hinaus und schnuppere. Seeluft. Und dann sehe ich ihn, den Hafen von Calais. Zum dritten Mal in kürzester Zeit. Ich hege die Hoffnung, dass beim vierten Besuch dieses Orts Richard mit dabei sein wird. Das zaubert ein Lächeln auf mein Gesicht, und erstmals nehme ich auch die Umgebung dieses historischen Geländes wahr. Am heutigen Tage scheint die Sonne und lässt alles vor meinen Augen glitzern, da es noch früh am Morgen und alles mit leichtem Tau überzogen ist. Ja, das nächste Mal wird es noch schöner sein. Egal, wann.

* * *

Liam wählt diesmal einen Weg mitten durch England. Als ich ihn danach frage, erklärt er mir, dass wir den gleichen Weg bereits auf unserer Hinfahrt genommen hatten. Offenbar war ich durch die Trauer um Alfons geistig völlig abwesend.

»Über diese Route kommen wir direkt nach Holyhead und kommen in Irland in Dun Laoghaire an. Dort treffen wir uns mit Ihrem Mann«, erklärt er mir an dem ersten Abend in England.

Mein Kopf ruckt hoch; fast verschlucke ich mich an dem Gersteneintopf, den ich gerade löffele. »Wir treffen uns nicht im Wald mit ihm?«

Kopfschüttelnd antwortet er: »Nein, ich habe mit ihm abgesprochen, dass wir uns dort treffen.«

Scheppernd fällt mir der Löffel aus der Hand, und ich brauche ein paar Sekunden, um das zu verarbeiten.

»Alles in Ordnung?« Fragend schaut er mich an und versteht nicht, warum ich so aus der Fassung bin.

»Wann haben Sie mit ihm gesprochen?«

Er antwortet mir mit einem völlig verständnislosen Gesichtsausdruck. »Kurz bevor ich Sie bei der Lichtung abgeholt habe.« Nach einer kurzen Pause fährt er fort. »Der Treffpunkt im Wald kam mir ein wenig merkwürdig vor, doch er hat mich ausdrücklich darum gebeten, und es hat ja, Gott sei Dank, alles geklappt.«

»Ja, da haben Sie recht.«

Meine Gedanken fahren Achterbahn. Wie um alles in der Welt hat Richard es geschafft, mit Liam zu reden, bevor ich eintraf? Wie hat er ihn für vertrauenswürdig halten können?

Und dann wird es mir schlagartig klar: Er muss einen der anderen Bäume als Portal genommen haben. Dadurch kam er in der Zeit vor mir an und konnte ganz genau sagen, wem ich vertrauen konnte, ohne sich in der gleichen Zeit wie das Kind zu befinden. Bisher war ich davon ausgegangen, dass dies alles von Alfons' Familie in die Wege geleitet worden war. Über Briefe mit Anweisungen, die über die Generationen weitergegeben worden waren. Doch offenbar war es nicht so. Diese Geschichte nimmt Dimensionen an, die mich immer mehr verwirren. Das muss er mir definitiv noch einmal genauer erklären, sobald ich ihn wiedersehe. Langsam nehme ich den Löffel in die Hand und widme mich wieder der Suppe. Doch dann fällt mir noch etwas ein. »Seit wann kennen Sie meinen Mann?«

»Er kam zu mir, kurz bevor der Winter einsetzte.« Das musste dann mindestens drei bis vier Monate vor meinem Eintreffen hier gewesen sein. »Er fragte in unserem Dorf nach jungen Männern, welche die englische Sprache beherrschten. Davon gab es zwar einige, aber er entschied sich, mich in seinen Dienst zu nehmen. Er unterwies mich darin, wie ich mich am effektivsten wehren konnte, sollten wir auf Angreifer treffen. Und er brachte mir Ihre Muttersprache bei. Dann schickte er mich zu der Lichtung, wo ich zwei Tage wartete, ehe Sie eintrafen. Er hat mir ausdrücklich verboten, mit irgendjemandem darüber zu sprechen, was ich auf unserer Reise erleben werde.«

Ach Richard, du hast wie immer an alles gedacht. Mit einem zufriedenen Lächeln und den Gedanken bei Richard wende ich mich wieder meinem Eintopf zu.

* * *

Die folgenden Tage ziehen nur so an mir vorbei. In Gedanken bin ich schon bei Richard, und in mancher Minute habe ich das Gefühl, ihn bereits zu spüren, wenn ich dabei bin einzuschlafen. Mehr als einmal schrecke ich hoch, in der Annahme, er säße neben mir und hätte meine Wange gestreichelt. Mein Herz rast auch jetzt im Jagdgalopp dahin, als ich die Augen aufschlage und resigniert feststelle, immer noch allein in der Kutsche zu sitzen. Wieder mal nur ein Traum. Wieder mal nur ein Wunsch. Doch mit jeder Minute verringert sich der Abstand zwischen uns, und allein bei dem Gedanken daran schlägt mein Herz noch schneller als davor.

Wir werden heute den Hafen erreichen, von dem aus wir nach Irland übersetzen.

Die Kutsche wird langsamer, und vorne höre ich Liam, wie er die Pferde stoppt. »Hoooo!«

Neugierig öffne ich die Tür und recke den Kopf nach draußen. »Was ist los Liam?«

»Eins der Pferde lahmt ein wenig, ich muss mir das einmal genauer anschauen.« Und schon ist er zwischen den Tieren verschwunden.

Kurz entschlossen ergreife ich die Chance, mir ein wenig die Beine zu vertreten, und raffe meinen Rock, bevor ich aus der Kutsche springe. Schlau, wie mein Begleiter ist, hat er auf einer Anhöhe gehalten. Felder, so weit das Auge reicht. In der Ferne kann ich ein kleines Dorf erkennen. Rauch steigt aus einigen der Schornsteine. Es ist zwar nicht mehr allzu kalt, jedoch hängt eine Feuchtigkeit in der Luft, die einem unter die Kleider kriecht und mich frösteln lässt.

Mit einem Lappen in der Hand, an dem er sich die schmutzigen Finger abwischt, kommt er zwischen den Pferden hervor. »Tja, erst einmal müssen wir wohl eine Zwangspause einlegen. Eins der Tiere lahmt. Wir werden jetzt in einem langsameren Tempo zu dem Dorf dort hinten fahren und rasten. Vielleicht können wir dort das Pferd austauschen.«

»Falls es in dem kleinen Ort überhaupt Pferde gibt.« Skeptisch ziehe ich eine Augenbraue hoch. Es ging bis hierhin auch wirklich lange Zeit alles glatt. Das hätte mir zu denken geben müssen. Ich drehe mich um und steige in die Kutsche. Ein unzufriedenes Grunzen ist von Liam zu hören, der mir bereits mehrmals gesagt hat, dass eine Dame so etwas nicht macht. Wohlerzogene Frauen haben sich beim Einsteigen in die Kutsche helfen zu lassen. Nun gut, wenn er meint. Solange uns niemand beobachtet, werde ich es selbst tun, schließlich bin ich nicht körperlich behindert.

* * *

Auf den Straßen ist kaum jemand zu sehen, was auch einfach dem Umstand geschuldet sein kann, dass es Sonntagmittag ist. Doch irgendetwas schwebt hier über dem Dorf, das mir Magenschmerzen verursacht. Als Liam die Kutsche stoppt, entschließe ich mich, diesmal auf ihn zu warten, um mir heraushelfen zu lassen.

Im Gasthof ist alles dunkel und draußen ist es ungemütlich kalt. »Hallo? Ist hier wer?«, versucht Liam sein Glück, doch niemand antwortet ihm. »Kommen Sie, Frau von Finkler, wir werden mal an einer der Türen klopfen und fragen, wo der Gastwirt abgeblieben ist.«

»Ja, gute Idee.« Die ganze Situation wird mir immer unheimlicher. Wenn ich nur wüsste, warum.

Ich folge meinem Begleiter, der strammen Schrittes auf das nächste Haus zugeht, in einem angemessenen Abstand. Gut, dass die Sonne noch hoch am Himmel steht. Wenn es dunkel wäre, würde ich keinen Fuß mehr vor den anderen setzen. Alles in mir schreit danach, zurück zur Kutsche zu eilen und weiterzufahren.

Auf das Klopfen hin öffnet sich die Tür des kleinen Cottages nur einen Spalt breit. »Ja, was ist?«, fragt jemand ruppig.

»Wir wollten gern im Gasthof absteigen. Wo können wir den Gastwirt finden?« Liams Stimme klingt hart und unnachgiebig. Offensichtlich ärgert er sich über das Verhalten des Mannes, der immer noch nicht die Tür öffnet.

»Der Gasthof ist geschlossen, sind alle tot.« Mit einem Rumms knallt die Tür zu.

Liam und ich sehen uns verdutzt an und gehen weiter zum nächsten Haus. Doch hier wird uns gar nicht erst geöffnet, obwohl klar zu erkennen ist, dass jemand im Gebäude ist.

»Die benehmen sich ja alle, als hätten sie Angst!«, entfährt es mir.

Aus dem Schatten tritt ein alter Mann, neben ihm steht ein riesengroßer Hund. »Die haben sie auch!« Langsam kommt er auf uns zu, während er sich auf einem Stock abstützt. »Hier sind schreckliche Sachen passiert, und ihr beiden tätet besser daran, wenn ihr weiterziehen würdet.«

Also hat mich mein Gefühl nicht getrogen. Mein Blick huscht von einem Haus zum anderen. Fast überall sind die Fensteröffnungen mit Holzbrettern zugenagelt. Nirgends höre ich Kinder. Zu einem normalen Ort gehören Kinderstimmen doch einfach dazu, oder? Wo sind die alle?

Liam richtet sich schützend auf und greift nach meinem Arm. »Was genau meinen Sie damit?«

Der alte Mann gibt ein zahnloses Lachen von sich, das mein Unbehagen noch steigert. »Glauben Sie, werter Herr, das wollt Ihr nicht wissen. Und Eure hübsche Frau erst recht nicht.«

Bevor wir ihm erklären können, dass wir nicht Mann und Frau sind, hat er sich schon umgedreht. Als Liam ihn aufhalten will, sage ich: »Lasst es gut sein. Am besten, wir schauen, was das Pferd hat, und brechen auf, bevor es dunkel wird. Ehrlich gesagt wäre es mir am liebsten, wenn wir hier so schnell wie möglich verschwinden.«

Er nickt und schaut sich dabei um, als erwarte er jeden Moment einen Angreifer.

* * *

»Mit dem Gaul kommen wir keine zehn Meilen mehr weit. Ich würde sagen, wir lassen ihn zurück. Das Problem wird nur sein, dass wir mit nur einem Pferd unmöglich die Kutsche bewegen können, zumindest nicht die Strecke bis Holy Island.«

»Wie weit ist es denn bis dorthin?«, will ich von Liam wissen. Meine Gehirnzellen rattern auf Hochtouren. Alles in mir schreit danach, diesen Ort zu verlassen.

Liams Finger streichen über seinen nicht vorhandenen Bart. »Mmh, ich schätze mal, acht bis zwölf Meilen. Das ist zu weit für das Tier.«

»Dann müssen wir versuchen, Ersatz zu finden. Wenn uns keiner aufmacht, nehmen wir uns einfach ein Pferd und lassen unseres als Bezahlung da.«

Eine seiner Augenbrauen schnellt nach oben, und er sieht mich ernst an. Doch dann schleicht sich ein verschmitztes Grinsen auf sein Gesicht, und er nickt.

Wir wandern zwischen den wenigen Häusern hin und her, und als wir schon denken, dass unseren Worten Taten folgen müssen, öffnet eine ältere Frau. Die Tür geht nicht nur einen Spalt auf, nein, sie reißt sie fast aus den Angeln und schaut uns mit böse funkelnden Augen an. »Was wollen Sie? Merken Sie nicht, dass hier keiner etwas mit Ihnen zu tun haben möchte?«

Also wurden wir bereits von ihr beobachtet.

Entschlossen schiebe ich mich an Liam vorbei. »Guten Tag, werte Frau. Wir sind auf der Durchreise und würden diesen Ort auch gern schnell wieder verlassen. Mit Gastfreundlichkeit wird man ja nicht gerade überschüttet.«

Sie macht große Augen.

»Da unser Pferd lahmt und wir von niemandem eins kaufen können, sitzen wir aber vorerst hier fest. Haben Sie vielleicht einen alten Klepper, den Sie loswerden wollen?«

Offensichtlich gefällt ihr meine direkte, etwas ruppige Art, denn ein Grinsen überzieht ihr Gesicht. »Kindchen, du bist nach meinem Geschmack! Nee, einen Klepper hab ich nicht, aber ein Pferd.«

Unter ihrem lauernden Blick muss ich nun lachen. Sie hat es faustdick hinter den Ohren. »Was wollen Sie für Ihr edles Ross haben?«

»Ich denke, da werden wir uns einig.« Mit einer einladenden Geste tritt sie von der Tür und lässt uns ins Haus.

Skeptisch folgt mir mein Begleiter.

Drinnen ist es schummrig. Wir setzen uns an einen alten, abgenutzten Tisch.

»Hunger?«, will die alte Frau wissen.

Liam verschränkt ablehnend die Arme, doch ich nicke. »Wie ist Ihr Name?«

»Man nennt mich Granny Meg.« Zufrieden schöpft sie etwas Heißes aus einem Topf in die bereitstehenden Schüsseln. »Ich bin so etwas wie die Dorfälteste.«

»Dann wissen Sie bestimmt, was hier los ist, Granny Meg, oder?« Mal sehen, ob ich sie damit aus der Reserve locken kann.

Etwas ruppiger als notwendig, landet die Schüssel mit Eintopf vor mir auf dem Tisch. »Natürlich weiß ich das. Wie heißt ihr beiden?«

Lächelnd reiche ich ihr die Hand. »Ich bin Marie, und das ist Liam.«

Obwohl sie sich nicht ganz sicher ist, was sie davon halten soll, ergreift sie meine Hand und schüttelt sie. »Und was verschlägt Marie und Liam in die britische Grafschaft Anglesey, an den Arsch der Welt?«

»Ach, Granny, das ist eine sehr lange Geschichte. Aber ich verrate dir was. Wir sind auf dem Weg nach Irland. Wir wollen bei Holyhead übersetzen.« Vorsichtig hebe ich den hölzernen Löffel an den Mund und probiere von dem Essen. »Das schmeckt großartig!«, entfährt es mir. »Du bist eine begnadete Köchin!«

»Altes Geheimrezept. Kräuter in Maßen und die richtigen, dann schmeckt dem Menschen alles.«

Entsetzt lasse ich den Löffel sinken und starre auf den Teller vor mir, was meinem Gegenüber ein lautes Lachen entlockt. »Nee, nee, solche Kräuter sind das nicht. Will euch doch nicht vergiften«, gluckst sie vor sich hin. Demonstrativ nimmt sie einen großen Löffel voll Eintopf und schluckt ihn hinunter. »Siehste, Kindchen? Ist alles in Ordnung damit.«

Liams Oberkörper vibriert verräterisch, doch als ich ihn ansehe, schaut er mich ganz ernst an und beginnt ebenfalls zu essen. Also tue ich es ihm gleich. Für ein paar Minuten herrscht einvernehmliches Schweigen zwischen uns, und alle genießen das vorzügliche Gericht.

Als Granny Meg fertig ist, lehnt sie sich auf ihrem Stuhl zurück. »Nachts passieren hier merkwürdige Dinge. Menschen verschwinden, immer wieder mal einer. Das geht schon ein paar Wochen so. Mittlerweile ist sich keiner mehr geheuer. Keiner traut dem anderen. Deshalb verbarrikadieren sich alle Dorfbewohner in ihren Häusern.«

Liam ist aufmerksam wie ein Luchs. »Und woher weiß man dann, dass die Leute tot sind?«

Granny schmunzelt und sieht mir direkt in die Augen. »Hast du Kinder?«

Ich schüttele den Kopf.

»Ein Kind bleibt nie lange von seiner Mutter weg und eine Mutter nicht von ihrem Kind. Meine Tochter verschwand als Erste. Zwei Wochen später mein Enkel. Mein Schwiegersohn, Gott sei seiner armen verirrten Seele gnädig, nahm sich daraufhin das Leben.« Mit gesenktem Kopf bekreuzigt sie sich. »Und so oder so ähnlich sieht es bei fast allen Familien aus. Es ist, als gäbe es da draußen etwas Böses, das nach und nach unser Dorf auslöschen will. Vier Menschen sind bereits verschwunden. Einer hat sich umgebracht. Und zwei Männer erlagen ihren Verletzungen, nachdem sie aufeinander losgegangen waren.«

Welch ein Horrorszenario. Das klang irgendwie nach einer Geschichte von Stephen King. »Wurde denn nach den Leuten gesucht?«, will ich wissen.

»Nach den ersten beiden ja, danach traute sich niemand mehr, das Dorf zu verlassen. In beiden Fällen verschwand während der Suche wieder jemand. Nun hocken alle nur noch in ihren Häusern und haben Angst.« Granny knetet traurig ihr

Handtuch. Das beschwört eine Erinnerung an meine eigene Großmutter herauf. So stark, dass ich blinzeln muss, um die Tränen aufzuhalten, die ihren Weg nach draußen suchen.

»Und was halten Sie von der Sache? Ich meine, Sie scheinen keine Angst zu haben. Ihre Fenster sind nicht zugenagelt. Sie haben uns die Tür geöffnet und uns eingelassen, ohne irgendwelche Befürchtungen.« Liams intelligenter Einwand lässt mich bewundernd zu ihm blicken.

Ärgerlich wirft Granny Meg das Handtuch auf den Tisch. »Was wollen Sie mir damit sagen? Meinen Sie, ich hätte etwas damit zu tun?«

»Sagen Sie es mir!« Abwartend lässt er die alte Frau nicht mehr aus den Augen.

»Einen Teufel werde ich!« Wutentbrannt steht sie auf, wodurch der Stuhl, auf dem sie gesessen hat, umkippt. »Ich möchte, dass sie mein Haus auf der Stelle verlassen.« Mit Nachdruck zeigt sie zur Tür.

»Selbstverständlich, gute Frau. Ich habe mir nur so meine Gedanken gemacht. Merkwürdig, dass sie deshalb so wütend werden.« Langsam steht er auf, während ich mit fassungslosem Blick zwischen den beiden hin und her sehe.

Plötzlich sinkt Granny schluchzend auf dem Boden zusammen. »Sie haben das alles geplant. Alles. Ohne es jemandem zu sagen.«

Nur mit Mühe kann ich sie verstehen, da sie so aufgelöst ist und immer wieder die Hände vor den Mund nimmt. Ihr Körper schaukelt vor und zurück, als wollte sie sich selbst trösten. »Ich hatte nicht gewusst, dass meine Anne etwas mit dem Stallburschen vom Gasthof hatte. Nie wäre ich auf die Idee gekommen. Der Kerl hatte kurz zuvor seine Frau verloren und lebte allein mit seiner kleinen Tochter. Offenbar hatte Anne Mitleid mit ihm und dem Kind.« Fragend schaue ich zu Liam, der konzentriert zuhört. »Sie wussten offenbar, dass mein Schwiegersohn seine Frau niemals freiwillig gehen lassen würde, und so haben sie diese Geschichte inszeniert. Erst verschwand meine Tochter, dann das Mädchen. Etwas später mein Enkel und zum Schluss der Stallbursche. Doch erst da war mir klar, welches Spiel sie spielten. Sie ließ mich einfach so zurück. Jeden Tag hoffe ich, dass sie mich noch holen kommen, aber eine alte Frau wäre vermutlich nur Ballast.«

Ich bin erschüttert.

»Nehmt euch ein Pferd oder von mir aus auch zwei. Sie stehen hinter dem Gasthof auf der Weide. Lasst einfach eure Klepper dort stehen. Ich kümmere mich nachher um sie. Der Gasthof gehört jetzt mir, nachdem mein Schwiegersohn seinen Verletzungen erlag.«

Oh, mein Gott! Sie hat wirklich alles verloren. Die arme Frau konnte einem nur leidtun.

Liams Hand berührt meinen Oberarm und gibt mir ein Zeichen, ihm zu folgen. Doch ich kann das nicht – einen Menschen in einer solchen Situation allein lassen. Tröstend nehme ich die alte Granny in die Arme und wiege sie, bis ihre Tränen versiegt sind.

# Kapitel 7

## März 1816

Schweren Herzens habe ich die Frau zurückgelassen, auch wenn ich sie am liebsten mitgenommen hätte. Doch es besteht ja immer noch die Möglichkeit, dass die Tochter der Sehnsucht nach ihrer Mutter nachgibt und sie zu sich holt.

Bis auf meine extreme Übelkeit verläuft die Überfahrt problemlos. Wir lassen Wales hinter uns, und langsam verschwinden die Umrisse der Kirche St. Cybi am Horizont. Dieses Bauwerk hat mich vollkommen fasziniert. Direkt an die walisische Küste gebaut, brauchte sie nur drei Mauern, um die Menschen, die dort wohnten, vor Eindringlingen zu schützen.

Und vor uns kann man den Tower von Dun Laoghaire erahnen. Oder wie unser Kapitän sagt: Dunleary. Es ist eine Art Turm, der sich vor allem dadurch von anderen Türmen unterscheidet, dass er einen enormen Durchmesser hat.

Die sanften grünen Hügel sind eine wahre Freude für jedes Auge. Und auch dieses Mal erinnere ich mich an ein Gedicht. Ich glaube, es war von John P. Curran.

*Teures Irland, wie herrlich wogt dein grüner Busen!*
*Smaragdengleich, gefasst vom Ring des Meeres.*
*Mein treues Herz preist jeden Grashalm deiner Wiesen,*
*Du Königin des Westens, der Welt Cushla ma chree!*

Allein der Anblick der Natur lässt mich verstehen, wie sich der Dichter bei der Entstehung dieses Werkes gefühlt hat. Es wirkt mystisch. Leichte Nebelschwaden sind noch zu erkennen, und der frühe Sonnenschein zaubert eine Atmosphäre, die jede meiner Poren mit einer Geschichte füllt, die gern erzählt werden möchte.

»Liam?«

»Ja, Marie?« Seit wir Granny Meg verlassen haben, duzen wir uns.

Wir haben uns auf der Reling abgestützt und blicken zu der grünen Insel, die er seine Heimat nennt.

»Was bedeutet *cushla ma chree?*«

Grinsend antwortet er: »*Cushla machree* ist eine anglizierte Schreibweise von *A chuisle mo Chroi*. Das bedeutet wortwörtlich übersetzt *oh Puls meines Herzens*. Das heißt in etwa *mein Schatz*. Wo hast du das aufgeschnappt?«

»Ich hab es aus einem Gedicht, das mir gerade eingefallen ist, als ich deine wunderschöne Heimatinsel erblickt habe.«

»Ja, Irland ist mit nichts zu vergleichen. Es ist wie eine Geliebte, die mein Herz allein beim Anblick höher schlagen lässt.«

Und genau in diesem Moment entdecke ich auf einem der Hügel die Silhouette eines Mannes. Mein Herz beginnt zu rasen. Als ein Sonnenstrahl durch die Wolke genau auf ihn fällt, kann ich einen leisen Aufschrei nicht mehr unterdrücken. Meine Hand krallt sich wie von selbst in Liams Arm. »Richard!«

»Ich glaube fast, damit könntest du recht haben. Deine gälischen Worte haben ihn gerufen. Das ist Irland. Das Land der Magie, du kleine Zauberin.« Er lächelt völlig unbefangen und ohne Hintergedanken. Dass er nicht weiß, wie nahe er der Wahrheit damit kommt!

Ich winke wie eine Verrückte, und als Richard es sieht, beginnt er zu laufen. Dem Hafen entgegen.

Als wir anlegen, springt er mit einem halsbrecherischen Satz auf das Boot, und ich renne in seine offenen Arme. Tränen des Glücks rinnen aus meinen Augenwinkeln. Wir halten uns fest, als hätten wir Angst, uns wieder zu verlieren – wir können nicht genug von der Nähe des anderen bekommen. Doch plötzlich hält er mich eine Armeslänge von sich weg, und seine grünen Augen schauen mich an. Ein Blick in meine Seele. Worte, die nicht ausgesprochen werden müssen. Und dann endlich senkt er den Kopf, und seine warmen Lippen bedecken meine. Liebe in ihrer reinsten Form durchströmt mich, und wir lassen erst voneinander ab, als meine Beine drohen wegzuknicken.

Lachend wirbelt er mich herum. »Kannst du dir eigentlich vorstellen, wie sehr ich dich liebe und vermisst habe, kleine Orchidee?«

»Ja, mein irischer Prinz, das kann ich, denn mir geht es nicht anders!«, gestehe ich ihm.

»Ach, und was hat dich dann abgehalten, mir zu folgen, so wie wir es abgesprochen haben?«, feixt er.

»Ich hatte eine Verabredung mit einem sehr jungen Mann, der meine Hilfe benötigt hat.«

Er versteht meinen Scherz – offensichtlich weiß er, was ich in der Zwischenzeit gemacht habe.

»Ich liebe dich, Richard.«

Er schaut mich liebevoll an. »Ich weiß, Marie. Und ich verspreche dir, dass ich daran nie wieder zweifeln werde. Ich liebe dich mehr als mein Leben. Mehr als alles andere auf der Welt. Und so schnell wirst du mich nicht wieder los.«

Ein Versprechen, das er hoffentlich einhalten wird.

* * *

Das Glück, das ich empfinde, könnte noch nicht einmal der begnadetste Autor in Worte fassen. Kein Gedicht der Welt könnte dem genügend Ausdruck verleihen. Und allein seine Berührungen geben mir die Kraft, neben ihm zu gehen. Ansonsten würde ich einfach nur wie ein Häuflein Elend auf den Boden sinken, meiner Wurzeln beraubt. Ich hoffe inständig, dass der liebe Gott uns nun endlich eine gemeinsame Zukunft, gemeinsame Zeit schenken wird, die nicht andauernd von irgendeinem Unglück überschattet wird.

Richard wirft mir immer wieder Blicke zu und lässt mich auf unsere eigene Weise spüren, welch tiefe Liebe er für mich empfindet. Die Haut meiner Hand, die er in der seinen hält, glüht förmlich.

Liam und er sind in ein Gespräch vertieft, aber ich bin nicht fähig, diesem zu folgen. Mein Verstand hat gerade zusammen mit meinem Herzen eine Party gefeiert und liegt nun, trunken vor Glück, lallend in einer Ecke. Der Gedanke daran meißelt mir ein dümmliches Grinsen ins Gesicht.

»Was amüsiert dich so?«, will Richard wissen. Neugierig schaut er mich an.

»Ich bin einfach nur unendlich glücklich.«

»Ich hoffe, das wirst du auch noch sein, wenn wir alt und grau nebeneinander in unseren Lesesesseln sitzen.«

»Mit Sicherheit«, antworte ich ihm ehrlich.

»Nicht, dass ich dich irgendwann langweile.«

Entrüstet sehe ich ihn an. »Das ist ein Scherz, oder? Du könntest mich niemals langweilen.«

»Ich werde dich auf die Probe stellen. Wir werden mit einem der Bäume zurück in deine Zeit gelangen und uns dann ein gemeinsames Leben aufbauen. Ich bete zu Gott, dass du meiner nicht irgendwann überdrüssig wirst.«

Mein Herz macht einen Sprung. »Wir kehren zurück?«

Er lächelt und nickt. Dann führt er uns zu drei Pferden, die bereits gesattelt sind. Plötzlich bemerke ich zwei Kinder, die sich unterhalten. Sie sprechen britisches Englisch, das klingt, als wären sie nicht hier aufgewachsen. Ich sehe sie mir genauer an. Ein Mädchen und ein Junge. Da kommt mir ein Gedanke.

»Richard? Liam? Könnt ihr kurz auf mich warten?«

Sie antworten mir beide mit einem Nicken.

Lächelnd, um die Kinder nicht zu erschrecken, gehe ich zu ihnen. Als sie mich sehen, senken sie den Blick und bleiben artig mit gefalteten Händen stehen.

»Sagt mal, ihr zwei? Heißt eure Mutter zufälligerweise Anne?«

Der Kopf des Mädchens schnellt nach oben, und mit großen Augen starrt sie mich an. »Ja, Madam.«

»Ihr seid noch nicht lange in Irland, stimmt's?«

Der Junge wirft mir einen bösen Blick zu, doch das Mädchen nickt.

»Wo kann ich deine Mutter finden?«

Die Hand des Kindes zeigt in Richtung eines großen Stallgebäudes.

»Ich danke dir.«

Ich gebe Richard und Liam ein kurzes Zeichen und wende mich dem Haus zu, als ich im Hintergrund höre, wie der Junge dem Mädchen eine schallende Ohrfeige verpasst. »Wie konntest du nur irgendeiner wildfremden Frau sagen, wo sie Mutter finden kann? Du weißt doch gar nicht, was die will.«

Die beiden stehen sich gegenüber wie zwei Kampfhähne, doch das Mädchen ist schnell. Ihre Faust schießt mit Tempo nach vorne und trifft ihn hart in den Bauch. Ich höre noch, wie alle Luft aus ihm weicht und er zusammensackt. Wimmernd liegt er am Boden, doch das andere Kind eilt grinsend davon. Mutiges kleines Mädchen, denke ich bewundernd.

Langsam gehe ich zu dem Jungen hin, um ihm aufzuhelfen, doch er schlägt meine Hand aus und schreit stattdessen: »Mutter, Mutter, Mutter!«

Eilig kommt eine hübsche, junge Frau zu uns. »Was ist, William, bist du gestürzt?«

»So ähnlich«, entfährt es mir, wodurch ich die Aufmerksamkeit von Anne auf mich ziehe. Ich bin mir ziemlich sicher, dass es sich um Anne handelt, denn eine Ähnlichkeit zwischen Grandma Meg ist nicht zu leugnen.

»Entschuldigen Sie, kennen wir uns?«, fragt sie ehrlich interessiert.

»Nein, aber ich kenne Ihre Mutter, Anne.«

Erschrocken reißt sie die Augen auf.

»Ich heiße nicht Anne, mein Name ist Katherine.«

»Mutter«, mischt sich nun der kleine Kerl ein, dabei betont er das Wort wie ein Oberschullehrer. »Sue hat ihr schon gesagt, dass du Anne heißt.«

»Oh!«

Ich kann zusehen, wie sie sich verkrampft und ihre Augen unruhig hin und her huschen. Alles in ihr schreit nach Flucht.

»Sie brauchen keine Angst vor mir zu haben. Ihre Mutter hat mir geholfen, als ich Hilfe bitter nötig hatte. Deshalb spreche ich Sie an, um vielleicht ein wenig gutzumachen, was ich ihr verdanke. Sie vermisst Sie und den Kleinen. Nach einem guten Eintopf hat sie uns die wahre Geschichte erzählt.«

Tränen verschleiern die Augen der jungen Frau. »Ich vermisse sie auch«, flüstert sie leise.

»Mehr wollte ich nicht – nur, dass Sie das wissen. Vielleicht schaffen Sie es ja, ihre Mutter zu sich zu holen. Ihr Ehemann steht Ihnen auch nicht mehr im Weg, er ist tot. Ich glaube, dass ihre Mutter sehr einsam ist.«

Ich streiche ihr sanft über die Schulter und gehe zurück zu Richard, bereit für eine weitere Reise.

\* \* \*

Während wir reiten, überlege ich die ganze Zeit, wie ich ihm von Ilarias Brief erzählen soll. In den ruhigen Stunden in der Kutsche hatte ich so manches Mal mit dem Gedanken gespielt, den Brief zu öffnen, doch ich hatte es nicht getan. Und genau jetzt überlege ich, ob es die richtige Entscheidung war. Nun werde ich ihn völlig ahnungslos den Brief öffnen lassen. Was, wenn etwas darin steht, das ihn total aus der Bahn wirft? Bis jetzt weiß er nur, dass Ilaria seine Mutter ist. Ich nehme mir fest vor, ihm das zu erzählen. Alles. Bevor wir wieder durch den Baum reisen.

»Marie?«

Abrupt aus meinen Gedanken gerissen, sehe ich Richard an.

»Alles in Ordnung mit dir? Du schaust drein, als hättest du einen Geist gesehen.«

»Ja, alles in Ordnung.« Entschlossen nicke ich, doch ich kann seinen Augen ansehen, dass ich nicht sehr überzeugend bin.

»Wir werden noch eine Nacht bei Liams Familie verbringen, bevor wir weiterreiten. Und morgen geht es dann auf die große Reise.« Er zwinkert mir zu. »Na, meine Wildblume, Lust auf einen kleinen Wettkampf?« Herausfordernd schaut er mich an.

Ich wiege ihn in Sicherheit und tue so, als würde ich nachdenken. Mein Pferd tänzelt, da es meine Unruhe merkt. Und dann prescht es los. Für einen kurzen Augenblick kann ich noch einen Blick auf Richards und Liams erstaunte Gesichter werfen, doch dann konzentriere ich mich auf die Landschaft vor mir. Der Wind treibt mir die Tränen in die Augen, und gleichzeitig erfüllt mich die Freiheit, die man nur auf dem Rücken eines Pferdes empfinden kann, das in wildem Galopp über eine Wiese jagt.

* * *

»Und das ist meine Frau, Aibhilin.« Liam legt liebevoll den Arm um ein schmales, unscheinbares Mädchen, dessen große Augen jedoch intelligent und aufmerksam jede Kleinigkeit an mir und Richard wahrnehmen.

»Willkommen in unserem Haus, liebe Marie. Schön, dich wiederzusehen, Richard.« Die warme, für ihren zarten Körper viel zu tiefe Stimme bereitet mir sofort ein angenehmes Gefühl.

Im nächsten Moment spricht sie auf Gälisch mit Liam und schaut immer wieder dabei zu uns. Die beiden führen eine leise, dennoch eindringliche Diskussion. Aibhilin wendet sich an mich. »Liebe Marie, ihr müsst wissen, dass wir heute eine *Station* bei uns abhalten werden. Ich weiß nicht, ob ihr beide das kennt. Ihr müsst Stillschweigen behalten und mir bei der heiligen Brigid versprechen, dass ihr es für euch behaltet.«

Als ich ratlos mit den Schultern zucke und zu Richard schaue, sehe ich seine Augen begeistert aufleuchten. Er antwortet: »Ich weiß, um was es sich handelt. Eine Hausmesse, die immer reihum in der Gemeinde der katholischen Iren aus dieser Gegend abgehalten wird.«

Liam nickt. »Ja, stimmt.«

Mein Mann ist nun in seinem Element. »Marie, du musst wissen, dass der Brennpunkt des irischen Widerstands gegen die Engländer die Kirche ist. Trotz Verbots wird Gälisch gesprochen, und es werden katholische Messen abgehalten. Die Kinder schickt man sogar in sogenannte Hedge Schools. Dabei handelt es sich um einen Unterricht durch einen Priester, der hauptsächlich im Freien gegeben wird.«

Richard ist begeistert, ein solches Ereignis miterleben zu dürfen. Innerlich verdrehe ich die Augen, da der Brief in dem Geheimfach meines Kleides unbedingt den Besitzer wechseln möchte und ich auch gern mal ein paar Minuten mit ihm allein verbringen will. Schließlich weiß ich bisher auch nicht, was er in der Zwischenzeit erlebt hat.

»Und die heilige Brigid? Wer ist das? Ich meine, wenn ich schon bei ihr schwören soll, muss ich wissen, wer sie ist«, gebe ich zu bedenken.

»Sie ist nach der keltischen Göttin Brigid benannt. Doch schwören tun wir auf unsere Nationalheilige, die auch Brigid heißt«, erklärt mir Aibhilin.

»Also dann, ich verspreche es euch bei eurer Nationalheiligen Brigid.« Dabei hebe ich die Hand und lege sie auf mein Herz.

Ich kann in den Gesichtern unserer beiden Gastgeber eine gewisse Erleichterung erkennen, doch Richard schmunzelt vor sich hin, als hätte ich mal wieder etwas sehr Lustiges getan.

\* \* \*

Wir hatten die Zeremonie still beobachtet. Zuerst wurden wir skeptisch beäugt, als jedoch Liam ausdrücklich darauf verwies, dass wir enge Freunde sind, wurde unsere Anwesenheit akzeptiert. Dieses Verhalten ist verständlich, da es sehr gefährlich ist, wenn herauskommt, dass man an diesen Zusammenkünften teilgenommen hat.

Endlich sind wir allein. Richard schließt die Tür der kleinen Kammer. Als er sich umdreht und ich seinem Blick begegne, werden meine Knie weich. Seine Augen fesseln mich, hypnotisieren mich. Langsam kommt er zu mir, ohne die Verbindung zu kappen. Eine Gänsehaut überzieht meinen Körper, und als ich vor Aufregung zu zittern beginne, schleicht sich ein siegessicheres Lächeln auf sein Gesicht.

Richards Hand greift in meinen Nacken, während er mit den Fingern der anderen langsam die Konturen meines Gesichts nachzeichnet. Ganz zart legen sich seine Lippen auf meine, doch meine Selbstbeherrschung kann nicht mit seiner mithalten, und so küsse ich ihn stürmisch zurück. Ich spüre sein warmes Lachen an meinem Mund, mehr, als ich es höre. »Langsam, kleine Orchidee. Ich möchte doch jede Sekunde unseres Wiedersehens genießen.« Er war schon immer der Geduldigere von uns beiden – so auch heute. Und so ergebe ich mich in mein Schicksal, begebe mich in seine Hände, in denen ich nur Wachs an einer offenen Flamme bin.

* * *

»Richard?«

»Mmmh?«

»Ich habe einen Brief für dich. Von Ilaria.« Richard, der bis dahin zufrieden neben mir lag und kurz davor war einzuschlafen, öffnet seine Lider.

»Von Ilaria?« Er richtet sich auf und schaut mich ernst an.

Mittlerweile weiß ich, dass Alfons noch lange genug lebte, um ihm von seiner Herkunft mütterlicherseits zu erzählen. Und vor allem, wer das Kind in meinen Armen war, als ich verschwunden bin. Dadurch war es ihm möglich, den Brief zu schreiben, der Lena und Urgroßmutter Lizzy auf meine Ankunft vorbereiten sollte.

»Ja.« Hektisch versuche ich, in dem Kleiderberg das Geheimfach zu finden und ihm den Brief zu geben. Nach kurzer Zeit werde ich fündig. »Hier. Von deiner leiblichen Mutter.«

Man sieht ihm an, wie bewegt er ist. Ein dicker Kloß sitzt in seinem Hals, was an seinem krampfhaften Schlucken zu erkennen ist.

Bedächtig öffnet er den Umschlag. Das Papier knistert unheimlich in der Stille des kleinen Raums. Ich platze fast vor Neugier, doch ich halte mich zurück und lasse ihm die Zeit zu lesen und zu verdauen, was immer in diesem Brief steht. Trotz allem kann ich kaum den Blick von seinem Gesicht abwenden. Ich beobachte ihn, versuche zu erkennen, was ihn bewegt. Ich sehe Tränen, die langsam aus seinen Augenwinkeln treten und ihren Weg über die mit Bartschatten gesäumte Wange suchen. Meine Hand streicht sanft über seinen Unterarm, und er ergreift sie. Traurig reicht er mir das Schreiben. »Lies!«, fordert er mich leise auf, und ich tue es.

*Richard,*

*mein größter Schatz auf Erden. Ich muss Dich verlassen. Dennoch weiß ich, dass Du bei Marie in guten Händen bist. Nur diese kurze Zeit mit Dir ist mir geblieben, und doch weiß ich, wie Du als erwachsener Mann sein wirst. Welche Ehefrau Dein Eigen sein wird. Und vor allem, dass es Dir gutgehen wird, bei jenen Menschen, bei denen Du aufwachsen wirst.*

*Du fragst Dich vermutlich, warum ich diesen Weg gewählt habe. Zu Recht. Dazu muss ich ein wenig ausholen.*

*Die Reise, welche ich auf mich nahm, führte mich weit in der Zeit zurück, nach Irland. Ich wollte so gern die Insel sehen, auf der unsere Familie ihren Ursprung hatte. Und ich hatte Zeit. Alle Zeit der Welt. Zumindest dachte ich das.*

*Doch die Epoche, in der ich mich befand, war geprägt von Angst. Wie Du weißt, bin ich 250 Jahre zurück in die Vergangenheit gereist. Also erreichte ich das Jahr 1358. Ich muss Dir sicherlich nicht erzählen, dass zu dieser Zeit ganz Europa von der Pest überrollt worden war. Und doch wollte ich, dickköpfig, wie ich bin, meinen Vorsatz in die Tat umsetzen. Es war eine beschwerliche Reise. An einem Hafen mussten wir sogar vierzig Tage in Quarantäne verbringen, da die Menschen Angst hatten, wir würden diese schreckliche Krankheit einschleppen. Und nur der*

*Umstand, dass ich von meiner Familie mit genügend finanziellen Mitteln unterstützt wurde, gestattete mir, Irland überhaupt zu erreichen. Ich wusste in etwa, wo die heiligen Bäume stehen müssten. Nichts Genaues, doch genug, um dort noch andere mit der Gabe zu vermuten. Und tatsächlich traf ich, früher als ich es für möglich gehalten hatte, auf einen von ihnen.*

*Fionbharr Ó Bradáigh wartete am Hafen. Ein Riese von Mann, nicht unbedingt eine Schönheit, aber ein Mann. Und er suchte das Schiff ab, als hätte ihm jemand gesagt, dass ich kommen würde. Das war im Oktober 1359. Du siehst, es war wirklich eine lange Reise.*

*Fionbharr oder Barry, wie ich ihn nannte, fixierte mich mit seinen schönen grünen Augen und lächelte. Als ich näher kam, begrüßte er mich mit den Worten: »Ilaria, endlich!«*

*Du kannst Dir sicher vorstellen, wie schockiert ich war. Er stellte sich mir vor und erklärte, dass er von einem anderen Träger der Gabe wusste, dass ich kommen würde. Er lud mich in sein Dorf ein. Was blieb mir anderes übrig, als ihm zu folgen?*

*Ich verliebte mich in ihn, noch bevor wir sein Heim erreichten. Wir wurden ein Paar und lebten einige Jahre glücklich miteinander. Aber wir blieben kinderlos. Irgendwann im Laufe der Zeit merkte Barry, wie sehr ich mich nach einem Kind sehnte, doch er tröstete mich. Er sagte, dass der Besucher, der damals mein Eintreffen angekündigt hatte, unser gemeinsamer Sohn Richard war. Als er den Namen nannte und Dich haargenau beschrieb, glaubte ich ihm sofort. Du kannst Dir kaum vorstellen, wie stolz ich darauf bin, welch wundervoller Mensch einmal aus Dir werden wird. Mein Sohn.*

*Irgendwann bekam ich schreckliches Heimweh und wollte so gern Barry meinem Vater, deinem Großvater, die*

*Liebe meines Lebens vorstellen. Während der Reise nach Italien erfüllte sich mein Kinderwunsch, und wir waren überglücklich. Wie hätten wir ahnen können, dass wir bald Schreckliches erleben würden?*

*An einem regnerischen Tag brach die Achse unserer Kutsche, und das gesamte Gefährt stürzte eine Schlucht hinunter, als die Pferde daraufhin durchgingen. Wie durch ein Wunder war ich herausgeschleudert worden, und mir ist nichts geschehen, abgesehen von ein paar blauen Flecken. Doch als ich Barry fand, war er bereits tot. Sein Genick war gebrochen. Ich konnte nichts mehr für ihn tun. Ich war verzweifelt, hatte zwar noch etwas Geld, aber ohne männliche Begleitung war ich praktisch Freiwild. Und so dauerte es auch nicht lange, bis ich den ersten Wegelagerern begegnete und mich wehren musste. Das kam immer wieder vor, bis ich endlich unseren Familiensitz erreichte. Ich merkte, dass ich immer öfter Phasen hatte, die ich schlichtweg nicht mitbekam. Ich konnte mich dann nicht daran erinnern, was passiert war. Angst erfüllte mich, stand ich doch kurz vor der Niederkunft. Ich wollte zurück zu meinem Vater. Dann kamst Du auf die Welt, das schönste Geschenk, das Gott mir machen konnte.*

*Aber als ich in meiner Zeit ankam, war mein Vater bereits gestorben. Mein Mann und mein Vater waren nicht mehr am Leben und ich kurz davor, die Kontrolle über mich zu verlieren. Meine Unsicherheit wuchs immer mehr. Ich entschied mich, die von Lübbens aufzusuchen und um Hilfe zu bitten. Als dann nach kurzer Zeit Deine wunderschöne Marie auftauchte, war mir klar, dass alles gut werden würde.*

*Dein Vater Fionbharr Ó Bradáigh ist der Sohn von zwei Trägern der Gabe, und er hat mir vieles erklärt, das ich vorher nicht wusste. Sollten wir weiblichen Träger irgendwann einmal unsere Gabe dauerhaft falsch einsetzen, werden wir dem Wahnsinn verfallen. Das erklärt vielleicht den Gemütszustand, in dem Deine liebe Frau mich vorfand. Und tu mir einen Gefallen, rette uns nicht. Denn das könnte wiederum anderes verändern, was vielleicht Schreckliches zur Folge hätte. Bitte lasst Euch das eine Warnung sein und nutzt Eure Kräfte weise. Es ist ein schmaler Grat, und wenn er erst einmal überschritten ist, kann man nicht mehr umkehren. An diesem Punkt bin ich nun angekommen. Und ich möchte nun lieber meinem Leben ein Ende setzen, als zur Gefahr für Dich oder einen der von Lübbens zu werden.*

*Bitte verzeih mir und behalte mich in Erinnerung. Erzählt Euren Kindern von mir. Und danke der Familie, die Dich aufgenommen hat. Ich liebe Dich von ganzem Herzen.*

*Deine Mama Ilaria*

Der Kloß, der in meinem Hals sitzt, ist groß, und ich muss heftig schlucken, bevor ich ihn loswerde.

»Es tut mir so leid, Richard. So leid, auch um Ilaria. Sie scheint sehr glücklich mit ihrem Mann gewesen zu sein. Selbst wenn ihnen nicht viel gemeinsame Zeit vergönnt war.«

Er nickt traurig. »Ja. Es war eine Liebe wie unsere. Wir müssen vorsichtig sein. Auch wir sind nicht davor geschützt, so zu enden.«

»Da hast du recht. Vor allem, wenn man noch so einen Tollpatsch als Ehefrau hat, die das Zeichen noch nicht einmal richtig herum machen kann.« Mein Versuch, ihn ein wenig aufzumuntern, gelingt. Sein verschmitztes Lächeln raubt mir wieder mal den Atem. »So, und nun erzählst du mir mal, was du in der Zwischenzeit erlebt hast.«

»Du meinst die Geschichte mit der feurigen Italienerin?«

»Du Schuft!« Liebevoll knuffe ich ihn in die Seite, da mir vollkommen bewusst ist, dass er scherzt.

»Okay, Spaß beiseite.« Ernst schaut er mich an. »Als du nicht gekommen bist, habe ich mir Sorgen gemacht. Als du nach gefühlten Stunden immer noch nicht bei mir warst, bin ich fast wahnsinnig geworden. Schließlich entschied ich mich, zurückzugehen. Doch auch dort warst du nicht. Um ehrlich zu sein, auf die absurde Idee, dass du das Zeichen verkehrt herum genutzt hast, bin ich nicht gekommen. Mein erster Gedanke war Kuhn. Dieser Mistkerl hatte uns schon zweimal aufgespürt und verfolgte uns mit einer Leidenschaft, die schon an Besessenheit grenzte. Warum sollte er nicht zur Stelle gewesen sein, sobald du allein warst?« Erwartungsvoll sieht er mich an.

»Wahrscheinlich hätte ich dasselbe gedacht«, gebe ich zu.

»Ich fing an, dich zu suchen. Im Garten konnte ich keinerlei Spuren finden. Es war ja auch dunkel, doch selbst als der Morgen anbrach, war nichts zu entdecken. Ich ging zu Ernesto, dem Nachfahren von Alfons, und erzählte von deinem Verschwinden. Dass ich zwischenzeitlich in die Zukunft gereist war, verschwieg ich ihm natürlich. Gemeinsam machten wir uns auf den Weg, um ganz Florenz auf den Kopf zu stellen. Nach zwei Tagen lagen meine Nerven blank, und ich war kurz davor zu verzweifeln. Ein Leben ohne dich ist für mich undenkbar geworden.«

Seine Stimme, gepaart mit diesen Worten, jagt mir eine wohlige Wärme durch den Körper. Schnell drücke ich ihm einen Kuss auf den Mund, was ihm ein Lächeln entlockt. »Irgendwann setzte mein Verstand ein, und ich versuchte, mich dem Problem mit Logik zu stellen. Es konnte keine andere Lösung geben. Du warst in die Vergangenheit gereist. Kaum hatte ich die Chance, allein im Garten der von Lübbens zu sein, bin ich zum Baum geeilt.«

Richard macht eine kurze Pause, in der seine Hände mit meinen Fingern spielen. Er wirkt völlig versunken in die Erinnerung.

»Giovanna begrüßte mich. Sie erzählte mir von ihrer Heirat mit Alfons. Von deinem Besuch. Von Ilaria. Und zum Schluss von eurer gemeinsamen Reise mit *Klein Richard.* Ich muss schon sagen, das war ein enormer Schock für mich. Sie klärte mich auch darüber auf, dass es für mich sehr gefährlich werden könnte, sollte ich meinem jüngeren Ich zu nahe kommen. Also habe ich zwei Tage gewartet und mich dann auf den Weg nach Irland gemacht.«

»Dann war es Zufall, dass du ausgerechnet zum Zeitpunkt des Überfalls beim Baum ankamst?«, will ich wissen.

»Ja, das war es. Ich wäre nicht in eure Nähe gekommen, doch ich hatte Schreie gehört. Von einer Frau. Ich wusste zwar, dass sie nicht von dir stammten, jedoch nahm die Ungewissheit, was mit dir ist, mir die Luft zum Atmen. Mein Gehirn hat ausgesetzt, und ich wollte nur noch dafür sorgen, dass du in Sicherheit bist.«

Während er das erzählt, kann ich mir vorstellen, wie er sich dabei gefühlt hat. Sehr gut sogar.

»Als ich näher herankam, merkte ich, wie mich meine Kraft verließ, ganz so, als wären meine Gliedmaßen aus Pudding. Ich schaffte es noch, die Männer auszuschalten, aber schließlich sackte ich in mich zusammen. Ich sah noch, wie du wohlbehalten durch den Baum gingst, und wollte mich schon meinem Körper ergeben, als ich plötzlich wieder zu Kräften kam. Es war so, als hätte es den Schwächeanfall gar nicht gegeben. Doch etwas anderes ließ mich letztendlich zusammensacken: Alfons. Er war schwer verwundet. Ich wollte ihn retten, merkte aber schnell, dass jede Hilfe zu spät kommen würde. Er griff nach meiner Hand und ließ mich versprechen, dass ich die Vergangenheit nicht ändern würde und dass er nichts bereuen würde. Gar nichts. Auch nicht, dort in meinen Armen, fern der Heimat, sterben zu müssen.«

Eine einzelne Träne rollt aus Richards Augenwinkel. Vorsichtig streiche ich sie fort, nehme ihn in den Arm und versuche ihn zu trösten. Oder tröstet er mich? Denn mittlerweile zittere ich und muss mich zusammenreißen, um nicht schluchzend zusammenzubrechen. Wie oft im Leben begegnet einem wahre Freundschaft? Selten, sehr selten. Ein solcher Freund war Alfons für uns.

Richard räuspert sich. »Ich begrub ihn auf einem der Hügel und informierte Giovanna. Zu ihrem Brief legte ich noch das Schreiben hinzu, das dich etliche Jahre in der Zukunft bei deiner Urgroßmutter erreichen sollte. Es hat alles geklappt, und doch wäre ich froh, wenn Alfons nicht wegen uns hätte sterben müssen. Er war mir ein guter Freund geworden, fast wie ein Bruder. Dann habe ich fieberhaft überlegt, wie ich dir helfen könnte. Und mir kam eine grandiose Idee. Es gab so viele der magischen Bäume in diesem Wald. Giovanna hatte mir eine Abschrift der Karte mitgegeben, die ich studierte.«

Er macht eine dramatische Pause, in der er theatralisch die Augenbrauen hochzieht. »Ich reiste in die Zukunft, nahm allerdings einen völlig anderen Baum. Dieser brachte mich ein Jahr früher dorthin. So hatte ich genug Zeit, mir Liam zu suchen und ihn ein wenig in Kampftechniken zu unterrichten. Das hatte ich übrigens bei Großmutter Lizzy gelernt. Also genauer gesagt, in einer Schule für Kampfsport. So war er perfekt ausgebildet, als ich ihn zu dir schickte. Er war auf alles vorbereitet. Und dann habe ich gewartet. Im Wald hatte ich eine Hütte, und an den Tagen, an denen die Schiffe einliefen, stand ich oben und hielt Ausschau nach meiner Frau. Und endlich wurde meine Geduld belohnt: Ich sah dich.«

»Nichts hätte mich davon abhalten können, zu dir zu kommen.« Ich drücke ihm einen leidenschaftlichen Kuss auf die Lippen, den er ebenso erwidert.

# Kapitel 8

## Ende März 1816

Richard wurde während der vergangenen Tage immer stiller und in sich gekehrter, sodass ich mir fest vorgenommen habe, heute Abend mit ihm zu reden. Wir sind nun seit fast einer Woche bei Liam zu Gast, der uns nicht gehen lassen möchte. Er und seine Frau bringen uns Gälisch bei. So langsam werde ich auch mit Aibhilin warm, die sehr schüchtern und zurückhaltend ist. Doch heute Morgen sitzt sie mir gegenüber und kichert.

»Weißt du, Marie? Ich warte schon die ganze Zeit darauf, ein paar Minuten mit dir allein zu sein.«

Neugierig schaue ich von den Rüben auf, die ich gerade schäle. »Aha. Und was möchtest du mir erzählen?«

Ihr Grinsen wird breiter. »Ich ... ich bin schwanger.« Atemlos wartet sie auf meine Reaktion.

Schnell lege ich das Messer weg und nehme sie in den Arm. »Das ist ja großartig!«

»Ja, das finde ich auch. Ich überlege nur die ganze Zeit, wie ich es Liam sagen soll. Ich meine ... Ach, eigentlich weiß ich gar nicht so recht, was ich meine. Oder doch. Ich hab Angst, dass er denkt, es wäre nicht von ihm, schließlich war er zwei Monate weg.« Aibhilin zuckt verlegen mit den Schultern.

Im gleichen Moment poltert es im anderen Zimmer. Die Tür zur Küche geht auf, und unsere beiden Männer kommen herein.

»Na, habt ihr etwas vergessen?«, frage ich.

»Ja, das haben wir.« Liam kramt in einer der Vorratskisten herum.

»Ähm, Richard? Kommst du mal? Ich muss dir noch was erzählen.«

Aibhilin schaut mich unsicher an, und ich gebe ihr mit meinen hochgezogenen Augenbrauen ein Zeichen. Ihre ohnehin schon großen Augen werden noch größer und sehen mich ängstlich an.

»Selbstverständlich. Was meine Frau sagt, ist mir Befehl.« Er zwinkert unserer Gastgeberin zu.

»Außerdem möchte Aibhilin ihrem Ehemann noch etwas erzählen.«

Liam dreht sich erschrocken um. »Ist was passiert, mein Augenstern? Geht es dir nicht gut?« Er kniet sich neben seine Frau und nimmt ihre starren Hände in die seinen.

Schnell zerre ich Richard aus der Küche. »Was war denn bitteschön das gerade eben?«, will er wissen.

Leise flüstere ich: »Aibhilin ist schwanger.«

Verständnislos starrt er mich an. »Bisher dachte ich immer, das wäre ein Grund zur Freude.«

Als ich ihm von ihren Befürchtungen erzählt habe, versteht er es schon besser und wartet gemeinsam mit mir auf die Reaktionen aus der Küche. Und prompt hören wir einen triumphalen Freudenschrei aus dem Nebenraum.

Wir lächeln uns zufrieden an, da reißt Liam auch schon die Tür auf.

\* \* \*

»Willst du mir nicht erzählen, was dich so sehr grübeln lässt?«, will ich an diesem Abend von Richard wissen. Seine starken Arme halten mich, während seine rechte Hand mit meinen Locken spielt.

»Meine kleine Orchidee, ich kann wirklich nichts vor dir verbergen, oder?«

Entschlossen schüttele ich den Kopf und lächle.

»Mir geht der Brief von Ilaria nicht aus dem Kopf. Woher soll ich wissen, wann der richtige Zeitpunkt ist, um zu meinem leiblichen Vater zu gelangen?« Seine Hand hält inne.

»Gute Frage, nächste Frage«, versuche ich zu scherzen, doch das Thema ist zu ernst, als dass ich ihn durch einen solchen Spruch zum Lachen hätte bringen können. »Spaß beiseite. Ich habe mir darüber auch schon den Kopf zerbrochen und bin zu dem Schluss gekommen, dass die Zeit an sich wie eine unendliche Schleife ist. Alles ist bereits geschehen, während wir noch nachdenken. Damit möchte ich sagen, dass du dir keine Gedanken machen musst. Du wirst die richtige Entscheidung treffen. Es ist ja so passiert, nur für uns bisher nicht.« Sein Brustkorb vibriert. »Lachst du mich etwa aus?« Empört richte ich mich auf und funkele ihn böse an.

»Tut mir leid, Marie, aber die Erklärung ist so einfach, dass sie schon wieder genial ist. Du könntest damit zwar keinen Außenstehenden überzeugen, mich aber definitiv.« Zärtlich streichelt er meine Wange, doch das Funkeln in seinen Augen verrät das Lachen, das sich bereits den Weg in die Freiheit sucht. »Ich liebe dich so sehr, meine wilde, kämpferische Ehefrau.« Und schon verschließt sein Mund meine Lippen, die gerade seine Worte erwidern wollten.

\* \* \*

»Ach, Richard, bleibt doch noch ein paar Tage bei uns. Als der liebe Gott die Zeit erschuf, hat er genug davon gemacht«, versucht Liam uns zum Bleiben zu überreden. »Das ist ein altes irisches Sprichwort«, erklärt er.

Wenn er wüsste, wie recht er damit hat.

»Liam, wir danken dir und deiner bezaubernden Aibhilin für eure Gastfreundschaft. Doch irgendwann müssen wir zurück. Wir sind seit Monaten unterwegs.« Er schaut mich an und bittet still um Unterstützung.

»Da hat er recht. Meine Großmutter ist bestimmt schon außer sich vor Sorge«, pflichte ich meinem Mann bei. Und tief in mir habe ich wirklich Heimweh, auch wenn es durch Richards Anwesenheit gemildert wird.

Unser Gastgeber resigniert. »Gut, dann werden wir euch morgen mit Proviant ausstatten.«

Proviant, den wir nicht gebrauchen können, schließlich wollen wir keine normale Reise unternehmen. Nein, unsere Reise wird uns an einen Ort führen, an dem wir schon waren, allerdings in eine Zeit, die wir noch nicht kennen. Wir werden Richards leiblichen Vater besuchen. Er sehnt sich so sehr danach, seine Wurzeln zu erforschen und zu wissen, wo er herkommt und wer sein Vater ist, dass ich seinen Wunsch sehr gut verstehen kann.

Insgeheim haben wir uns abgesprochen, dass wir heute Nacht im Stillen Liams Haus verlassen werden. Nicht, dass er noch auf die Idee kommt, uns begleiten zu wollen.

\* \* \*

Kleine Wölkchen meines Atems schweben davon, während ich durch den Wald stapfe. Die Kälte ist erträglich, und dennoch zittere ich. Die Aufregung vor dem Unbekannten, das mich erwartet, wächst ins Unermessliche.

Intuitiv greift Richard nach meiner Hand. »Es wird alles gut gehen.«

Die Karte, welche die besonderen Bäume zeigt, offenbarte uns ein Exemplar, das uns ins Jahr 1353 bringen wird. Ein Jahr, das mir noch suspekter ist als alle anderen, in die wir bisher gereist sind. Wie weit war Irland damals? Hätte ich doch nur im Geschichtsunterricht besser aufgepasst. Oder hätte mich mal ein wenig dafür interessiert. Klar habe ich viel gelesen, jedoch kommt man damit definitiv nicht durch. Ich bin nur so froh, dass Richard an meiner Seite ist. Er weiß so viel, was die Geschichte betrifft. Mit Sicherheit ein Verdienst seiner Ziehfamilie, die ja wusste, welche Aufgaben zum Teil noch vor ihm liegen würden. Etwas, das meine Urgroßmutter mir auch nahe legen wollte, was jedoch durch die Sturköpfigkeit von Oma Ella nie passierte. Richard wollte eigentlich nicht, dass ich ihn begleite. Ihm wäre es lieber gewesen, wenn ich stattdessen in meine Zeit gereist wäre und auf ihn gewartet hätte. Doch noch einmal wollte ich nicht von ihm getrennt werden. Ich glaube, insgeheim war er froh darüber. Und ich war es, weil er keine weiteren Versuche mehr unternommen hatte, mich zu überzeugen.

Als wir endlich vor dem richtigen Baum stehen, erfasst mich eine Aufregung, die mein Herz wild klopfen lässt. Vielleicht wird man mit der Zeit routinierter, wenn man solche Reisen ins Unbekannte öfter unternimmt. Bei mir ist dieser Punkt noch nicht erreicht.

»Marie, ich werde zuerst gehen. Wer weiß, was uns dort erwartet. Am besten, du zählst bis hundert und folgst mir dann.«

Ich nicke. Sanft berühren sich unsere Lippen, ein Versprechen, dass es diesmal gut gehen wird.

Nachdem er weg ist, erscheint mir die Zahlenfolge von eins bis hundert unendlich. Doch ich halte mich eisern an unsere Absprache. Endlich bin ich fertig. Als ich das Zeichen über die Borke streiche, konzentriere ich mich mehr als jemals zuvor.

* * *

Starke Arme umschlingen mich, und ich bekomme einen leidenschaftlichen Kuss. »Ich hatte schon Angst, dass du mal wieder zu vergesslich warst, um das Zeichen richtig zu machen!«, neckt mich Richard.

Ich kichere. »Nein, diesmal war ich mehr als gewissenhaft.«

»Das warst du. Die Zeit, bis du endlich hier warst, kam mir unendlich lange vor. Ich glaube, ich leide an einem Trauma.«

Der Wald sieht nicht wirklich anders aus als noch vor wenigen Sekunden. Und doch wissen wir beide genau, dass es sehr anders ist. Das Jahr 1353 hat uns willkommen geheißen.

Dem Brief von Ilaria hatte eine kleine gezeichnete Karte beigelegen, die uns den Weg zum Dorf von Fionbharr Ó Bradáigh zeigen soll. Richards Kompass weist uns den Weg.

»Sag mal«, beginne ich. »Gibt es eigentlich etwas, das du nicht kannst? Alles, was du anpackst, gelingt dir. Gegen dich fühle ich mich manchmal ziemlich tollpatschig.«

Ruckartig bleibt er stehen und sieht mich entgeistert an. »Das ist jetzt nicht dein Ernst?«

»Doch!«

»Marie, du bist die stärkste Frau, die ich je kennengelernt habe. Du meisterst dein Leben ohne Hilfe. Du wurdest in eine Welt der Wunder geschubst. In andere Zeiten. Dir wurde dein Kind genommen. Dein Mann eingekerkert. Du hast mich im Alleingang gerettet. Du zweifelst doch nicht wirklich an dir?«

Ich nicke.

Er nimmt mich in seine beschützenden Arme. »Du kleine Zweiflerin. Nie könnte dir jemand das Wasser reichen. Nie. Du bist definitiv kein Tollpatsch. Hast du das verstanden?« Als ich wieder nicke, fährt er fort. »Auch wenn du ein wenig Probleme mit dem Zeichen hast.«

Empört boxe ich ihm gegen den Arm. Feixend rennt er vor und bleibt stehen. Okay, die Jagd hat begonnen. Doch so sehr ich mich anstrenge, ich hole ihn nicht ein.

»Vielleicht sollten wir den Spieß einmal umdrehen?« Als ich erkenne, was er vorhat, ist es schon zu spät, und er hat mich gefangen. »So, nicht dass du mir noch übermütig wirst bei all der Süßholzraspelei. Auch wenn du noch so perfekt bist, mich wirst du nicht mehr los.« Wir versinken in einem leidenschaftlichen Kuss, und schon nach kurzer Zeit haben wir die niedrige Temperatur vergessen und wälzen uns auf dem kalten Waldboden. Seine Hände sind überall auf mir. Sein Mund bringt mich um den Verstand, und unsere Körper vollführen einen uralten Tanz in perfekter Harmonie.

\* \* \*

Von Weitem sehen wir Rauchsäulen am Horizont emporsteigen. Das Dorf ist von einer runden Palisadenmauer umgeben. Hoch, abschreckend und zumindest sicher. Die Tore sind geöffnet, offensichtlich kommen wir zu einer einigermaßen friedlichen Zeit an.

»Komm, wir schauen, wo wir den guten Barry finden können.« Richard greift nach meiner Hand, und wir gehen gemeinsam in das Dorf.

Schon am Eingang werden wir allerdings skeptisch beäugt. Ich bin froh, dass mir Aibhilin und Liam Gälisch beigebracht haben und ich schnell und gut Sprachen lerne. Innerhalb der vergangenen zwei Wochen habe ich gelernt, sie recht gut zu verstehen. Mit dem Sprechen hapert es noch, was aber normal ist, wenn man gerade mit einer neuen Sprache begonnen hat. Die Angst, etwas falsch auszusprechen, begleitet einen in dieser Phase ständig.

»Hey, ihr beiden. Wohin des Wegs?« Ein riesiger, grobschlächtiger Mann stellt sich uns in den Weg und mustert uns. Mit unserer Kleidung fallen wir auf wie ein Clownspaar aus dem Zirkus, was man auch an seinem verächtlichen Schmunzeln erkennen kann. Er hingegen strotzt nur so vor Dreck. Seine Haare haben offensichtlich seit Jahren keinen Kamm mehr gesehen. »Was seid ihr denn für komische Gestalten? Kommt ein reisender Jahrmarkt zu uns?« Ein zweiter Kerl, der zu uns getreten ist, schlägt seinem Kumpel lachend auf die Schulter angesichts des gelungenen Witzes.

Richard tritt schützend vor mich. »Wir suchen Fionbharr Ó Bradáigh.«

Die beiden Kerle werden sofort ernst. »Das ist unser Clanoberhaupt. Wartet hier. Wir werden ihm sagen, dass er Besuch hat. Vielleicht möchte er euch ja sehen.«

Als die beiden verschwunden sind, schauen wir uns verwundert an. »Clanoberhaupt?«, fragt Richard.

»Sieht so aus. Davon hat Ilaria nichts geschrieben. Siehst du, mein irischer Prinz. Mein Kosename für dich ist gar nicht so abwegig.« Wir lachen beide, als ich hinter uns ein lautes Räuspern wahrnehme.

Dort steht ein Mann, der bestimmt zwei Meter groß ist, und in dem Moment, in dem sich mein Blick auf ihn richtet, weiß ich, dass es sich um Fionbharr handelt. Er sieht Richard auf abstrakte Weise ähnlich. Nur sein Haar ist ein wenig heller, und die Augen haben einen blauen Farbton. Er überragt seinen Sohn. Ich würde ihn auf ungefähr Anfang dreißig schätzen, und er strahlt eine Autorität aus, die einem durch Mark und Bein geht.

»Wer seid ihr? Und was wollt ihr von mir?«, will er wissen. Er wirkt abweisend.

Richard übernimmt das Reden. »Wir kommen als Abgesandte des Ordens der weißen Orchidee.« Wie kommt er nur darauf, den Orden zu erwähnen?

Doch es zeigt die gewünschte Wirkung, denn das Gesicht des Mannes verändert sich. Er wirkt jetzt skeptisch. »Orchidee? Von was redest du?«

»Wir sind Träger der Gabe. Mein Name ist Marie, und das ist mein Mann Richard«, mische ich mich nun doch ein.

Der Mann verharrt kurz. »Gut, das erklärt euren Aufzug.« Mit hochgezogenen Augenbrauen schaut er an uns herab. Dann reicht er Richard die Hand. Plötzlich zuckt mein Mann zusammen. Barry hat offenbar seine Macht demonstriert. Was Richard tut, kann ich nicht erkennen, doch es sieht aus, als hätte er den Clanführer überzeugt.

»Kommt, dann können wir uns unter sechs Augen unterhalten.«

\* \* \*

»Natürlich habe ich sofort gewusst, von welchem Orden du gesprochen hast. Aber ich bin vorsichtig. Es gibt viele Menschen, die neugierig sind und nicht davor zurückschrecken, zu lügen. Ich hatte schon ein paar Mal Besuch von angeblichen Trägern der Gabe. Deshalb habe ich dich getestet.« Er spricht Englisch mit uns, was mich zuerst verblüfft, aber eigentlich ist es nicht verwunderlich. Er ist einer von denen, die auch in die Zukunft reisen können, und im Irland der Zukunft spricht man Englisch. Fast uneingeschränkt.

»Sieht aus, als hätte ich den Test bestanden«, kontert Richard.

Fionbharr lacht laut auf. »Sieht wahrlich so aus. Doch sagt, von wann und wo kommt ihr?«

»Ursprünglich bin ich 1844 gestartet und Marie 2013, doch mittlerweile wissen wir überhaupt nicht mehr, wie viel Zeit seitdem vergangen ist. Mindestens ein Dreivierteljahr. Wir kommen beide aus Deutschland. Weißt du, wo das liegt?»

»Ja, in etwa. Zeiten, in die ich es bisher nicht gewagt habe zu reisen. Der Mensch sollte nicht zu viel wissen, sonst zerbricht der Verstand daran. Ich habe schon mehr gesehen, als ich sollte.

Interessant, dass ihr beide Träger der Gabe seid. Wie meine Eltern. Was bedeutet, dass eure Kinder übermächtig werden, so wie ich. Reisende, die sich selbst heilen und in der Zeit nicht nur zurückreisen können.« Er schaut uns beide an, als wären wir ein seltenes Insekt. Dieser Ausdruck in seinen Augen erinnert mich so sehr an Richard. »Und was führt euch zu mir? Ihr habt direkt nach mir gefragt.« Abwartend schaut er von Richard zu mir.

»Ich habe einen Brief von meiner Mutter erhalten, in dem sie mir von dir erzählt hat.« Richard macht eine Pause. »Sie schrieb, dass du mein Vater bist. Leider habe ich dich nie kennengelernt, und das wollte ich nachholen.«

Fionbharr starrt ihn verblüfft an. Er zweifelt, und doch streitet er es nicht sofort ab, sondern denkt offenbar sorgfältig darüber nach.

»Ich habe meine Frau durch eine heimtückische Krankheit verloren, die selbst ich nicht heilen konnte. Sie hat mir eine Tochter geschenkt. Von einem Sohn weiß ich nichts. Warum sollte ich dir glauben?« Fionbharr lehnt sich zurück und verschränkt die Arme vor der Brust.

Ein Poltern am Eingang der großen Holzhütte lässt die Männer aufspringen. Im nächsten Moment steht ein aufgeregter Kerl im Haus und ringt nach Luft.

»Was soll das?«, herrscht ihn das Clanoberhaupt an.

»Ó Bradáigh, deine Tochter ist verschwunden!« Er ist so außer Atem, dass er kaum sprechen kann.

»Was soll das heißen, sie ist verschwunden?« Kein Wunder, dass der kleine Kerl vor ihm zusammensackt. Sein Oberhaupt überragt ihn um mehr als einen Kopf und strahlt eine solch bedrohliche Dominanz aus, dass ihm nichts anderes übrig bleibt, als zu kuschen. Der Unterton in seiner Stimme jagt mir eine Gänsehaut über den Rücken. »Nun sprich, du Wurm. Was ist mit meiner Tochter?«

»Ähm … sie hat im Stall gespielt«, stottert er ängstlich. »Als ich das nächste Mal nach ihr sah, war sie weg. Und ihr Pony auch.« Er hebt nicht den Kopf. Traut sich nicht, seinem Herrn in die Augen zu sehen, so sehr fürchtet er sich vor der Reaktion.

»Richard, Marie, entschuldigt mich.« Fionbharr ist schon fast aus dem Raum, als Richard aufspringt und ihm hinterhereilt. »Warte, ich helfe dir.«

Langsam stehe auch ich auf und folge den beiden nach draußen.

# Kapitel 9

## April 1353

Eine Horde Männer galoppiert auf Pferden durch das Tor. Mein Blick huscht suchend über sie hinweg, doch ich kann weder Richard noch Fionbharr unter ihnen entdecken. Stattdessen erkenne ich ein blutiges Bündel in den Armen eines der Reiter.

Auf Gälisch ruft einer von ihnen: »Wo ist Fionbharr? Sucht ihn so schnell wie möglich. Das Kind ist vom Pferd gestürzt. Es sieht schlimm aus.«

Eine der Frauen nimmt ihm das Kind ab und legt es auf eine Bank. »Er ist mit dem Fremden nach Norden geritten.« Sie schaut sich das Kind genauer an. Das kleine Mädchen ist vielleicht zwölf Jahre alt, und das Gesicht ist umrahmt von wilden blonden Locken. Sie ist bleich wie ein weißes Tuch. Die Frau schaut den Reiter entsetzt an. »Ich glaube nicht, dass er es noch rechtzeitig schafft. Nur die heilige Brigid kann uns noch helfen.«

Ich löse mich aus meiner Erstarrung und gehe zu den beiden. »Gute Frau«, beginne ich in meinem gebrochenen Gälisch. »Darf ich mir das Kind anschauen?«

»Bist du eine Heilkundige?« Sie weicht keinen Zentimeter von dem Mädchen und wartet auf eine Antwort.

Was soll ich tun? Soll ich die Wahrheit sagen? Offensichtlich akzeptieren die Leute Menschen, die *anders* sind. »Ja.« Mehr traue ich mich nicht zu sagen.

Sie sieht mich an, lange, und dann steht sie auf, sodass ich zu dem Mädchen kann. Erleichtert atme ich durch und schaue mir das Kind an. Sie hat eine Kopfwunde, die stark blutet. Das Schlimmste ist allerdings der offene Bruch des Oberschenkels, denn der Knochen hat die Hauptschlagader durchtrennt. Die Männer haben es geistesgegenwärtig abgebunden, doch es reicht nicht. Das Blut sickert zwar langsam, aber unaufhörlich weiter. Das erklärt auch die unnatürliche Gesichtsfarbe des Kindes. Sie ist kurz davor zu verbluten, fast wie Richard damals in dem Dickicht. Und wie damals ist es höchste Zeit. Mir bleibt keine Wahl. Ich hoffe inständig, dass Richard bald kommt und mir helfen wird. Aber vorerst braucht das Mädchen Hilfe. Mein Schicksal begebe ich wie so oft schon in die Hände Gottes. Er wird Richard rechtzeitig zu mir schicken.

»Ich kann ihr helfen, aber ihr müsst trotz allem schnell zu Fionbharr und meinen Mann herholen. Nachdem ich ihr geholfen habe, brauche ich Hilfe.« Die Frau nickt und legt mir die Hand auf die Schulter. »Ich werde mich um dich kümmern. Ich bin die Amme dieses Kindes. Die einzige Mutter, die es jemals hatte. Ihre starb kurz nach der Geburt, und ich liebe das Mädchen, als wäre es mein eigen Fleisch und Blut. Glaub mir, ich werde alles für dich tun«, verspricht sie mir, und ich vertraue ihr.

Ich schließe die Augen, um mich zu konzentrieren. Meine Hände legen sich über die Wunde, fast ohne mein Zutun. Und schon spüre ich die Hitze. Es kribbelt in meinen Blutbahnen und Fingerspitzen. Die Energien fließen direkt zu dem Kind. Helfen. Heilen. Dann wird es schwarz um mich herum, und mich erfasst ein Strudel, schlimmer als jemals zuvor. Ich habe das Gefühl, dass er mich tiefer hinabzieht. Unwiederbringlich.

\* \* \*

Ich bin in einer Dunkelheit gefangen, die mir das Atmen schwermacht. Wortfetzen dringen zu mir, doch ich kann ihren Sinn nicht begreifen. Mein Verstand ist wie von einem Tuch überdeckt. Zugedeckt. Am Ersticken. Es wäre so einfach, sich nur noch treiben zu lassen. Hinweg. Fort.

Dann verirrt sich ein Gedanke zu Richard, und plötzlich wird mir bewusst, was ich verlieren würde. Auf was ich verzichten müsste. Ruckartig hebt sich das Tuch, und ich beginne, gegen die Dunkelheit zu kämpfen. Mit Zähnen und Krallen und allem anderen, was ich zur Verfügung habe.

Mein Körper bäumt sich auf, und ich ziehe krampfhaft den Sauerstoff in meine Lunge. Atme.

»Sie atmet! Sie atmet wieder! Ein Wunder!« Die Frau, deren hysterische Stimme ich wahrnehme, entfernt sich von mir.

So sehr ich mich anstrenge, die Augen kann ich nicht öffnen. Es ist, als wären sie verklebt. Alles bleibt schwarz um mich herum.

»Danke.« Eine zarte Kinderstimme rechts neben mir haucht dieses eine Wort. »Kannst du nichts sehen?«, fragt das Mädchen zaghaft.

Kann ich nichts sehen? Erst jetzt wird mir klar, dass ich die Augen offen habe, aber nicht in der Lage bin, etwas zu erkennen. Oh Gott, nein. Das darf nicht wahr sein. Bin ich blind?

Hektisch schnellt mein Kopf hin und her, in der Hoffnung, irgendwo einen Lichtschein wahrzunehmen, aber es bleibt dunkel. Dunkel wie die schwärzeste Nacht auf Erden. Nein! Nein, das ist bestimmt ein Albtraum. Das kann unmöglich mein Schicksal sein. Ohne Gehör könnte ich leben, doch nicht ohne meine Sehkraft. Nie wieder ein Buch lesen können, oder ein Bild anschauen. Richards Gesicht nicht mehr bewundern können? Das darf nicht sein. Niemals.

»Bitte, reg dich nicht auf. Ich hole Hilfe. Warte Bitte.«

Erschrocken richte ich mich auf und versuche, nach dem Mädchen zu greifen. Meine Fingerspitzen berühren groben Stoff. »Geh nicht, lass mich nicht allein.«

»Oh. Ja, in Ordnung. Ich bleibe bei dir. Du hast Angst.« Keine Frage, nur eine simple Feststellung, die aus dem Mund des Kinds ihren Schrecken nicht verliert.

Ja, ich habe Angst. Schreckliche Angst. Wo um Himmels willen ist Richard?

»Niamh, komm sofort her. Bleib von ihr weg. Sie ist von den Toten auferstanden. Lauf, Kind.« Die hysterische Frauenstimme ertönt laut und schrill. Ich zucke zusammen.

»Nein, das werde ich nicht.« Das Mädchen spricht mit einer solchen Bestimmtheit, dass jedem Fremden sofort klar sein muss, dass es sich bei ihr um die Tochter eines Anführers handelt. Niamh ist das Mädchen, das ich geheilt habe. »Geht und sucht meinen Vater«, herrscht sie die Frau an.

Ich schließe die Augen. Ich ertrage den Gedanken nicht, dass sie geöffnet sind, ohne etwas sehen zu können.

»Du brauchst keine Angst haben, ich bleibe bei dir. Und ich weiß auch, was du für mich getan hast. Mein Vater und meine Großeltern haben mir von den Trägern der Gabe erzählt. Ich hoffe sehr, dass ich sie geerbt habe. Aber Vater hat gesagt, man kann sie nicht zwingen, zu einem zu kommen. Sie sucht sich selbst den Erben aus. Vielleicht mich, vielleicht aber auch jemand anderen. Doch nie werde ich darin etwas Böses sehen. Du brauchst also keine Angst zu haben. Ich werde bei dir bleiben und mich um dich kümmern.« Liebevoll streichelt sie meine Wange. »Wie heißt du? Und warum bist du hier bei uns im Dorf?«

Ich sammle meine Gedanken, um dem Mädchen antworten zu können, auch wenn es mir verdammt schwerfällt, an etwas anderes zu denken, als an meine Augen. »Ich heiße Marie, und wir besuchen deinen Vater. Ja, ich bin Trägerin der Gabe. Mein Mann Richard auch. Er ist mit deinem Vater losgeritten, um dich zu suchen.«

»Ja, meine alte Amme hat mir schon erzählt, dass Vater mich sucht. Hoffentlich kommt er bald, um ihr die Flausen aus dem Kopf zu vertreiben, bevor sie das ganze Dorf gegen dich aufbringt.«

Obwohl sie noch so jung ist, klingen ihre Worte nicht so. Ein kluges kleines Geschöpf. Ilaria hatte in ihrem Brief mit keinem Wort erwähnt, dass Fionbharr eine Tochter hat. Merkwürdig.

* * *

Es kommt mir vor, als würde ich schon eine Ewigkeit auf der Wiese sitzen. Doch endlich erlöst mich Niamh. »Sie kommen. Da sind sie. Bestimmt kann Papa dir helfen.«

Die Kleine hüpft aufgeregt neben mir auf und ab, doch ihr Versprechen bricht sie nicht. Sie bleibt die ganze Zeit bei mir und lässt auch meine Hand nicht los, wodurch ich stark durchgeschüttelt werde.

»Niamh, mein Augenstern«, tönt die tiefe Stimme von Fionbharr zu uns herüber. »Wo warst du?«

Das Getrappel der Pferde kommt näher.

»Vater, bitte seid nicht böse. Ich hatte gesehen, dass wir Besuch haben, und wollte für Marie einen schönen Strauß Blumen pflücken. Und die schönsten gibt es nun mal unten im Tal. Leider bockte mein Pferd, und ich bin gestürzt.« Sie räuspert sich. »Ich hab ganz doll geblutet, und dann wurde ich ohnmächtig. Aber Marie hat mich geheilt.« Die letzten zwei Sätze sind nur noch ein Flüstern, getragen vom schlechten Gewissen.

Plötzlich erklingt erneut die schrille Stimme der Alten. »Ja, sie ist eine Hexe. Sie war tot, hat nicht mehr geatmet. Doch dann, als sie schon anfing, kalt zu werden, kam sie zurück. Einfach so. Sie ist ein Teufelsweib!«

»Sei still, Weib. Das ist eine direkte Nachfahrin der Göttin Brigid. Hab Respekt. Das ist Marie, sie hat mit ihren Marienfingern das Kind geheilt. Wahrscheinlich hat die heilige Brigid sie persönlich zurückgebracht. Verschwinde und wage es ja nicht, solchen Unsinn im Dorf zu verbreiten.« Ein unmutiger Laut, der eindeutig von ihr kommt, und dann höre ich, wie sie davongeht.

Ein Pferd galoppiert heran, und jemand springt eilig herunter. »Marie? Was ist mit dir?«

»Sie kann nichts mehr sehen.« Die Stimme des Mädchens klingt traurig. »Vielleicht kann mein Vater ihr helfen.«

Sanfte, warme Hände streichen über mein Gesicht und halten über meinen Augen inne. Ich kann die heilende Energie spüren, doch als ich die Lider öffne, ist immer noch alles schwarz.

»Es hilft nicht«, schluchze ich verzweifelt. »Ich bin blind, und noch nicht mal du kannst mir helfen.« Heiße Tränen rinnen mir aus den Augenwinkeln. Mein Körper zittert, und ich klammere mich an meinen Mann.

»Scht, Marie. Wir werden eine Lösung finden.« Seine Arme wiegen mich sanft hin und her. Geduldig hält er mich, bis ich mich beruhigt habe.

Niamh erzählt in der Zwischenzeit alles ihrem Vater. Von dem offenen Bruch bis hin zu meinem Erwachen.

»Wir gehen jetzt erst mal alle rein. Wir müssen den Leuten ja nicht noch mehr Anlass zum Reden geben.« Fionbharr spricht leise, doch seine Worte dulden keinerlei Widerspruch. Er ist der geborene Anführer.

* * *

»Was meintest du vorhin mit Marienfinger?«, will Richard von Fionbharr wissen.

»Ich hatte irgendwann gehört, wie du deine Frau Orchidee genannt hast, da fiel mir die Geschichte der Marienfinger ein. Kennst du die nicht?«

»Nein, aber ich bin schon sehr neugierig.«

Ich kann mir vorstellen, wie er sich vorbeugt und seine Körpersprache klar zu erkennen gibt, wie wissbegierig er ist. Doch leider sehe ich nichts, kann mich ausschließlich auf mein Gehör verlassen. Ich könnte schreien, so fürchterlich finde ich die Situation. Ausweglos.

»Hier bei uns, ich meine das Gebiet, das ihr Europa nennt. Hier gibt es eine Pflanze – sie heißt breitblättriges Knollenkraut. Es handelt sich dabei um eine Orchideenart. Ihre Knollen sind wie Finger geformt, und ihnen werden übersinnliche Fähigkeiten zugesprochen. Wenn diese Finger heller gefärbt sind, heißen sie Marienfinger und sollen am Mittag des Johannistags kranke Körperteile durch Berührung heilen. Manchmal werden sie auch als Liebeszauber benutzt, oder sie sollen gar vor dem bösen Blick schützen. In Irland sind sie so selten, dass es ein großes Mysterium ist. Jeder möchte gern eine solche Pflanze sein Eigen nennen.« Fionbharr macht eine Pause.

»Und wenn sie dunkler gefärbt sind?«, frage ich.

»Dann heißen sie Teufelsfinger und bringen Krankheit und Kummer.« Unser Gastgeber lacht auf. »Aber ehrlich gesagt glaube ich nicht daran. Nun, die Menschen brauchen immer solche Geschichten. Die Einfachheit dessen, dass es Menschen gibt, die solche Fähigkeiten haben wie wir, erschreckt sie zu sehr.«

Da kann ich ihm nur zustimmen.

»Und jetzt denken die Leute, weil ich Marie heiße, habe ich Marienfinger. Wenn es nicht eine so blöde Situation wäre, könnte ich glatt darüber lachen.« Meine Worte triefen nur so vor Sarkasmus. Richard ergreift meine Hand und will mir Trost spenden, doch am liebsten würde ich sie ihm entziehen. Trost ist nicht das, was ich möchte. Ich weiß, ich bin ungerecht, doch die Verzweiflung, nie wieder sehen zu können, frisst sich wie Säure durch mich hindurch.

Zwischenzeitlich hat auch Fionbharr versucht, mich zu heilen. Sie haben es sogar gemeinsam probiert, aber nichts hat geholfen. Ich stecke fest in dieser alles verzehrenden Schwärze. Wenn ich doch nur ein Licht am Ende des Tunnels erkennen würde. Eine Hoffnung auf Heilung.

»... das wäre zumindest einen Versuch wert, was meinst du, Richard?«, höre ich Fionbharr sagen.

»Ja, auf jeden Fall. Wir müssen es probieren. Wir müssen jede Möglichkeit ergreifen, damit Marie einem Leben in Blindheit entfliehen kann.«

Die beiden Männer schweigen.

»Von welcher Möglichkeit habt ihr gesprochen?«, versuche ich mich an der Unterhaltung zu beteiligen.

Fionbharr räuspert sich. »Ich hatte«, er macht eine kurze Pause, »meinem Sohn gerade davon berichtet, dass die Möglichkeit besteht, dich zu Brigid zu bringen. Das ist die Brigid, um die sich die vielen Sagen in unserem Land ranken. Die angebliche Göttin Brigid.«

Richards Hand greift nach meiner. »Wir sind uns nicht sicher, ob sie oder die Vereinigung mit einem der magischen Bäume dir helfen kann.«

»Ist schon gut, ich mache mir nicht allzu viele Hoffnungen!«, stoße ich gepresst hervor und versuche, mich auch daran zu halten. »Lass deinen Vater weitersprechen.« Seinen Vater. Den Ausdruck habe ich bewusst gewählt, denn mir war nicht entgangen, dass Fionbharr ihn seinen Sohn genannt hat. Er hat sich offenbar der anfänglichen Skepsis entledigt und seine Vaterschaft anerkannt.

»Die Frau, die Irland unter dem Namen der keltischen Göttin Brigid kennt, ist eine Urahnin von mir.« Eine Urahnin? »Ihr kennt die Geschichte, wie die Mutter mit dem Sohn zusammen das Samenkorn in die Erde legte und magische Worte sprach?« Ich nicke. »Das war sie.« Das würde ja bedeuten, dass er direkt von dem Jungen abstammt, von dem in der Sage die Rede war. Die Sage, die mir Urgroßmutter Lizzy in dem Brief aufgeschrieben hatte. Irgendwie hängt alles zusammen. Die Sagen, die Geschichte unserer Familien, einfach alles.

»Brigid ist die mächtigste Gabenträgerin, der ich je begegnet bin. Wenn jemand Marie heilen kann, dann sie. Wir werden morgen gemeinsam auf eine Reise gehen«, fügt Fionbharr noch hinzu.

Ich wage kaum daran zu glauben, dennoch keimt in mir ein kleiner Funke Hoffnung auf.

# Kapitel 10

## April 1353

»Da vorne. Das ist unser Baum. Ich werde zuerst gehen, danach Marie, und zum Schluss du, Richard. Damit immer einer da ist, der sich um sie kümmern kann.« Fionbharr spricht, als wäre ich nicht anwesend. Es ärgert mich, obwohl er recht hat. Ich wäre vermutlich nicht einmal fähig, den Baum zu finden, sobald ich über eine Wurzel stolpern würde. Hilflos und bedürftig.

Im Grunde bin ich ein Mensch, der Selbstmitleid nicht ausstehen kann, doch nun fällt es mir unheimlich schwer, nicht darin zu baden. Missmutig lasse ich mich von dem Rücken des Pferdes hinuntergleiten. Langsam, damit ich das Gleichgewicht halten kann, sobald meine Füße den Waldboden berühren. Aber das wäre nicht nötig gewesen, denn ein Paar kräftige Hände umfassen meine Taille und halten mich fest, bis ich sicher stehe. Richards Geruch strömt mir in die Nase, und ich muss mit mir kämpfen, mich nicht einfach an seine Brust zu lehnen und selbst zu bemitleiden.

»Na, mein zartes Pflänzchen, wir werden jetzt zu Brigid gehen und die Orchidee wieder zum Strahlen bringen. Was hältst du davon?«

Aber sein Versuch, mich aufzumuntern, scheitert. »Ich glaube nicht daran, dass diese Frau mir helfen kann. Warum sollten ihre Kräfte stärker sein als die von euch beiden zusammen? Warum?« Entsetzt stelle ich fest, dass ich eine ungeheure Wut auf alles und jeden empfinde. Das bin doch nicht ich. Entschlossen straffe ich die Schultern und drehe den Kopf in die Richtung, aus der Richards Stimme gekommen ist. »Entschuldige. Ich weiß auch nicht, was in mich gefahren ist. Lass es uns versuchen.« Hilflos halte ich meine Hand in die Luft und habe Angst, dass Richard sie nicht sieht. Doch meine Befürchtungen sind umsonst – fast augenblicklich greift er danach und zieht mich sanft hinter sich her.

»Vertrau mir, Marie. Wir werden einen Weg finden.«

Diesmal nicke ich, auch wenn ich nicht weiß, ob er es sieht. Ich habe das Gefühl, das dieses Nicken mehr für mich bestimmt ist. Ganz so, als würde ich mich selbst bekräftigen wollen.

Fionbharr räuspert sich, bevor er spricht. »Ihr beiden strahlt eine solche Liebe zueinander aus, dass es einem Witwer wie mir in der Seele brennt. Zu einsam ist das Leben als Clanoberhaupt ohne eine Frau an meiner Seite. Aber mein Sohn hat mir ja berichtet, dass ich die Liebe meines Lebens erst noch kennenlernen werde.«

»Das wirst du, sonst würde ich nicht hier stehen«, scherzt Richard.

Die beiden Männer lachen, es klingt warm und vertraut. Selbst darin ähneln sie sich. Ein Gutes hat meine plötzliche Blindheit: Die beiden sind sich sehr nahe gekommen. Ich bin mir nicht sicher, ob sich dieses Verhältnis so schnell in diese Richtung entwickelt hätte, wenn nicht Niamhs und meine Probleme die beiden so zusammengeschweißt hätten. Da es einen Altersunterschied so gut wie gar nicht gibt, ähnelt die Beziehung eher einer guten Freundschaft.

»Wir sind da, Marie. Hier, du kannst ihn schon spüren.« Er schiebt mich noch ein Stück vor, und meine Hände berühren die raue Borke des Baums. Ich fühle unter meiner Haut, wie eine Energie den Baum ganz leicht vibrieren lässt.

»Also ihr beiden, wir sehen uns gleich wieder.« Zeitgleich mit diesen Worten höre ich ein Knarren und Ächzen, das durch das Gebälk geht.

»Gleich bist du dran. Lass uns kurz warten.« Stürmisch reißt er mich an sich. Unsere Lippen finden einander auch ohne mein Augenlicht. Meine Gefühle fahren mal wieder Achterbahn, und Schwindel erfasst mich. Akuter Anfall von Sauerstoffmangel. Atmen, Marie. Dann lässt er mich abrupt los. »Du bist dran, kleine Blume«, fordert mich mein Mann auf. Und ausnahmsweise tue ich mal das, was man von mir verlangt.

\* \* \*

»Es ist nicht mehr weit. Schaffst du es noch, Marie?« Fionbharrs Stimme klingt besorgt.

Und so sehr ich mich dagegen wehre, hilflos zu sein, so sehr muss ich mir eingestehen, dass es mir definitiv schwerfällt, einen Fuß vor den anderen zu setzen, ohne etwas zu sehen. Der Baum konnte mir nicht helfen, leider.

»Es geht noch, aber lange halte ich nicht mehr durch.« Während ich rede, kommt mein Atem stoßweise, so anstrengend ist der Marsch für mich.

Eine starke Hand greift nach meinem Oberarm, und ich bleibe stehen. »Sag, Richard. Braucht deine Frau eine Pause? Ich werde das Gefühl nicht los, dass sie mich anlügt.«

Richard lacht leise und räuspert sich, bevor er spricht. »Ich denke, es wäre besser, wenn wir eine Rast einlegen.« Zu mir sagt er ganz frech: »Es gibt offensichtlich noch andere Menschen, die dich durchschauen.«

»Haha, durchschauen! Ich japse wie ein Fisch auf dem Trockenen, da muss niemand Hellseher sein.«

Die beiden Männer lachen. Ich nicht. Worüber auch? Ich wollte gar nicht witzig sein. »Es wäre schön, wenn ihr beiden mir gegenüber ein wenig mehr Anstand hättet, denn mir ist rein gar nicht zum Lachen zumute.«

Die Stille, die nun herrscht, ist nicht unbedingt angenehmer. Im Gegenteil. Genervt lasse ich mich an Ort und Stelle nieder.

»Tut mir leid«, gebe ich kleinlaut zu, »aber ihr beide seid so gut gelaunt. Was ist, wenn Brigid mir nicht helfen kann? Was, wenn ich für immer blind bleibe?«

Richard nimmt mich liebevoll in den Arm. »Daran darfst du noch nicht einmal denken. Brigid ist so etwas wie die Urmutter von uns allen, sie wird dir bestimmt helfen können. Ich glaube fest daran. Und das solltest du auch.«

»Ich versuche es, aber es ist verdammt schwer, in einer solchen Situation positiv zu denken. Diese Dunkelheit ist so verwirrend und beängstigend. Ohne dich könnte ich noch nicht einmal eine gerade Strecke laufen!« Heiße Tränen rinnen mir über die Wangen. Ich schmecke das Salz, fühle Richards warmen Körper und inhaliere seinen Duft. Er versucht, mir mit seiner Gabe die Last leichter zu machen.

»Ich liebe dich, meine kleine Blume. Und jetzt steh auf und höre auf, in Selbstmitleid zu baden, sonst kommen wir nie an unser Ziel!«

Seine Worte sind scherzhaft gemeint und doch wahr. Entschlossen stehe ich auf und halte ihm meine Hand hin, die er sogleich ergreift.

»Du hast eine starke Frau, Richard. Sie weiß es nur noch nicht. Vielleicht kann Brigid ihr helfen, dass sie ihre wahre Stärke erkennt.« Fionbharr wirkt ernst. Was er gesagt hat, ist ein Kompliment, doch es klingt nicht so. In meinem Magen macht sich ein Klumpen breit, wie eine Art Vorahnung, nicht erklärbar und trotzdem da.

Stimmen reißen mich aus meinen Überlegungen, mein Kopf schnellt hoch, doch meine Augen zeigen kein Bild. Wie auch?

»Keine Sorge, das ist das Dorf, in dem meine Urahnin lebt. Wir sind am Ziel unserer Reise angekommen.«

Die verschiedensten Gerüche steigen mir in die Nase. Meine verbliebenen Sinne arbeiten auf Hochtouren, jedoch hat mein Gehirn nie gelernt, ohne Bilder auszukommen. Es riecht nach Gebratenem, nach menschlichen Ausdünstungen und Ausscheidungen. Und nach noch Etlichem, das ich nicht zu benennen vermag.

»Fionbharr! Schön, dass du uns mal wieder besuchst.« Eine kräftige und dominante Stimme ist zu hören.

»Guten Tag, Oran. Das sind Freunde von mir. Wir wollen zu Brigid. Wo finde ich sie?« Ich kann mir nicht helfen, aber Fionbharrs Stimme hört sich abweisend an, fast schon feindselig. Wer ist dieser Oran? Fionbharr ist zwar meistens sehr herrisch, aber nie abweisend.

»Du findest sie hinten in ihrem Kräutergarten. Ich weiß auch nicht, was sie da immer macht. Als wenn sie das nötig hätte. Jeder von uns weiß, welche Kräfte sie hat. Wozu dann Kräuter? Das verstehe, wer will.« Es knirscht und ich begreife, dass er davongeht.

Ein Schnauben ist links von mir zu hören. »Haltet euch bloß von ihm fern. Ich traue ihm nicht über den Weg. Oran ist der Halbbruder von Brigid. Da er nicht die Gabe innehat, zerfrisst ihn der Neid.«

Noch einmal lässt mein Schwiegervater ein Schnauben hören, dann spüre ich einen Zug an der Hand. Richards Aufforderung, weiterzugehen. In Gedanken versunken, trotte ich hinterher. Hier und da ist ein Kinderlachen zu hören, oder irgendjemand redet lautstark. Dann wird es wieder ruhiger, bis wir einen Ort der Stille erreichen. Einige wenige Vögel zwitschern. Mir ist sofort klar, dass wir uns in dem Kräutergarten von Brigid befinden. Selbst so früh im Jahr duftet es schon. Dezent, doch klar wahrnehmbar. Einladend.

»Oh, Fio!« Kleiderrascheln, zufriedenes Schnauben. Ich kann mittlerweile schon die verschiedenen Schnaubtöne von Fionbharr auseinanderhalten. »Ich hatte es schon im Gefühl, dass ich dich bald sehen würde. Und ich hatte recht. Und der Besuch ist auch dabei. Euch hatte ich ebenfalls schon erwartet.« Eine sanfte und kühle Hand streicht über meine Wange. Der Geruch nach Erde und wilder Natur durchdringt meine Nase. »Willkommen, kleine Orchidee!«

»Und du musst Fios Sohn sein.« Offensichtlich spricht sie mit Richard. Woher wusste sie, dass wir kommen würden, und warum Orchidee? Warum weiß sie, dass Richard Fionbharrs Sohn ist? Mein Gedankenkarussell dreht sich, doch ich bin nicht fähig, auch nur eine Antwort zu finden.

»Ja, das bin ich. Wie gut, dass ich dich nicht überzeugen muss. Fionbharr hatte mir zuerst nicht recht geglaubt. Ich bin Richard.«

»Auch dir ein herzliches Willkommen. Ich kann dir gar nicht sagen, wie glücklich ich bin, euch beide kennenzulernen. Hallo, Marie.«

DIe Worte dringen in mich ein und breiten sich warm in mir aus, ganz so, als hörte nur ich sie.

»Ja«, antworte ich irritiert, »mein Name ist Marie. Ich bin Richards Frau.«

Er drückt mir liebevoll die Hand.

»Ich habe schon sehr lange auf dich gewartet. Dein Erscheinen als blinde Frau wurde mir angekündigt, schon vor langer Zeit.«

Sie schweigt. Ich weiß nicht, was sie gerade tut oder was sie von mir als Antwort erwartet. Also schweige ich auch.

Ihre Hände umfassen meine Schultern. »Du musst jetzt tapfer sein. Ich werde dich nicht heilen können.« Stille. Dann ein Schluchzen, und ich begreife, dass es von mir kommt. Nicht weinen, sage ich mir immer wieder. Ich habe schon genug Tränen vergossen.

»Frag ruhig warum, Marie. Oder willst du es nicht wissen?« Herausfordernd hebt sie ihre Stimme und ihre Finger bohren sich fast schmerzhaft in meine Oberarme.

Ich will mich losreißen, als mich ein sengender Schmerz durchfährt. »Wenn ich mit dir rede, hast du gefälligst so viel Respekt und bleibst. Du bist kein kleines Kind, das weinend zu seiner Mutter rennt. Du bist eine Trägerin der Gabe. Die Macht strömt in deinem Blut. Leider hast du das noch nicht erkannt.« Schlagartig gibt sie mich frei.

Ich taumele, doch Richard umfasst geistesgegenwärtig meine Taille. »Wenn du ihr nicht helfen kannst, wer denn dann?«, will er von seiner Vorfahrin wissen.

»Guter Junge, das Problem, das deine Frau hat, ist hausgemacht. Überleg doch selbst einmal. Welche Krankheiten kannst du nicht heilen, es sei denn, der Mensch ist schon dem Tode geweiht?«

Fionbharr stöhnt auf, und von Richard höre ich: »Das gibt es doch nicht! Warum sind wir da nicht schon selbst darauf gekommen?«

Ich lausche ihnen, als wäre es ein Hörspiel und würde mich nichts angehen. Ich stehe irgendwie neben mir.

»Tja«, Brigid klärt uns auf, »manchmal verschließen wir Menschen uns dem Offensichtlichen. Deine Marie hat ein seelisches Problem. Etwas ist in ihrem Innern aus dem Gleichgewicht geraten. Hatte sie in letzter Zeit schlimme Erlebnisse? Oder hat sie die Macht falsch benutzt?«

»Beides.« Richard flüstert das eine Wort. Angst vibriert in seiner Stimme. Sein Arm zieht mich noch näher zu ihm heran, und dann berichtet er ihr von den Geschehnissen. Der verbrannte Baum. Unsere ungewollte Reise. Dornbirn. Meine Entführung und der Verlust unseres Kindes. Und zum Schluss, wie ich die Gabe benutzte, um anderen Menschen Schaden zuzufügen.

Erschrocken stelle ich fest, dass meine Zähne klappern, und ich zittere wie Espenlaub. »Seht, ihr zwei Sturköpfe. Das ist eine Frau, eine verletzte Frau. Manche Verletzungen kann man nicht sehen, nur erahnen. Ich will euch keinen Vorwurf machen. Die Wenigsten erkennen so etwas.«

Die beiden Verurteilten schweigen, und ich bin immer noch nicht ganz wieder da.

»Lasst uns in meine Hütte gehen. Kommt!«

Schweigend trotten wir hinter ihr her.

* * *

Ich setze mich auf ein weiches Fell, und erst da merke ich, wie müde ich bin. Jemand drückt mir eine Tasse mit einer warmen Flüssigkeit in die Hand, die sich als Milch mit Honig entpuppt, der noch irgendwelche Kräuter beigemischt sind. Gierig trinke ich sie in wenigen Zügen leer.

»Wenn du magst, kannst du dich ein wenig hinlegen, du siehst sehr müde aus.« Irgendwie höre ich die Stimme von Brigid, aber ich bin mir sicher, dass sie ausschließlich in meinem Kopf ist. Hat sie etwa telepathische Fähigkeiten? Die Müdigkeit nimmt mir die Kraft aus den Gliedern, und ich lege mich hin, denn das Gefühl, gleich umzukippen, wird immer stärker. Fast augenblicklich fallen mir die Augen zu, und ich habe das Gefühl zu schweben.

Über mir ist Brigid, sie zwinkert mir zu. Neben mir sind die beiden Männer, die sich angeregt unterhalten, jedoch keinerlei Notiz von mir nehmen. Ich kann sehen, wird mir da bewusst. Es ist nur ein Traum! Oder doch nicht?

Mein Geist schwebt nach draußen. Am Himmel leuchten mittlerweile viele tausend Sterne. Es ist wunderschön, und andächtig bleibe ich und bestaune das Schauspiel, dem ich in meinem normalen Leben so wenig Aufmerksamkeit schenke. Insgeheim gebe ich mir das Versprechen, nie wieder die vielen Kostbarkeiten des Alltags an mir vorbeiziehen zu lassen. Bewusster leben. Bewusster wahrnehmen. Bewusster lieben.

»Wunderschön, nicht wahr?«

Erschreckt schnellt mein Kopf zur Seite. Eine Frau schwebt neben mir und sieht mich liebevoll an. Ohne sie je zuvor gesehen zu haben, weiß ich, dass es Brigid ist. Sie ist klein und sehr schmal. Das Mondlicht lässt die weißen Strähnen in ihrem ehemals pechschwarzen Haar wie flüssiges Silber glänzen. Genauso habe ich sie mir vorgestellt. »Träume ich?«

»Nein nicht ganz. Ich habe Kräuter und die Samen vom Stechapfel in die Milch gemischt, die dir helfen, auf eine andere mentale Ebene zu wechseln. Das ist eine Gabe, die nur wenige besitzen. Wenn du darin geübt bist, kannst du es auch ohne Hilfe aus einem Kräutergarten. Doch fürs Erste werde ich dir helfen.«

»Woher wusstest du, dass ich diese Gabe besitze?«, will ich wissen.

»Ich kenne dich schon sehr lange. Allerdings habe ich dich noch nie so jung gesehen. Deine Besuche sind für mich immer wieder etwas Besonderes. Uns verbindet viel. Mehr als du ahnst. Sobald du aufnahmefähiger bist, werden wir beide eine Menge zu bereden haben. Doch vorerst möchte ich, dass du dich erholst, damit deine Seele heilen kann. Morgen früh werden wir beide uns eingehender unterhalten.« Brigid nimmt mich bei der Hand und geleitet mich zurück in ihre Hütte, zurück zu meinem Körper, der, wie ich nun sehen kann, schlafend auf den Fellen liegt.

* * *

Als ich wach werde, fühle ich mich körperlich völlig erholt, doch es bleibt dunkel um mich herum.

»Richard?«

»Ja, Liebes?«, antwortet mir mein verschlafener Ehemann.

»Nichts, ich wollte nur wissen, ob du da bist.«

»Mmh, bin ich, schlaf weiter. Es ist noch mitten in der Nacht.« Seine Hände tasten nach mir. Schlagartig ist er wach. »Du bist ja eiskalt, Marie! Warst du auf? Komm her.«

Ich lasse mich in seine Umarmung gleiten, genieße die Wärme seines Körpers. Sein Geruch, der so typisch für ihn ist, dringt mir in die Nase. Ich würde ihn unter Tausenden erkennen. Etwas anderes erwacht in mir, und ein Hunger, der gestillt werden möchte, wetzt seine Krallen. Forschend gleiten meine Finger über seinen muskulösen Oberkörper.

»Kleine Blume, du spielst mit dem Feuer«, ermahnt mich Richard. Doch ich bin nicht gewillt, aufzuhören.

Gierig erforsche ich weiter seine Haut. Millimeter um Millimeter. Liebe durchströmt meine Adern. Gott, wie ich diesen Mann begehre! Ich spüre, wie sich seine Muskeln unter meinen Händen anspannen. Wie er sich beherrschen muss, nicht über mich herzufallen. Ich erkenne seine Lust an der Geschwindigkeit seines Atems, der mittlerweile stoßweise aus seinem Mund dringt. Entschlossen verschließe ich ihn mit einem innigen und fordernden Kuss. Die Blindheit scheint mein Verlangen noch zu steigern. Alle anderen Sinne überschütten mich mit Informationen, die ich sonst nie in dieser Intensität wahrgenommen habe. Richards Hände gleiten unter den Stoff meines Kleids, liebkosen mich und treiben mich schier in den Wahnsinn. Meine Lust schreit nach Erlösung, und meine Selbstbeherrschung ist weit von der meines Mannes entfernt, also nehme ich mir das, was jede Faser dieses blinden Körpers verlangt.

\* \* \*

Neben mir vibriert etwas. Richard lacht leise. Seine Nähe berauscht mich, und Glück durchströmt meine Adern. In diesem Moment erkenne ich die Schwere, die vorher von mir Besitz genommen hat, und auch die Selbstzerstörung, die in mir wütete. Brigid hat recht: In mir ist etwas zerbrochen. Etwas Unwiederbringliches. Wird es mich für immer mein Augenlicht kosten? Ich hoffe nicht. Doch mir ist bewusst, dass ich selbst für meine Heilung verantwortlich bin. Ich muss es zulassen, wieder glücklich zu werden.

»Ich liebe dich, Richard, von ganzem Herzen und für immer.«

Seine starken Arme halten mich, und seine Liebe durchströmt mich. »Marie und Richard. Egal, welchen Nachnamen wir uns geben, uns beide wird nichts mehr auseinanderbringen. Und wenn du nie wieder sehen kannst, werde ich dein Augenlicht sein. Ich werde dir die Welt beschreiben. Schöner und beeindruckender, als die Wirklichkeit je sein kann. Für immer. Ich liebe dich.«

Warme Lippen legen sich auf meine und erneut durchzuckt mich die Lust. Der Körper unter meinem schaukelt vor Lachen. »Kleine Orchidee, eine kleine Verschnaufpause brauche ich schon. Aber ich werde trotzdem mein Bestes geben.«

Während ich noch verlegen kichere, wandern seine Finger enthusiastisch über meine Taille nach unten und finden Stellen, um meine Lust zu befriedigen, von denen ich selbst nichts wusste.

# Kapitel 11

## April 364

Ich schnaufe wie ein Walross, während ich hinter Brigid herlaufe. Sie hat mir ein Seil um die Taille gebunden und hält das andere Ende in der Hand. So führt sie mich. Doch allein die Konzentration darauf, nicht zu fallen und gleichzeitig mit ihr Schritt zu halten, bringt mich an die Grenzen meiner nicht vorhandenen Kondition. Mein Kopf ist leer, zu sehr fordert der Weg meine Aufmerksamkeit.

Brigid hatte mich nach dem Frühstück zur Seite genommen und mir erklärt, dass wir beide zusammen eine Wanderung machen würden. Und wir wären nicht vor dem morgigen Tag zurück.

Richard wollte mich natürlich nicht gehen lassen, zu sehr wehrte sich sein Verantwortungsbewusstsein dagegen. Doch Brigid etwas abzuschlagen, ist sehr schwer. Und so zogen wir Frauen los und ließen meinen mürrischen Ehemann zurück. Oder besser gesagt: Brigid zog. Sie zog an dem Seil und ich versuchte, nicht hinzufallen.

»Wo wollen wir eigentlich hin?«, will ich wissen.

»Wir gehen zu den alten Höhlen. Unsere Vorfahren haben oft von Ihnen gesprochen. Angeblich wohnten dort Elfen. Vor langer Zeit brachten die Menschen aus dieser Gegend ihre Kinder dahin, von denen sie dachten, dass es sich um Wechselbälger handelte. Ansonsten traute sich niemand in die Nähe dieses Ortes, und als der Brauch nicht mehr vollzogen wurde, geriet die Höhle in Vergessenheit. Nur noch wenige wissen von ihr. Komm, lass uns weitergehen. Wir sind bald da.«

* * *

Wärme und der Geruch nach Kräutern empfangen uns. Sogleich breitet sich ein wohliges Gefühl in mir aus.

»Hier, Marie, setz dich. Ich werde uns erst einmal einen Tee kochen.« Mit diesen Worten drückt sie mich auf eine weiche Unterlage, auf der ich es mir gemütlich mache. Leichter Schwindel erfasst mich, doch es ängstigt mich nicht. Alles wirkt irgendwie richtig, so wie es ist.

»Du wunderst dich vermutlich, warum du dich so merkwürdig fühlst. Das liegt an den Kräutern, die überall in dieser Höhle verteilt sind. Auf dem Boden, an der Decke, in den Säcken, auf denen du sitzt. Wenn man nicht daran gewöhnt ist, haben sie eine berauschende Wirkung. Ich habe sie selbst in meinem Garten angebaut, geerntet, anschließend getrocknet und hierher gebracht, da ich wusste, dass wir beide gemeinsam an diesen Ort kommen würden.« Ihre kühle Hand streicht mir liebevoll über den Kopf. Sofort fühle ich mich besser, klarer.

Als sich die Schleier in meinem Gehirn vollständig aufgelöst haben, bin ich endlich zu einem Gespräch fähig. »Den Garten mit den vielen Kräutern hast du also angelegt, damit du dich auch um geistige Krankheiten kümmern kannst?«

»Ja, das stimmt.« Ihrer Stimme kann ich entnehmen, dass sie lächelt. »Wenn du deine Fähigkeiten ein wenig länger besitzt, wirst du mich besser verstehen können. Ich konnte einfach nicht damit leben, nichts tun zu können. Immer kann ich helfen, heilen oder die Menschen zumindest beruhigen und begleiten, bis sie an einem friedlicheren Ort sind. Nur bei einem verwirrten Geist war mir das nicht möglich. So suchte ich einen Ausweg, und als eines Tages ein Druide bei uns ankam, fragte ich ihn aus und ließ mir alles über Kräuter erklären, die speziell für solche Krankheiten sind. Er lehrte mich alles, was er wusste. Im Laufe meiner Jahre wurde ich immer besser und erfahrener. Und vor allem zufriedener. Endlich war es mir gegeben, auch diesen Menschen eine Stütze zu sein.«

»Vielleicht kannst du mir auch ein wenig über Kräuter beibringen.«

»Aber natürlich. Wir beide werden unsere Zeit in dieser Höhle sinnvoll nutzen und gleich mit deinem Unterricht beginnen.«

»Unterricht?«, frage ich gespielt entsetzt, was Brigid ein lautes Lachen entlockt. »Aber ich muss nicht nachsitzen, wenn ich es nicht schaffe?«

»Äh, jetzt muss ich nachfragen. Was ist nachsitzen?«

»In unseren Schulen müssen Kinder, die nicht richtig aufpassen oder Unsinn im Unterricht machen, nachsitzen. Das bedeutet, dass sie länger bleiben und Zusatzarbeiten erledigen müssen«, versuche ich es ihr zu erklären.

»Ah, das ist sicherlich nicht sehr beliebt bei den Kindern.« Wieder lacht sie gelöst.

Wie gern würde ich sie dabei sehen können. Hat sie dieselben Grübchen in den Wangen wie Richard? Und wieder ergreift mich diese Traurigkeit, die mich zu erdrücken droht.

Brigid merkt es. »Sei nicht traurig, wir beide bekommen das schon hin. Vertrau dir selbst. Versuch, zu verzeihen und mit der Vergangenheit abzuschließen.« Eine zaghafte Berührung an meiner Schulter, und schon zieht sie mich in eine Umarmung, die mir Kraft gibt und mich tröstet.

»Ich versuche es, Brigid. Ich versuche es die ganze Zeit«, schniefe ich.

»Das ist vermutlich das Problem. Du versuchst es mit Gewalt. Frieden kommt von innen, und das hast du noch nicht geschafft. Noch nicht.« Sie drückt mich noch einmal ein wenig fester und lässt mich dann los.

Das Gefühl der Geborgenheit hallt noch ein wenig in mir nach, doch auch das verpufft, und zurück bleibt das Bedürfnis nach Wärme. Brigid drückt mir einen Becher mit heißem Tee in die Hand, als hätte sie meine Gedanken gelesen. Gierig nehme ich einen Schluck und merke leider zu spät, wie heiß das Getränk ist. Meine Lippen und meine Zunge brennen wie Feuer und fühlen sich an, als hätte ich einen Pelz im Mund. Na toll, auch das noch!

\* \* \*

Irgendwann tut der Tee das, was Brigid bezweckt hatte. Ich versinke in einer Art Trance. Und wieder habe ich das Gefühl zu schweben und meinen Körper zu verlassen.

Ich kann mich selbst sehen, wie ich auf einem Strohsack liege, klein und irgendwie zerbrechlich. Ohne zu zögern, wende ich mich ab und schwebe nach draußen, wo auch schon Brigid auf mich wartet.

»Hallo, meine Kleine. Bist du bereit?«

»Zu jeder Schandtat«, antworte ich ihr lächelnd.

»Na dann, lass uns beginnen.« Mit diesen Worten ergreift sie meine Hand und zieht mich hinter sich her. Einige Zeit später bleiben wir auf einem Hügel stehen.

»Wo sind wir, Brigid?« Der Ausblick ist atemberaubend. Das Licht des vollen Mondes erhellt die Ebene unter uns. Nebelschwaden bedecken den Boden und ziehen wabernd um die Pflanzen. Hin und wieder hört man ein Käuzchen schreien.

Wäre die Stimmung nicht so friedlich, könnte man glatt Gänsehaut bekommen. So ist es allerdings eher berauschend und inspirierend.

»Wir sind in Kildare. Hier wurde einst der Glam dicin gegen meine Mutter ausgesprochen. Du weißt, was das ist?« Sie sieht mich nicht an, sondern starrt ausdruckslos in die Ferne.

»Nein, ehrlich gesagt habe ich noch nie davon gehört.« Nun überzieht doch eine Gänsehaut meine Unterarme. Eine Vorahnung schwebt über mir wie eine schwarze Wolke.

»Das ist der gefährlichste Fluch, den ein Mensch gegen einen anderen aussprechen kann. Es ist einer der bevorzugten Flüche der keltischen Druiden. Er macht seine Opfer krank oder tötet sie sogar.« Sie schluckt krampfhaft, als hätte sie einen großen Brocken herunterzuwürgen. »Meine Mutter war zu diesem Zeitpunkt schwanger. Mit mir.«

»Oh! Das tut mir so leid.« Am liebsten würde ich sie sofort fragen, was dieser Fluch ihrer Mutter angetan hatte, doch ich warte ab. Sie wird es mir bestimmt erzählen. »Aber warum wurde sie verflucht?«

»Sie hatte mit dem Mann der obersten Priesterin geschlafen. Das war der Ehefrau ein solcher Dorn im Auge, dass sie meine Mutter verfluchen ließ.« Wieder schweift ihr Blick über das Land, das sich unter uns ausbreitet. »Du musst wissen, dass man bei uns nicht so festgefahren ist wie in eurer Zeit. Wir suchen uns die Partner selbst aus, und manchmal bleibt man zusammen, manchmal auch nicht. Jedenfalls wurde sie daraufhin sehr krank, und tief in ihr entwickelte sie einen Hass gegen diese Priesterin, der alles andere als gesund war. Sie starb bei meiner Geburt, und ihre letzten Worte galten dem Wunsch, dass die Frau dasselbe Schicksal ereilen solle wie sie. Und so kam es auch. Die Priesterin erkrankte schwer, während ihr Leib wuchs und ein Kind in ihr heranreifte. Auch sie starb bei der Geburt, und auch ihr Kind ist ein Träger der

Gabe. Oder gab es vielmehr wiederum an sein Kind weiter, ohne selbst Träger zu sein.«

»Aber das ist ja schrecklich. Das bedeutet, dass es zwei Blutlinien gab, die dennoch durch den Vater miteinander verwoben waren.« Zu keinem Moment zweifele ich das Erzählte an. Ganz so, als hätte ich schon immer an solche Sagen und Geschichten geglaubt. »Was wurde aus dem anderen Kind?«, will ich wissen.

»Das andere Kind, mein Halbbruder, ist Oran. Hast du ihn schon kennengelernt?«

»Kennengelernt würde ich nicht unbedingt sagen. Ich habe nur mitbekommen, wie Fionbharr ihn begrüßt hat. Mir fiel dabei auf, wie abweisend er zu Oran war«, antworte ich wahrheitsgemäß. »Warum mögen die beiden sich nicht?«

»Marie, das ist eine so ausufernde Geschichte.«

»Wir haben doch Zeit. Erzähl sie mir. Bitte!« Endlich sehen zu können, veranlasst mich dazu, nicht zurück zu wollen. Zurück in ein Leben in Dunkelheit. Ich will hier stehen bleiben, bis die Sonne aufgeht über diesem wunderschönen Land. Nur eins oder besser gesagt einer fehlt. Richard.

»Na, gut. Oran war schon immer eifersüchtig auf mich. Wir wuchsen gemeinsam auf, wie Geschwister, die wir auch zur Hälfte waren. Eifersucht und Neid produzieren ein Gift, das die Seele zerfrisst. Bei ihm wurde es immer schlimmer. Er steigerte sich in seinen Hass hinein, so sehr, dass er dafür bereit war zu töten. Er nahm mir das Liebste. Meinen Mann. Meine Liebe. Er tötete ihn hinterrücks. Fionbharr war zu diesem Zeitpunkt hier, und als er den Schuldigen stellte, wollte er Rache. Ich ging dazwischen und hielt ihn zurück. Noch mehr unnötig vergossenes Blut hätte meinen Mann auch nicht zurückgebracht.«

Keine einzige Träne verlässt ihre Augen, und doch schimmern sie unter ihren Lidern hervor. Ich bewundere ihre Stärke.

»Mein Halbbruder schwor, es wäre Notwehr gewesen. Das Gegenteil konnte man ihm nicht nachweisen. Fionbharr weiß, dass Orans Hass nicht verpufft ist, und er befürchtet, dass er sich irgendwann gegen mich richtet. Bis heute kann er nicht nachvollziehen, warum ich dazwischen ging, doch er versteht, warum ich Oran das alles verziehen habe. Denn dafür hatte ich meine Gründe.«

»Verständlich. Allein beim Hören der Geschichte habe ich das Bedürfnis, ihm den Hals umzudrehen.« Als ich zu ihr rüberschaue, kann ich sehen, wie sie lächelt.

»Ach, Marie. Auch das ist verständlich. Wir, damit meine ich uns weibliche Träger der Gabe, müssen lernen, unsere Gefühle im Zaum zu halten. Das ist schwierig, aber sehr wichtig. Vor allem für dich. Du hast dich schon mehrmals dazu hinreißen lassen, die Gabe falsch einzusetzen. Das darfst du nicht mehr tun, verstehst du mich?«

»Ja«, gebe ich nickend zu.

Sie scheint gemerkt zu haben, dass ich die Wahrheit gesagt habe, denn ihr ernstes Gesicht hellt sich sichtlich auf.

»Komm, kleine Orchidee. Genug für heute.«

Schweren Herzens folge ich ihr. Zurück zu meinem blinden Körper.

* * *

»Langschläferin, aufgewacht.« Brigids Stimme dringt an mein Ohr und reißt mich aus einem wunderschönen Traum. Richard und ich hatten gerade das Gästezimmer in unserem Haus in einem warmen Gelbton gestrichen. Als ich mich an seinen Rücken geschmiegt habe, war mein Bauch im Weg.

Ich trauere dem Traum nach, blinzele bedauernd und sehe einen Lichtschimmer. Ruckartig richte ich mich auf. Doch so schnell mich die Erkenntnis, dass ich etwas sehen kann, getroffen hat, so schnell ist es auch schon wieder dunkel. Dunkel wie die tiefste Nacht.

»Marie? Was ist?« Brigid klingt amüsiert. »Hast du was gesehen?«

Ich nicke. Warum bin ich nicht überrascht, dass sie weiß, was mit mir ist? »Ja, aber es ist schon wieder vorbei.« Die Enttäuschung kann ich selbst aus meinen Worten heraushören.

»Dann musst du etwas sehr Schönes geträumt haben. Richtig?« Sanft streichelt ihre Hand über meine Wange. »Halte daran fest. Vielleicht war es eine Vorahnung und hat dir einen Blick auf die Zukunft geschenkt, die dich erwarten wird.«

Eine Vorahnung – das wäre doch etwas, auf das ich mich freuen könnte. Wie gern würde ich Brigid glauben. Doch das Leben war noch nie großzügig zu mir. Warum sollte sich das in der Zukunft ändern? So gern ich es glauben würde, so sehr hat mich meine Vergangenheit etwas anderes gelehrt. Leider. »Es war wunderschön. Aber eben nur ein Traum.« Entschlossen schiebe ich alles von mir. »Wollen wir weitermachen mit dem Unterricht?«

»Wenn es das ist, was du möchtest?«

Meine Wange ist kalt und verlassen, an der Stelle, die sie vorher berührt hat. Am liebsten würde ich nach ihrer Hand greifen und sie dahin zurücklegen.

»Ja, deshalb sind wir doch hier.«

»Wenn du meinst. Dann werde ich dich heute ein wenig in der Kräuterkunde unterweisen. Davon habe ich genug in der Höhle, und das kannst du auch ohne dein Augenlicht erlernen.«

Sie wirkt enttäuscht. Ich kann doch nicht an einen Traum glauben, ohne zu wissen, ob ich je wieder in meiner Zeit ankomme.

\* \* \*

Mein Kopf schwirrt von den ganzen Gerüchen. Brigid hält mir immer wieder neue Kräuter unter die Nase und lässt mich daran riechen. Einige kann ich schon ganz gut auseinanderhalten, andere wiederum erkenne ich partout nicht wieder. Doch so anstrengend es ist, so sehr freue ich mich, wenn ich nur am Duft die Pflanze erkenne. Diese Erkenntnis ist fast so berauschend wie die von ätherischen Ölen geschwängerte Luft.

Mittlerweile weiß ich, welches Kraut für welche Krankheit zu nehmen ist und wie ich es anwenden muss. Manche werden aufgebrüht als Tee verabreicht, aus anderen kann man Wickel machen. Es gibt etliche Arten der Zubereitung. Wie gut, dass ich über ein hervorragendes Gedächtnis verfüge, sonst wäre es unmöglich, sich das alles zu merken.

»Die mächtigste Mischung sind die Kräuter des Vergessens. Sie tilgen schlimme Erfahrungen aus dem Gedächtnis des Patienten. Aber nur innerhalb von zwei Tagen. Ansonsten wirken sie nicht. Die genaue Zusammensetzung werde ich dir in ein paar Tagen beibringen.«

»Warum nicht jetzt?«

»Dazu benötigen wir noch ein paar Zutaten, und die habe ich noch nicht ernten können. Hab ein wenig Geduld.«

An ihrer Stimme kann ich genau hören, wie amüsiert sie ist.

»Geduld? Das Wort kenne ich nicht.« Ich kichere wie ein junges Mädchen, und Brigid fällt mit ein. Ich kann kaum noch aufhören zu lachen. Tränen laufen mir die Wangen hinunter, und der Bauch tut mir schon weh. Als wir uns endlich beruhigen, wage ich einen Vorstoß. »Brigid darf ich dich etwas fragen?«

»Selbstverständlich.«

»Kannst du eigentlich auch in die Zukunft reisen?« Diese Frage brennt mir schon die ganze Zeit unter den Nägeln. »Und welche Fähigkeiten haben dir diesen Ruf eingebracht?«

Ich höre ein warmes Lachen. »Nein, mein Schatz. In die Zukunft kann ich nicht reisen. Ehrlich gesagt bin ich mir nicht mal sicher, ob ich es tun würde, wenn ich die Möglichkeit hätte.

Es ist ein überaus beängstigender Gedanke zu wissen, was passieren wird. Diese Unausweichlichkeit würde mir zu schaffen machen.«

»Aber selbst Fionbharr hat gesagt, du wärst die mächtigste Gabenträgerin, der er je begegnet wäre. Ich will dich jetzt nicht angreifen, es ist reine Neugier. Was macht deine Macht aus?« Ich spreche die Worte bewusst sanft aus, damit sie mich nicht doch noch falsch versteht.

»Marie, ich habe die Macht, Böses zu tun, ohne dafür zur Rechenschaft gezogen zu werden. Wenn du sie benutzt, um anderen Schaden zuzufügen, wirst du früher oder später daran zerbrechen. Das ist bei mir nicht so. Das kann ein Fluch, aber auch ein Segen sein. Und ich kann mich selbst heilen. Warum sich das bei den weiblichen Nachfahren im Laufe der Zeit verändert hat, kann ich dir nicht sagen. Ich weiß nur, es muss noch andere Blutlinien geben, die die Gabe weitergeben können. Vielleicht entsteht die Gabe durch den Fluch, der auf eine Frau trifft, die ein Kind unter ihrem Herzen trägt. Das ist zumindest die einzige Erklärung, die ich dafür habe. Es muss andere geben, denen das Schicksal dieses Geschenk – oder nenn es Bürde – ebenfalls zugedacht hat. Wir beide, du und ich, sind zum Beispiel nicht miteinander verwandt. Genauso wenig wie du und Richard. Aber irgendetwas verbindet euch, hat euch zueinander geführt. Das kann sogar ich als Außenstehende erkennen.«

Ein warmes Gefühl in meinem Magen beweist, dass sie damit richtig liegt. Die Anziehungskraft, die wir aufeinander ausüben, ist nicht mit der Liebe auf den ersten Blick zu vergleichen. Das ist viel mehr. Es ist, als hätte ich mein Leben lang auf ihn gewartet. Nicht gesucht, und doch war es immer er, der gefehlt hat. Ich schlucke heftig, bevor ich meine nächste Frage formuliere: »Hast du die Gabe oft dazu verwendet, anderen Schaden zuzufügen?« Ehrlich gesagt kann ich mir das bei dieser liebevollen Frau nicht vorstellen. Doch dann fällt mir unsere erste Begegnung ein – wie sie mich hart angepackt und gesagt hat, ich solle ihr gefälligst zuhören und Respekt haben. Die Erinnerung verursacht mir Bauchschmerzen.

»Ja, das habe ich.« Ich kann hören, wie sie tief einatmet. »Als ich klein war, konnte ich es nicht kontrollieren, und niemand konnte mich zu irgendetwas zwingen, das ich nicht wollte. Das gefiel mir. Ich war ein sehr durchtriebenes Kind. Oran litt so einige Male darunter. Vielleicht wollte ich deshalb nicht, dass Fionbharr ihn tötete. Ich weiß, was ich damals alles getan habe, und glaub mir, wenn ich sage, dass ich vieles davon bereue. Doch ungeschehen kann selbst ich es nicht machen.«

»Was hat dich verändert? Ich meine, nun bist du ja offenbar ein anderer Mensch und lebst deine Macht nur noch im positiven Sinne aus.«

»Ich habe jemanden getötet.«

»Oh, mein Gott«, entfährt es mir.

»Ja, der war leider nicht da, um mich zurückzuhalten.« Sie stockt, doch ich warte und gebe ihr die Zeit, sich zu sammeln. »Niemand konnte mich stoppen. Ich war außer mir vor Rage. Als ich an einem Morgen nach Hause ging, fielen bewaffnete Männer bei uns ein. Wir hielten zusammen, doch bei diesem Überfall waren wir in der Unterzahl. Sie schlachteten jeden ab, der ihnen in die Quere kam. Auch meine Tochter war unter den Opfern. In dem Moment, als mein Blick auf ihren leblosen, aufgeschlitzten Körper fiel, legte sich ein schwarzer Schleier über mich. Hass und noch mal Hass fraß sich durch mich hindurch. Ich wollte Rache. Was fiel diesen Männern ein, mein Dorf zu überfallen? Hier hatte ich das Sagen, nur ich. Wer das in der Vergangenheit nicht akzeptiert hatte, lebte eh schon lange woanders. Ich war eine tyrannische Herrscherin. Mein Mann war der Einzige, den ich an mich herangelassen habe, der Einzige, den ich respektierte. Der Vater meiner Kinder. Und er war nicht da, um mich zurückzuhalten, da er sich da gerade auf der

Jagd befand.« Ich höre, wie ihr ein leises Schluchzen entfährt. Suchend strecke ich meine Hand aus, um sie zu trösten, und sie greift zitternd danach und hält sie fest.

»Was ist passiert, als du das gesehen hast?«

»Ich schrie.« Ein Klumpen, verursacht durch meine eigenen Erinnerungen, liegt mir schwer im Magen. »Es war nicht meine Stimme, die da zu hören war. Sie klang nicht menschlich. Eher so, als käme sie direkt aus der Hölle. Das war mir noch nie passiert und auch nie wieder danach. Ich tötete alle Menschen in einem Umkreis von zehn Metern. Sie schrien, fingen an zu bluten. So viel Blut. Und dann brachen sie tot zusammen. Es war so schrecklich. Unter ihnen lag ein kleines Kind, es war mein Neffe. Orans Sohn, gerade mal acht Jahre alt. Sein einziges Kind. Einer der Angreifer hatte ihn auf den Platz geschleift.«

»Oh, Brigid, das tut mir so leid. So leid.« Ich ziehe sie in eine Umarmung, versuche mit meiner Kraft ein wenig Geborgenheit und Frieden zu spenden. Und tatsächlich merke ich, wie sie sich langsam entspannt.

»Jetzt kannst du dir vielleicht ein Bild davon machen, wie sehr mich Oran hasst und wie ich Fionbharr davon überzeugen konnte, von ihm abzulassen, als er ihn nach der Bluttat an meinem Mann töten wollte. Er als Vater konnte es verstehen. Ich änderte mich von einem Tag auf den anderen. Ich wurde sehr still und lebte zurückgezogen. Kurz darauf hast du mich das erste Mal besucht.« Sie entzieht sich meiner Umarmung, um sich, wie ich vermute, wieder aufzurichten. »Danke.«

»Nicht dafür. Ein wenig Trost hat jeder Mensch verdient. Auch du.« Ich meine es so, obwohl auch ich Oran sehr gut verstehen kann. Auch mir hat man das Kind genommen. Ein Kind, das ich nie kennenlernen durfte.

»Ich danke dir für deine lieben Worte, aber das habe ich nicht. Was ich seit diesem Tag Gutes getan habe, kann mir nicht die Bürde der Schuld nehmen, die auf meinen Schultern lastet. Zu schrecklich war mein Verhalten bis dahin.«

Ihre Worte klingen hart, und doch enthalten sie so viel Wahrheit. Schuld ist etwas, das die eigene Seele nicht vergisst.

»Du hast aber gelernt, damit umzugehen und diese Last für Gutes einzusetzen. Das ist viel wert. Und nun habt ihr doch ein gut funktionierendes Dorf, ohne Zwang«, versuche ich sie aufzumuntern.

»Wir sind nur eine kleine Gemeinschaft, und unser Fortschritt beruht hauptsächlich auf der Tatsache, dass ich viel von dir und anderen Reisenden gelernt habe. Hygiene, Anbau von Obst, Gemüse und Kräutern … um mal die einfachsten Dinge zu nennen. Die Leute hören auf mich, weil sie es immer getan haben. Sie begegnen mir mit Abstand und Respekt. Der eigentliche Anführer ist nun Oran.«

Es ist kein Hauch von Neid zu hören, lediglich Resignation.

»Und macht er das gut?«, frage ich.

»Ja. Er macht es sehr gut. Nur wenige Wochen, nachdem er mich auch noch versucht hatte zu ermorden, kam er zu mir, um mir mitzuteilen, dass er mir verzeihen würde. Er fragte, ob ich ihm ebenfalls vergeben könnte. Aber das hatte ich schon in dem Moment, in dem er es versucht hatte. Als ich es ihm sagte, wirkte er erleichtert. Wie kann ein Mensch so sein? Wie kann man verzeihen? Er hat etwas so Wertvolles wie sein Kind verloren. Durch mich. Bis heute kann ich es nicht nachvollziehen.« Ihre Stimme wirkt gebrochen. Zerbrochen.

Krampfhaft überlege ich, wie ich sie aus diesen finsteren Gedanken herausführen kann, die sie nur hat, weil ich sie gefragt habe. »Und dein anderes Kind, das überlebt hat? Ist es ein Mädchen oder ein Junge? Wo ist es?«

»Ein Junge, sein Name ist Donnchadh, das bedeutet braunhaariger Krieger. Ich wollte, dass er für das kämpft, was ihm am Herzen liegt, und genauso ist er auch geworden. Mittlerweile ist er ein kräftiger und sehr intelligenter Mann, der selbst schon Vater ist.«

Aufgeregt frage ich: »Er ist der junge Mann, von dem in der Sage die Rede ist, stimmt's?«

»Ja. Er ist vor ein paar Jahren aufgebrochen, um in deine Heimat zu reisen.«

»In meine Heimat? Wieso das denn?«

»Er hat sich in den Kopf gesetzt, dass er der Gründer des Ordens der weißen Orchidee ist. Er meinte, irgendjemand musste ihn gegründet haben. Warum nicht er? Er glaubte fest daran, dass dies sein ihm zugedachtes Schicksal ist. Das war etwas, das er bereits sehr früh wusste.« Traurigkeit, aber auch Stolz schwingen in ihrer Stimme mit. »Und so zog er los, und ich verlor auch meinen Sohn. Ich habe nur noch die Möglichkeit, über die Seelenreise mit ihm zu kommunizieren. Wenigstens das ist mir geblieben. Deshalb weiß ich auch, dass er eine Frau dort gefunden hat und ich Großmutter eines kleinen Mädchens bin. Er hat mir aufgetragen, dir zu sagen, dass er dafür sorgen wird, dass es den Orden in allen großen Städten geben wird.«

Wie will er das nur schaffen? Bisher war mir dieser Orden noch nie irgendwo aufgefallen, aber vielleicht operierte er auch im Verborgenen.

»Die Gabe der Seelenreise funktioniert bei vielen Menschen, bei fast allen. Bei einigen nicht, wie zum Beispiel bei Fionbharr. Du kannst ihn weder erreichen noch sonst wie Kontakt mit ihm aufnehmen. Vielleicht ist dies auch eine Art Gabe, die sich nie beeinflussen lässt. Wenn du zu einem Menschen gelangen willst, musst du sehr vertraut mit ihm sein. Es hat mit dem Vertrauen zu tun, dass derjenige dir schenken muss – nur dann öffnet sich die Seele so weit, dass sie dir Einlass gewährt.«

Die letzten Worte kamen immer leiser über ihre Lippen, und nun ist es ganz still in der Höhle. Nur das Feuer prasselt, um die Feuchtigkeit zu vertreiben und draußen kann ich die

Vögel zwitschern hören. Offenbar ist es noch Tag. »Einen Ort kannst du besuchen, doch du kannst mit niemandem in Kontakt treten, wenn derjenige es nicht will. Und nur, wenn der Mensch schläft. In wachem Zustand ist der Geist durch zu viele Einflüsse abgelenkt.«

»Ein interessanter Mann, der einen solch weiten Weg auf sich nimmt. Warum war ihm das so wichtig?« Meine Gedanken kreisen nur um den Sohn von Brigid und seine Geschichte, die auch etwas mit mir zu tun hat und mich tief berührt. »Kannte er mich? Hatte ich ihn dazu gebracht, seine Familie und Heimat zu verlassen? »War es meinetwegen?«

»Er hat sich all deine Geschichten angehört und nie genug davon bekommen. Ich denke, es ist sein Schicksal gewesen. Von Anfang an. Das müssen wir so akzeptieren. Der Orden ist für die Reisenden in fast allen Zeiten sehr wichtig. Er bietet Schutz, Hilfe und Wissen für diejenigen, die dafür bestimmt sind, die Gabe zu haben. Du wirst im Laufe deines Lebens viel darüber erfahren und kannst deine Kenntnisse dadurch weitergeben. So soll es sein. Ich bin nur eine alte, frustrierte Frau, die ihr Kind vermisst, lass dir also von mir kein schlechtes Gewissen einreden.«

In ihrer Stimme schwingt ein Lächeln mit, das ich zwar nicht sehen, aber spüren kann. »Ich versuche es«, antworte ich nachdenklich.

»Hey, denk nicht mal darüber nach, etwas daran zu ändern. Du weißt, das alles, was geschieht, geschah und auch geschehen wird, längst festgelegt und unser Schicksal ist. Du kannst Entscheidungen treffen, aber es werden immer die richtigen sein. Nämlich die, die das Schicksal für uns vorgesehen hat. Unser Weg steht schon lange fest.«

Sie klingt sehr überzeugend.

»Das hört sich aus deinem Mund so richtig an, doch woher soll ich wissen, ob es das wirklich ist?«

»Das wird dir nicht nur dein Verstand sagen, sondern auch dein Herz.« Sie schweigt kurz und drückt nochmals meine Hand, als wollte sie mir den Umfang dieser Erkenntnis einimpfen.

»Brigid?«, frage ich aus einem Impuls heraus. »Woher wusstest du so viel über die magischen Bäume? Ich meine, du hast doch das Samenkorn in die Erde gebracht, um die Eiche zu pflanzen, oder?«

»Ach Marie, das ist gar nicht so kompliziert. Es ist ja nicht der erste Baum seiner Art gewesen, genauso wenig wie ich die erste Trägerin der Gabe bin. Die Druiden haben mir viel beigebracht. Auch ein wenig Blenderei. Ich habe dieses Samenkorn nicht verzaubert oder so. Nein, es war ein Samenkorn von einem magischen Baum. Mehr nicht. Und so wuchs aus diesem Samenkorn auch wieder ein magischer Baum. Eine Erklärung, die dich vielleicht enttäuscht, doch um meine Machtstellung zu behalten, musste ich so manches Mal genau diesen Trick anwenden.«

Enttäuscht bin ich nicht, ganz im Gegenteil, denn nun fällt mir noch etwas ganz anderes ein. »Gibt es die Möglichkeit, einen erkrankten magischen Baum vor seinem Absterben zu retten? Etwas, das zum Beispiel Richard oder ich tun könnten?«

Sie schweigt immer noch, dann räuspert sie sich. »Ja, diese Möglichkeit gibt es.« In ihrer Stimme kann ich ein Lächeln wahrnehmen, doch es verschwindet genauso schnell, wie es gekommen ist. »So wie wir einen Menschen heilen können, gibt uns die Gabe auch die Kraft, einen dieser Bäume zu retten. Sozusagen Hilfe zur Selbsthilfe«, scherzt sie.

»Oh! Das ist gut, sehr gut sogar.« Tief in Gedanken versunken, höre ich kaum, was sie als Nächstes sagt.

»Und nun leg dich hin. Schlaf ein wenig, und gönne deinem Geist die Ruhe, die er benötigt, um mir heute Nacht zu folgen, denn ich habe noch etwas sehr Wichtiges vor.« Sanft drücken ihre kühlen Hände mich auf das Lager. Der Duft der Kräuter, die in die Strohmatratze eingefüllt wurden, umnebeln meinen Verstand und nehmen mir die Schwere der Gedanken. Entspannt gleite ich in den Schlaf.

\* \* \*

Wieder stehen wir auf der Anhöhe und schauen über die weite, mondbeschienene Ebene. Brigid hat mir bis jetzt nicht gesagt, was sie vorhat. Sie schweigt schon die ganze Zeit, ist in sich gekehrt und tief in ihren Gedanken gefangen. Ich traue mich nicht, sie anzusprechen, und so folge ich ihr vertrauensvoll.

An einem gigantischen Baum bleibt sie stehen. Er steht dort, als würde er sein Besitzrecht über dieses Land demonstrieren.

»Kennst du die Geschichte des Baums?«, will Brigid von mir wissen.

»Wie du den Samen in die Erde gesetzt hast?«

»Ja.« Sie zeigt zu dem Baum, den ich durch die Seelenreise, die wir gerade machen, überhaupt erst sehen kann. »Das ist er. Der Baum aus der Sage, den ich zusammen mit meinem Sohn gepflanzt habe.«

Ehrfürchtig schaue ich zu dem Blätterwerk nach oben, und in diesem Moment nehme ich auch das Strahlen wahr und das leise Flüstern des Winds in den Ästen. Geheimnisvoll glitzert der Mond zwischen den Blättern hindurch, und ich bin total ergriffen, diesen besonderen Ort besuchen zu dürfen.

Brigid dreht sich zu mir um und nimmt mich an der Hand. »Kaum jemand weiß, wo sich der Baum befindet. Behalte dieses Geheimnis für dich. Ich dachte mir, das wäre der richtige Ort, damit du dich von deinem Kind verabschieden und die kleine Seele ziehen lassen kannst. Was sagst du dazu?«

Erschrocken lasse ich ihre Hand los und unterdrücke nur mit Mühe und Not den Impuls zu fliehen. Dahin ist die mystische Schönheit des Orts, zurück bleibt der bittere Geschmack des Verlusts. Auch wenn ich ein logisch denkender Mensch bin, so habe ich doch das Gefühl, Brigid würde mir mein Kind noch einmal entreißen.

»Marie. Du musst loslassen, nur dann kannst du Frieden finden und wieder glücklich werden. Und auch wieder sehen können.« Ihr eindringlicher Blick geht mir unter die Haut.

Ein Zittern lässt mich erbeben – oder besser gesagt meine Seele, denn mein Körper liegt immer noch auf dem mit Kräutern bestückten Strohsack. »Ich kann das nicht.«

»Ich werde bei dir sein und dir helfen. Du brauchst keine Angst zu haben. Du wirst dein Kind nicht vergessen, es wird immer ein Teil von dir und Richard bleiben.«

Tausende verschiedene Gefühle kämpfen in mir, und ich bin mir nicht sicher, ob ich das kann, was Brigid von mir möchte. Kann ich loslassen? Kann ich vergeben und von vorne beginnen? Sie schweigt und sieht in die Ferne. Allein ihre Präsenz hat etwas Tröstendes. Ganz so, als hielte sie weiterhin meine Hand.

»Was möchtest du tun?« Ich versuche, mich zu öffnen.

»Ich bin selbst Mutter und kann nachvollziehen, wie schwer dir der Abschied fällt. Nur eine Mutter kann dies in seiner ganzen Fülle verstehen. Dein Mann wird ebenfalls gelitten haben, aber das Kind hat nie das Licht der Welt erblickt. Das ist etwas anderes. Es hat, wenn auch nur kurze Zeit, in dir gelebt. War ein Teil von dir. Wir beide werden dem kleinen Menschlein hier einen Platz geben. Wir werden es symbolisch zu Grabe tragen und euren Seelen die Freiheit zurückgeben.«

Während sie so selbstverständlich davon erzählt, zeigt sie auf den Boden vor dem Baum. Eine einzelne weiße Orchidee liegt dort davor, als Symbol für das Kind, das mir entrissen wurde, sagt Brigid. Sie hebt die Blume auf, legt sie behutsam in meine Hände und fängt an zu singen. Sie singt in einer Sprache, die älter ist als der Baum. Etwas Wundervolles geschieht mit der Blüte. Sie löst sich von dem Stängel und verwandelt sich vor meinen Augen in einen weißen Schmetterling, schöner als alles, was ich bisher gesehen habe. Er schwingt sich auf von meiner Hand, hoch hinaus in die Lüfte, der Sonne entgegen. Ich wage nicht zu blinzeln, da ich keinen Augenblick verpassen möchte. Die kleine, reine Seele meines Kindes erstrahlt heller als die Sonne. Doch irgendwann ist der Punkt am Horizont nicht mehr zu sehen. Ich blinzle, und meine Augen beginnen zu tränen. Und doch fühle ich mich gut, irgendwie friedlich und als hätte ich das Richtige getan.

# Kapitel 12

## April 364

In dem Moment, in dem ich erwache, merke ich, dass sich etwas verändert hat. Doch als ich die Augen aufschlage, sehe ich nichts als tiefe Schwärze.

Enttäuscht schließe ich sie wieder, aber eine feste Hand greift nach meinem Kinn. »Nein, Marie, du hast schon lang genug geschlafen. Wir wollen heute zurück. Dein Richard ist bestimmt voller Sorge und Sehnsucht. Komm.«

Ich höre noch einmal in mich hinein und versuche zu ergründen, warum ich mich so anders fühle, und dann erkenne ich es. In mir herrscht nicht mehr diese Zerrissenheit – stattdessen ist da eine Zufriedenheit, die ich vorher nicht hatte. Vielleicht war Brigids Abschied doch die richtige Methode. Die Erkenntnis entlockt mir ein Lächeln. Eine schwere Last ist von meinen Schultern genommen worden.

»Oh, die kleine Orchidee hat heute bessere Laune?«, scherzt meine Gastgeberin.

»Ja, auf jeden Fall. Ich danke dir von ganzem Herzen.« Tastend suchen meine Hände nach ihr, und als sie fündig werden, ziehe ich die ältere Frau in eine Umarmung. Sie strahlt so viel Wärme und Geborgenheit aus, dass ich mich noch ein wenig mehr entspanne.

Plötzlich nehme ich einen Lichtschimmer wahr, nur ganz flüchtig. Hektisch beginne ich zu blinzeln. »Brigid …«

»Was ist?« Ihr Körper entfernt sich von meinem.

»Ich dachte gerade, ich hätte etwas gesehen.« Und dann sehe ich ihn wieder, doch genau wie eben entschwindet das Licht erneut.

»Meine Kleine, du musst dich beruhigen. Komm zur Ruhe. Dein Augenlicht kommt zurück, glaube mir. Aber du kannst es nicht erzwingen.« Ihre kühle Hand streichelt sanft meine Wange.

Ich bin zu aufgeregt, um mich zu entspannen. Wie stellt sie sich das vor?

»Lass uns aufbrechen. Ich bin fertig. Das Feuer ist gelöscht, und unsere Sachen habe ich bereits gepackt. Je eher wir mit dem Marsch beginnen, desto früher sind wir im Dorf.«

\* \* \*

»Marie!« Richards Stimme hört sich weit entfernt an, doch schon im nächsten Augenblick reißen mich zwei starke Arme in eine Umarmung, und glücklich lasse ich mich hineinfallen. »Ich habe dich vermisst.«

Entspannt lache ich auf. »Und ich dich erst mein irischer Pr...« Ich stocke, denn ich sehe wie durch einen Schleier sein Gesicht. Fast so, als hätte jemand eine feine Gardine über meine Linse gelegt. Und ich erkenne einen verblüfften Ausdruck in seinen Zügen. Prüfend betrachtet er meine Augen.

»Kannst du mich sehen?« Kühle Hände umfassen eindringlich mein Gesicht, und der Blick, mit dem er mich anschaut, fesselt meinen.

»Ja, ein wenig«, gebe ich zu.

»Das ist ja großartig! Seit wann?« Glücklich wirbelt er mich im Kreis herum, während ich nur dümmlich grinse. Ich kann mehr schlecht als recht fassen, dass dies nun doch noch geschieht.

Als er mich endlich absetzt, dreht sich in meinem Kopf alles, und ich kann kaum gerade stehen, da mich ein Schwindel erfasst hat. Der rührt allerdings nicht nur von den vielen Drehungen her. »Ehrlich gesagt fing es eben erst an. Davor war es um mich herum schwarz wie die Nacht.«

»Meine holde Maid, das muss dann wohl an mir liegen.« Unbeschwert lacht er und reißt mich erneut in eine stürmische Umarmung. »Und bald wirst du wieder so gut sehen können wie zuvor.«

»Mittlerweile glaube ich das selbst auch.« Mein Kopf ruht an seiner Brust, und Richards Herz schlägt seinen starken Rhythmus an meinem Ohr. Tiefe Geborgenheit und das Gefühl, zu Hause zu sein, durchströmen mich. Und genau in diesem Moment weiß ich: Egal, wo oder in welcher Zeit ich mich befinde, ich werde zu Hause sein, solange Richard bei mir ist. »Ich liebe dich.«

Seine Finger umfassen mein Kinn, und ich schaue ihm in die grünen Augen. »Und ich dich erst, Marie. Für immer.«

»Für immer.« Ungeweinte Tränen des Glücks brennen in meinen Augen, doch ich erinnere mich an meinen Vorsatz. Ich will nicht mehr weinen. Ich will lachen und glücklich sein.

Bevor sich unsere Lippen finden, erklingt neben uns ein tiefes Räuspern. Fionbharr steht dort, wie der starke, kriegerische Mann, der er ist. Er lächelt wissend. »Ihr beiden könnt nicht voneinander lassen, aber das muss jetzt erst einmal warten. Die Frauen aus dem Dorf haben Essen vorbereitet. Alles wartet auf euch. Brigid sitzt schon an der Tafel.«

Richards Hand hält meine fest und führt mich zu dem großen Haus, in dem die Festlichkeiten veranstaltet werden. Der Schleier vor meinen Augen ist nicht verschwunden, aber ich bin schon dermaßen glücklich über das, was ich sehen kann, dass es mir geradezu paradiesisch vorkommt. Lächelnd trete ich in den Raum, wo sich schon die Dorfbewohner versammelt haben.

Überall sind Schalen mit Feuer aufgestellt, und es duftet herrlich nach Gebratenem. Lautes Stimmengewirr schlägt mir entgegen. Augenblicklich wird mir klar, dass ich nach vorne schauen und das Erlebte hinter mir lassen muss. Hier sitzen so viele Menschen, die Fürchterliches durchstehen mussten, Entbehrungen in Kauf genommen haben und trotzdem fröhlich an der Tafel sitzen. Diese Leute haben ebenfalls Kinder verloren, Hunger gelitten und schwere Krankheiten durchgestanden, und all dem trotzten sie mit einer Selbstverständlichkeit, die mir Respekt entlockt. In Zukunft wird mich nichts mehr so leicht aus der Bahn werfen. Nie wieder werden unnütze Tränen meine Wangen hinabfließen. Dieses Versprechen gebe ich mir selbst.

Und in diesem Moment der Erkenntnis klärt sich mein Blick, und der Schleier, der über meinen Augen hing, hebt sich. Ich kann das kleinste Detail im Raum erkennen.

Mein Kopf dreht sich wie von selbst zu Richard, der die ganze Zeit meine Hand gehalten hat. Er merkt, dass ich ihn ansehe, und wendet sich mir zu.

»Du siehst glücklich aus«, mutmaßt er.

»Das bin ich auch. Ich bin glücklich, dass du bei mir bist. Ich möchte zusammen mit dir alt werden. Irgendwann mit dir auf der kleinen Veranda hinter dem Haus sitzen, Decken über unseren Knien, einen dampfenden Tee auf dem Tisch und ein gutes Buch in der Hand. Das ist es, was ich will, und ich werde es auch bekommen.« Siegessicher grinse ich ihn an, was ihn zu einem kleinen Lachanfall verleitet.

»Dann soll es so sein. Ich werde es jedenfalls nicht wagen, mich dir und deinen Vorstellungen von unserer Zukunft in den Weg zu stellen.«

»Siehst du, ich wusste doch, dass ich einen intelligenten Ehemann habe.« Gemeinsam lachen wir, bis uns die Bauchmuskeln wehtun. »Im Übrigen: Ich kann wieder alles sehen.«

Sein überraschter Gesichtsausdruck ist Gold wert. »Wie ...?« Die unausgesprochene Frage hängt in der Luft.

»Lass uns ein wenig spazieren gehen, sobald man uns hier nicht mehr vermissen wird. Dann erzähle ich dir alles.«

\* \* \*

Draußen ist es dunkel, nur die Sterne über uns und der Mond spenden ein wenig Licht. Langsam entfernen wir uns von dem Stimmengewirr des Fests, und eine friedliche Stille liegt zwischen uns, die fast schon zu kostbar ist, um sie zu unterbrechen. Richard denkt offenbar das Gleiche, denn auch er schweigt. So gehen wir gemeinsam und lauschen unseren eigenen Gedanken.

Ein Käuzchen schreit, und mir entfährt ein Schreckenslaut, woraufhin der magische Moment gebrochen ist. In stillem Einvernehmen setzen wir uns auf einen umgekippten Baum, weich gepolstert mit Moos. Richards Blick ist auf die Sterne gerichtet, doch ich weiß, dass er darauf wartet, dass ich mit meiner Erzählung beginne. Und das tue ich. Ich halte seine Hand, während ich ihm von den Ereignissen in der Höhle berichte. Die Seelenreisen schildere ich ihm ausführlich, und sein ungläubiger, faszinierter Blick liegt auf meinen Lippen. Letztendlich gelange ich zu der Sequenz meiner Erinnerung, die mir den Frieden zurückgegeben hat. Ich erzähle ihm von der kleinen weißen Orchidee, die sich in einen Schmetterling verwandelt hat und der seine Reise antrat.

Mein Kopf dreht sich wie von selbst zu ihm, und im Mondlicht kann ich die Tränen erkennen, die seine Wangen hinabfließen. Tränen, die ich schon zur Genüge vergossen habe, die er aber so oft zurückgehalten hat, um mir ein rettender Anker zu sein. Eine Stärke, die ich ihm hoch anrechne.

* * *

Die nächsten Tage vergehen wie im Flug. Brigid zeigt mir alle Kräuter, sodass ich nun auch dazu in der Lage bin, sie an ihrem Aussehen zu erkennen. Sie unterweist mich in der Zubereitung verschiedener Heilsäfte, Tees und schlussendlich auch darin, was man alles braucht, um die Kräuter des Vergessens zusammenzustellen. Immer wieder betont sie, dass ich diese nur im absoluten Notfall benutzen soll. Nur dann, wenn ich keine andere Möglichkeit habe, den Menschen zu heilen oder zu beruhigen. Ich gebe ihr das Versprechen, es stets zu berücksichtigen und ihre Worte nie zu vergessen. Und dass ich nie aus den Augen verlieren würde, wie mächtig dieser Zauber ist, den sie einst von dem Druiden gelernt hatte. Mächtiger als die tödlichen Pflanzen, die sie mir zeigt. Jedenfalls sagt sie das, denn sie ist der Meinung, dass jeder töten kann. Im Normalfall brauchen Menschen dafür auch keine Kräuter, teilweise genügen die bloßen Hände. Jemanden vergessen zu lassen, ist wiederum etwas, das so gut wie niemand beherrscht.

So fällt die Unterrichtsstunde für tödliche Pflanzen recht lieblos aus. Brigid handelt im Schnelltempo rote Heckenkirschen, weißer Germer, Goldregen und andere Gewächse ab. Doch ich bin fasziniert davon, denn für mich ist es eine Waffe, die ich zur Verteidigung benutzen kann, jetzt, da ich die Gabe nicht mehr zum Schutz verwenden darf.

Dies alles surrt in einem Wirrwarr aus Erinnerungen und Gedanken durch meinen Kopf. Unterdessen sitze ich am Feuer und nähe einen Beutel, in dem ich die Kräuter, Beeren und Rinden, die mir Brigid mitgeben will, verstauen möchte. Ich habe ein robustes Leder gewählt, damit sie auch vor Feuchtigkeit geschützt sind, zumindest ein wenig. Das hat allerdings zur Folge, dass meine Finger schon blutig sind von der Nadel.

Diesen Schmerz genieße ich, denn er zeigt mir, dass ich wieder da bin. Mit allem, was dazugehört. Die Taubheit, die ich vorher wahrgenommen hatte, ist weg. Das gibt mir das Gefühl wieder am Leben teilzunehmen. Merkwürdig. Vorher hatte ich das so nicht gesehen, doch nun, da alle Empfindungen auf mich einprasseln, genieße ich selbst diesen subtilen Schmerz.

Das Licht flackert, und als ich aufschaue, sehe ich, wie Brigid in die Hütte kommt.

»Fleißig. Aber sobald du fertig bist, werde ich deine Wunden heilen, auch wenn sie dir gerade so gut tun. Zu hoch ist die Wahrscheinlichkeit, dass sie sich entzünden.« In diesem Moment strahlt sie Weisheit aus. Jede andere ältere Frau würde Wärme, Fürsorge und vielleicht auch Liebe erkennen lassen. Nicht Brigid. Das sind Gefühlsregungen, die man nur selten an ihr wahrnimmt. Die Macht, die sie so lange in ihrem Leben genossen hat, hinterließ ihre Spuren. Sie ist ein Mensch, der nicht oft Gefühle zeigt. Mir gegenüber hat sie schon Ausnahmen gemacht, doch bei anderen bleibt die unüberwindliche Mauer oben. Oft erscheint sie geradezu unnahbar. Brigid, die mächtige Gottheit, als die sie in der Zukunft dargestellt wird. Ganz klar kann ich erkennen, woher diese Darstellungen kommen.

Ein Frösteln erfasst mich, und ich erkenne, dass sie genau wie ich, Abschied von ihrer Vergangenheit nehmen sollte. Nur so kann sie glücklich werden, doch das versagt sie sich selbst, da die Schuld an ihr nagt. Eine gewaltige Schuld.

»Brigid?«

»Ja?« Mit einem amüsierten Lächeln auf den Lippen dreht sie sich zu mir um.

Irritiert lege ich die Stirn in Falten. Warum lächelt sie? Was amüsiert sie schon wieder an mir? »Vielleicht solltest auch du versuchen, den Blick in die Zukunft zu richten, und nicht allzu sehr die Vergangenheit dein Tun bestimmen zu lassen.«

»Ich wusste, dass du heute damit beginnen würdest. Deine Sicht ist geklärt, und nun nimmst du die Feinheiten deiner Umwelt wieder wahr. Ich weiß das selbst – aber wenn ich das tun würde, wäre meine Macht wieder einmal ohne Zügel. So stehen immerhin meine inneren Mauern zwischen ihr und den unschuldigen Menschen hier. Das ist es, was mich dazu bringt, niemals die Last der Schuld von mir zu werfen. Und das solltest du wissen und verstehen. Und schlussendlich so akzeptieren.«

Das Lächeln ist aus ihrem Gesicht gewichen, und ein kalter Blick ruht auf mir. Sie strahlt etwas aus, das mir gewaltig Angst macht. Ich nicke, um ihr zu zeigen, dass ich verstanden habe. »Gut. Da wir das nun geklärt haben, müssen wir so langsam eure Abreise vorbereiten.«

Wieder nicke ich, obwohl ich nicht recht bei der Sache bin. Im Gegenteil, meine Gedanken fahren Achterbahn. Kann es wirklich so sein, wie Brigid gesagt hat? Kann es sein, dass nur ihre unterdrückten Emotionen gegenüber dem einen Gefühl, dem der Schuld, dafür verantwortlich sind, dass ihre Mauern halten? Mauern, die ihr düsteres, machthungriges Ich im Zaum halten?

»... ausgestattet. Aber das weißt du ja. Zumindest habe ich es dir bereits oft genug gesagt.«

Ich zwinge mich, meine Gedanken zu sammeln. Wie automatisiert antworte ich: »Ja, das hast du.«

Aufgebracht dreht sie sich um. »Du hast mir gar nicht richtig zugehört, stimmt's?« Ihr Finger zeigt anklagend in meine Richtung.

Ertappt senke ich den Kopf, doch innerlich grinse ich, denn die Situation erinnert mich sehr stark an meine Kindheit. Das wiederum erheitert mich dermaßen, dass ich das Kichern kaum unterdrücken kann.

»Gut. Genug für heute. Ich werde jetzt schlafen gehen. Vielleicht kann man ja morgen mit dir wie mit einem erwachsenen Menschen reden. Heute ist das offenbar vergebene Zeit.« Mit diesen Worten rauscht sie aus der Hütte, und ich habe nun doch ein schlechtes Gewissen.

* * *

Mein Beutel mit den Kräutern und der Karte, die genau zeigt, wo sich die heiligen Bäume in Irland befinden, liegt neben mir. Wir sitzen gemeinsam bei einem kargen Mittagsmahl und wollen danach zurück in Fionbahrrs Zeit reisen. Die beiden Männer haben sich während der vergangenen Tage so gut angefreundet, dass es Richard sicherlich schwerfallen wird, wenn wir wiederum in unsere Zeit weiterreisen werden.

»Wirst du uns begleiten, Brigid? Ich meine bis zum Baum?«, will Richard wissen.

»Nein. Abschied ist etwas für sentimentale Menschen und demnach nichts für mich. Ich werde nach dem Essen die liegen gebliebene Arbeit in meinem Garten nachholen. Wir werden uns wiedersehen. Das weiß ich, und ihr nun ebenfalls. Kein Grund, deshalb einen Aufstand anzuzetteln.« Selbst mit ihrer ruppigen Art entlockt sie mir regelmäßig ein Schmunzeln, so auch jetzt.

Und so brechen wir ohne sie auf. Eine kurze Umarmung, und dann sind wir auf dem Weg zum Tor. Doch wir kommen nicht weit, weil uns dort bereits ein kleiner Mann erwartet.

Fionbharr stellt sich schützend vor uns, auch wenn ich mir sicher bin, dass dies nicht nötig ist. »Was willst du, Oran?«, fragt er in drohendem Ton.

Aha, das ist also Oran. Ein kleiner Kerl mit schütterem Haar, das an etlichen Stellen bereits ergraut ist, sieht seinem

Gegenüber ernst in die Augen. »Ich wollte euch dreien noch einmal sagen, dass ihr von mir nichts zu befürchten habt. Das, was damals passiert ist, hat nichts mehr mit dem Hier und Jetzt zu tun. Ich habe an dem Tag nicht im Vollbesitz meiner geistigen Kräfte gehandelt. Und bei dir, Fionbharr, wollte ich mich aufrichtig entschuldigen, dass du mich überhaupt in dieser Situation antreffen musstest. Bitte verzeih.«

Das typische Schnauben meines Schwiegervaters ist zu hören. »Und was bezweckst du nun mit dieser Aussage? Irgendetwas muss dich doch dazu getrieben haben, dich mir in den Weg zu stellen und dieses sentimentale Gelaber von dir zu geben. Ich frage mich nur, was?« Eindringlich schaut er auf den viel kleineren Mann hinab, der keinen Millimeter vor ihm weicht, obwohl Fionbharr in dieser Position sehr beeindruckend wirkt.

Als ich diesem Oran in die Augen schaue, kann ich verstehen, warum ihm niemand traut. In seinem Blick liegt etwas Verschlagenes. Etwas sehr Böses.

Er hebt die Hände, als wolle er zeigen, dass er nichts Böses im Schilde führt. »Nichts, nichts. Ich möchte nur meinen Frieden mit dir machen.« Er streckt seine kleine, knotige Hand nach vorne, doch Fionbharr schaut sie nur an, als wäre sie ein schleimiger Wurm, und macht keinerlei Anstalten, sie zu ergreifen.

»Ich habe dich gehört, Oran. Du entschuldigst uns nun bitte. Wir müssen weiter.« Mit diesen Worten wendet er sich von Oran ab und marschiert mit schnellen Schritten durch das Tor.

Da meine Beine viel kürzer sind als seine, fällt es mir schwer, an ihm dran zu bleiben. Neben mir höre ich ein verhaltenes Lachen. Richard amüsiert sich anscheinend vorzüglich.

Nachdem wir das Tor passiert haben und ein paar hundert Meter in den Wald gelaufen sind, dreht sich Fionbharr zu uns um. »Glaubt ihm kein Wort. In seinen Augen konnte man die Wahrheit erkennen. Er hat gelogen. Ich würde nur zu gern wissen, warum.« Immer noch wütend stapft er weiter.

Ansonsten bleibt es still zwischen uns. Jeder hängt seinen eigenen Gedanken nach, und niemand hat das Bedürfnis, darüber zu sprechen.

Als wir vor dem Baum stehen, durch den wir auch hergekommen sind, besprechen wir noch kurz unsere Vorgehensweise, bevor wir nacheinander unsere Reise durch die Zeit antreten.

Den Frieden, den mir Brigid geschenkt hat, nehme ich mit und werde ihn behalten. Niemand wird mich noch mal so aus meiner eigenen Sicherheit reißen. Davon bin ich felsenfest überzeugt.

# Kapitel 13

## Mai 1353

Der Frühling hat nun auch das Irland im Jahre 1353 erreicht. Die Sonne glitzert durch die Blätter der Bäume hindurch, und der sanfte Wind lässt sie eine geheimnisvolle Melodie rauschen. Ich bleibe stehen, schließe die Augen und lasse mich von diesem Lied berauschen. Durch meine Lider hindurch kann ich das Spiel der Sonne mit den Schatten immer noch sehen. Die warme Brise streicht über mein Gesicht, und eine Erinnerung zuckt durch meinen Kopf. Vor ein paar Monaten, ich vermag nicht mehr zu sagen, vor wie vielen, fuhr ich mit meinem Auto die Landstraße entlang. Es war der Tag, an dem ich das erste Mal nach dem Tod meiner Urgroßmutter zu dem Anwesen unserer Familie zurückkehrte. Damals wusste ich noch nichts von alldem. Rückblickend betrachtet erscheint es, als hätte ich damals eine einfachere Zeit gehabt, doch das war nicht so. Ich war von inneren Konflikten zerrissen und wusste nicht, wohin ich gehörte. Das hat sich geändert.

»Marie?« Richards sanfte Stimme scheint allein mit ihrem Klang meine Seele zu verzaubern. Langsam öffne ich die Augen und blicke ihn lächelnd an. »Hast du etwa geträumt?«

»Mmh, ja ein wenig«, gebe ich zu.

»Mit welchem Kerl muss ich mich duellieren? Wer zaubert meiner Ehefrau ein solches Lächeln und einen solch verträumten Ausdruck aufs Gesicht?«, scherzt er und zwinkert mir frech zu.

»Mit niemandem. Nur du vermagst das mit mir und meinem Gesicht anzustellen.« Ich recke mich und stelle mich auf die Zehenspitzen, sanft gleiten meine Lippen über seinen Mund. Stürmisch küsst er mich.

»Dann ist es ja gut. Ich hatte schon befürchtet, du hättest von einem anderen Mann geträumt.«

»Ihr beiden, können wir weiter? Sonst kommen wir nie vor der Dunkelheit im Dorf an.« Fionbharrs Stimme erklingt ungeduldig. Ein wenig Zeit hat er uns gelassen, doch nun zieht es ihn heim in sein Dorf. Verständlich, denn dort wartet Niamh auf ihn.

\* \* \*

»Nein! Sag, dass das nicht wahr ist. Wag es ja nicht, mit mir zu spielen, du Wurm.« Fionbharrs eiserne Pranke liegt unerbittlich auf der Kehle des Mannes vor ihm. Der versucht nun röchelnd den Kopf zu schütteln, was ihm aber nicht recht gelingen mag. »Du willst mir erzählen, dass meine Tochter in der Gewalt von irgendwelchen Barbaren ist?«

Der Mann nickt.

Angewidert lässt ihn sein Anführer los.

Er stürzt zu Boden und würgt. »Ihr alle wart nicht in der Lage, meine Tochter zu beschützen?« Die Stimme meines Schwiegervaters donnert laut über den Dorfplatz, auf dem sich alle versammelt haben.

Die gesenkten Häupter bestätigen es. Allerdings sind nicht alle da, nur noch eine Handvoll. Das Dorf liegt in Schutt und

Asche, und die Menschen, die überlebt haben, stehen mit rußgeschwärzten Gesichtern vor uns. Fionbharr ist außer sich und nicht mehr in der Lage zu sehen, dass viele dieser Leute ihre Angehörigen verloren haben. Sie sind selbst von Trauer zerfressen.

Hier und da schwelt noch ein Brand, und als mein Blick in die Ferne schweift, kann ich ein riesiges Hügelgrab erkennen. Mich fröstelt es. So viele Menschen haben ihr Leben verloren. Was war passiert, als wir weg waren? Wo ist Niamh? Welches Schicksal stand diesem netten Mädchen bevor?

Ein alter Mann, gestützt auf einen Stock, tritt zu Fionbharr. »Es geschah vor zwei Tagen. Sie kamen in der Nacht, als niemand damit gerechnet hat. Sie töteten alles und jeden, der ihnen in den Weg kam. Drei von den jungen Mädchen nahmen sie mit. Bitte verzeih uns, dass wir unser Dorf nicht schützen konnten. Wir bedauern es, mehr als du es dir in deinem jetzigen Zustand vorstellen kannst. Bitte, Fionbharr!« Die knotigen alten Finger legen sich zitternd auf die Hand des jüngeren Mannes. Fionbharrs Schultern sinken nach unten, sein Körper vibriert.

Kurz befürchte ich, dass er anfängt zu weinen. Offensichtlich dachte Richard dasselbe, denn er steht bereits neben seinem Vater. Er nimmt dessen Arm und führt ihn entschlossen in eine der Hütten, die noch stehen. Traurig folge ich ihnen.

Zwei Tage! Das ist eine sehr lange Zeit. Mein Verstand dreht sich im Kreis. Irgendwie ist es mir unmöglich, auf eine Lösung zu kommen. Sie könnten überall sein. Wie sollen wir sie nur finden?

»Du beruhigst dich jetzt erst mal. Atme, und dann überlegen wir uns, wie wir Niamh finden können. Wir werden definitiv nicht untätig zusehen, also beruhige dich. Je schneller du dich im Griff hast, desto schneller können wir ihrer Spur folgen.« Richards Stimme dröhnt autoritär von den Mauern zurück. Über uns fehlt das Dach, und die Steine der Hütte sind schwarz vom Ruß. Kein Möbelstück hat den Brand überlebt, und dennoch haben die stehen gebliebenen Wände etwas Tröstliches. So als wollten sie mir sagen: Es wird immer einen Teil geben, der überlebt.

Mir kommt eine Idee. »Eine Richtung können wir schon mal ausschließen.« Sofort habe ich die Aufmerksamkeit der beiden Männer. »Wären sie durch den Wald geflohen, hätten wir irgendwo auf Spuren stoßen müssen. Dafür kennst du, Fionbharr, das Areal viel zu gut. Es wäre dir sicher etwas aufgefallen. Und nun werden wir uns Gedanken machen, wohin sie sonst geflüchtet sein können, und sobald du dich ein wenig beruhigt hast, gehen wir nach draußen und suchen uns einen Platz, wo wir einen Schlachtplan ausarbeiten.«

\* \* \*

Wir haben Waffen dabei. Selbst ich habe nun einen kleinen Dolch in meinem Gürtel stecken. Eine Kurzunterweisung gibt mir ein wenig Sicherheit, aber ich bin mir nicht sicher, ob ich ihn benutzen kann, wenn es hart auf hart kommt. Und die Macht darf ich nicht mehr gegen andere Menschen einsetzen, niemals mehr. Denn dann würde ich den Weg nicht mehr zurückfinden. Ich wäre verloren. Brigid hat mir das immer wieder eingebläut und darauf bestanden, dass ich ihr ein Versprechen gebe. Ich habe versprochen, nie mehr jemandem mit meiner Kraft Schaden zuzufügen.

Uns begleiten zwei Männer, die zum Zeitpunkt des Angriffs nicht im Dorf waren. Einer von ihnen hat seine gesamte Familie bei dem Angriff verloren. Und einem wurde, genau wie Fionbharr, das Kind entführt. Die Luft vibriert vor Anspannung. Jeder von uns möchte die Mädchen retten. Jeder hat einen Grund zur Rache. Und jeder von den Männern möchte Rache nehmen.

Wir reiten in die Richtung, in der das Hügelgrab liegt. Hier ist der Boden zertrampelt von der Beerdigungszeremonie, und man kann noch nicht mal erahnen, ob die Angreifer diesen Weg genommen haben. Auf der anderen Seite ist es die einzige Richtung, in der man überhaupt Spuren finden kann, und sei es nur aufgrund der Erstellung des Grabs. Es ist einen Versuch wert.

Vor uns erstreckt sich die typische, hügelige Landschaft Irlands. Die Wiesen stehen in saftigem Grün, und die Luft ist so rein wie nach einem frischen Regen. Und doch trügt dieser Frieden, denn ich weiß, wenn wir erst einmal die Entführer der Mädchen erreichen, wird ein Krieg ausbrechen.

»Kannst du dir vorstellen, dass es doch die Kämpfer von Druigh sind, Brian?« Ich kann die leise geführte Unterhaltung von zwei der fremden Männer mit anhören.

»Vielleicht. Zumindest ist es der Weg, auf dem man zu ihrer Burg gelangt. Wer sollte es denn sonst gewesen sein? Wer hätte denn den Mut, in unser Dorf einzufallen? Das passt zu diesen Barbaren.« Brian spuckt wütend auf den Boden. »Niemand von den Menschen, die ich sonst kenne, würden auch nur in Betracht ziehen, Kinder zu entführen.«

Ich räuspere mich. »Brian, warum kommst du ausgerechnet auf diese Leute?«

»Das sind Männer ohne Skrupel. Wenn die sich was in den Kopf gesetzt haben, gehen sie über Leichen. Und das war ein gezielter Angriff. Ich glaube nicht, dass es hierbei vorrangig um alle jungen Frauen ging. Der Angriff hatte einen anderen Grund. Die anderen Mädchen waren nur eine Beigabe, die sie sich gern genommen haben. Das Ganze war sehr effizient umgesetzt. So agieren die Kämpfer von Druigh. Präzise, kalt und ohne Erbarmen.«

»Was sind das für Leute? Und was meinst du mit, die anderen Mädchen waren nur Beigabe?«, will ich wissen.

Der andere Mann, dessen Namen ich noch nicht kenne, antwortet: »Leider sind es nicht nur einfache Barbaren. Es sind Kämpfer, die viele Techniken kennen und uns im Kampf haushoch überlegen sind. Sie sind wahre Meister ihres Fachs. Hätte ich eine andere Wahl, würde ich mich nicht mit ihnen anlegen. Niemals. Die Männer wurden von Lord Druigh ausgebildet, seit sie Kinder waren. Sie tun alles, was er sagt, ohne nachzudenken, deshalb bin ich mir sicher, wenn so viele von ihnen den Weg in unser Dorf finden, dann steckt der Lord dahinter. Er führt etwas im Schilde. Und ich bin mir nun auch darüber im Klaren, was es ist.«

Eine Kampfeinheit im Irland des Jahres 1353. Das ist doch nicht vorstellbar. Wer ist dieser Lord Druigh? Möchte ich das überhaupt herausfinden? Im Moment habe ich keine Lust auf weitere Abenteuer. Eigentlich will ich nur noch Niamh retten und dann zurück in meine Zeit und bis an mein Lebensende glücklich und zufrieden mit Richard dort leben. Und wenn sie nicht gestorben sind, dann leben sie noch heute.

»Und welche Absicht verfolgen sie deiner Meinung nach?«, traue ich mich nachzufragen.

Brian schweigt zuerst, doch dann antwortet er verbissen: »Lord Druigh hat beim Clanoberhaupt um die Hand von Niamh gebeten, für seinen Sohn, doch Fionbharr hat ihm dies ausgeschlagen. Druigh fühlt sich mit Sicherheit in seiner Ehre verletzt und fordert nun die Braut seines Sohns mit Gewalt.«

Die Braut? Aber das Mädchen ist doch noch ein Kind! Still reiten wir weiter.

»Ich glaube, du könntest recht haben. Das ist gut möglich, Brian. Dann kann uns allerdings nur noch die heilige Brigid helfen.« Die geflüsterten Worte wehen zu mir und nehmen Gestalt an. Was meinte der zweite Mann damit? Da sie so leise miteinander geredet haben, kann ich nicht nachfragen. Es war eindeutig nicht für meine Ohren bestimmt.

* * *

»Wir rasten hier.« Fionbharr, der sich im Sattel aufgerichtet hat, zeigt mit einer Hand auf eine kleine Baumgruppe, und dann sehe ich etwas, das mich stutzen lässt. Dieser raubeinige Mann lehnt sich ein wenig nach vorne, tätschelt seinem Pferd den Hals und flüstert ihm etwas ins Ohr. Dann steigt er ab und legt sein Gesicht an den Hals des Tieres. Beide verharren eine Weile in dieser Position, als wären sie zu einer Einheit verbunden. Dann löst sich mein Schwiegervater von ihm, und der Hengst stupst ihn mit seiner samtenen Schnauze an, was Fionbharr ein leises Lachen entlockt. Eine solche Feinfühligkeit hätte ich ihm nicht zugetraut. Er wirkt immer so unnahbar, so herrschend und hart, doch diesem warmherzigen Tier gegenüber zeigt er so viel Gefühl. Nun kann ich verstehen, was Ilaria mit ihm verbunden hat. Ilaria, das zarte und sehr emotionale Geschöpf und Fionbharr passten einfach nicht zusammen. Doch die kleinen Gesten dem Tier gegenüber machen mir klar, dass ich ihn bisher völlig falsch eingeschätzt habe.

»Wo sind deine Gedanken?« Richard legt seinen Arm um meine Taille und zieht mich an sich.

»Bei Ilaria und Fionbharr. Ich hatte mir gerade überlegt, wie ihre Liebe zueinander war … oder in dieser Zeit sollte ich vielleicht besser sagen: werden wird. Er wirkt nur nach außen so hart, in seinem Inneren scheint er ein liebevoller Mensch zu sein.« Müde schließe ich die Augen und lege sie an seine Brust. Richards Herz schlägt einen ruhigen und kräftigen Rhythmus. Der Geruch seiner Haut vernebelt meine Sinne, ich erschauere, und ein Seufzer entfährt mir.

Unter meiner Wange spüre ich die sanfte Erschütterung seines Lachens. Offensichtlich hat er erkannt, welche Wirkung sein Körper auf mich hat. »Ich sehne mich danach, mal ausnahmsweise ein paar ruhige Tage mit dir zu verbringen. Einfach nur wir beide in einem Heim, das uns gehört.«

»Mmh, das wäre mal eine Abwechslung.« Ich kann nicht anders, aber ein Kichern schleicht sich meine Kehle hinauf, doch dann verstumme ich sofort wieder. Niamh! Während wir hier stehen und solche Wünsche äußern, steht sie vermutlich schreckliche Ängste durch und fragt sich, warum nicht schon längst ihr Vater aufgekreuzt ist und sie gerettet hat. Wer weiß, was sie dem Mädchen alles antun. Eine eiskalte Angst erfasst mich.

Richard versteht sofort. »Wir werden sie finden. Wir müssen sie finden.«

Ich nicke bekräftigend, aber ich bin noch lange nicht so zuversichtlich, wie ich mich gebe. »Komm, wir essen etwas, um genügend Kraft zu haben für das, was kommen mag.« Ich lasse mich von ihm zu den anderen ziehen. Wir haben kein Feuer gemacht, um den Männern von Lord Druigh keinen Hinweis auf unsere Verfolgung zu geben. Lustlos nage ich an einem Stück getrocknetem Fleisch. Auch was die Nahrung angeht, sehne ich mich in meine Zeit zurück. Was würde ich jetzt für ein Pastagericht geben! Oder für ein Bad in der schönen gusseisernen Wanne, um danach in meinem Bett in einen seligen Schlaf zu versinken.

Ich merke erst, dass ich mit offenen Augen träume, als sich alle um mich herum schon erhoben haben. Es geht weiter. Weiter auf der Suche nach dem Mädchen, das nicht nur Fionbharrs Tochter, sondern auch Richards Schwester ist. Meine Schwägerin, von der ich bisher nichts wusste. Immer öfter schleicht sich der Gedanke in mein Bewusstsein, warum das so ist. Warum hatte Ilaria die kleine Niamh mit keinem Wort in ihrem Brief erwähnt? Warum? Gab es dafür nur diese eine schreckliche Erklärung?

»Los, los. Auf die Pferde. Wir machen uns die Nacht zunutze. Vermutlich werden sie bei Dunkelheit rasten, und dann finden wir diese Kerle und holen uns unsere Kinder zurück.« Fionbharr wirkt kampfeslustig auf mich. Er zieht in den Kampf. Das könnte sogar eine Blinde erkennen.

Die Schwärze der Nacht legt sich über uns wie ein dunkler Umhang. Die Kälte kriecht in meine Knochen, und ich spüre eine bleierne Müdigkeit, die sich in meinem Körper breitmacht. Dennoch reiten wir weiter.

Die Pferde verhalten sich unnatürlich leise. Keins von ihnen schnaubt oder wiehert gar, ganz so, als hätte Fionbharr sie alle eingeschworen. Wer weiß, was er seinem Hengst ins Ohr geflüstert hat. Mittlerweile habe ich auf dieser Reise durch die Zeit so viel erlebt, dass ich beinahe alles glauben würde. Es gibt so vieles zwischen Himmel und Erde, das wir modernen Menschen nicht erklären können.

Der halbe Mond schenkt uns ein wenig Licht, sodass wir nicht völlig blind unserem Ziel entgegenreiten. Ständig schießt dieses eine Wort in meine Gedanken: Blind. Immer und immer wieder.

Ich genieße es, wieder sehen zu können und meine Umwelt wahrzunehmen, doch irgendetwas bedeutet diese Erfahrung dennoch für mich und meine Zukunft. Vielleicht ist sie zu irgendwas gut.

Richard gibt ein leises schnalzendes Geräusch von sich, das wir vorher vereinbart hatten. Alle halten ihre Pferde an. »Seht!« Er deutet zum Mond. Zuerst kann ich nichts erkennen, doch dann sehe ich einen ganz feinen Streifen Rauch. Hätte Richard mich nicht darauf aufmerksam gemacht, wäre ich vermutlich nie in der Lage gewesen, ihn zu erkennen.

»Rauch«, flüstere ich.

»Sie sind sich offenbar sehr sicher, dass wir ihnen nicht folgen, anders kann ich mir eine solche Dummheit nicht erklären.« Ungläubig schüttelt Fionbharr den Kopf. »Wir sollten vorsichtig sein, nicht dass es sich hierbei doch um eine Falle handelt.«

Wir nicken alle.

Zögernd wende ich mich an die Männer. »Wir sollten uns von zwei Seiten anpirschen.«

Wieder einvernehmliches Nicken. Fionbharr teilt uns auf. »Marie, Richard und Brian, ihr reitet auf der rechten Seite an sie heran, und wir beide …«, sein Zeigefinger wandert zwischen John und ihm hin und her, »wir beide nehmen die linke Seite. Auf mein Kommando hin greifen wir dann an.« Er lässt einen leisen, vogelartigen Laut ertönen. »Das ist das Zeichen. Verstanden?«

Dieses Mal stimmen wir zu, indem wir leise im Chor ein *Ja* hören lassen. Ein Summen zieht durch meine Blutbahn, die Aufregung der bevorstehenden Auseinandersetzung lässt das Tempo meines Herzschlags ansteigen. Adrenalin.

Nachdem wir uns auf die Pferderücken geschwungen haben, setzen sich die beiden Gruppen in Bewegung, ihrer jeweiligen Richtung entgegen.

»Ich möchte, dass du dich hinter uns hältst, Marie. Du schreitest nur ins Geschehen ein, wenn es um Leben oder Tod geht.« Er schaut mich ernst an. »Versprich es mir.«

Ich nicke.

»Ich könnte mich nicht auf das vor mir Liegende konzentrieren, wenn ich mir nicht sicher wäre, dass du in Sicherheit bist. Egal, was geschieht, vergiss nie, dass ich dich liebe!«

Unsicher lächle ich ihn an. »Wie könnte ich das vergessen, geht es mir doch genauso mit dir.«

Ein kurzer Blick noch, dann versinken wir in angespanntes Schweigen, horchen und konzentrieren uns. Brian reitet vor, und seine Augen wandern dabei suchend zwischen den Bäumen hin und her, um einen eventuellen Hinterhalt so früh wie möglich zu entdecken.

Theoretisch müssten wir uns fast auf Höhe des Feuers befinden, das den Rauch abgesondert hat. Doch die Bäume versperren uns den Blick in den Himmel. Die Rauchsäule kann ich so nicht sehen. Vor uns ist es dunkel. Ich kann kaum die Hand vor Augen erkennen. Eine Stelle mit Glut kann man nirgends auch nur erahnen. Ein mulmiges Gefühl macht sich in meinem Magen breit. Sollte es doch nur eine Falle gewesen sein?

Brian schaut uns an und tippt sich dabei an die Nase. Ich verstehe sofort und halte meine Nase in den Wind. Da rieche ich es. Rauch! Nur ganz wenig, aber genug, um zu erkennen, aus welcher Richtung er kommt. Wir steigen ab und binden die Pferde an einen Baum, reden ihnen noch einmal beruhigend zu. Sollten sie schnauben oder gar wiehern, wären wir verraten.

In der Absicht kein Geräusch zu verursachen, schleichen wir auf Zehenspitzen durch das Gebüsch, da ertönt der Hinweis auf den Angriff von Fionbharr. Sofort stürzen Brian und Richard nach vorne. Ich folge ihnen mit einigem Abstand.

Die Umgebung ist nicht so wie erwartet. Es ist keiner der Barbaren zu sehen. Im nächsten Moment höre ich ein Wimmern rechts neben mir. Es ist zu dunkel, ich kann nichts erkennen, und die Männer will ich nicht extra zurückrufen. Rasch gehe ich ein Stück in die Richtung, aus der das Wimmern kam. Ich kneife die Augen zusammen, um zu sehen, von wem das Weinen stammt. Das Laub vom Vorjahr raschelt unter meinen Füßen, und bei jedem Schritt habe ich das Gefühl, ich wäre zu laut. Angst schnürt mir die Kehle zu, und ich habe Mühe, genug Sauerstoff in meine Lungen zu bekommen. Dann sehe ich einen menschlichen Körper an einen Baum gelehnt liegen. Das spärliche Mondlicht lässt die Tränen auf dem Gesicht des Mädchens glitzern. Angsterfüllte, weit aufgerissene Augen sehen zu mir empor. Schnell lasse ich mich auf die Knie fallen.

»Scht. Keine Angst, wir werden euch helfen. Fionbharr ist mit mir und ein paar anderen Männern gekommen, um euch zurückzuholen.« Sanft streiche ich über ihren Arm.

Als die Anspannung langsam von ihr abfällt, fängt sie an zu zittern. Da erst bemerke ich, vor was sich meine Augen bewusst verschlossen hatten. Das Mädchen, vielleicht vierzehn Jahre alt, liegt mit zerfetzten Kleidern vor mir. Ihre Arme bedecken die Blöße ihrer Brüste. Diese Schweine. Diese verdammten Schweine. Tief in meinem Innern braut sich ein Unwetter zusammen, und nur mit Mühe kann ich die Wut, die von mir Besitz ergreift, in Zaum halten. Immer wieder muss ich mir wie ein Mantra vor Augen halten, was Brigid mir beigebracht hat. Und vor allem, vor was sie mich gewarnt hat, sollte ich mich gehen lassen und meine Macht gegen andere Menschen verwenden. Es fällt mir unheimlich schwer. Mit geschlossenen Lidern atme ich mehrmals tief ein und versuche, meinen aufgebrachten Geist zu beruhigen. Nach einer kurzen Weile gelingt es mir. Am Sattel hängt eine zusammengerollte Decke, die ich mir schnappe und damit den geschändeten Körper des Kindes bedecke.

Dankbar schaut mir das Mädchen in die Augen. »Sie sind weg. Ich glaube nicht, dass sie euch noch auflauern ... sie haben versagt, sagte der eine«, stößt sie gepresst hervor, als würde es sie unheimlich viel Kraft kosten, diese wenigen Wörter auszusprechen.

Überrascht reiße ich die Augen auf. »Bleib hier, verhalte dich ruhig und mach dich erst bemerkbar, wenn du einen der Männer aus dem Dorf erkennst.« Das Mädchen schlägt die Lider nieder, als Zeichen, dass sie mich verstanden hat.

Geduckt schleiche ich weiter in die Richtung, in der Richard und Brian verschwunden sind. Jeden Schritt setze ich mit Bedacht, aus Angst, durch einen knackenden Ast auf mich aufmerksam zu machen. Ich muss den anderen erzählen, was ich herausbekommen habe, ohne dass eventuelle Feinde es mitbekommen. Die Sorge um Richard prickelt auf meiner Haut, und mein Verstand erlahmt fast dadurch. Reiß dich zusammen, sonst bist du keine Hilfe, sage ich mir selbst immer wieder.

Ich verharre kurz, aber außer meinem eigenen Atem kann ich nichts hören. Oder doch? War da nicht das Geräusch von zerbrechendem Holz? Ich sehe mich um, kann aber nichts erkennen.

Im nächsten Moment legt sich eine große, warme Hand auf meinen Mund. Erschrocken ziehe ich die Luft durch die Nase an. »Ruhig!«, flüstert mir jemand ins Ohr. Richard! Unwillkürlich entspanne ich mich wieder. Seine Hand gibt mich frei, und sofort fange ich an zu zittern.

»Eins der Mädchen ist dort hinten. Sie haben ihr Fürchterliches angetan! Sie sagt, dass die Männer weg sind. Ich weiß allerdings nicht, ob das stimmt.« Ich flüstere, denn vielleicht halten sich die Schurken noch irgendwo hier versteckt.

Neben mir ein Schnauben, das Richards Unmut kundtut. Trotz dieser ganzen Situation bringt mich dieser Laut zum Schmunzeln. Richard hat sich offenbar etwas von seinem Vater angenommen, ohne es selbst gemerkt zu haben.

Mit hochgezogenen Augenbrauen legt er einen Zeigefinger an die Lippen und bedeutet mir, dass wir unseren Weg nun gemeinsam fortsetzen sollen. Langsam pirschen wir uns Meter für Meter weiter. Ich horche so angestrengt in die Nacht, dass ich das Blut in meinen Ohren rauschen höre.

Plötzlich dringt ein Schrei durch die Dunkelheit. Ein unmenschlicher Schrei, der mehr Schmerz enthält, als ich je für möglich gehalten hätte.

Nichts geschieht. Kein Tumult entsteht, der auf einen Kampf hindeutet. Nur das Wehgeschrei wiederholt sich immer wieder und hallt wie ein Klagelied durch den Wald.

Wir stürzen nach vorne, in der Annahme, dass keiner der Angreifer mehr dort ist, und das Erste, was ich sehe, ist Fionbharrs riesige Gestalt. Sein breiter Rücken ist uns zugewandt. Er wiegt sich vor und zurück. Als wir näher kommen, nehme ich eine kleine menschliche Gestalt in seinen Armen wahr. Mein Herz setzt einen Schlag aus, das Atmen fällt mir schwer, doch meine Füße laufen weiter. Ich erkenne immer mehr Details, die ich vermutlich mein ganzes Leben lang nicht mehr vergessen werde.

Niamhs Körper hängt in den Armen ihres Vaters wie ein zerbrochener Zweig. Sie ist furchtbar misshandelt worden. Ihr Gesicht ist geschwollen und blutüberströmt, die Nase ist gebrochen, und mehrere Zähne sind zertrümmert. Ihre toten Augen starren mit einem entsetzten Ausdruck ins Leere. An dem kleinen Körper kann ich mehr Hämatome sehen als gesunde Haut.

Ein Schluchzer entfährt meiner Kehle. Welcher Gott lässt solche Scheußlichkeiten zu? Ein gnädiger ganz bestimmt nicht. Ich mag gar nicht daran denken, was das Kind für Schmerzen und auch Ängste in den letzten Stunden ihres Lebens durchgestanden hat. Die kalte Klaue der Übelkeit greift nach mir, und ich muss mich beherrschen, meinen Mageninhalt nicht von mir zu geben.

Fionbharr dreht sich zu mir um, sein Gesichtsausdruck erinnert an ein verwundetes und wütendes Tier. Aus seinen Augen sprüht Hass, und die Zähne sind fest zusammengepresst. Die Kiefermuskulatur mahlt wild vor sich hin. »Welches Tier von Mann war das?«

Die letzten beiden Worte schreit er hinaus, und ich weiche unwillkürlich einen Schritt zurück. Mein Fuß trifft auf eine Wurzel, und ich knicke um, falle aber nicht, denn die starken Arme Richards haben mich sofort aufgefangen.

»Alles in Ordnung?«

Was soll ich ihm darauf antworten? Nichts ist in Ordnung! Meine ganze Welt ist ein vollkommenes Chaos. Ich zucke mit den Schultern und hoffe, dass er mich versteht. Seine Hände an meinen Schultern streichen sanft und tröstend darüber. »Bleib hier, Marie. Und diesmal hörst du bitte mal zur Abwechslung auf mich.« Er wendet sich zu Fionbharr. »Vater? Soll ich sie dir abnehmen? Dann kannst du alles für das Begräbnis vorbereiten.« Instinktiv versucht er ihn nicht zu trösten, sondern sendet einen Appell an seine praktische Seite. Trost würde dieser vor Zorn sprühende Mann ohnehin nicht annehmen.

Langsam weicht die Härte aus seinem Blick, und Fionbharrs Schultern sacken nach unten. Er presst das Kind an die Brust, und Schluchzer schütteln seinen Oberkörper.

Ein paar hastige Anweisungen später sind die Männer damit beschäftigt, unter einem Baum am Rande der Lichtung ein Grab auszuheben. Die Endgültigkeit dieser Handlung verursacht einen brennenden Schmerz in meinem Herzen. Niamh war so ein liebenswürdiges Geschöpf. So kämpferisch und gleichzeitig offenherzig. Nie wieder würde ihr Lachen das kleine irische Dorf erfreuen. Nie wieder ihre kleine zarte Hand mein Gesicht streicheln. Wie muss sich erst Fionbharr fühlen, wenn mir ihr Verlust schon so nahe geht?

# Kapitel 14

## Mai 1353

Auch das andere Mädchen hat überlebt. Sie steht nun mit uns vor dem dunklen Loch, das sich einladend dem toten Körper entgegenstreckt, der von Richard und Fionbharr gehalten wird. Beide haben einige Worte des Abschieds gesprochen und stehen nun sichtlich um Fassung bemüht vor dem Grab.

Als sie sich bücken, um das Kind seiner letzten Ruhestätte zuzuführen, fasse ich einen Entschluss. Ich gehe einen Schritt vor und beginne zu summen. Jahrelang war ich die erste Sopranstimme in unserem Kirchenchor, und so fällt es mir nicht schwer, dieses Lied zu singen. *Ave Maria* war schon immer eins meiner Lieblingslieder, und nun hallt meine Stimme durch den Wald. Niamh liegt in Decken eingewickelt in ihrem Grab. Ich singe mit so viel Gefühl wie noch nie zuvor, während nach und nach die Erde auf den zierlichen Körper prasselt. Und schon ist auch der letzte Zipfel Stoff bedeckt.

Als die Männer ihr Werk beenden, endet auch das Lied. Der grausame Tod von Niamh ist real, auch wenn wir bis hierhin gehofft hatten, einem fürchterlichen Albtraum zum Opfer zu fallen. Das vor uns liegende Grab mit der lockeren Erde darauf, gibt die Endgültigkeit in all ihrer Traurigkeit preis. Die beiden anderen Mädchen treten mit tränennassen Gesichtern vor und bedecken den Hügel mit großen und kleinen Steinen. Jeder von uns legt einen Stein dazu, und Fionbharr den letzten.

Im nächsten Moment geht eine Veränderung durch seinen Körper, mit gestrafften Schultern richtet er das Wort an uns. »Ihr meine Verbündeten und vor allem mein Sohn, ihr wisst um meine besondere Gabe.«

Alle nicken und sehen ihn gleichzeitig fragend an.

»Dieses eine Mal werde ich sie für mich nutzbar machen. Ich werde zurückreisen und das Dorf warnen. Warnen vor diesen Barbaren. Und damit wird sich alles ändern, und dieser Verlust, den so viele von uns genauso wie ich erlitten haben, wird uns nie ereilen.«

Als ich endlich verstanden habe, was er uns damit sagen möchte, fällt mir die Kinnlade herunter. Geschockt starre ich ihn an.

»Das kannst du nicht machen, Vater. Niemand darf versuchen, die Vergangenheit zu verändern. Das ist nicht möglich. Das Schicksal lässt sich nicht umgehen.« Richards Worte klingen immer hektischer und eindringlicher.

»Ich dulde hierbei keinerlei Einmischung von dir, Richard. Du bist zwar mein Sohn, doch um nichts in der Welt hat mein kleines Mädchen es verdient, so ums Leben zu kommen. Diese Schande, diese Schmerzen, diese Angst!« Er schreit, die Adern an seinem Hals treten hervor, und es sieht ganz so aus, als würden seine Augen jeden Moment aus ihren Höhlen quellen.

Mein Gehirn arbeitet auf Hochtouren. Es muss doch etwas geben, das ihn umstimmt, das ihn an seiner Entscheidung zweifeln lässt. Doch mir fällt nichts ein. Zeit! Das ist es, wir brauchen Zeit, damit seine Wunden heilen können und sein Verstand zur Ruhe kommt. »Bitte, Schwiegervater, lass uns erst einmal ausruhen. Wir benötigen dringend Nahrung. Die Mädchen müssen versorgt werden, und wir alle brauchen Schlaf. Morgen, wenn du immer noch der Meinung bist, dass es die richtige Entscheidung ist, werden Richard und ich dich begleiten und dir helfen, dein Vorhaben in die Tat umzusetzen.« Mit angehaltenem Atem warte ich auf seine Reaktion.

Er schaut uns mit einem gehetzten Blick an und sieht aus wie eine tickende Bombe. Der wahnsinnige Ausdruck in seinen Augen macht mir Angst. Plötzlich stürzt er auf mich zu. »Du! Du gehörst zu diesen Mördern. Du hast sie zu uns geführt, ihnen geholfen. Du mieses Stück Dreck!«

Mit weit aufgerissenen Augen und unfähig, mich zu bewegen, beobachte ich, wie er immer näher kommt. Seine mächtigen Pranken strecken sich nach mir aus, doch kurz bevor sie nach mir greifen können, wird er von den drei Männern zu Boden gerissen. Sie haben sichtlich Probleme, den Hünen unter Kontrolle zu halten. Fionbharr kämpft wie besessen, was er vermutlich auch ist. Besessen von der Idee, die Gegenwart ändern zu können.

Eins der Mädchen tritt mit einem großen Stein heran und haut ihn ohne Skrupel auf den Schädel ihres Clanoberhaupts. Schlagartig ist Ruhe. Leblos liegt der mächtige Mann auf dem Waldboden.

»Oh, nein. Ich wollte ihn nicht töten«, kreischt das Mädchen hysterisch los.

»Beruhig dich, er ist nur bewusstlos.« Brian tritt zu ihr und will tröstend seinen Arm um sie legen, doch sie fängt an, schreiend um sich zu schlagen, von Panik ergriffen. Schnell nehme ich das Kind an die Hand. Wer von Männern so übel misshandelt wurde wie sie, möchte bestimmt nicht von einem getröstet werden. Sie wirft sich in meine Arme, zittert unkontrolliert und weint sich die Last, die sie in den letzten Tagen aufgebürdet bekommen hat, von ihrer kleinen Seele.

»Pst, alles wird gut. Er schläft nur. Du hast ihn nicht schwer verletzt.« Ich halte sie, bis sich ihr Körper langsam entspannt. »Wie heißt du?«

Ihre Finger wischen sich die Tränen aus dem Gesicht, bevor sie sich aufrichtet. »Ich heiße Eimear.«

Sie ist das Mädchen, das ich im Gestrüpp gefunden hatte, das andere steht apathisch hin und her schaukelnd am Rande der Lichtung und schaut ins Leere.

»Eimear?«

»Ja?«

»Was ist mit ihr? Sie sieht unverletzt aus. Haben die Männer auch Hand an sie gelegt?« Diese Frage geistert mir schon im Kopf herum, seit wir sie gefunden haben, gefesselt an einen Baum.

»Nein.« Ihr Blick richtet sich zum Boden. Sie wirkt verlegen, doch ich schiebe es zunächst auf das, was ihr widerfahren ist.

Dann richten sich ihre blaue Augen auf mich. »Die Kerle glaubten zunächst, sie wäre Niamh.«

»Wie bitte?« Ich muss mich beherrschen, um meine Stimme gesenkt zu halten. »Warum?«

»Ihr Name ist Cera. Als die Männer gefragt haben, wer von uns Niamh ist, hat sich Cera gemeldet. Sie wollte Niamh schützen. Die wollte das sofort klarstellen, doch alles ging so schnell. Man band Cera an einen Baum, und keiner der Kerle hörte mehr auf Niamhs Einwände. Sie sind über uns hergefallen wie Tiere.« Ein Schluchzen schüttelt ihren Körper. »Und sie ließen nicht mehr von uns ab. Cera hat geschrien, aber ihre Schreie mischten sich mit unseren, und irgendwann haben wir es aufgegeben. Einer von diesen Schweinen mochte es brutal. Er setzte Niamh zu. Als es ihr immer schlechter ging, verlangte er von Cera, dass sie Niamh heilte, doch das konnte sie nicht. Das konnte sie doch nicht.« Tränen laufen ihre Wangen hinab, ich streiche ihr beruhigend über den Arm, doch das Grauen, das sie erlebt hat, hat sich tief in ihr Unterbewusstsein gebrannt. Als sie sich beruhigt hat, fährt sie fort. »Niamh, unsere süße kleine Niamh lag im Sterben. Erst da haben die Männer begriffen, dass das, was wir ihnen die ganze Zeit versucht haben mitzuteilen, die Wahrheit war. Sie wurden wütend, doch dann haben sie bemerkt, dass jemand in der Nähe war. Sie sind geflohen, haben sich aber die ganze Zeit gegenseitig beschimpft.«

»Was haben sie gesagt?«

»Sie sagten, dass Lord Druigh ihnen den Kopf abreißen würde.«

Oh mein Gott, damit wussten wir, wer für das alles hier verantwortlich war. »Ihr könnt froh sein, dass wir in diesem Moment im Anmarsch waren, vermutlich hätten sie euch beide sonst getötet.« Ich muss diese fürchterliche Geschichte unbedingt Richard erzählen. Schnell tröste ich das Mädchen, als auch schon John kommt. Langsam nähert er sich der Kleinen. Diesmal weicht sie nicht zurück. Ihr Vater bleibt vor ihr stehen und wartet, bis sie zu ihm kommt. Als sie endlich in seinen Armen liegt, rinnen auch ihm Tränen über die bärtigen Wangen.

\* \* \*

»Richard?«

Er dreht sich von Brian weg. »Ja, mein Schatz?« Er wirkt müde und deprimiert.

»Kann ich dich mal unter vier Augen sprechen?« Ich vertraue Brian zwar, möchte aber erst einmal mit Richard allein besprechen, was wir jetzt tun.

Brian nickt und wendet sich einem der Bäume zu, an dem sie Fionbharr gefesselt haben. Gewissenhaft kontrolliert er noch mal die Seile. Jeder von uns weiß, dass das Clanoberhaupt über enorme Kräfte verfügt. Kurz darauf setzt er sich neben Cera. Er spricht sie nicht an oder berührt sie gar. Er schenkt ihr einfach seine Nähe, ohne sie zu bedrängen, und ich kann sehen, wie sie sich langsam entspannt.

»Marie? Was wolltest du mir erzählen?«, reißt mich Richard aus meinen Beobachtungen.

»Das Mädchen hat mir erzählt, was hier passiert ist.«

Er schaut mich an, und an seinen Augen kann ich erkennen, dass er keine Details des Martyriums seiner Schwester hören möchte. Ich entschließe mich, sie ihm zu ersparen. »Sie dachten, Cera wäre Niamh. Deshalb haben sie das Mädchen verschont. Die Männer hatten sie auf Anweisung von Lord Druigh entführt. Das war der Grund, warum sie keine Hand an die vermeintliche Niamh gelegt hatten.«

»Druigh!«, spuckt er das Wort aus. Anklagend, verachtend und mit Zorn in den Augen.

»Ja, sie hatten wohl darüber geredet, als sie geflüchtet sind.«

»Das wird meinen Vater freuen zu hören.«

Ich bezweifele das. »Richard, wenn er aufwacht, wird er genauso von Sinnen sein wie zuvor. Der Wahnsinn hat ihn gepackt. Hast du das nicht sehen können?«

Mit niedergeschlagenen Lidern antwortet er: »Doch, das konnte ich sehen. Ich weiß nur nicht, was wir dagegen tun können.« Resigniert lässt er sich ins Gras sinken. »Komm, setz dich zu mir, du musst doch auch müde sein.«

Erst als mein Körper den Boden berührt, merke ich, wie sehr ich Schlaf bräuchte. Doch selbst wenn ich mich hinlegen würde, könnte mein Geist nicht zur Ruhe kommen. Und plötzlich flammt ein Gedanke auf, irrwitzig, und doch könnte er uns einer Lösung näher bringen. »Ich habe von Brigid viel über Kräuter gelernt, wie du weißt.«

Er nickt, während seine Finger gedankenverloren mit meinem Haar spielen.

»Es gibt etwas, das nennt sich *die Kräuter des Vergessens*. Vielleicht könnten wir Fionbharr damit helfen.«

Nun habe ich seine volle Aufmerksamkeit. »Wie funktioniert das?«

»Die Kräuter würden die letzten zehn bis zwölf Stunden seiner Erinnerungen löschen. Wir müssten ihm trotzdem erzählen, dass Niamh gestorben ist. Allerdings könnten wir ihm so einige Details verschweigen. Ein Kind zu verlieren, ist schon hart genug, es jedoch auf eine solche Art zu sehen ... Ich glaube, da würde auch ich den Verstand verlieren. Vielleicht können wir ihm so den schlimmsten Teil abnehmen.« Vielleicht auch nicht, aber diese Worte behalte ich für mich.

»Es ist definitiv einen Versuch wert. Wir können ihn ja nicht ewig an diesem Baum festgebunden lassen. Doch wie wollen wir ihm begreiflich machen, dass Niamh bereits beerdigt ist?« Sein Blick huscht zwischen dem Grabhügel und seinem Vater hin und her.

»Was hältst du davon, wenn wir ihm erzählen, dass er während des Kampfs mit den Männern von Lord Druigh verletzt wurde? Er war ohnmächtig, und einer von uns beiden hat ihn geheilt. Da er lange nicht aufwachte, warum auch immer, beerdigten wir deine Schwester.« Für mich hört sich die Geschichte plausibel an.

»Gut, so machen wir es. Wir rufen die anderen vier zusammen und werden ihnen sagen, wie ernst die Lage ist und dass sie sich auf keinen Fall verplappern dürfen. Dass wir nicht mehr für ihre Sicherheit garantieren können, sollte Fionbharr die Wahrheit erfahren.« Entschlossen steht er auf und redet mit den anderen, während ich die Kräuter zusammensuche und alles vorbereite.

\* \* \*

»Wie sieht es aus? Ist das Gebräu fertig?« Richards Ungeduld ist fast mit den Händen greifbar.

»Ja.« Ich reiche ihm die Schale mit der dampfenden Flüssigkeit. »Achte darauf, dass er mindestens die Hälfte auch wirklich trinkt.« Bei der Zubereitung hatte ich Bedenken, ob die Dosierung die richtige war. Fionbharrs Körpergröße und Statur entspricht nicht gerade dem Durchschnitt.

»Das werde ich, Frau Doktor«, scherzt er. Ein kurzes Lächeln, und schon reißt mich das schlechte Gewissen wieder aus allem heraus. Wie kann man lachen an einem Ort, an dem ein solch grausames Verbrechen stattgefunden hat? Eilig sammle ich alles zusammen, verschnüre den kleinen Sack und lasse ihn wieder in meinen Rockfalten verschwinden. Im Stillen danke ich Brigid für die lehrreichen Stunden mit ihr.

Als ich zu dem Baum trete, an dem mein Schwiegervater angebunden ist, ist die Schale bereits leer. »Das hat aber gut geklappt.«

»Ich habe den Moment abgepasst, in dem er wach wurde. Er war noch sehr orientierungslos und hatte offensichtlich großen Durst.« Richard grinst schelmisch und reicht mir das leere Gefäß. »Ist es richtig, dass er nun schläft?«

»Ja, Brigid hat gesagt, dass es ein paar Stunden, vielleicht sogar mehr als einen Tag dauern kann, bis er wieder zu sich kommt. Hoffen wir, dass es funktioniert. Habt ihr euch einen Schlachtplan zurechtgelegt? Ich meine, habt ihr ganz genau abgesprochen, was ihr ihm erzählen wollt?« Irgendwie bin ich nervös und kann immer noch nicht recht glauben, dass es funktioniert. Zumindest wären die schrecklichen Bilder seiner misshandelten Tochter aus seinem Gedächtnis gelöscht. Den Verlust seines Kindes kann ich ihm nicht abnehmen.

»Ja, alles abgesprochen. Wir werden ihm genau die Geschichte erzählen, die wir uns ausgedacht haben. Als Ursache für ihren Tod werden wir angeben, dass sie von einem der Pfeile getroffen wurde, die bei dem Kampf abgeschossen wurden. Das wird funktionieren. Beruhig dich, Marie. Es wird ihm helfen, und es ist gut, dass ich bei ihm bin und er Hoffnung auf ein wenig Glück in der Zukunft hat.« Seine grünen Augen schauen mich aufmunternd an, und ich habe das Bedürfnis, in ihnen zu versinken. All die schrecklichen Erinnerungen zu vergessen und einfach nur eine ganz normale Frau zu sein, die ihren Mann liebt.

»Ich versuche es.« Ich lächle ihn an, doch er merkt sofort, dass es nur aufgesetzt ist. Rasch zieht er mich in seine Arme. Seine Lippen legen sich warm auf meine, und ich versinke und vergesse für kurze Zeit alles andere. Mein Mund erkundet gierig die ihm dargebotene Zone. Mir ist egal, ob uns einer dabei beobachtet. Ich genieße einfach nur mal das Hier und Jetzt. Mein Körper presst sich ganz von allein an seine Brust, und ich nehme wahr, wie perfekt wir zusammenpassen. Hitze durchströmt mich.

»Marie?«, flüstert er mir ins Ohr.

»Mmh?«

»Wenn wir nicht sofort aufhören, kann ich für nichts garantieren. Ich bin zwar ein Mann, der sich sehr gut unter Kontrolle hat, doch irgendwann schwindet auch mein gutes Benehmen.«

Ich kann sein Lächeln vibrierend an meiner Wange spüren. Sein warmer Atem kitzelt mich. Sanft schmiege ich mich an ihn, genieße noch einmal die Wärme seines Körpers. Ich berausche mich regelrecht daran, doch dann richte ich mich bedauernd auf und mache mich auf den Weg zu Eimear, die noch einige kleinere Wunden hat, die ich heilen möchte. Bestimmt hat sie Richard nicht in ihrer Nähe akzeptiert, was auch nicht verwunderlich ist.

\* \* \*

»So, das müsste reichen.« Meine Hand streicht dem Mädchen eine widerspenstige rote Locke hinters Ohr. Sie schaut mich an, und instinktiv biete ich ihr eine Umarmung an. Sie wirft sich regelrecht in meine Arme, und ich wiege sie ein wenig. Spende Trost, wo man kaum zu trösten vermag. Sie weint nicht – vermutlich hat sie schon genug Tränen vergossen. Doch sie hält sich so fest, als wäre ich ihr rettender Anker.

Schlagartig werden wir auseinandergerissen. Eimear prallt mit dem Kopf gegen den Baum hinter uns und sackt bewusstlos zusammen. Ich versuche zu schreien, doch jemand hält meinen Mund zu. Dennoch gelingt es mir, ein paar quietschende Töne von mir zu geben. Richard, Brian und John werden aufmerksam. Sie stürmen sofort in meine Richtung, und ein Funke Hoffnung keimt in mir auf, der jedoch sofort wieder zunichtegemacht wird. Hinter mir treten ungefähr ein Dutzend Kerle aus dem Dickicht auf die Lichtung. Schwer bewaffnet, und, was noch viel schlimmer ist, mit einem Grinsen im Gesicht, das eindeutig verkündet, wer ihrer Meinung nach als Sieger aus diesem Gefecht gehen wird.

Drei von ihnen schwingen Äxte, die sie zielgenau auf die Männer vor ihnen werfen. Wie in Zeitlupe sehe ich eine Axt auf meinen Richard zusausen. Bei jeder Drehung kann ich das morgendliche Sonnenlicht erkennen, das sich in dem Metall bricht. Ich sehe Richards verblüffte Miene und dann, wie sie sich zu einer Grimasse verändert, als sich die Waffe tief in seinen Brustkorb gräbt. Ein Schrei entfährt meiner Kehle, und ich bin bereit, meine dunklen Kräfte einzusetzen, auch wenn es mich meinen Verstand kosten sollte. Doch ich komme nicht mehr dazu, denn einer der Männer schlägt mir so hart ins Gesicht, dass Sterne vor meinen Augen tanzen. Das Letzte, was ich sehe, ist Cera, die völlig teilnahmslos vor sich hinstarrt.

# Kapitel 15

## Mai 1353

Mein Kopf brummt, als würde eine Dampflok hindurchfegen. Mit jedem Herzschlag kommt noch ein Presslufthammer hinzu. Ich versuche mich zu erinnern, warum ich einen solchen Brummschädel habe, und als die Erinnerung zurückkommt, richte ich mich abrupt auf und reiße entsetzt die Augen auf, was ich sofort wieder bereue.

Gleißendes Sonnenlicht blendet mich so sehr, dass ich kaum erkennen kann, wo ich mich befinde. Schnell schließe ich meine Augen wieder und lege mich zurück. Ein weiches Kissen empfängt mein Haupt und gibt mir das Gefühl, dass ich mich nicht mehr aufrichten will. Moment mal. Weiches Kissen? Wo bin ich? Wo haben mich diese Bastarde hingebracht?

»Sie sind wach!« Worte, die sanft klingen und eindeutig von einer Frau stammen, die näher kommt. Ich möchte die Augen nicht öffnen, also halte ich sie stur geschlossen.

»Ich weiß, dass Sie wach sind«, neckt sie mich mit einem Lächeln in der Stimme. Der irische Singsang ist wunderschön, und sie hört sich wirklich nett an, aber offensichtlich steckt sie mit den Menschen, die uns angegriffen und mich entführt haben, unter einer Decke. »Gut, Sie brauchen mir nicht zu antworten. Ich werde erst mal nach etwas zu essen und zu trinken läuten. Nach dem Essen müssen Sie dann ein Bad nehmen, damit Sie heute Abend Lord Druigh vorgestellt werden können. Wir wollen doch nicht, dass er wütend wird, weil seine zukünftige Schwiegertochter nicht standesgemäß erscheint!«

»Wie bitte? Schwiegertochter? Von was reden Sie eigentlich?« Ich blinzle, um meine Augen dem grellen Licht anzupassen. Jetzt kann ich die Frau vor mir erkennen. Mit ihrem ausladenden Busen und den breiten Hüften lädt sie vermutlich ihre Kinder und Enkel zum Kuscheln ein. Sie ist die personifizierte Mütterlichkeit. Auf ihrem Gesicht liegt ein Lächeln, doch ihre Augen erreichen es nicht. Diese blicken voller Sorge auf mich herab. »Ich bin bereits verheiratet!«

Ihr Lächeln verschwindet. »Mein Liebes. Die Kämpfer haben uns berichtet, dass sie alle Männer getötet haben. Es tut mir sehr leid.«

Die Axt! Richard! John und Brian! Und was ist mit Fionbharr? Oh, mein Gott! Sollte das wirklich wahr sein? Endgültig?

Sie redet weiter, aber ich bekomme nichts mehr mit. Ich weine auch nicht. In den vergangenen Monaten habe ich so viele Tränen vergossen, dass ich es einfach nicht mehr kann. Und tief in mir keimt die Hoffnung, dass sie überlebt haben. Vielleicht. Hoffentlich. Ich muss nur fest genug daran glauben.

\* \* \*

Das Wasser in dem großen Holzgefäß ist so heiß, dass meine Haut krebsrot wird und ich der Meinung bin, sie müsste sich gleich schälen. Doch wie durch ein Wunder geschieht das nicht. Ganz genau habe ich darauf geachtet, dass mein Beutel mit den

Kräutern und den paar persönlichen Dingen, die ich besitze, unter meinem Kissen versteckt ist. Vor allem die Karte der Bäume.

Ich werde mit einem indigofarbenen Kleid ausstaffiert, und mein Haar wird gebürstet, bis es glänzt. Irgendwann während des ganzen Gewusels trifft mein Blick den der älteren Frau.

»Wie ist Ihr Name?« Nachdem sie mich nackt gesehen hat und sich um mich kümmert, möchte ich zumindest wissen, wie sie heißt. Vielleicht werde ich sie später noch als Verbündete brauchen.

»Meiner?«

»Ja.«

»Ich heiße Sinann, aber alle nennen mich Sina.« Sie lächelt mich freundlich und offenherzig an. »Und wie heißen Sie?«

»Mein Name ist Marie von Reichen.« Bewusst nehme ich den richtigen Namen. Richards Namen. »Wollen wir beide uns nicht duzen?«

»Gern. Wir duzen uns hier alle. Nur der Lord will förmlicher angesprochen werden«, klärt sie mich auf.

»Sag Sina, sind mit mir noch andere junge Frauen mit auf die Burg gekommen?«

Sie schüttelt ratlos den Kopf. »Nein, nur Sie ... entschuldige, nur du warst dabei.«

Traurig sacken meine Schultern nach vorne, und ich versinke wieder in Schweigen, während Sina mir eine kunstvolle Flechtfrisur macht.

»Wir sind hier nicht alle so wie die Kämpfer, die du erlebt hast.« Sie vermeidet es bewusst, mich bei diesen Worten anzusehen. »Das sind Männer, die so erzogen wurden, dass sie kein Herz haben und ohne nachzudenken Befehle befolgen. Es tut mir leid, was dir angetan wurde.«

»Und euer Lord Druigh? Warum setzt er solche Bluthunde auf mich und meine Leute an?«

»Der Lord konnte nicht akzeptieren, dass Fionbharr Ó Bradáigh ihm nicht Niamh zur Schwiegertochter geben wollte. Weit und breit ist das Hause Druigh das einflussreichste und wäre somit auch die beste Partie für das Mädchen gewesen. Sag, Marie, weißt du, warum er nicht zugestimmt hat?«

»Nein, das weiß ich nicht. Aber vielleicht wollte er, dass sein einziges Kind selbst entscheiden kann, wen es heiratet.« Ob es wirklich so war, kann ich natürlich nicht sagen, doch so hätte ich gehandelt.

»Aber das ist doch nicht richtig!« Entrüstet stemmt Sina ihre fleischigen Hände in die Hüften. »Kinder können doch nicht selbst entscheiden. Unmöglich.«

Fast hätte ich losgelacht, beherrsche mich jedoch im letzten Moment. »Vielleicht gab ihm dein Herr einen triftigen Grund, ihm die Hand seiner Tochter zu verweigern. Und warum hat der Lord das Nein nicht akzeptiert? Warum musste er sich mit Gewalt holen, was ihm nicht zustand?« Die Wut in meiner Stimme vibriert, während ich sie nur schwer unter Kontrolle halten kann. So viele Menschen haben ihr Leben verloren, nur weil so ein alter Kerl keine Absage hinnehmen konnte.

Müde lässt sie die Schultern hängen und spielt mit dem Kamm, der in ihren Händen hin und her wandert. »Er duldet keinen Widerspruch. Nie. Das haben wir alle lernen müssen. Jeder Einzelne von uns.« Dabei sieht sie so traurig aus, dass ich nur mit Mühe das Bedürfnis unterdrücken kann, sie zu trösten.

»Ein grausamer Herr, dem ihr da folgt. Mit eurer Unterwerfung gebt ihr ihm die Macht, grauenvolle Dinge zu tun, jeder von euch. Dem könnt ihr euch nicht entziehen, wenn irgendwann einmal der liebe Gott eine Wiedergutmachung fordert.«

Es gibt in dieser Zeit keine Demokratie, und doch könnten die Menschen gemeinsam einen solchen Herrn stürzen. Doch sie folgen ihm, eifrig darauf bedacht, ihm jeden Wunsch zu erfüllen.

* * *

Sina läuft vor mir einen engen Flur entlang. Fackeln stecken in Haltern an den Wänden und spenden nur spärliches Licht. Unsere Schatten folgen uns oder eilen auch mal voraus, je nachdem, von wo das Licht auf uns fällt. Das Echo jedes einzelnen Schritts dringt an mein Ohr, ganz so, als würde dieser Gang kein Ende haben, doch kurze Zeit später halten wir vor einer kleinen hölzernen Tür. Meine Begleiterin zieht einen Schlüssel aus den Rockfalten und öffnet sie für uns.

Zuerst bin ich geblendet von der Helligkeit, die uns empfängt. Nach der Dunkelheit des Flurs erstrahlt die große Halle mit etlichen Fackeln und Kerzen. Das Stimmengewirr, das mir entgegenschlägt, dröhnt in meinen Ohren, und der Geruch nach fettem Essen ist auch nicht gerade förderlich, um meine aufsteigenden Kopfschmerzen in Schach zu halten. Mit stolz erhobenen Kopf trete ich ein und unterdrücke den Impuls, mich umzudrehen und zurück in den stillen Flur zu flüchten. Diese Barbaren werden mich nicht klein bekommen.

»Ah, unser Besuch ist da!«, dröhnt eine tiefe Stimme über den Lärm hinweg. Sie gehört zu einem fetten Kerl. Er ist mindestens zwei Meter groß. Sein feistes Gesicht ist mit einem ungesunden Rotton versehen, und seine kleinen Knopfaugen mustern mich gierig von oben bis unten. Mich schaudert es, doch ich werde den Teufel tun und mir mein Unbehagen anmerken lassen. Stattdessen hebe ich das Kinn noch ein wenig höher und drücke den Rücken durch. Mit einem hoffentlich kalten und verächtlichen Blick tue ich es ihm gleich und sehe mir seinen Leib genauer an. Das entlockt ihm ein Lachen, das seinen Bauch wackeln lässt wie die Götterspeise, die Oma Ella immer für mich gemacht hatte. »Ich mag tapfere Frauen! Komm näher, Weib!«

Sina schubst mich an, damit ich der Aufforderung nachkomme. Ich erinnere mich an ihre Worte, dass niemand Lord

Druigh etwas abschlägt. Langsam und trotzdem sicher setze ich einen Fuß vor den anderen, bis ich letztendlich vor seinem Stuhl zum Stillstand komme. Ich muss meinen Blick anheben, denn der Stuhl des Lords steht auf einem Podest. Er kommt näher, viel zu nahe. Kurz bevor mein Kinn seinen Bauch berührt, bleibt er stehen und sieht auf mich herab. »Du bist also ein Weib aus dem Haus Ò Bradaigh?«

»Nein, das bin ich nicht.« Ich bin selbst erstaunt, wie fest meine Stimme klingt.

Er sieht mich mit einem verwirrten Gesichtsausdruck an. »Meine Männer haben berichtet, dass du eine Trägerin der Gabe bist.«

Aha, seine Männer haben es ihm berichtet. Das heißt dann wohl, dass sie mich beobachtet haben, wie ich Eimear geheilt habe. Das ist der Grund, warum ich hier bin. »Das bin ich. Doch ich stamme nicht von den Ó Bradáighs ab.«

»Sondern?« Seine Neugier ist mir schon einmal sicher.

»Ich bin Marie von Reichen, Ehefrau des Richard von Reichen, und mehr braucht ihr nicht wissen.« Ich weiche keinen Zentimeter von dem Platz, an dem ich stehe, und der feine Lord muss sich auch nicht einbilden, dass ich den Blick vor ihm senke. Der Hass in mir brodelt wie ein Vulkan kurz vor dem Ausbruch. Doch ich reiße mich zusammen, ich will meine dunkle Macht nicht nutzen. Noch habe ich zu viel zu verlieren. Fionbharr muss überlebt haben, er wird Ilaria treffen und noch einige glückliche Jahre mit ihr verbringen. Doch was ist mit Richard? Und Oma! Sie will ich wiedersehen, dafür lohnt es sich, ruhig zu bleiben.

Wieder lacht dieser widerliche Kerl. »Du meinst wohl eher die Witwe von Reichen.« Während er spricht, treffen mich einzelne Speicheltröpfchen, und ich muss mich beherrschen, nicht zu würgen. Sein Lachen dröhnt über mich hinweg, und als seine Männer das hören, fallen sie mit ein. »Meine Kämpfer haben alle Männer getötet, dein feiner Herr Gemahl hat nicht überlebt. Und das ist gut so, schließlich sollst du die Frau meines Sohns werden. Da die kleine Niamh nicht ihren Platz an seiner Seite einnehmen kann, wirst du es tun. Welche Gabenträgerin ihn heiratet, ist mir egal, da ich möchte, dass sich euer Blut mit dem meiner Nachkommen mischt.«

Daher weht also der Wind. »Ich werde nichts dergleichen tun. Sie haben Ihre Bluthunde auf ein friedliches Dorf gehetzt, und die kleine Niamh wurde von diesen Bastarden vergewaltigt. Geschändet und dann getötet. Sie sind ein Mörder, Lord Druigh!« Meine Arme vor der Brust verschränkend, sehe ich ihm weiter fest in die Augen und spucke ich ihm vor die Füße.

Ich sehe die fleischige Hand noch auf mich zusausen, doch ich bin nicht fähig rechtzeitig in Deckung zu gehen. Der Geschmack eisenhaltigen Blutes breitet sich in meinem Mund aus. »Und ob du wirst.« Auf einen Wink seinerseits eilen zwei Männer herbei, die mich zu einem Platz an einem Tisch bringen. Da es sowieso nichts ändert, ob ich mich wehre oder nicht, lasse ich es vorerst sein. Gehorsam setze ich mich hin und wische mir mit hocherhobenem Kopf mit dem Handrücken über den Mund. Sofort kommt eine Frau und gießt mir etwas zu trinken ein, dann bedeutet sie mir, Essen von den Platten in der Mitte des Tischs zu nehmen. Dankend nicke ich ihr zu, während in meinem Inneren ein Tornado tobt. Die Männer bleiben hinter mir stehen und lassen mich nicht aus den Augen.

»Und, Sohn, was sagst du zu deiner Braut? Ganz schön feurig, oder?«, ruft der Lord zu meinem Tisch herüber.

Erst da bemerke ich den jungen Mann neben mir. Würde er nicht so fürchterlich schielen, könnte man ihn als gut aussehend bezeichnen, doch diese Anomalie lässt jegliche Schönheit verpuffen. Entgeistert starre ich ihn an.

»Danke, Vater, sie gefällt mir.« Er sagt es so gelangweilt, als wäre ich ein neues Spielzeug, das aber nicht ganz seinen Ansprüchen genügt.

»Gut, mein Junge. Morgen findet eure Vermählung statt, und dann machst du deinem Vater ein paar hübsche Enkel.« Wieder lacht er sein dreckiges Lachen, und erneut fällt der Saal mit ein. Nur der Mann neben mir nicht. Ernst begutachtet er das Essen vor ihm, denn es sagt ihm offenbar mehr zu als ich.

»Und wenn du das nicht hinbekommst – in meinen alten Lenden ist noch genügend Saft, ein paar Geschwister für dich zu machen.« Mit einer obszönen Bewegung seines Beckens unterstreicht er die fürchterlichen Worte, was zu weiterem Gelächter führt.

Nun hat meine harte Schale doch Risse bekommen, und ich starre entsetzt zwischen den beiden hin und her. Der Sohn ist eindeutig das kleinere Übel. Doch nie und nimmer werde ich mich einem dieser Männer hingeben, geschweige denn Kinder mit ihnen haben. Was denken die sich eigentlich? Doch die Vernunft siegt und ich schweige, senke sogar den Blick, während ich an dem Getränk nippe.

»Nein, Vater, das wird nicht notwendig sein. Es wird mir bestimmt Vergnügen bereiten.«

Die Leute klatschen, und im nächsten Moment setzt eine Fidel ein. Die Musik führt dazu, dass die Leute rhythmisch klatschen und mit den Füßen stapfen. Einige singen sogar einen Refrain. Eine fröhliche und ausgelassene Stimmung erfüllt den Raum, während meine Gedanken fieberhaft um eine Flucht kreisen und alle Möglichkeiten verwerfen.

\* \* \*

»Mein Name ist übrigens Rory.« Druighs Sohn beugt sich zu mir herüber, als es ein wenig ruhiger im Saal wird. Seine Stimme ist tief und warm. Wäre es nicht eine so vertrackte Situation, könnte er mir glatt sympathisch sein. Er spricht überraschenderweise Englisch mit mir.

»Rory? Das hört sich so englisch an wie die Sprache, die Sie sprechen«, stelle ich fest.

»Es ist der Name, mit dem ich gerufen werde. Mein richtiger Vorname ist Ruadhrí. Ich wurde nach dem letzten irischen König benannt. Vermutlich, weil mein Vater noch Großes mit mir vorhat.« Zwinkernd sieht er mich an und kann nur mit Mühe ein Schmunzeln unterdrücken. Eindeutig sympathisch.

»Na, was noch nicht ist, kann ja noch werden, König Rory.« Bei den letzten Worten hebe ich den Kelch und proste ihm mit einem sarkastischen Grinsen zu.

Er tut es mir gleich, und nachdem wir an unseren Getränken genippt haben, schweigen wir wieder. Es ist bestimmt nicht leicht, mit einem so machthungrigen Vater aufzuwachsen. Ein Mann, der wahrhaftig über Leichen geht. Das halbe Dorf von Fionbharr hat er abgeschlachtet, um Niamh an der Seite seines Sohns zu sehen. Mit aller Macht möchte er, dass seine Nachkommen Träger der Gabe sind, damit sie noch einflussreicher werden, als er es bereits ist. Er schreckt nicht vor Raub, Mord, Plünderung oder Entführung zurück. Jedes Mittel ist ihm recht, wenn er nur seine Ziele umsetzen kann.

»Es tut mir sehr leid, dass Sie hier so zur Schau gestellt werden. Eine solche Erniedrigung hätte nicht sein müssen.«

Offenbar kann er nachvollziehen, über was ich nachgedacht habe, doch ich erwidere nichts. Meine Gedanken schweifen ab und ignorieren die ausgelassene Gesellschaft.

Richard – wo bleibt er nur? Wenn er tot wäre, würde ich das doch spüren, oder? Fionbharr war am Baum festgebunden, als ich ihn das letzte Mal gesehen hatte. Cera stand verwirrt herum. Eimear war bei mir, als die Kerle kamen. Was war mit John und Brian? Stimmte es, dass sie alle Männer getötet haben? Vielleicht konnte eins der Mädchen Fionbharr befreien. Doch er musste ausschlafen, nachdem er die Kräuter des Vergessens zu sich genommen hat. Zumindest waren das Brigids Worte gewesen. Sie sagte ausdrücklich, dass der Patient mindestens zehn Stunden schlafen müsse. Was würde passieren, wenn man ihn vor Ablauf der Zeit wecken würde? Könnte er sich dann an alles erinnern, oder nur an einen Teil? Könnte man ihn überhaupt wecken? Oh, mein Gott, wenn er nicht aufgewacht ist, hat er auch nicht Richards Wunde heilen können!

»Marie? Kann ich vielleicht irgendwie helfen?« Die tiefe Stimme von Rory holt mich in die Gegenwart zurück. Erst jetzt merke ich, dass eine Träne meine Wange herabfließt. Entschlossen wische ich sie mit dem Handrücken weg.

»Nein!«, antworte ich ein wenig zu heftig. Doch ich werde einen Teufel tun und mich vielleicht noch bei ihm entschuldigen. Niemals – schließlich ist er es, in dessen Bett ich morgen Abend landen soll.

»Bitte schließen Sie nicht von meinem Vater auf mich. Ich bin auch nur eine Schachfigur in diesem Spiel um Macht. Es tut mir sehr leid, was Ihnen und Ihrem Mann angetan wurde. Ich werde alles tun, um Ihr Leben hier auf der Burg so angenehm wie möglich zu machen.«

\* \* \*

Den ganzen Abend über habe ich kein einziges Wort mehr mit dem Mann neben mir gesprochen. Er hat immer wieder versucht, die Lage zu entspannen, gelächelt und nette Sachen zu mir gesagt. Doch ich konnte nicht über meinen Schatten springen und in ihm ein weiteres Opfer von Lord Druigh sehen, auch wenn er noch so nett war. Irgendwann nach gefühlten hundert Stunden winkte Rory Sina herbei und bat sie, mich auf mein Zimmer zu begleiten. Ohne ihn eines weiteren Blickes zu würdigen, ging ich hinter der älteren Frau her und war erleichtert, als sich endlich die schweren Holztüren hinter uns schlossen und mir ein wenig Ruhe gegönnt wurde.

In meinem Zimmer riecht es merkwürdig verbrannt. »Was ist das für ein Geruch, Sina?«

»Das Volk der Burg verbrennt euch zu Ehren die Nüsse des Vorjahres.« Als sie meinen fragenden Blick sieht, lacht sie. »In der Nacht vor der Hochzeit werden, zum Zeichen und zur Prophezeiung einer positiven Zukunft, Nüsse verbrannt. Das machen sie Euch zu Ehren. Ich glaube, alle hoffen, in dir und Rory eines Tages umgänglichere Burgherrschaften zu haben. Der alte Lord ist nicht gerade der Herr, den sie sich wünschen.«

Nachdem sie mir geholfen hat, mich von meinem Kleid zu befreien, wünscht sie mir noch eine erholsame Nacht.

In der Stille des Raums fühle ich mich plötzlich unendlich allein. Ich vermisse Richard so sehr, dass ich körperliche Schmerzen habe, während meine Gedanken bei ihm sind. Mein Magen zieht sich zusammen, und der Hals wird mir so eng, dass ich kaum noch Luft bekomme. Immer wieder erinnere ich mich an das Versprechen, das ich mir selbst gegeben habe. Ich werde nicht weinen, auch wenn die Situation noch so schlimm wird. Niemals mehr! Die einzelne Träne vorhin war eine Ausnahme.

Sina ist vor bestimmt einer Stunde gegangen. Der Schlüssel schepperte laut im Schloss, als wollte sie mir mit dem Geräusch klarmachen, dass jeder Versuch, zu fliehen, zwecklos sei. Trotz dieser Vorführung erhebe ich mich aus dem Bett und tippele auf nackten Füßen zur Tür. Trotz der mittlerweile warmen Temperaturen sind die Steine eiskalt. Ich drücke vorsichtig die Klinke herunter. Natürlich ist die Tür verschlossen. Am liebsten würde ich vor Enttäuschung mit dem Fuß aufstampfen. Was hatte ich denn erwartet? Dass die Schließaktion von Sina nur Show gewesen war? Innerlich schüttele ich über mich selbst den Kopf. Entschlossen suche ich die Wände ab. Stein um Stein drücke ich und betrachte die Fugen. Nichts. Keine geheime Tür öffnet sich so wie in den historischen Romanen, die ich so gern lese. Dort sind in allen Räumen immer irgendwelche versteckten Durchgänge. Mein Blick huscht im Zimmer umher. Vor dem Fenster sind Gitterstäbe – die letzte Chance, die mir noch bleibt. Doch so sehr ich auch an ihnen rüttele, nichts passiert. Resigniert lege ich meine Stirn gegen das kühle Metall. Was für eine verfahrene Situation!

\* \* \*

»Marie! Das geht doch nicht!«, schimpft jemand viel zu laut.

Krampfhaft versuche ich, die Augen zu öffnen, doch als die ersten Sonnenstrahlen mich blenden, schließe ich sie schnell wieder. Kann nicht jemand mal das Licht ausstellen und den Geräuschpegel runterdrehen? Doch im nächsten Moment reiße ich die Augen auf, als die Erinnerung an die letzten Tage mich überrollt. Vergessen ist die Helligkeit oder die zu laute Stimme von Sina.

»Kindchen, das geht doch nicht. Du kannst doch nicht auf dem kalten Steinboden schlafen und dann noch direkt unter dem Fenster. Da holt man sich doch den Tod! Los, aufstehen!« Mit einer schnellen Bewegung legt sie mir die Bettdecke um die Schultern und hilft mir beim Aufstehen. Besorgt mustert sie mich von oben bis unten und befühlt meine Stirn. »Kein Fieber. Das ist gut. Heute ist doch der große Tag. Vermutlich hast du einen Kater. Der Met bekommt nicht jedem.« Sie lächelt wissend. »Weißt du, du könntest es wahrlich schlechter treffen. Rory ist ein guter Junge, sehr liebenswürdig, so gar nicht wie sein Vater.« Als sie merkt, was sie da gerade gesagt hat, legt sie erschrocken eine Hand auf den Mund. »Oh. Das habe ich nie gesagt.« Sie zwinkert mir zu. »Ich war seine Amme, und er ist mir sehr ans Herz gewachsen, der Junge. Und glaube mir, wenn ich dir sage, dass er ein hübscher Kerl ist. Das mit seinen Augen ist erst vor einigen Wochen aufgetreten.«

Das ist interessant. »Ich dachte, er ist damit geboren worden.«

Sina schüttelt den Kopf und sieht irgendwie traurig aus. »Nein, es kam recht plötzlich, und seitdem wird er immer stiller. Manchmal kann ich ihm ansehen, dass er Schmerzen hat. Das bricht mir das Herz. Das hat er nicht verdient. Ich vermute, sein Vater hat es auch bemerkt und deshalb versucht, so schnell wie möglich eine Braut für seinen Sohn zu finden. Er hat Angst, dass die Linie der Familie Druigh ausstirbt.«

»Oh! Jetzt verstehe ich zumindest die Eile.« So sehr ich diesen Lord Druigh hasse, so sehr kann ich seine Motive nachvollziehen. »Ist Rory das einzige Kind von Lord Druigh?«

Sie nickt. »Seine Frau ist im Kindbett gestorben, und er hat sich nie wieder ein Weib genommen. Und wenn ich nie wieder sage, dann meine ich das wortwörtlich.«

Ich reiße die Augen auf. »Nein«, sage ich ungläubig.

»Doch, doch. Er hat Lady Druigh angebetet und hat nie jemanden in Erwägung gezogen, weder um sein Bett zu wärmen, noch um den Platz an seiner Seite einzunehmen.« Sina lächelt. »Das muss wahre Liebe gewesen sein.«

Würde der Hass auf diesen Mann nicht jede Sekunde an mir nagen, könnte sich diese Geschichte glatt romantisch anhören. »Und dann klopft er solche Sprüche wie gestern Abend. Von wegen Saft in den Lenden. Das ist wirklich makaber.«

»Nun verstehst du vielleicht, warum der junge Herr so gar nicht auf diesen Spruch eingegangen ist.« Sie kichert, während sie mit den Augen rollt. »Komm, Marie, ich habe dir hier ein Frühstück hingestellt. Iss erst einmal, und dann bereiten wir alles für heute Abend vor.« Sie tätschelt meine Schulter, als ich nach dem Löffel greife und ihn in die undefinierbare graue Masse tunke, die sich nach der ersten Kostprobe als Getreidebrei mit Milch und Honig entpuppt.

»Danke, Sina.« Sie ist so nett, deshalb beschließe ich, sie etwas zu fragen. Ich ergreife ihre Hand und versuche, mittels meiner Kraft ein wenig nachzuhelfen.

Erstaunt dreht sie sich zu mir um und zieht die Augenbrauen hoch. Vermutlich hat sie nicht damit gerechnet, dass ausgerechnet ich, die Gefangene, mich bei ihr bedanke. »Gern, mein Kind.«

»Würdest du mir helfen, aus der Burg zu fliehen? Ich kann Rory nicht heiraten. Mein Mann lebt noch«, stammele ich, bevor mich der Mut verlässt.

Sina schaut mich entgeistert an. »Dein Mann lebt? Wie kommst du auf diese absurde Idee?«

»Das spüre ich.«

Sina beginnt zu lachen. »Kindchen, das spürt man nicht. Man hofft es, und irgendwann akzeptiert man, dass es nicht so ist. Glaube mir, ich spreche aus eigener Erfahrung.« Kopfschüttelnd dreht sie sich um und sieht sich das Kleid genauer an, das über einem Stuhl hängt.

Erst jetzt nehme ich es überhaupt wahr. Ein hellgraues, schlichtes Kleid mit vielen Bändern zum Schnüren. Das Hochzeitskleid. Mein Hochzeitskleid.

»Ob du mir nun glaubst oder nicht, es ist so. Mein Mann lebt noch.« Trotzig löffele ich den restlichen Brei, der nicht so schlecht schmeckt, wie er aussieht.

Ein lautes Klopfen an der Tür reißt mich aus meinen Grübeleien. Ich setze mich gerade hin und harre der Dinge, die nun kommen mögen. Die ältere Frau öffnet die Tür einen kleinen Spalt.

»Miss Sina, ich soll sagen, dass die Lady gegen Mittag fertig sein soll.« Eine zarte Fistelstimme, die nur so vor Unsicherheit strotzt.

»Ist gut, Mädchen. Ich weiß Bescheid, kannst gehen.« Kopfschüttelnd kommt sie zurück. »Die Dienerinnen werden auch immer jünger.«

»Was wird jetzt passieren?«, frage ich unsicher. Ich kann doch niemanden heiraten. Ich bin schon verheiratet.

»Erst einmal werden wir dich von oben bis unten schrubben und dann mit einem schönen Öl einreiben. Ich werde dir das Haar hübsch frisieren und dich ordentlich anziehen. Wenn es so weit ist, wird man es uns sagen. Dann gehen wir runter in den großen Saal, und die Zeremonie kann beginnen. Das wird schon alles gutgehen. Und hab keine Angst, Rory wird bestimmt einfühlsam sein.«

Mit diesen Worten läutet sie, und ein paar Mädchen bringen kurz darauf heißes Wasser für die Wanne.

# Kapitel 16

## Mai 1353

Richard! Wo bleibst du nur?

Und dann fällt es mir wie Schuppen von den Augen. Die Seelenreise! Warum bin ich da nicht schon früher drauf gekommen? Das wäre doch eine Möglichkeit, zu ihm zu kommen. Doch ob ich das in dieser Situation hinbekomme, bezweifle ich. In der Nacht, in der ich so verzweifelt nach einer Fluchtmöglichkeit gesucht habe und zum Schluss enttäuscht eingeschlafen bin, hätte ich es tun können. Und nun läuft die Zeit gegen mich. Warum kann ich nicht wie Brigid die Macht gegen andere Menschen benutzen, ohne daran Schaden zu nehmen? Das würde es definitiv vereinfachen.

Mein Kopf schwirrt, während ich aus dem Fenster schaue. Mein Blick gleitet über grüne, saftige Wiesen, die im Tal unter der Burg liegen, und den Wald dahinter, der dunkel und bedrohlich wirkt. Ist dies der Wald, in dem wir waren, als die Kämpfer von Druigh uns angriffen?

Die Schönheit der Natur passt so gar nicht zu der vertrackten Situation, in der ich mich befinde.

Ein leichtes Klopfen an der Tür kündigt an, dass wir uns auf den Weg machen müssen. Hinunter in den Saal, wo sich die Untertanen von Lord Druigh zu diesem Festtag versammelt haben.

»Marie?« Sina tritt vorsichtig zu mir und legt mir eine Hand auf die Schulter. »Es geht los. Komm!«

Ich zupfe nervös an den Ärmeln meines Kleids, aber meine Beine wollen mir nicht gehorchen. Sina hilft mir auf und schiebt mich in Richtung Tür. »Du reißt dich jetzt zusammen und zeigst keine Schwäche. Du wirst Lord Druigh nicht zeigen, wie viel Angst dir das Ganze macht. Er tendiert dazu, solche Gefühle bei Menschen auszunutzen. Das möchte ich nicht, weder für dich noch für Rory.«

Verwirrt kneife ich die Augen zusammen. »Wie meinst du das?«

Sie schüttelt entschlossen den Kopf. »Tu allen einen Gefallen und probier es nicht aus. Hast du das verstanden?«

Ich antworte ihr mit einem Nicken und nehme mir fest vor, ihrer Bitte nachzukommen. Hoffentlich bin ich so stark.

»Gut, gut, Kindchen. Hab einfach keine Angst und unternimm auch keinen Fluchtversuch. Du hättest nicht den Hauch einer Chance gegen die ausgebildeten Kämpfer. Sie bewachen das gesamte Areal rund um die Burg. Niemand wird in die Burg gelangen und auch keiner mehr hinaus.«

Wenn es sich wirklich so verhält, wie Sina gesagt hat, brauche ich mich nicht zu wundern, dass Richard noch nicht da ist. Ein Körnchen Hoffnung keimt in mir, und ich bin bereit, das vor mir Liegende zu ertragen. Irgendwann werden wir wieder zueinanderfinden.

Sina sieht mir noch einmal tief in die Augen, als wolle sie überprüfen, dass ich sie verstanden habe, dann dreht sie sich um. Sie schreitet langsam durch die Tür und bleibt dann stehen, bis ich zu ihr getreten bin. »So, und nun ein nettes

Gesicht. Keiner erwartet ein Lächeln, aber kein wutverzerrtes Antlitz, bitte.«

Sie reicht mir ihren Arm, den ich wie einen Rettungsring sofort ergreife.

»Danke«, presse ich hervor, was mit einem Tätscheln meines Arms belohnt wird.

»Schon gut, Kleines. Ist nicht einfach für dich, das weiß ich.«

Meine Augen brennen, doch nach kurzem Blinzeln ist es schon vorüber. Zurück bleibt eine Leere in meinem Inneren, die die Angst eingenommen hat und nun triumphierend meinen Herzschlag galoppieren lässt.

Vor der großen Holztür, die in den Saal führt, bleiben wir stehen. Sina richtet noch mal mein Kleid und meine Frisur, dann klappert auch schon der Schlüssel.

Als ich eintrete, verstummen die leisen Gespräche, alle Augen sind auf mich gerichtet. Ich versuche, einen undurchdringlichen Blick aufzusetzen, und hebe unwillkürlich mein Kinn ein wenig.

»Sehr schön, dann können wir beginnen.« Druighs Stimme dröhnt durch die stille Halle.

Die Menschen straffen ihre Schultern und setzen feierliche Mienen auf. Die gute Sina begleitet mich bis zu Lord Druigh.

Neben ihm steht bereits Rory und sieht mich lächelnd mit seinem entstellten Blick an. Schnell drehe ich den Kopf weg. Er soll sich zu keinem Zeitpunkt Hoffnungen machen, dass das zwischen uns eine romantische Verbindung ist.

Druigh hält eine Rede, von der ich nicht viel mitbekomme. Die Ausgänge des Saals sind von Wachen besetzt, und es ist tatsächlich so, dass niemand einfach an ihnen vorbeikommt. Draußen werden die Sicherheitsvorkehrungen noch stärker sein. Ich muss es nur schaffen, lange genug am Leben zu bleiben, bis Richard und Fionbharr mich befreien kommen, und wenn der Preis noch so hoch sein wird.

Rory ergreift fast zärtlich meine Hände, und mein erster Impuls ist, sie ihm wieder zu entziehen. Doch ich reiße mich zusammen und bewege mich nicht. Der Lord ergreift einen Teil der Schärpe meines Kleides und umwickelt Rorys und meine Hände damit, was wohl ein Zeichen unserer Vermählung sein soll. Ich lasse das alles über mich ergehen – es ist fast, als wäre ich Zuschauer bei dieser Zeremonie. Ich spüre kurz den Druck von Rorys Händen, und mein Blick kreuzt seinen. Doch als er sich zu mir beugt und offensichtlich vorhat, mich zu küssen, hält er mich mit einer Kraft fest, die ich ihm nicht zugetraut hätte. Wie ein aufgescheuchtes Tier blicke ich entsetzt zwischen den Umstehenden hin und her. Druigh zieht bereits wütend seine Augenbrauen zusammen, und sein Gesicht nimmt eine dunkelrote Farbe an, als Rory mich plötzlich mit einem Ruck zu sich reißt und mir einen keuschen Kuss auf die Lippen drückt.

Um uns herum jubeln die Menschen, und schon ertönt die Fidel, die bereits gestern meine Nerven auf eine Zerreißprobe gestellt hat. Rory nimmt Glückwünsche entgegen. Ein harter Griff an meinem Oberarm katapultiert mich in die Realität zurück, und schlagartig wird mir klar, dass dies alles gerade wirklich geschieht.

»Du wirst mich nie wieder so bloßstellen! Hast du das verstanden?«

Druigh flüstert, doch sein Tonfall geht mir durch und durch. Es hätte nicht einschüchternder sein können, wenn er geschrien hätte. Kalte Angst vor diesem skrupellosen Mann krallt sich in mich hinein. Seine Augen sind so kalt, dass ich mich unwillkürlich frage, ob er überhaupt ein lebender Mensch ist. Der Griff wird fester.

»Ich frage dich ein allerletztes Mal. Hast du mich verstanden?«

Wie eine Marionette nicke ich, unfähig zu widersprechen.

»Gut, dann sind wir uns ja einig.« Sein Lächeln kann man nur als Grimasse bezeichnen, und als Rory es sieht, eilt er mir zur Hilfe.

»Komm, Marie, wir werden uns an unseren Tisch begeben und ein gemeinsames Mahl einnehmen.« Er würdigt seinen Vater nicht eines Blickes und zieht mich rasch fort von ihm. Als wir außer Hörweite sind, beugt er sich zu meinem Ohr und flüstert: »Leg dich nicht mit ihm an. Denk dir deinen Teil und behalte deine Gefühle für dich. Das habe ich im Laufe meines Lebens perfektioniert.«

Er wirkt so traurig, dass ich ihm tröstend die Hand auf den Arm lege. Seine Augen beobachten diese Geste und sein Körper verspannt sich. Da ich nicht weiß, was ich davon halten soll, will ich meine Hand wieder wegnehmen, doch er greift danach und drückt sie an die alte Stelle zurück. Verwirrt nehme ich an der Tafel Platz.

* * *

Nach gefühlten hundert Stunden beenden wir unser Mahl. Die Menschen werden etwas ruhiger, und draußen kann man schon erkennen, dass die Sonne langsam untergeht. Als die Musik verstummt, erhebt sich der alte Lord und tönt durch den Raum: »Dann begleiten wir mal das Brautpaar in ihr Zimmer, damit sie mir viele kleine Enkelkinder schenken können.«

Die Menge johlt. Rory zieht mich nach oben, und gemeinsam gehen wir durch den Saal auf eine Holztür zu. Es ist nicht die, die ich am frühen Nachmittag genommen hatte. Die Leute folgen uns mit Fackeln in den Händen, und ob ich will oder nicht, ich fühle mich gehetzt. Wie ein Fuchs, der von der wilden Hundemeute in seinen Bau getrieben wird.

Rorys Hand ruht auf meinem Arm und führt mich sicher durch das Labyrinth der Gänge, die ich bisher noch nicht betreten hatte. Er wirkt, als wisse er genau, was zu tun ist. Mit meiner Linken taste ich nach dem kleinen Beutel unter meinem Rock. Die Kräutertasche ist noch da. Vielleicht kann ich ihm einen Schlaftee aufgießen, dann hätte er keine Chance mehr, Hand an mich zu legen. Doch wie soll ich ihn dazu bringen, einen Tee zu trinken, wenn er vermutlich ganz anderes im Sinn hat?

Am Ende des Gangs bleiben wir stehen. Eine Wache gibt den Blick auf eine Tür frei und öffnet sie dann. Die Menge jubelt und wünscht uns alles Gute, Glück und viele Kinder. Mir wird schlecht, und meine Beine sind wie Pudding, sodass ich kaum fähig bin, die nächsten Schritte zu tun. Erneut greift Rory mir unter den Arm und dirigiert mich in das Zimmer. Ganz der Sohn eines Herrschers lächelt er und winkt den Leuten zu, bevor er die Tür schließt und den Schlüssel im Schloss herumdreht. Zu meiner Verwunderung lässt er ihn stecken.

Als er meinen erstaunten Gesichtsausdruck bemerkt, schmunzelt er und sagt: »Marie, willkommen in meinen und nun deinen Gemächern. Du kannst jederzeit kommen und gehen. Du bist nun meine Frau und hast dementsprechend alle Rechte, dich frei im Schloss zu bewegen. Ich werde dir vertrauen und hoffe, du gewährst mir auch dein Vertrauen.« Er zeigt auf zwei Sessel, die vor einem Kamin stehen, in dem trotz des Frühlingsanfangs ein Feuer prasselt. »Setz dich.« Dann fügt er eindringlich hinzu: »Bitte!«

Da ich kein Argument finde, warum ich dies nicht tun sollte, folge ich der Bitte und setze mich. Gespannt folgen meine Augen seinen Bewegungen. Auch er setzt sich und gießt uns schließlich eine tiefrote Flüssigkeit in die bereitstehenden Gläser. »Mein Lieblingswein. Ich hoffe, er sagt dir zu.« Er reicht mir ein Glas – offenbar möchte er Wein trinken und keinen Tee. Gut, dann werde ich nur daran nippen, während ich warte, dass er betrunken wird und kein Interesse mehr am Vollzug der Ehe hat.

»Danke. Offen gestanden bin ich keine Weintrinkerin. Ich mag viel lieber Tee.« Sollte der Wein seinen Zweck nicht erfüllen, könnte ich hierüber noch die Kurve kriegen und ihn dann von meinem Tee probieren lassen. Plan B sozusagen.

»Nun, meine Liebe, einen Tee würde ich für den feierlichen Anlass nicht unbedingt für passend halten. Was meinst du?«

Offensichtlich versucht er, das Eis zwischen uns zu brechen. Ich muss zugeben, dass er wirklich sehr charmant und liebenswürdig ist. Sina hatte recht.

»Das stimmt. Ich gebe mich geschlagen und werde einen Schluck mit dir trinken.« Ich hebe mein Glas, und er tut es mir gleich.

»Auf uns.« Seine leisen Worte, die er mit einer so sanften, tiefen Stimme hervorbringt, hallen in mir nach. Uns.

»Rory?«

»Ja?«

»Wenn ich ehrlich bin, wird es kein uns geben.« Ich wappne mich innerlich für seine Erwiderung, doch er schweigt. Als ich ihn anschaue, merke ich, dass er lächelt. »Das ist mein vollkommener Ernst.«

»Da irrst du dich aber gewaltig.« Er schaut mich abwartend an. Heute Abend schielt er nicht so schlimm wie gestern, wodurch er einen hübscheren Bräutigam abgibt, als ich dachte.

Grollend stelle ich mein Glas zurück auf den Tisch und verschränke demonstrativ die Arme vor der Brust. »Das glaube ich nicht«, gebe ich in dem hochnäsigsten Ton von mir, den ich im Repertoire habe.

Er räuspert sich. »Ich möchte dir gern ein Angebot unterbreiten. Bitte hör es dir wenigstens erst einmal an, wenn du dann dagegen bist, kannst du immer noch ablehnen.«

Widerwillig nicke ich. Was habe ich noch zu verlieren?

»Wie du weißt, habe ich da dieses Problem mit den Augen. Ich denke, Sina wird dir bereits haarklein berichtet haben, dass ich nicht schon immer so aussah. Sina ist lieb, aber sie redet gern und viel. Genau deshalb weiß ich auch, dass du der Meinung bist, dein Ehemann sei noch am Leben.«

Entsetzt reiße ich die Augen auf, mein Mund bleibt offen stehen. Dieses Quatschmaul! Oh, wenn die mir wieder in die Quere kommt!

»Beruhig dich. Sie ist mir sehr ergeben. Sina hat mir die Mutter ersetzt, bis ich ein junger Bursche war. Ohne sie wäre ich vermutlich genauso geworden wie mein alter Herr. Dann würden wir beide nicht mehr hier sitzen, sondern ich hätte dich schon längst genommen.«

Er wartet kurz und beobachtet meine Reaktion auf seine Worte.

Ich schließe den Mund und funkele ihn böse an. »Pah, dazu gehören immer noch zwei.«

Er lacht so gelöst, wie ich ihn bisher nicht ein einziges Mal erlebt habe. »Glaub mir, Marie, wenn ich es wollen würde, hättest du nicht den Hauch einer Chance, dich zu widersetzen.« Langsam beruhigt er sich wieder und wird ernst. »Nun aber mal Spaß beiseite. Meine Augen sind erst vor Kurzem in diese Position gerutscht. Ich habe Kopfschmerzen – manchmal so stark, dass mir schwindelig wird und ich nicht mehr richtig sehen kann.«

Schade, dass ich nicht das Medizinstudium begonnen habe, für das ich mich so interessiert hatte. Jetzt würde mir ein wenig mehr Enthusiasmus in der damaligen Zeit zugutekommen.

»Außerdem sehe ich doppelt.« Nun ist er sehr ernst. »Niemand soll es wissen, doch es wird schlimmer, und ich kann es immer schwerer geheim halten. Mich beschleicht das Gefühl, dass ich nicht mehr lange zu leben habe.« Traurig sieht er mich an, und mir schnürt es den Hals zu, denn ich habe mittlerweile eine Vermutung, woher seine Probleme rühren. »Ich möchte, dass du mir hilfst, wenn es in deiner Macht steht.«

Ich schlucke schwer angesichts dieser Bitte.

»Im Gegenzug würde ich dir helfen, nach deinem Mann zu suchen und dich zu ihm zurückbringen. Wir würden diese Ehe nicht vollziehen.« Mit einem Schmunzeln fügt er hinzu: »Es sei denn, du bestehst darauf.« Er wackelt mit den Augenbrauen.

Das entlockt mir nun doch ein Lächeln.

»Was sagst du dazu?« Er wirkt äußerlich völlig gelassen, doch in seiner Stimme schwingt Hoffnung mit. Hoffnung, die ich ihm so gern geben würde.

»Rory …«, beginne ich und atme noch einmal tief ein. »Ich bin mir nicht sicher, ob ich dir helfen kann. Wie würde unsere Vereinbarung aussehen, wenn ich es versuche, dich aber nicht heilen kann?« Ich muss mich vorher absichern, denn wenn es das ist, was ich denke, sind die Chancen, dass ich ihn retten kann, verschwindend gering.

»Unsere Vereinbarung würde darauf beruhen, dass du dein Bestes gibst. Mein Vertrauen habe ich dir vorhin zugesichert und halte mich auch daran.«

»Gut, denn ich bin mir nicht sicher, ob es heilbar ist.« Schnell greife ich nach dem Glas Wein und nehme einen groß-zügigen Schluck, bevor ich fortfahre. Die rote Flüssigkeit rinnt meine Kehle hinab und verursacht ein warmes Gefühl in mei-nem Magen. »Als ich ein Kind war, ich war ungefähr elf Jahre alt und ging zur Schule, erkrankte einer der Jungen von dort ganz plötzlich und unerwartet. Er kam nach ein paar freien Tagen nicht mehr zum Unterricht. Da seine Schwester aber weiterhin mit mir befreundet war, wusste ich immer über alles Bescheid.

Sie waren gemeinsam weggefahren, sie, ihr Bruder und die Eltern. Plötzlich bekam der Junge fürchterliche Kopfschmer-zen und wurde zu einem Bader, oder wie wir bei uns sagen, zu einem Arzt gebracht. Es ging ihm sehr schlecht. In seinem Kopf wuchs etwas, das man Tumor nennt. Leider war das Ding an einer Stelle, an der man es nicht einfach entfernen konnte. Irgendwann kam das Schielen der Augen hinzu.«

Rory nickt wissend.

»Man nennt es Lähmungsschielen. Der Tumor drückt einen Nerv ab, der für das Sehen zuständig ist.« Ich nehme noch einen Schluck Wein und schweige. Das Thema hatte mich brennend interessiert, nachdem mein Schulfreund erkrankt war. Stundenlang hatte ich damals in medizinischen Fachbüchern nach einer Möglichkeit gesucht, ihm zu helfen. Ich war zwar noch sehr jung, aber unheimlich engagiert.

Rory wartet geduldig, doch dann fragt er: »Was geschah mit dem Jungen?« Ein leichtes Beben in seiner Stimme verrät mir, wie aufgewühlt er ist.

»Sein Name war Holger, und er starb, als er gerade mal zwölf Jahre alt war. Kein Jahr, nachdem die Kopfschmerzen das erste Mal auftraten. Er war so ein netter, lebenslustiger Kerl gewesen.« Meine Unterlippe zittert, doch ich bleibe tapfer, sehe mein Gegenüber an. »Seit wann hast du diese Kopfschmerzen?«

Traurig lässt er die Schultern hängen. »Seit dem Winter.«

Wir sitzen lange gemeinsam an dem Kamin und starren in die Flammen. Jeder hängt seinen Gedanken und Erinnerungen nach, und der Wein leert sich.

»Ich werde es versuchen. Jedoch müssen wir einige Vorsichtsmaßnahmen treffen. Ich kann nichts versprechen, aber ich werde alles geben, um dir zu helfen.«

Rory eilt zu mir, kniet sich vor mich hin und küsst meine Hand, was mich unangenehm berührt. »Ich hatte es schon die ganze Zeit im Gefühl, das es etwas Schlimmes ist und ich daran sterben würde. Du bist meine letzte Hoffnung. Auch wenn sie noch so klein ist. Ich danke dir.« Er hält noch eine Zeit lang meine Hand und macht keine Anstalten, sich zu erheben.

»Dann sollten wir alles genau besprechen. Denn es ist nicht so einfach, wie du es dir vorstellst«, gebe ich zu bedenken.

Seine Knie knacken, als er aufsteht. »Was meinst du damit?«

»Nun, es ist so: Wenn ich jemanden heile, der eine so schwere Krankheit hat, bringe ich mich selbst in Lebensgefahr. Das kann ich nur abwenden, wenn mein Mann in der Nähe ist und mich wiederum heilt. Oder ich nutze einen der heiligen Bäume. Beides habe ich nicht hier in der Burg.« Ich schweige, um ihm die Tragweite meiner Worte zu verdeutlichen.

Rory räuspert sich. »Gut, dann müssen wir dafür sorgen, dass wir deinen Mann so schnell wie möglich finden, vorausgesetzt, er ist wirklich noch am Leben. Da dies sowieso schon ein Teil unserer Abmachung ist, passt das doch am besten.«

Allein bei dem Gedanken, Richard bald wieder in die Arme schließen zu können, schäumt mein Herz über vor Freude. Doch was macht mich so sicher, dass er noch lebt?

\* \* \*

Da es nur ein Bett gibt, es aber Dimensionen hat, die für zwei Familien gereicht hätten, teilen wir es uns. Ich habe Rory erklärt, dass ich heute Nacht versuchen werde, mit Richard Kontakt aufzunehmen. Er soll mich nicht wecken. Er ist so liebenswürdig und zuvorkommend und fragt mich ständig, ob ich noch etwas benötige.

Nun liege ich in diesem riesigen Bett in einer Nacht, die eine Hochzeitsnacht sein sollte. Meine Gedanken schlagen Purzelbäume, und ich bin kaum fähig, zur Ruhe zu kommen. Auch Rory ist noch wach, was ich an seinem unregelmäßigen Atem hören kann.

»Rory?«

»Ja?«, fragt er sofort nach.

»Wie kommt es, dass du es geschafft hast, in dieser Burg deinen Verstand zu bewahren, nett zu bleiben und ... menschlich?«

Er überlegt einen Moment, dreht sich dann zu mir um und stützt seinen Kopf in die Hand. »Die ersten Jahre hatte mich Sina unter ihrer strengen, aber liebevollen Hand. Ihr Kind war bei der Geburt gestorben, und ich glaube, sie sieht mich noch heute als ihren Sohn. Sie liebt mich sehr, und ich muss zugeben, ich sie auch. Da ich nie eine andere Mutter hatte, ist sie es, zu der ich gehe, wenn mich etwas bedrückt oder ich überschäume vor Glück. Einen Vater hatte ich nicht, nur einen Lord, der mich hin und wieder zu sich rief und mir Fragen stellte, die ich versuchte, immer richtig zu beantworten.« Er atmet tief ein. »Wenn ich die falsche Antwort gab, wurde ich bestraft. Nicht so, wie es Sina getan hätte, das war von einer ganz anderen Qualität.« Sein gequältes Lachen verrät mir so einiges. »Später wurde ich nach England geschickt. Dort lebte ich ein paar Jahre und wurde von sehr netten Adelsleuten erzogen. Deshalb spreche ich die Sprache so gut.« Er räuspert sich kurz. »Außerdem bin ich in vielen Dingen ein Abbild meiner Mutter, wenn man meinem Vater glauben möchte. Das Aussehen, die Weichherzigkeit und meine Schwäche für das niedere Volk. So sagt er es zumindest immer.« Die Worte triefen nur so vor bitterem Sarkasmus, der von einem Schmerz zeugt, der vermutlich schon sehr lange in seiner Seele vor sich hingärt.

»Ich finde, das sind Eigenschaften, die man loben sollte. Es zeigt doch nur, dass du extrem viel Menschlichkeit in dir hast, was an diesem dunklen Ort einem Wunder gleichkommt.« Mein Hass auf Lord Druigh wird immer größer. Er ist kein Mensch, sondern irgendein Monster, das aus der Hölle entflohen sein muss und sich hier hinter einer menschlichen Fassade versteckt.

»Und du, Marie? Wie bist du der Mensch geworden, der heute meine Frau geworden ist?«

Er scherzt, doch es ängstigt mich trotzdem. Ich liege in einem Bett mit einem Mann, der mein Ehemann sein soll. Wir sind noch bekleidet, dennoch bin ich ihm in gewisser Weise ausgeliefert.

»Das ist eine zu lange Geschichte. Meine Eltern sind früh gestorben, und dann bin ich bei meiner Großmutter aufgewachsen. Irgendwann vor nicht allzu langer Zeit habe ich dann herausgefunden, dass ich eine Gabe habe, von der ich bisher nichts wusste. Ich lernte Richard kennen und verliebte mich unsterblich in ihn. Und auf unseren Reisen durch die Zeit sind wir nun hier gelandet.« Ich kann gar nicht so schnell hingucken, wie sich Rory aufrichtet. Entgeistert starrt er mich mit großen Augen an.

»Reisen durch die Zeit?« Er wirkt sichtlich verblüfft, was mich total irritiert.

»Ja, das ist doch ein Teil meiner Gabe. Wusstest du das nicht?« Ich beobachte jede seiner Gesichtsregungen.

»Nein!«, sagt er fast atemlos. »Das wusste ich definitiv nicht. Und ich glaube, mein Vater auch nicht. Das hätte er mir erzählt. Er prahlte damit, dass du jegliche Verletzung heilen kannst und dadurch für unsere Familie von enormem Wert wärst. Bisher bin ich davon ausgegangen, dass du aus einem entfernten Land kommst und dadurch vieles anders tust und benennst.«

Fassungslos starrt er mich an, und ich kann die Zweifel, die sich auf seinem Gesicht spiegeln, ganz genau erkennen. »Wie funktioniert es?«, fragt er skeptisch.

Wie viel kann ich ihm verraten? Er ist so nett, doch würde er im Extremfall meine Geheimnisse schützen? »Durch die heiligen Bäume. Sie dienen uns als Portal.«

Im nächsten Moment reißt er die Augen auf. »Warte mal. Aus welchem Jahr bist du hergekommen?«

»2013.«

Rory keucht, als hätte er einen Sprint absolviert. »2013? Unfassbar. Unfassbar. Das kann nicht sein.« Er schüttelt den Kopf, doch dann sieht er mich ernst an. »Ist das wirklich die Wahrheit, Marie? Entschuldige die Frage, aber das wäre unglaublich«

Nun entlockt er mir ein Lächeln, denn ich kann mir gut vorstellen, wie verwirrt er ist. »Ja, es ist wahr.«

Ehrfürchtig sieht er mich an, doch dann verfinstert sich sein Gesicht. »Das darf mein Vater niemals erfahren. Er würde dich vermutlich einsperren, aus Angst, du würdest ihm irgendwo abhandenkommen. Das müssen wir für uns behalten.« Seine Hand legt sich auf meine Wange, und er sieht mich an, als würden seine Augen mich das erste Mal richtig sehen. »So schön, so intelligent und so mächtig. Ich glaube fast, dass ich in Versuchung käme, wenn wir beide nicht eine Vereinbarung hätten und ich nicht auf dich angewiesen wäre. Dein Richard muss ein sehr glücklicher Mann sein.« Fast schon widerwillig lässt er die Hand sinken.

Ich lächle. »Ja, meistens ist er das auch.« In Gedanken füge ich hinzu, dass er noch glücklicher wäre, wenn ihm nicht seine ständige Eifersucht in die Quere kommen würde. Wenn er uns so sehen würde, wäre er vermutlich einer Explosion sehr nahe.

Rory lässt sich zurück in die Kissen fallen und verschränkt die Arme hinter dem Kopf. »Nun müssen wir nur noch deinen Mann finden.«

»Ich werde versuchen, mit ihm Kontakt aufzunehmen. Dann wissen wir mehr.« Ich füge nicht hinzu: *Wenn er noch lebt,* doch im Kopf spiele ich diese Möglichkeit durch. Sollte er nicht mehr am Leben sein, werde ich ihn nicht finden können. Mein Körper zittert bei dieser Vorstellung.

»Du frierst.« Entschlossen steht Rory auf und facht das Feuer noch einmal an.

Ich beobachte ihn, seine Bewegungen, das Feuer, wie es zu lodern beginnt. Die Flammen züngeln an dem Holz empor, verändern ihre Farbe, werden mal größer und mal kleiner. Und dann merke ich, wie ich hinabgleite und meine Augen sich schließen.

\* \* \*

Als ich die Augen wieder öffne, liegt Rory schlafend neben mir. Langsam entferne ich mich von meinem Körper, die Gedanken fest auf Richard geheftet. Ich muss ihn finden. Ich werde ihn finden. Ich darf nicht zweifeln, auf keinen Fall!

Meine Seele begibt sich auf ihre Reise. Ich lasse die Burg hinter mir, irre durch den Wald. Bei der Lichtung angekommen, kann ich Gräber zwischen den Bäumen erkennen. Wie viele waren wir, als wir aufgebrochen sind? Richard, Fionbharr, Brian, John und ich. Hinzu kommen noch die drei Mädchen Eimear, Cera und meine kleine Niamh. Acht Menschen, und ich finde vier Gräber. Ein kalter Schauer rieselt meinen Rücken hinab. Das bedeutet, außer mir haben nur drei überlebt. Einer davon muss Fionbharr sein, doch wer sind die anderen beiden? Bitte lass Richard unter ihnen sein!

Es zieht mich weiter, doch ich gerate ins Trudeln. Was hat das zu bedeuten? Nein, bitte nicht. Meine Seele verharrt auf der Lichtung. Brigid hatte gesagt, ich müsse nur fest genug an einen Ort oder einen Menschen denken, dann würde meine Seele ihren Weg allein finden. Ich bleibe und nichts funktioniert, so sehr ich auch an Richard denke.

Meine Knie geben nach, und ich sacke schreiend zu Boden, falle ins Leere. Ich schreie, schreie, wie nie zuvor in meinem Leben. Ich habe das Gefühl, als hätte mir jemand das Herz aus der Brust gerissen. Es tut so weh. So verdammt weh. Oh, Gott, nein! Plötzlich wird alles schwarz um mich herum, und ich falle ins Bodenlose.

# Kapitel 17

## Mai 1353

»Marie, alles ist gut. Beruhige dich. Bitte beruhige dich doch.«

Für einen kurzen Augenblick gestatte ich mir den Traum, dass es Richards Arme sind, die mich halten, und seine Stimme, die mich tröstet. Doch die Realität holt mich schnell ein. Mein Körper krümmt sich, als hätte ich Krämpfe, mir ist schlecht, und aus meinem Mund kommt ein unmenschliches Wimmern.

Rory hält mich, und ich lasse es zu. Still wiegt er mich in seinen Armen und versucht mich zu trösten, doch das ist unmöglich. Nie wieder wird es etwas geben, dass diese Leere in mir ausfüllen kann. Kein Trost der Welt wird das schaffen können.

Es dämmert bereits, als ich langsam etwas ruhiger werde. »Möchtest du mir erzählen, was du gesehen hast?« Rorys Stimme ist ganz leise, und doch zerschneidet sie eine Hülle, die ich in den vergangenen Minuten um mich errichtet hatte.

Mein Körper verkrampft sich, härtet sich ab für die Worte, die ich nun aussprechen muss. »Er ist tot. Die Reise hat meine Seele nur bis zu der Lichtung geführt, an der der Übergriff eurer

Leute erfolgte. Das kann nur eins bedeuten.« Ich schluchze, aber keine einzige Träne verlässt meine Augen. »Es waren vier Gräber dort.«

Sanft streichelt seine Hand über mein Haar, während sich meine Finger in sein Hemd krallen und ich das Gesicht darin verberge. »Würde ich meinen Vater nicht schon so sehr verachten, wäre nun der Zeitpunkt gekommen. Er ist ein elender Mörder. Und das alles nur meinetwegen.«

Ich hebe den Kopf und sehe ihm fest in die Augen. »Rory, egal, was passiert ist oder noch passieren wird, du bist nicht schuld am Handeln deines Vaters. Diese Schuld darfst du dir nicht aufbürden. Verstehst du mich?«

»Ja, ich verstehe dich. Dennoch steht dein Unglück mit mir in Zusammenhang.« Er sieht aus dem Fenster, und überlegt, während ich mir das Kleid richte und einen Zopf binde. »Ich werde alles tun, damit du zu einem der Bäume gelangst und in deine Zeit zurück kannst. Egal, ob du mich heilst oder nicht. Das ist das Mindeste, was ich für dich tun kann. Es tut mir so leid.«

»Ich weiß. Dich trifft dennoch keine Schuld.«

»Warum versuchst du nicht, deinen Schwiegervater zu erreichen? Vielleicht kann er dir sagen, was passiert ist. Moment mal – könnte es nicht sein, dass Richard in einer anderen Zeit ist und du ihn deswegen nicht siehst?« Rorys Gesichtszüge hellen sich auf.

Doch ich schüttele traurig den Kopf. »Er würde nie von hier weggehen, solange ich nicht bei ihm bin. Niemals. Es kann nur eine Erklärung dafür geben, dass ich ihn nicht erreichen konnte und vor allem dafür, dass ich an den Gräbern stehen geblieben bin.« Ein kalter Schauder rinnt zwischen meinen Schulterblättern hinab. »Fionbharr kann ich nicht kontaktieren, er ist immun dagegen. Ich kann nicht zu ihm reisen, so sehr ich mich auch konzentriere.«

»Und jemand anderes?«

»Nein, ich kenne in dieser Zeit zu wenige Menschen und vor allem niemanden, auf den ich diese Gabe anwenden könnte, zu dem ich eine so enge Bindung habe. Ich kenne noch die Mädchen und die Männer, die mit auf der Lichtung waren, aber nicht so gut, dass es funktionieren würde.« Auf Rorys Gesicht kann ich so viele Gefühle ablesen, doch die offensichtlichste ist, dass sein Gehirn arbeitet wie eine Dampflok.

»Du könntest es noch einmal versuchen und diesmal direkt zum Dorf gehen. Vielleicht kannst du deinen Richard unter den Bewohnern entdecken. Und wenn nicht, ist es dir eventuell möglich, etwas herauszubekommen.«

Rory ist so eifrig dabei, dass es mir leidtut, ihn zu bremsen. »Das ist nicht so einfach, denn niemand würde mich sehen oder hören. Ich wäre praktisch unsichtbar für alle. Ich kann nur mit dem Kontakt aufnehmen, auf den ich die Gedanken beim Einschlafen konzentriert habe. Wenn er da wäre, hätte meine Seele ihn gefunden.« Ich merke selbst, wie meine Stimme immer leiser wird, die letzten Worte habe ich nur noch geflüstert.

Nachdenklich fährt er sich mit dem Zeigefinger über die Unterlippe und lässt sich anschließend in die Kissen zurückfallen. »Trotzdem solltest du diese Möglichkeit nicht spurlos an dir vorbeiziehen lassen. Deine nächste Reise sollte dich in das Dorf von Fionbharr führen. Solange noch die kleinste Hoffnung besteht, darfst du nicht resignieren.«

Langsam lassen die Schmerzen nach, und ich bin einfach nur dankbar dafür, in einer solch düsteren Gegend einen Freund gefunden zu haben. Einen Mann, der sich trotz aller Widrigkeiten nicht von seinem Vater hat verbiegen lassen. Der nett geblieben ist, obwohl man es ihm seit frühester Kindheit nicht leicht gemacht hat, an das Gute zu glauben.

Jeder von uns beiden hängt noch eine Weile in seinen Gedanken fest, doch Rory unterbricht es, indem er aufsteht.

»Wir sollten uns umziehen, zurechtmachen und nach unten in die Halle zum Frühstück gehen. Und dass du so traurig aussiehst, spielt uns nun ein wenig in die Hände. Niemand von denen da unten erwartet, dass es dir Spaß gemacht hat oder dass du gar glücklich bist.« Traurig kneift er kurz die Lippen zusammen, bevor er sich umdreht und sein Hemd auszieht.

Mir entfährt ein Keuchen. »Oh, mein Gott!«

Rasch dreht sich Rory wieder zu mir um und bedeckt seinen Rücken, indem er sich das Oberteil über die Schulter wirft. »Entschuldige.«

»Du brauchst dich nicht für etwas zu entschuldigen, für das du nichts kannst. Wer hat dir das angetan?« Was ich gerade gesehen habe, raubt mir den Atem. Rorys Rücken ist über und über mit Narben bedeckt. Es sind alte, sehr alte Narben. Manche sind nur noch als feinsilbrige Erhebungen erkennbar, andere wiederum sind tiefe Furchen und dunkel, so als würde man dem Verursacher direkt in die Seele schauen.

»Ach das«, sagt er so locker, als würden wir über das Wetter sprechen, »das war mein Vater. Früher hielt er es öfter für nötig, mich zu maßregeln. Da ich sehr uneinsichtig war, benutzte er dafür die Rute.«

Ich bin fassungslos. »Er hat dich mit einer Rute geschlagen? Als Kind?«

Rorys Stirn legt sich in Falten, und er sieht mir direkt in die Augen. »Ja. Damit fing er schon sehr früh an. Aber glaub mir, ich habe meinen Willen nie brechen lassen, wie das einige seiner Untertanen mit sich haben machen lassen. Sina hat mich jedes Mal wieder gepflegt und geflucht wie eine Hexe auf einem Rachefeldzug. Doch er hörte erst damit auf, als ich ihm gedroht habe, die Rute gegen ihn einzusetzen, sollte er jemals wieder auf den Gedanken kommen, die Hand gegen mich zu erheben.« In seinen Augen funkeln der Stolz und der Wille, die ungebrochen in ihm strahlen. Erst jetzt erkenne ich, welch starker Charakter in diesem sonst so stillen Mann schlummert.

»Du hättest ihm das nicht nur androhen sollen. Er hätte es verdient, die Rute zu spüren und die Schmerzen danach genauso. Er ist ein Scheusal. Ein Mörder. Ein Mensch, der kleine Kinderrücken zu blutigem Brei schlägt. Ich hasse ihn aus tiefstem Herzen.« Erschrocken schlage ich mir die Hand vor den Mund. Ich hatte mich kaum unter Kontrolle. Nie in meinem Leben habe ich ein solch brennendes Gefühl von Hass in mir gespürt. »Es tut mir leid, Rory. Es steht mir nicht zu, so zu sprechen.«

Mit zwei kurzen Schritten ist er zu mir ans Bett geeilt. »Oh, nein. Dafür brauchst du dich nicht zu entschuldigen. Sie sind nur allzu wahr. Beruhige dich, Marie.« Seine Hände legen sich auf meine Schultern und fahren mir leicht über die Oberarme.

Ich zittere, und doch fühle ich mich irgendwie geerdet durch diese Berührung. Sofort schleicht sich ein schlechtes Gewissen Richard gegenüber ein. Richard, von dem ich nicht weiß, ob er noch lebt. Meine Hoffnung schwindet mit jeder Minute mehr. »Ehrlich gesagt weiß ich nicht, wie ich mit deinem Vater an einem Tisch sitzen soll.«

»Ich werde die ganze Zeit bei dir sein. Sollte er das Wort an dich richten, antworte nicht und überlass es mir. Einverstanden?«

Dankbar nicke ich, und für einen kurzen Augenblick fühle ich mich beschützt und in Sicherheit.

\* \* \*

Als wir in den Flur treten, reicht er mir seinen Arm, damit ich mich einhaken kann, was ich bereitwillig annehme. Ich klammere mich an ihn wie an einen Rettungsanker auf stürmischer See. Offenbar spürt er sehr genau, in welcher Verfassung ich mich befinde. Erstaunlich für einen Mann und dann noch in einer solch barbarischen Zeit.

Unsere Schritte hallen laut von den dunklen Steinmauern zurück. Die Kühle, die trotz der sommerlichen Temperaturen draußen hier drin herrscht, lässt mich unwillkürlich frösteln. Oder liegt es doch daran, dass ich gleich dem Mörder meines Mannes ins Gesicht blicken werde? Das Brennen setzt wieder ein und frisst sich wie Säure durch meine Seele.

Zwei Wachleute richten sich auf, als wir durch den Bogen im Gemäuer in den großen Saal treten. Da sitzt er und grinst anzüglich. Druigh. »Na, ihr zwei Liebenden. Hattet Ihr eine angenehme Nacht, Mylady?«

Um ihm nicht das Ausmaß meines Hasses zu zeigen, senke ich schnell den Kopf und bemühe mich, ihn so gut es geht zu ignorieren. Es gelingt mir nicht sonderlich.

Rory drückt meine Hand, die immer noch auf seinem Arm liegt. »Danke für dein Interesse, Vater. Wir haben beide sehr gut geschlafen.«

Als ich kurz den Kopf hebe, kann ich sehen, wie Druigh skeptisch zwischen mir und Rory hin und her blickt. Im nächsten Moment springt er auf, sodass ich ins Straucheln gerate und hingefallen wäre, hätte Rory nicht wie ein Fels in der Brandung neben mir gestanden. Der Stuhl des Lords kippt scheppernd um. Zwei Bedienstete eilen sofort herbei, um ihn wieder aufzustellen.

»Ruadhrí! Versuche nicht, mich zum Narren zu halten.« Seine Stimme ist laut und durchdringend, ohne dass er schreien müsste. »Ich muss wissen, ob du die Ehe mit dem Weib vollzogen hast.«

»Ich möchte nicht, dass du meine Frau vor dem gesamten Personal dermaßen bloßstellst, Vater.« Auch er spricht in einem Ton, den nur Menschen an sich haben, die zum Herrschen erzogen wurden. Jedoch wage ich es zu bezweifeln, dass dies der dem Lord gegenüber angebrachte Tonfall ist.

Ein zischendes Geräusch ist zu hören, als der Lord versucht, alle Luft in diesem Raum einzuatmen. »Mein Sohn«, Druigh spricht die beiden Worte sehr liebevoll aus, ich starre ihn ungläubig an. Und tatsächlich zeigt sein Gesichtsausdruck eindeutig, wie sehr er am liebsten schreien würde, doch er beherrscht sich und redet weiter. »Sollte das Weib nicht innerhalb der nächsten Wochen ein Kind erwarten, werde ich sie selbst schwängern. Ich hoffe sehr, wir beide haben uns verstanden.«

Rory richtet sich zu seiner beachtlichen Größe auf. »Und glaube du mir«, er macht eine bedeutungsvolle Pause, »das wird nicht nötig sein. Und ich warne dich – solltest du je Hand an mein Weib legen, werde ich dafür sorgen, dass du das nie wieder tun kannst.«

Die beiden starren sich an, keiner gibt nach. Es scheint mir, als würde das sehr lange dauern. In Wirklichkeit sind vermutlich lediglich ein paar Sekunden vergangen, als Druigh endlich auflacht und so die Spannung zerplatzen lässt.

»Großartig, dann gib deiner Frau etwas zu essen, damit meine Enkel groß und kräftig werden.« Als er sich setzen möchte, schieben ihm die zwei Diener den Stuhl heran. Ganz so, als hätten sie bereits vorher gewusst, dass nun der richtige Zeitpunkt dafür wäre.

»Komm, mein Schatz.« Demonstrativ streichelt er mit dem Handrücken über meine Wange, bevor er mich an meinen Platz begleitet. Er scheucht die Diener fort und schiebt selbst den Stuhl an den Tisch, damit ich mich setzen kann.

Verwirrt von dieser zärtlichen Berührung, nehme ich Platz und schaue mir die reichlich gedeckte Tafel an. Kalte und warme Speisen türmen sich so hoch, dass eigentlich die Tischplatte durchhängen müsste. Die unterschiedlichsten Gerüche dringen mir in die Nase und lassen meinen Magen knurren. Obwohl ich dachte, dass ich nichts mehr zu mir nehmen könnte, habe ich Hunger. Der Körper nimmt sich das, was er braucht, sollte die Seele auch noch so unglücklich sein. Ein schlechtes Gewissen schleicht sich bei mir ein. Wie kann ich an Essen denken, geschweige denn etwas zu mir nehmen, wenn ich noch immer nicht weiß, ob Richard noch am Leben ist oder nicht? Doch dann sage ich mir selbst, dass ich kaum dazu in Lage sein werde, ihm und auch mir zu helfen, sollte ich hungrig und kraftlos sein.

Zaghaft greife ich nach einem Stück kalten Braten, als mir ein Diener die Platte mit dem Fleisch hinhält. Ein weiterer Mann gießt mir eine warme, rote Flüssigkeit in einen Kelch, die herrlich nach Gewürzen duftet und mir das Wasser im Mund zusammenlaufen lässt. Als ich mir den ersten Bissen in den Mund schiebe, schließe ich genüsslich die Augen.

»Sieh an, einen gesunden Appetit hat das Herzchen auch!« Druigh reißt mich zurück in die Realität, und der Braten, der gerade noch hervorragend geschmeckt hat, verursacht mir fast Brechreiz. Schnell würge ich den Fleischklumpen herunter und spüle mit dem warmen Gewürzwein nach, damit ich nicht daran ersticke.

Rorys Hand legt sich beruhigend auf meine. »Lass es dir schmecken. Hör nicht hin, er will nur Ärger. Vermutlich hat er bereits am frühen Morgen zu tief ins Glas geblickt.« Er redet leise, sodass sein Vater ihn nicht verstehen kann. Der hat mittlerweile den Kopf schräg gelegt, in der Hoffnung, uns so besser hören zu können. An seinem mürrischen Gesicht kann ich erkennen, dass ihm das nicht gelingt.

Mit Genugtuung lächle ich in mich hinein und flüstere Rory ein Danke zu.

Ein Scheppern reißt mich aus den Gedanken. Der feine Lord Druigh sitzt wie ein begossener Pudel auf seinem Stuhl. Offenbar ist einem der Bediensteten der Weinkrug entglitten und der Inhalt ist auf den Kleidern des Burgherrn gelandet. Rorys Vater bewegt sich so unglaublich schnell, dass meine

Augen es kaum erfassen können. Ich sehe noch ein Messer aufblitzen, als die Klinge auch schon in der Brust des tollpatschigen Mannes verschwindet, der die Augen weit aufreißt. Ein Stöhnen entfährt ihm, und es klingt so schrecklich, dass ich es wohl mein Leben lang nicht mehr vergessen werde. Dann sackt er leblos zu Boden. Druigh zieht mit einem Lächeln die Klinge aus dem Brustkorb des Toten und wischt sie am Tischtuch ab.

Meine Fassungslosigkeit macht einem Hass Platz, den ich nicht für möglich gehalten habe. Seine kalten Augen bohren sich in meine. »Noch jemand?«, fragt er leise, und doch hat ihn jeder verstanden. Hier und da sieht man ein Kopfschütteln, die meisten senken den Blick.

Ein Plan nimmt Gestalt an, der von meinem Hass genährt wird. Sollte Richard wirklich nicht mehr am Leben sein, werde ich diesen Schweinehund töten, koste es, was es wolle.

* * *

Der Hass, den ich beim Frühstück empfunden hatte, bremste mich mittags, eine Seelenreise zu unternehmen. Ich konnte mich einfach nicht fallen lassen, und die Kräutervorräte wollte ich schonen, sodass ich erst am Abend dazu in der Lage war, mein Vorhaben in die Tat umzusetzen.

Mein Körper liegt schlafend unter mir, während Rory mich sorgenvoll beobachtet. Er wacht über mich. Bei diesem Gedanken breitet sich ein warmes Gefühl in mir aus. Zwischen uns hat sich eine Verbindung aufgebaut, die ich nicht ganz verstehe, aber es ist schön, einen Verbündeten zu haben. Jemanden, dem man vertrauen kann. Und das tue ich mittlerweile. Eine völlig neue Erfahrung für mich, da ich ja eher dazu tendiere, anderen Menschen gegenüber skeptisch zu sein.

Dann, als würde er wissen, dass ich ihn beobachte, murmelt er: »Gute Reise, Marie.«

Schmunzelnd gleite ich durch die Öffnung im Gemäuer und konzentriere mich auf das Dorf von Fionbharr. Ein Sog erfasst mich, sanft und doch stark genug, um mich zu führen.

Dunkler Wald zieht an mir vorbei. Ein paar Tiere heben die Köpfe, wenn ich in ihrer Nähe bin, aber sie nehmen mich nur unterbewusst wahr. Ihre Augen sehen nichts.

Das Dorf liegt dunkel und fast schon verlassen vor mir. Die Bewohner haben die verbrannten und kaputten Gebäude abgerissen, und es sind nur noch wenige übrig. Dennoch kann ich an manchen Stellen erkennen, dass bereits mit dem Aufbau begonnen wurde. Am Tor lehnt einer der Wachleute, doch statt das Dorf zu bewachen, schläft er. Ein toller Wachmann! Als ich näher herankomme, erkenne ich John. So sehr ich mich auch freue, dass er überlebt hat, so sehr weiß ich, dass das die Chance von Richards Überleben dezimiert. Ich ziehe weiter durch das Dorf, doch die Menschen hier schlafen, als hätten sie sich alle gegen mich verschworen. Ich kann weder Fionbharr noch Richard irgendwo entdecken. Niemand ist wach, mit dem ich Kontakt aufnehmen könnte. Und nirgends erkenne ich etwas, das dafür spricht, dass Richard noch lebt.

Am liebsten würde ich mit dem Fuß aufstampfen und laut schreien! Zwei Seelenreisen, beide völlig umsonst, und meine Kräfte schwinden langsam. Ich muss besser haushalten, denn so kann ich Rory kaum helfen, wenn ich am Limit laufe. Und ich habe mir fest vorgenommen, ihn zu heilen.

Sofort zieht es mich weiter. Offenbar funktioniert es bei Rory hervorragend. Noch ein Blick zurück, doch John schläft noch immer, und auch sonst kann ich niemanden sehen. So lasse ich mich treiben, meinem vorläufigen Zuhause entgegen.

\* \* \*

Blinzelnd werde ich wach, geblendet von der grellen Sonne. Neben mir vernehme ich ein glucksendes Lachen. Rory.

»Guten Morgen, ich hoffe, du hast wohl geruht«, sagt er mit tiefer Stimme.

Ich gähne ausgiebig und unterdrücke das Bedürfnis, mich noch mal umzudrehen und die Augen zu schließen. »Guten Morgen.«

Ein lautes Klopfen an der Tür zum Salon lässt mich erschreckt zusammenfahren. Doch Rory weiß offensichtlich genau, wer da klopft, denn er eilt mit einem Lächeln auf den Lippen zur Tür. Ich höre, wie er ein paar Worte zu einem anderen Mann murmelt, dann lange Zeit nichts mehr, und letztendlich knarzt die Tür, als sie geschlossen wird.

»Marie?«, ertönt es aus dem anderen Raum.

»Ja?«

»Komm bitte her.« Die Anweisung ist zwar in einer Bitte verpackt, doch schlussendlich ist es eine Anweisung, die mir ein mürrisches Grunzen entlockt. Viel lieber würde ich im Bett bleiben. Die anstrengenden Seelenreisen der vergangenen beiden Tage sitzen mir noch ganz schön in den Knochen. Aber ich gebe mir einen Schubs und steige aus dem riesigen Bett, das aus dunklem Holz gefertigt wurde. Da ich in Kleidern darauf gelegen habe, brauche ich mich nicht anzuziehen. Ein neues Kleid muss warten.

Schnell binde ich mir einen Zopf, doch so sehr ich auch kämpfe, ich bekomme nicht all meine Locken mit dem schmalen Band zurückgebunden. Als ich das Gefühl habe, einigermaßen ansehnlich zu sein, trete ich in das andere Zimmer.

Rory steht an einem Tisch, der mit Speisen beladen ist. Er lächelt stolz. »Ich dachte, so erspare ich uns beiden die Gesellschaft meines Vaters.«

»Oh. Das ist aber nett von dir«, stammele ich unbeholfen.

»Und in einer entspannten Atmosphäre und beim Essen können wir besser darüber sprechen, was du auf deiner nächtlichen Reise erlebt hast.« Einladend zieht er den Stuhl zurück.

»Danke, Rory. Das ist wirklich sehr nett von dir. Und ja, ein Frühstück ohne deinen Vater wäre eher nach meinem Geschmack als das gestrige.«

Freudig strahlend setzt er sich zu mir. »Möchtest du mir erzählen, was du erfahren hast? Du wirkst viel zufriedener als gestern.«

Abwägend lasse ich meinen Kopf hin und her schwanken. »Im Grunde habe ich nichts herausgefunden, das irgendwie hilfreich sein könnte. Es ist nur so, dass Fionbharr nicht da war. Das erhöht die Chancen, dass Richard noch am Leben ist und ich ihn deshalb nicht erreichen konnte. Vielleicht befindet er sich wirklich in einer anderen Zeit, wie du vermutet hast. Warum auch immer. Ich verstehe zwar nicht, warum keiner von ihnen mir zu Hilfe kommt, aber das wird hoffentlich einen plausiblen Grund haben.«

Rory tippt sich nachdenklich gegen seine schön geschwungenen Lippen. Mittlerweile habe ich mich auch an sein Schielen gewöhnt und nehme es kaum noch wahr. »Es muss ehrlich gesagt etwas Schwerwiegendes sein, denn welcher Mann lässt seine Frau freiwillig in den Händen der Barbaren von Druigh? Es sei denn …«, er unterbricht sich selbst und spricht nicht aus, was ich tief in meinem Herzen befürchte.

Meine Hand zittert so stark, dass ich den Kelch mit der roten Flüssigkeit absetzen muss. »Er lebt – wäre es nicht so, würde ich es spüren.« Meine Worte klingen bestimmt und meine Stimme schrill, doch so sicher fühle ich mich nicht. Ich habe Angst, dass ich mich immer mehr verrenne und der Wahrheit nicht ins Gesicht sehen kann.

Er senkt den Blick und atmet tief ein, sagt jedoch nichts mehr dazu. Man merkt ihm deutlich an, wie unwohl er sich fühlt. Das macht mich traurig, unendlich traurig. Denn ich wollte nicht seine gute Laune verderben. Vermutlich hat er viel zu selten die Gelegenheit, ein wenig ausgelassen zu sein.

Wieder klopft es an der Tür. Rory springt sofort auf, bestimmt ist er dankbar für die Ablenkung.

»Entschuldigen Sie die Störung. Dieser Brief ist für Ihre Gemahlin abgegeben worden«, sagt eine eifrige männliche Stimme.

»Danke, Brothaigh, Sie können gehen.« Entschlossen schließt Rory die Tür und dreht ratlos den Brief in den Händen. »Post für dich. Wer weiß, dass du hier bist?« Fragend schnellen seine Augenbrauen in die Höhe.

Hoffnungsvoll richte ich mich auf und ziehe die Luft ein, mein Blick ist auf den Umschlag gerichtet. »Fionbharr und …« Ich wage kaum, es auszusprechen. »... Richard!«, hauche ich.

Für einen Augenblick kann ich die Traurigkeit in Rorys Augen erkennen, doch schon kurz danach hat er sich wieder im Griff und zeigt sich fürsorglich wie immer. »Hier«, sagt er und reicht mir den Umschlag.

Mit zitternden Fingern halte ich ihn, wage es jedoch nicht, ihn zu öffnen. Ich drehe und wende ihn, untersuche ganz genau die Schrift.

*Marie*

Nach einem kurzen Zögern breche ich das Siegel, das ich nicht kenne, reiße ungeduldig an dem Papier. Irgendwann gibt es nach, und ich kann den Brief entfalten.

*Liebste Schwiegertochter*

Entmutigt lasse ich den Brief sinken, woraufhin Rory zu mir geeilt kommt. Er kniet sich zu meinen Füßen. »Was schockiert dich so? Was ist passiert? Wer hat den Brief geschrieben?« Seine Fragen stürzen auf mich ein. Ein Schwindelgefühl erfasst mich.

»Der Brief ist nicht von Richard, er ist von Fionbharr.« Wenn ich Richard nicht erreichen kann, mein Schwiegervater mir einen Brief schreibt und nicht mein Mann, ist es offensichtlich, dass er doch nicht überlebt hat. Rory hat die gleichen Schlüsse gezogen, denn er nimmt mir den Brief ab und überfliegt ihn.

Mit vor Angst geweiteten Augen beobachte ich jede Regung seines Gesichts. Nun bereue ich es doch, nicht weiter gelesen zu haben. Rory fährt sich mit der Hand über das Gesicht, schließt die Augen und atmet tief ein. Mein Herz rast und versucht geradezu, aus meiner Brust zu springen.

»Sag schon. Was steht da drin?«, bettele ich.

Er sieht mich ernst an. »Ehrlich gesagt weiß ich nicht, was dein Schwiegervater mit diesem Brief aussagen möchte. Hier, am besten liest du selbst.«

Aufgeregt greife ich nach dem Brief. Meine Augen brennen, sodass ich mehrmals blinzeln muss, um die Buchstaben zu erkennen. Die alte Schrift lässt sich nicht gerade leicht entziffern. Fionbharr hat netterweise alles auf Englisch geschrieben, was es mir zumindest dahingehend erleichtert.

*Liebste Schwiegertochter,*
*ich habe gehört, dass du mit Ruadhrí von Druigh verheiratet worden bist. Wir wollten dich retten, doch wir wurden daran gehindert. Richard ging es nach dem Angriff nicht gut, und ich habe alles versucht, um meinen Sohn zu retten, aber dafür reichten meine Kräfte nicht aus.*
*Bitte bewahre Ruhe, ich werde alles versuchen, um dir zu helfen, doch vorerst musst du dort bleiben. Ruadhrí ist ein netter Mann, nur vor dem Lord nimm dich in Acht. Wäre sein Vater nicht gewesen, hätte ich nie Einwände gegen eine Ehe zwischen Niamh und ihm gehabt.*
*Wir werden dich besuchen kommen, sobald wir es können.*
*Fionbharr*

Nun begreife ich, warum Rory nicht verstanden hat, was Fionbharr mir mit diesem Brief sagen wollte. Ich bin genauso ratlos. Lebt Richard noch? Wir werden dich besuchen kommen ... Wir? Die Hoffnung stirbt zuletzt. Wie wahr! Und doch muss er irgendetwas damit bezwecken wollen. Was will er mir sagen? Er konnte ihm nicht helfen. Es ist zum Verrücktwerden. Ich will so gern glauben, dass Richard noch lebt, dass ich in diese Worte vermutlich das Falsche hineininterpretiere.

»Marie, es tut mir sehr leid.« Zaghaft legt Rory seine Hand auf meine und versucht mir Trost zu spenden. Doch wie kann man jemanden trösten, der noch gar nicht akzeptiert hat, dass der Trost vonnöten ist?

»Danke.« Zu mehr bin ich nicht in der Lage.

Er sieht mich aufmerksam an, und seine Stirn legt sich in Falten. »Du glaubst doch nicht, dass dein Mann noch am Leben ist?«

Trotzig hebe ich das Kinn. »Vielleicht.«

Rory rauft sich verzweifelt die Haare. »Das kann nicht dein Ernst sein! Wie viele Hinweise benötigst du noch?«

»Ehrlich gesagt weiß ich das nicht, aber noch bin ich nicht bereit, es als Tatsache zu akzeptieren.« Entschlossen stehe ich auf. »Ich werde noch eine letzte Seelenreise in Fionbharrs Dorf unternehmen. Ich muss Gewissheit haben.«

\* \* \*

Wieder gleite ich an dem düsteren Wald vorbei und habe das Gefühl, Tausende Augen würden mich beobachten, wüssten, welches Ergebnis die Reise mit sich bringen wird.

Die Dunkelheit liegt über der Landschaft, wie eine schützende Decke. Das Dorf schimmert durch das Blätterwerk des Baumes vor mir. Ein paar Feuer sind entzündet worden. Vor einem sehe ich Fionbharr sitzen und bin sehr aufgeregt.

»Fionbharr!«

Er reagiert nicht. Erst da wird mir bewusst, dass er mich nicht hört und ich so gar keinen Kontakt mit ihm aufnehmen kann. Enttäuscht gleite ich neben ihn.

Er sitzt auf einem Baumstamm und starrt ins Feuer. In seinen Händen hält er etwas, das er hektisch hin und her dreht. Tränen schimmern in seinen Augen, die er wegzwinkert, doch ich habe sie gesehen, und mir wird es schwer ums Herz.

Ich drehe mich um und suche jede Stelle des Dorfs ab, doch Richard ist nirgends zu finden.

Als ich zurück zu Fionbharr komme, kann ich gerade noch erkennen, wie er sich den Gegenstand, mit dem er die ganze Zeit gespielt hat, über einen Finger zieht. Es ist ein Ring. Meine Augen sind weit aufgerissen, und mein Mund formt ein ungläubiges *Oh.* An Fionbharrs Finger glitzert im Schein des Feuers der Ring, den ich in den Schubladen meiner Urgroßmutter gefunden hatte. Der Ring, den ich wenig später Richard auf den Finger gesteckt hatte. Der Ring, der unser Ehering geworden war.

Ich habe das Gefühl, ins Bodenlose zu fallen, und um mich herum wird alles schwarz.

\* \* \*

Schreiend und um mich schlagend werde ich wach. Ich bin allein im Zimmer. Rory ist nicht hier.

Offenbar muss ich die Wahrheit akzeptieren. Traurig schüttele ich den Kopf. Meine Augen brennen von den unvergossenen Tränen, denen ich nicht zugestehe, mein Gesicht zu benetzen.

Ein Leben ohne Richard. Fionbharr konnte ihm nicht helfen, seine Kräfte reichten dafür nicht aus. Stockend atme ich ein, da ich das Gefühl habe, eine Schraubzwinge hält meinen Hals in ihrem eisernen Griff. Im Geiste sehe ich Richards grüne

Augen, die mir belustigt zuzwinkern. Spüre seine Hände, die mir sanft über die Wange streichen. Entsetzt lege ich eine Hand auf den Mund, um den Schrei zu unterdrücken, der sich tief in mir zusammenbraut. Als er entweicht, krümme ich mich. Es ist ein Gefühl, als würde mir jemand die Eingeweide bei lebendigem Leib herausschneiden. Wimmernd wiege ich mich hin und her. Nichts, mir blieb nichts von ihm. Lediglich die wenigen Fotos, die noch in der Kiste in einer Zeit auf mich warten, die ich eigentlich nie wieder erreichen möchte. Erst nahm diese verdammte Gabe mir das Kind und nun meinen Mann. Warum, warum habe ich sie überhaupt angenommen?

# Kapitel 18

## Mai 1353

Ich hätte vermutet, dass mich die Erkenntnis von Richards Tod komplett aus der Bahn werfen würde, aber nun sitze ich hier, grübele und entwerfe einen Plan, der mich selbst zerstören wird. Und ich tue es ohne Bedenken.

Was immer das Schicksal für meine Zukunft geplant hatte, ich habe meine eigenen Pläne.

Die vergangenen drei Tage sind wie im Zeitraffer an mir vorbeigerauscht. Ich war nicht fähig, irgendetwas wahrzunehmen, außer meinem gebrochenen Herzen.

Rory kümmerte sich rührend um mich. Er tröstete, umsorgte und entschied. Dennoch bin ich nicht bereit, seine Frau zu sein. Nicht so, wie er es verdient hat. Wir sind verheiratet, da gibt es keinen Mann mehr, keinen Richard, der kommen und erklären wird, dass ich zu ihm gehöre. Nein, Rory ist nun mein Ehemann. Ich habe sehr wohl gemerkt, wie sich seine Gefühle für mich geändert haben, und versuche, es zu ignorieren. Doch irgendwann wird auch er sein Recht einfordern, und ich bin nicht bereit, es ihm zu gewähren. Ich gehöre Richard für immer.

Der Mond scheint hell ins Zimmer, nebenan schläft Rory. Sein gleichmäßiger Atem dringt an mein Ohr. Ich mag ihn. Er ist ein hochanständiger Kerl, sehr lieb und zuvorkommend, doch in meinem Herzen ist kein Platz mehr.

Ein lautes Rumpeln an der Tür schreckt mich auf, und der Stuhl, auf dem ich gesessen habe, kippt um. Vom Flur her fällt das schummrige Licht der Fackeln in den Raum, und ich kann die Umrisse eines Mannes erkennen. Für einen kurzen Augenblick keimt in mir die Hoffnung, dass es Richard ist, doch jäh begreife ich, dass es Lord Druigh ist, der dort wankend steht.

»Na, Täubchen, hat mein ach so feiner Sohn es dir schon besorgt?«, lallt er. Er ist offensichtlich betrunken, und langsam erfüllt sein alkoholgeschwängerter Atem die Luft.

Krampfhaft atme ich durch den Mund, als er vor mir zum Stehen kommt. Ich antworte nicht, sehe ihn nur stumm an.

»Antworte!«, schreit er, während seine Aussprache einen feuchten Nebel auf meinem Gesicht verteilt. Ich unterdrücke den Drang, den Speichel abzuwischen. Ich möchte ihm keinen Schwachpunkt zeigen.

»Warum sollte ich Ihnen darauf antworten?«, entgegne ich hart, was ich sofort bereue, als seine Hand in meinem Gesicht landet. Ein brennender Schmerz überzieht meine Wange, doch ich versuche, nicht einmal zu blinzeln.

»Vater! Was tust du da?« Rory stürmt ins Zimmer und stellt sich schützend vor mich.

»Was ich hier tue? Ich will wissen, ob du deinen Pflichten nachkommst und einen Enkel zeugst. Doch stattdessen finde ich sie allein am Fenster sitzend vor, während du schlummernd im Bett liegst.« So viel Kälte ist in seiner Stimme zu hören, dass ich mich unwillkürlich schütteln muss, um das ungute Gefühl zu vertreiben. Hinter ihm treten zwei Wachen ins Zimmer und schließen sorgfältig die Tür. Was soll das werden?

»Ich bin gekommen, um euren Beischlaf zu überwachen. Ich möchte wirklich sicher sein, dass diese Ehe vollzogen wird.« Ein süffisantes Grinsen macht sich in seinem Gesicht breit und verursacht mir Bauchschmerzen. Ich kann die Gefahr, die von diesem Mann ausgeht, förmlich mit Händen greifen.

Rory richtet sich noch ein wenig mehr auf. »Vater, du bist betrunken. Bitte verlasse unsere Räume. Geh schlafen, du bist …«

Weiter kommt er nicht. Druighs Faust ist mit einer Geschwindigkeit vorgeschossen, die ich diesem volltrunkenen Mistkerl nicht zugetraut habe, und hat sich tief im Magen von Rory vergraben.

»Wage es ja nicht, mir irgendwelche Vorschriften zu machen, Junge«, zischt Druigh seinem Sohn ins Ohr, während dieser krampfhaft versucht, Luft in seine Lungen zu bekommen.

Plötzlich geht alles sehr schnell. Rory, der immer noch vornübergebeugt dasteht, rammt Druigh seinen Kopf in den Bauch, was den alten Mann zu Fall bringt. Die beiden Wachen eilen herbei und kommen ihrem Herrn zur Hilfe.

Als Druigh steht, schlägt er um sich. »Ich kann das selbst. Ergreift meinen Sohn, ich werde ihm zeigen, dass er so nicht mit dem Lord dieser Burg umzugehen hat!« Er greift hinter sich und zieht etwas aus seinem Gürtel, das ich zuvor nicht bemerkt hatte. Eine Art Peitsche kommt zum Vorschein, die an mehreren Enden mit kleinen Eisenkugeln versehen ist.

»Nein!«, schreie ich und will mich auf Druigh stürzen, als der schon mit seinem Prügelinstrument ausholt und mich am Unterschenkel erwischt. Der Schmerz ist so überwältigend, dass ich augenblicklich zusammensacke. Zum Glück blute ich nicht, die dicke Schicht Kleidung hat den Großteil des Schlags abgefangen, und ich mag mir kaum vorstellen, welche Pein dieses Gerät verursacht, wenn es auf nackte Haut trifft.

Der Hass auf diesen Kerl brodelt tief in mir, doch ich kann meine Gabe nicht gegen ihn einsetzen, denn dann könnte ich Rory nicht mehr helfen. Ich vertröste das Bedürfnis in mir auf später. Rache werde ich nehmen, doch nicht heute.

Druigh ruft einen weiteren Wachmann herein, der sich um mich kümmern soll. »Ich möchte, dass sie zusieht und lernt, was mit den Menschen hier passiert, die sich mir widersetzen.« Er zwinkert mir zu, leckt sich noch einmal über die Lippen und geht dann zu seinem Sohn.

Er wehrt sich, versucht aus dem Griff der beiden Wachen zu entkommen, aber sie halten ihn fest und weichen keinen Zentimeter von ihren Anweisungen ab. Druigh hebt seine Waffe, und sie surrt zischend durch die Luft und trifft dann mit voller Wucht Rorys Rücken. Sofort zerreißt das dünne Hemd, das er zum Schlafen angezogen hatte, und seine Haut ebenfalls. Der Stoff hängt in blutigen Fetzen an ihm herab. Er stöhnt, was seinem Peiniger ein Lächeln entlockt. Auf bizarre Weise ergötzt sich dieser Unmensch an den Leiden anderer. Bittere Galle steigt mir die Kehle hinauf, und ich muss mich beherrschen, um nicht zu würgen.

Sein Blick fällt siegessicher auf mich, und als er erkennt, dass ich nicht weine, ohnmächtig geworden oder sonst irgendwie der Hysterie nahe bin, kneift er wütend die Augen zusammen und holt zum nächsten Schlag aus. Rory entfährt ein Stöhnen, und sein Körper zittert hilflos in den Fängen der Wachen. Sie zucken mit keiner Wimper. Diese Barbaren!

Nach etlichen Schlägen lässt Druigh endlich von seinem Sohn ab. Das Blut tropft von den Eisenkugeln hinab und säumt den Weg, den er nun wählt – direkt auf mich zu. Und so sehr ich mich auch beherrsche, kann ich das kurze ängstliche Auf-reißen meiner Augen nicht unterdrücken. Natürlich hat er es bemerkt und honoriert es mit einem widerlichen Grinsen. Grob packt er meinen Rock und reißt daran, bis er ein großes Stück

Stoff in den Händen hält. Behutsam, als wäre sie eine Kostbarkeit, reinigt er seine Waffe damit.

»Ich denke, Täubchen, du hast mich verstanden. Solltest du nicht schnellstmöglich ein Kind erwarten, wird noch mehr Blut an deinen Händen kleben.« Das Lallen ist vollständig aus seiner Stimme verschwunden, das Adrenalin hat seine Wirkung bei ihm nicht verfehlt. »Ich werde dich jetzt noch einmal etwas fragen, und wenn du nicht antwortest, wird dein werter Gemahl noch mal von mir gequält.« Er fährt mit seinem Zeigefinger über meine Unterlippe, die mich verrät, indem sie zu zittern beginnt. Ich nehme den metallischen Geruch von Blut wahr. »Hast du mich verstanden?«

Ich nicke.

»So ist es fein. Nun geh, und wenn du möchtest, erlaube ich dir, ihn zu heilen. Ich glaube, der Akt der Zeugung macht mehr Spaß, wenn der Mann aus Freude stöhnt und nicht wegen seiner Schmerzen.« Sein hysterisches Lachen begleitet ihn nach draußen, und ich kann noch eine ganze Weile hören, wie es von den Wänden des Flurs widerhallt.

\* \* \*

Die Wunden sind nur oberflächlich, und die Heilung geht schnell. Ich fühle mich zwar müde, aber ich bin nicht völlig erschöpft. Es werden dennoch ein paar silbrige Narben bleiben, die jedoch kaum auffallen werden, angesichts des Geflechts, das bereits seinen gesamten Rücken überzieht.

Irgendwann war er ohnmächtig geworden, die Schmerzen haben es ihm nicht erlaubt, weiter bei Bewusstsein zu sein. Langsam kommt er wieder zu sich und stöhnt. Doch plötzlich hält er inne, richtet sich abrupt auf und sieht sich gehetzt um.

»Marie!« Ich kann das pure Entsetzen in diesem einen Wort erkennen. »Hat er dir etwas angetan?«

»Nein«, antworte ich kopfschüttelnd.

»Es tut mir so leid, dass du das miterleben musstest.« Bedauernd sieht er mich an. Seine Augen schielen an diesem frühen Morgen noch mehr als jemals zuvor. Schreitet die Erkrankung voran, oder liegt es an dem Erlebnis, mit dessen Verarbeitung der Körper beschäftigt ist?

»Dir muss gar nichts leidtun. Es ist nicht deine Schuld.« Ich merke selbst, wie der reine Hass aus meinen Worten tropft wie aus einem undichten Wasserhahn.

»Ich werde dafür sorgen, dass du so schnell wie möglich zurück zu den deinen gelangst. Was hältst du von meinem Vorschlag?«

Traurig schüttele ich den Kopf. »Zuerst werde ich dich heilen. Dafür benötige ich den Zugang zu einem der magischen Bäume.«

»Gut, dann werde ich alles in die Wege leiten, damit wir morgen zu einer kleinen Reise aufbrechen können.« Ein leiser Hauch von Bedauern ist in seiner Stimme zu hören.

»Ich werde dann eine Weile verschwunden sein, da der Baum mit Sicherheit einen Aufenthalt in der anderen Zeit dafür fordert, mich von den Strapazen deiner Rettung zu heilen.«

Ich kann sehen, wie seine Schultern herabsacken.

»Aber … ich werde wiederkommen, und wir beide werden gemeinsam auf diese Burg zurückkehren.« Ich hole noch einmal tief Luft für die Lüge, die ich beabsichtige auszusprechen. »Und wenn du es möchtest, bleibe ich bei dir – als deine Frau. Aber erst dann.«

Voller Hoffnung reißt er die Augen auf und nimmt mich in die Arme. »Ob ich das möchte? Oh, Marie, ich denke, du hast schon längst die Gefühle erkannt, die du in mir auslöst.«

\* \* \*

Wir planen und packen, und letztendlich habe ich anhand der Karte herausgefunden, welchen Baum ich nutzen kann, um die Reise zu beginnen, die mich von der unglaublichen Anstrengung, Rory zu retten, heilen kann. Er ist nicht sehr weit entfernt und hat eine Spanne von mehr als 600 Jahren. Ich habe beschlossen, den Weg nach vorne anzutreten und dadurch nicht in allzu große Gefahr zu gelangen. Im Zwanzigsten Jahrhundert zu landen, erscheint mir weniger riskant.

Rory kommt in unser Zimmer gestürmt. Die Tür kracht gegen die Wand. »Ich hasse ihn!« Mit einem lauten Knall schließt er sie wieder.

Erschüttert lege ich die Stirn in Falten und mache große Augen. Dieser Mann ist stets die Besonnenheit in Person und strahlt in jeder Situation, die ich bisher mit ihm erlebt habe, eine Ruhe aus, die ansteckend ist. Nun sehe ich einen völlig anderen Rory im Zimmer herumrennen, wie einen Löwen in Gefangenschaft. Ich kann mir schon denken, wer diese Veränderung hervorgerufen hat. »Was ist denn passiert?«, will ich wissen.

Er antwortet zunächst mit einem Schnauben, doch nachdem er tief Luft geholt hat, sieht er mich ernst an. »Mein Vater ist ein Scheusal, und ich verabscheue ihn zutiefst.«

Das erklärt rein gar nichts, denke ich genervt. »Rory, erklär mir doch bitte, was dich so aufgebracht hat«, versuche ich es erneut.

»Der feine Lord Druigh möchte mir nicht zugestehen, dass ich mit meiner Frau eine Reise unternehme, weil er befürchtet, dass du dies zum Anlass für eine Flucht nimmst.« Er schüttelt entrüstet den Kopf.

»Aber das ist es doch, was wir ursprünglich auch vorhatten. Dass du mich zu meinem Mann bringst und ich dich im Gegenzug heile. Es ist nicht gerade abwegig, so zu denken.« Worüber regt sich Rory so auf?

Er bleibt stehen und rauft sich die Haare. »Du hast ja recht, aber das wäre passiert, weil ich es so gewollt hätte. Doch so unterstellt er mir, dass ich nicht in der Lage wäre, auf dich aufzupassen, was eindeutig nicht der Fall ist.«

Ich muss lachen, was ihn veranlasst, mir einen bitterbösen Blick zuzuwerfen. »Entschuldige bitte, aber ich hätte nicht gedacht, dass du auf so etwas mit verletztem Stolz reagieren würdest, nach allem, was er dir bereits angetan hat.« Sein Blick ist immer noch bitterböse, schnell reiße ich mich zusammen. »Entschuldige, aber es ist schon komisch, wenn jemand, der sonst die Ruhe in Person ist, so ausflippt, weil ihm etwas unterstellt wird, das er eigentlich geplant hatte. Das ist doch irgendwie paradox.« Immer wieder gluckse ich vor mich hin und kann kaum mit dem Kichern aufhören.

Als ich ihn ansehe, kann ich ein Schmunzeln um seine Lippen erkennen, was mich erneut irritiert. »Was ist so lustig an mir?«, frage ich skeptisch.

Er kommt auf mich zu, setzt sich zu mir an den Tisch und ergreift mit seiner Hand meine Finger. »Es ist das erste Mal, dass ich dich lachen sehe und auch höre. Der Klang gefällt mir so sehr, dass ich mich daran gewöhnen könnte, Lady Druigh.«

Unangenehm berührt entziehe ich ihm meine Hand, und auch das Lachen ist mir vergangen. »Ich bin nicht Lady Druigh, noch nicht. Ich habe dir ausdrücklich gesagt, dass ich erst bei unserer Rückkehr deine Frau sein werde.« In Gedanken füge ich hinzu, dass mein Name Marie von Reichen ist und dies auch immer so bleiben wird. Entschlossen stehe ich auf, gehe ins Schlafzimmer und schließe die Tür leise, aber bestimmt.

Was sollte das gerade eben? Rory hatte mittlerweile romantische Gefühle für mich, aber noch bin ich nicht bereit, dieses Spiel weiter gehen zu lassen, nur um an mein Ziel zu gelangen. Sollte das irgendwann vonnöten sein, oder stünde der Plan, den ich mir mühsam zurechtgelegt habe, auf dem Spiel, würde ich eventuell seinem Werben stattgeben. Doch im Moment konnte und durfte das nicht sein. Ich habe nur diese eine Möglichkeit, Druigh zu töten. Andere Richtungen wird mein zukünftiges Leben nicht einschlagen. Niemals. Nie wieder werde ich auch nur ansatzweise für einen Mann das empfinden, was ich für Richard empfunden habe.

Traurig lasse ich den Blick durchs Zimmer schweifen. Eine Tasche liegt auf dem Bett, und ich sehe schnell nach, was ich bisher eingepackt habe. Ein paar Kleidungsstücke, die die Mädchen der Burg für mich angefertigt haben. Sie mussten in den ersten beiden Nächten durchgearbeitet haben, um sie zur Hochzeit fertig zu bekommen. Den ledernen Beutel mit den Kräutern und der Karte, auf der die magischen Bäume eingetragen sind, binde ich mir an den schmalen Gürtel, der an meiner Taille befestigt ist. Darin ist auch das kleine Messer mit der gebogenen Klinge, das ich von Fionbharr bekommen habe, bevor wir aufgebrochen sind, um Niamh zu befreien. Das kommt mir alles schon so vor, als wäre es ein halbes Leben her. Geschickt lasse ich den Beutel zwischen den Stoffbahnen meines Kleids verschwinden.

Ein leises Klopfen an der Tür reißt mich aus den Reisevorbereitungen. Ich bitte ihn nicht, hereinzukommen, doch er tut es trotzdem.

»Es tut mir leid, Marie. Ich wollte dich nicht in die Enge treiben. Bitte verzeih.«

Wie er da so im Türrahmen steht, mit diesem ernsten und dennoch schielenden Blick, kann ich ihm nicht lange böse sein. »Ist schon gut. Ich wollte nur nicht, dass du dir Hoffnungen machst, dass wir schon vor unserer Rückkehr ein richtiges Paar werden.« Nervös nestele ich an dem Gürtel herum, unfähig, ihm in die Augen zu schauen. Die Situation ist mir durchweg peinlich.

»Das verstehe ich, Marie.« Er bleibt stehen und beobachtet mich.

»Wirklich?« Nun sehe ich doch auf und bereue es gleich wieder. Seine Augen haben sich kurzfristig in ihre natürliche Position gefügt, und sein Blick geht mir durch und durch. Zwischen uns hat sich etwas verändert, ohne dass ich es gewollt habe.

»Ja, das tue ich wirklich, dennoch muss ich gestehen, dass ich es nur widerwillig akzeptiere.« Er setzt ein schiefes Lächeln auf, mit dem er jeden Hollywoodstar in den Schatten gestellt hätte. Ich muss zugeben, wären wir uns zu einem früheren Zeitpunkt in meinem Leben begegnet, hätte ich vielleicht anders auf ihn reagiert. Doch so hat dieser durchaus liebevolle und anständige Mann keine Chancen bei mir.

»Gut, dann hätten wir das jetzt geklärt.« Entschlossen versuche ich, das Thema auf etwas weniger Verfängliches zu lenken. »Wie bist du mit deinem Vater verblieben?«

Er geht an mir vorbei zu einer kleinen Kiste, die er in die Hand nimmt. »Ich habe ihm gesagt, dass ich dein Vertrauen gewinnen muss, damit du zukünftig mit uns zusammenarbeitest. Und nirgends kann man das besser als in einer neutralen Umgebung. Wir werden offiziell auf unser Landgut reisen, das nicht weit von der Stelle erbaut worden ist, an der sich einer der magischen Bäume befindet. Dagegen konnte er nicht viel sagen, das leuchtete sogar ihm ein.« Mit dem Kästchen in der Hand verlässt er das Zimmer. »Ach, und Marie, ich werde heute woanders übernachten, also warte nicht auf mich.«

Wo will er hin? Was ist in der Kiste?

Die Tür fällt krachend ins Schloss, und ich bin allein. Allein mit etlichen Fragen und Befürchtungen.

# Kapitel 19

Juni 1353

»Woran erkennst du, dass es einer der besonderen Bäume ist?«
Rorys Wissbegierigkeit in Ehren, aber er fragt mir seit etlichen
Minuten Löcher in den Bauch.

»Ich sehe es. Er offenbart mir ein Strahlen, das nur Träger
der Gabe wahrnehmen können.« Er nickt, doch an seinen
zusammengezogenen Augenbrauen kann ich unschwer erkennen, dass er schon über seine nächste Frage grübelt. »Rory?«

Völlig aus den Gedanken gerissen, sieht er mich an und
runzelt die Stirn. »Ja?«

»Ich möchte mich jetzt ein wenig ausruhen. Ich bin sehr
erschöpft und brauche die Kraft für das, was vor uns liegt.«
Mein Lächeln schenke ich ihm so bereitwillig, dass ich mich
selbst wundere, welche Art von Verbindung das zustande bringt.

Nickend rutscht er auf den Platz neben mir, damit ich
meine Füße auf die Bank gegenüber legen kann. Meine Augen
fallen von allein zu, während ich grübele, wie ich die Situation
am Baum am besten bewerkstellige. Schließlich möchte ich ihm
wirklich helfen, ihn heilen. Aber ich möchte auch überleben,

um Druigh zu töten. Das habe ich mir fest vorgenommen. Diese eine Aufgabe möchte ich noch erfüllen, bevor ich die Menschen hier ihrem Schicksal überlasse.

»Ruh dich ein wenig aus, aber weit ist es nicht mehr. Wir müssten in den nächsten Minuten ankommen.«

Trotz dieser Worte bleibt mein Kopf an Ort und Stelle, und auch meine Augen bleiben geschlossen. Ich merke, dass die vergangenen Tage an meinen Kräften gezehrt haben. Wir haben vereinbart, vorerst ein paar Tage auf dem Landgut zu bleiben, damit ich mich erst mal erholen kann. Rory hat dort auch genug zu tun. Er muss sich darum kümmern, dass alle Untertanen von Druighs Sohn besucht werden und von seiner Anwesenheit erfahren. Sie sollen zukünftig eine höhere Abgabe an die Burg leisten. Eine Aufgabe, die Rory mit Sorge erfüllt, da er die Auffassung seines Vaters nicht teilt.

Die Kutsche wird langsamer und hält mit einem Ruck an.

»Wir sind da, Liebste.«

Warum muss er mir nun Kosenamen geben, die meinem Verhalten ihm gegenüber so gar nicht entsprechen? Das schlechte Gewissen nagt beständig an mir, da ich erkenne, wie sehr sich seine Gefühle für mich schon verändert haben. Hoffentlich wird er mit dem Schicksal, das mir die Zukunft bieten wird, klarkommen.

Ich genieße die Brise, die mir über mein erhitztes Gesicht streicht, als ich die Kutsche verlasse, und ich lege den Kopf in den Nacken und schließe kurz die Augen. Offenbar war es in dem Gefährt stickiger, als ich es gedacht hatte. Der süße Duft nach Blumen, der so typisch ist für einen heißen Tag im Juni, dringt in meine Nase und benebelt mir ein wenig die Sinne. Ein Lächeln stiehlt sich auf mein Gesicht.

Als ich sie wieder öffne, sehe ich das große Herrenhaus vor mir aufragen. Es steht in seiner Größe der Burg Druigh in keiner Weise nach, aber im Hinblick auf die Schönheit übertrifft es sie bei Weitem. Rosen wachsen um das Gebäude herum, weiße und rote, und Efeu rankt sich an der Mauer empor.

»Gefällt es dir?« Auch er lächelt und wirkt glücklich und gelöst.

»Und wie. Es ist atemberaubend schön hier.« Einem Impuls folgend, lege ich ihm die Hand auf den Unterarm.

»Ich war schon immer gern in diesem Haus. Wenn es zurück in die Burg ging, fing ich immer bitterlich an zu weinen.« Nach einer kurzen Pause fügt er hinzu: »Meine Mutter liegt hier begraben.«

»Dann werden wir ihr Grab besuchen.« Zum Trost drücke ich kurz seinen Arm, als ich jedoch meine Hand zurückziehen möchte, greift er danach, und so gehen wir Arm in Arm in das Haus, in dem bereits die Angestellten auf uns warten.

\* \* \*

Wir beziehen zwei der unendlich vielen Zimmer. Und entgegen dessen, wie wir es in der Burg praktiziert haben, schlafen wir getrennt. Ich fühle mich dadurch ein wenig befreit und habe das Gefühl, besser atmen zu können.

Ein Mädchen räumt meine Kleider aus und legt sie in die Kiste am Fußende des riesigen Betts. Schnell mache ich mich ein bisschen frisch. Man hat mir eine Schüssel mit kaltem Wasser hingestellt, das ich liebend gern benutze. Entschlossen reiße ich das Häubchen von meinem Kopf und schüttele das Haar auf, bevor ich es zu einem lockeren Zopf zusammenbinde.

Als ich mich einigermaßen hergerichtet fühle, laufe ich nach unten, wo Rory schon auf mich wartet.

»Du siehst bezaubernd aus mit deinen geröteten Wangen. Komm, ich zeige dir den Park. Lass uns dort ein wenig spazieren gehen.« Glücklich reicht er mir seinen Arm, und ich hake mich ein. Gemeinsam schlendern wir durch die hintere Tür, hinaus in einen wunderschönen Garten. Dahinter erstreckt sich eine Parkanlage, und im Hintergrund kann ich einen See entdecken. »Du kannst dich an diesem Ort frei bewegen. Die meisten Leute sind mir sehr wohl gesonnen und würden es nicht mal in Betracht ziehen, meiner Frau etwas anzutun. Also geh spazieren, wann immer es dir beliebt. Wir werden früh genug in unseren Käfig zurückkehren.«

Was ein Scherz sein sollte, hat doch den bitteren Beigeschmack der Wahrheit.

Die Bienen surren, und über uns zwitschern ein paar Vögel ihr Lied. »Ich wollte gern mit dir über deine Heilung sprechen.«

Hoffnungsvoll sieht er mich an. »Ja?«

»Es wird nicht einfach sein. Und sollte es funktionieren, werde ich vermutlich das Bewusstsein verlieren.«

Abrupt bleibt er stehen und fixiert meinen Blick. »Ist es gefährlich für dich? Wenn es das ist, werde ich auf eine Heilung verzichten und lieber das bisschen Zeit, das mir noch bleibt, mit dir gemeinsam verbringen. Ich könnte nicht damit leben, dich in Gefahr gebracht zu haben ... oder dass ich dir gar Schaden zugefügt hab.«

»Rory, ich möchte es nicht verharmlosen. Es ist nicht ganz ungefährlich. Deshalb möchte ich vorher alles ganz genau mit dir durchsprechen.«

Er nickt bekräftigend. »Gut. Ich werde dir den Baum zeigen, den ich für meine Reise ausgewählt habe. Wenn ich dich geheilt habe, werde ich vermutlich, wie schon gesagt, ohnmächtig werden. Du musst dann dafür sorgen, dass ich das Portal, das mir der Baum bietet, benutze. Pass genau auf.« Eindringlich sehe ich ihn an, trete an einen der Bäume, die den See säumen, und fahre mit der Hand über die Borke. »Du musst dir das Zeichen einprägen und es dann mit meiner Hand auf den magischen Baum malen. Hast du das verstanden?«

Wieder ein Nicken. »Ja, das habe ich.«

»Der Baum wird sich dann öffnen, und du wirst mich hineinlegen oder stellen, je nachdem, wie es zu bewerkstelligen ist. Der Baum wird sich schließen, und ich werde vermutlich ein paar Tage verschwunden sein. Doch ich verspreche dir, dass ich wiederkomme.« Bekräftigend lege ich mir die Hand aufs Herz, was ihm ein Schmunzeln entlockt.

»Ich werde dich beim Wort nehmen und an dem Baum auf dich warten, bis ich alt und grau bin.«

Spielerisch will ich ihm gegen die Schulter boxen, doch er fängt meine Faust ein. Plötzlich wird aus dem Spiel Ernst, als er mich gegen den Baum drängt. Sein Körper presst sich hart gegen meinen, und sein Blick huscht zwischen meinen Augen und meinem Mund hin und her. Ich schüttele den Kopf, doch er ignoriert meinen Protest und drückt seine Lippen auf meine. Ich wehre mich, was ihn rasch zur Vernunft bringt.

»Entschuldige – ich weiß auch nicht, was in mich gefahren ist.« Verwirrt fährt er sich durchs Haar und sieht zu Boden. »Würdest du mir noch mal das Zeichen erklären?«, versucht er abzulenken.

Erhitzt und mit brennenden Lippen fahre ich erneut über die Borke. Meine Hand zittert. Als ich ihm das Zeichen ein weiteres Mal zeigen will, ergreift Rory sie. Eine hauchzarte Berührung, und gemeinsam zeichnen wir das Symbol.

Ich bin total verwirrt angesichts dieser Gefühle, die sich in meinem Inneren zusammengebraut haben. Mein Geist schreit nein und erklärt meinem Körper, dass es nur Richard für mich gibt. Aber meine Hormone sind da eindeutig anderer Meinung und wollen diesen Mann. Erschüttert über mich selbst, reiße ich mich von ihm los und renne zurück ins Haus.

\* \* \*

Das Ganze ist mir peinlich und unangenehm. Am liebsten würde ich für immer in diesem Zimmer bleiben. Ich bin ja auch selbst schuld. Die Wegweiser habe ich gesetzt, indem ich ihm gesagt habe, dass ich bei ihm bleiben würde als seine Frau, sobald ich zurückkehre. Woher soll er auch wissen, dass ich lediglich die Kleinigkeit vorhabe, seinen Vater zu töten, um anschließend geisteskrank zu werden? Das ist ein Vorhaben, das man mir nicht unbedingt ansieht oder mit dem er rechnen könnte. In diese Zwickmühle habe ich mich selbst katapultiert, und nun muss ich sehen, wie ich da wieder herauskomme. Schön! Oder auch nicht.

Mein Blick huscht im Zimmer umher und bleibt an einem Wandteppich hängen, so farbenprächtig, dass man sich kaum vorstellen kann, wie er geknüpft wurde. Oder wurde er gewebt? Mit solchen Dingen kenne ich mich überhaupt nicht aus.

Staubpartikel tanzen nach einem Rhythmus, den nur sie hören können. Das erinnert mich an den ersten Tag auf dem Landgut, das ich von Uroma Lizzy geerbt habe. Damals kam mir das Haus so schön, so verwunschen vor. Nie hätte ich geglaubt, welche Dimensionen ihr Tod annehmen würde. Dann hüpfen meine Gedanken zurück, zurück an den Ort und die Zeit, in der ich mich nun befinde.

Rory. Weder kann ich ihm erzählen, was ich im Schilde führe, noch möchte ich seinen Wünschen nachgeben. Warum muss auch immer alles so kompliziert sein? Aber nicht mehr lange. Und wenn es einen Himmel oder ein Leben danach gibt, werde ich Richard wiedersehen. Zumindest das sind schöne Aussichten. Bis dahin wird mein Verstand so weit getrübt sein, dass ich nicht mehr viel mitbekomme.

Ganz kurz blitzt der Gedanke auf, ob der Tod von Druigh es wert ist, doch ich verscheuche ihn schnell wieder. Welchen Weg sollte ich ansonsten gehen? Nach Hause? Dort wartet Oma Ella auf mich und würde mich mit ihrem Mitleid erdrücken. Besser, sie glaubt, dass ich glücklich mit Richard in einem anderen Jahrhundert lebe. Zu Tante Lena und diejenige sein, die ihr die Nachricht vom Tod ihres Sohns überbringt? Das wäre schrecklich, auch sie soll lieber glauben, uns ginge es gut. Oder soll ich hierbleiben? Bei Rory? Er ist mit Sicherheit ein Mann, der seine Frau auf Händen trägt, und er würde mich zumindest ansatzweise glücklich machen. Doch das käme mir wie ein Verrat an der Liebe meines Lebens vor. Nie könnte ich ihn vergessen, immer würde er zwischen uns stehen, und das hat Rory nicht verdient. Er ist anständig und lieb, und an seiner Seite sollte eine Frau sein, die ihn genauso liebt wie er sie.

Ich werde meinen Plan durchziehen, es ist der richtige Weg. Tiefe Gewissheit erfüllt mich.

Schlagartig reißen mich die beiden Hände, die sich von hinten auf meine Schultern gelegt haben, in die Realität zurück. Rory.

»Marie, bitte entschuldige. Meine Gefühle sind mit mir durchgegangen. Ich war zu schnell, und du bist noch in Trauer. Ich werde dir mehr Zeit geben. Alle Zeit der Welt.« Er kniet sich neben mich. »Du hast dich in mein Herz geschlichen, und mittlerweile kann ich mir ein Leben ohne dich nicht mehr vorstellen. Ich bin so unendlich froh, dass du bei mir bleiben wirst. Ich werde dir jeden Wunsch von den Augen ablesen.«

Diese wundervolle Liebeserklärung, der bemerkenswerte Mann neben mir, all das macht es mir nicht leichter. »Hör zu, Rory.«

»Selbstverständlich höre ich dir zu.« Entrüstet sieht er mich an.

Das wiederum entlockt mir ein Lächeln, was er vermutlich auch bezweckt hat, denn er schmunzelt wie eine Katze, die gerade eine Maus verspeist hat.

Ich knuffe ihn an der Schulter. »Du ärgerst mich!« Doch schon im nächsten Moment muss ich lachen.

»Gut. Und nun erzähl mir, was dein Herz so betrübt.« Sein Gesicht nimmt einen ernsten Ausdruck an, während er mich beobachtet.

Ich kann es ihm nicht sagen, egal, wie nett er ist. Egal, wie sehr ich mir wünsche, mit jemandem darüber zu reden. »Ich bin einfach noch nicht so weit. Ich möchte dich erst einmal besser kennenlernen. So macht man das in der Zeit, aus der ich komme.«

Interessiert weiten sich seine Pupillen.

»Manchmal verabreden sich die Leute viele Male, bevor sie sich dazu entscheiden, ein gemeinsames Leben zu führen.«

»Aber das ist nicht gerade sittsam!« Diesmal ist er ein wenig schockiert.

»Dieses Wort kennen die meisten Menschen bei uns noch nicht einmal. Auf Sitte und Anstand verzichten sie. Einer der Gründe, warum ich mich manchmal wie eine Außenseiterin gefühlt habe.« Peinlich berührt senke ich den Kopf. So ein emotionaler Ausbruch ist nicht gerade das, was ich auf dem Plan hatte. »Bitte hör nicht auf mein verworrenes Gestammel.«

»Du hast doch aber gefordert, dass ich dir zuhöre.« Er zwinkert mir zu, und die harte Schale um mein Herz bekommt einen weiteren Riss.

Trotzdem atme ich tief ein und richte meinen Blick auf den Wandteppich, bevor ich sage: »Ich mag dich, Rory. Sehr sogar, aber meine Liebe gehört immer noch Richard. Ich möchte dich nicht darüber im Unklaren lassen oder dir Hoffnung auf mehr machen. Ich weiß nicht, ob ich das mit dir wirklich möchte. Das solltest du wissen. Du bist ein netter Mann, der Ehrlichkeit verdient hat.«

Ganz deutlich kann ich die Traurigkeit erkennen, die in seinen Augen aufflackert, doch er reißt sich schnell zusammen und lächelt. Er tut es für mich, obwohl ihm bestimmt nicht nach Lächeln zumute ist. Diese Selbstlosigkeit ist es, die mich dazu bewegt, ihn in den Arm zu nehmen und einfach nur festzuhalten. Ich habe das starke Bedürfnis, ihn vor dieser grausamen Welt zu beschützen, die ihm schon so schrecklich mitgespielt hat. Sanft legt er seine Arme um mich, und ich genieße die Wärme seines Körpers, ohne gleich an etwas Verbotenes zu denken. Freunde – das ist es, was wir vorerst trotz allem sein können.

* * *

Die Tage vergehen, und ich erhole mich langsam. Ich fühle mich frisch und habe das Gefühl, Rory heilen zu können. Ein gutes Gefühl, das ich sehr begrüße, doch kaum habe ich den Gedanken zu Ende gedacht, erfasst mich schon innere Unruhe. Der Drang, ihm zu helfen, wird immer stärker, eindeutig das Zeichen für den Aufbruch.

Rasch eile ich nach unten in den Raum, der Rory als Arbeitszimmer dient. Er sitzt hinter dem Ungetüm, das andere als Tisch bezeichnen, und ist völlig vertieft in irgendwelche Unterlagen. Ganz kurz flammt vor meinem geistigen Auge das Bild von ihm auf, wie er im Anzug in einem hochmodernen Büro sitzt und Unterlagen mit den Zahlen auf seinem PC vergleicht. Er macht dabei eine so gute Figur, dass ich kurz kichern muss.

Irritiert hebt er den Kopf, und als er mich sieht, wechselt seine Miene von mürrisch zu glücklich. »Marie, meine Liebste. Komm, setz dich zu mir. Du bist ein wahrer Lichtblick in diesem Dunkel aus Zahlen.«

»Was überprüfst du da? Welche Zahlen sind das?«, will ich wissen.

»Ach das«, sagt er abschätzig und deutet auf den Schreibtisch. »Das sind die Abrechnungen und Listen, in denen klar zu erkennen ist, wer was bezahlt hat und wo sich das Geld beziehungsweise die Naturalien befinden. Wir nehmen auch Naturalien als Bezahlung, falls es sich um einen verwertbaren Gegenstand handelt. Es gibt Unstimmigkeiten. Ich habe die Vermutung, dass sich jemand an unseren Einnahmen bereichert.«

»Und hast du einen Verdacht, wer es sein könnte?«

»Im Moment noch nicht, aber ich werde dahinter kommen.« Die Bestimmtheit in seinen Worten ist faszinierend, der sonst so sanfte Rory ist verschwunden. »Ich hasse Ungerechtigkeiten, auch wenn sie gegen mich und meinen Vater gerichtet sind.«

»Das ist auch legitim, nur solltest du daran denken, dass nicht jeder mit einem goldenen Löffel im Mund geboren wird. Manche dieser Menschen leiden Hunger, und viele von ihnen sind unterernährt. Ich weiß nicht, wie hoch die Abgaben sind, aber hungrig wäret ihr in eurer Burg nicht, wenn man sie ein wenig niedriger ansetzen würde. Oder?«

Nachdenklich sieht er an mir vorbei und kratzt sich kurz an der Schläfe, bevor er mir antwortet. »Vermutlich hast du recht. Es ist erschreckend, wenn man darüber nachdenkt, doch wir haben immer genug. Mehr als genug. Du meinst wirklich, dass die Menschen hier an Hunger leiden?«

Er wirkt fast erschüttert. Wie kann das sein? Hat er sich nie Gedanken darüber gemacht, wie es Menschen außerhalb seines goldenen Käfigs ergeht?

»Selbstverständlich meine ich das so. Schau sie dir doch mal an. In Lumpen gekleidet, und die meisten sind abgemagert bis auf die Knochen. Gab es vielleicht irgendwelche Ernteausfälle? Vielleicht haben sich die Leute auch gegen euch verbündet, um nicht zu verhungern. Versetz dich nur mal in ihre Lage.« Ich kann ihm ansehen, wie er nachdenkt. »Bestimmt warst du noch nie hungrig. Ich meine, dass du richtigen Hunger hattest, nicht nur ein leichtes Grummeln im Magen.«

Eine Veränderung geht durch seinen Körper. Die Schultern sacken leicht nach vorne, und sein Blick richtet sich auf den Boden vor meinen Füßen. »Ehrlich gesagt weiß ich sehr gut, was du meinst.«

Nun ist es an mir, irritiert zu gucken.

»Mein Vater hatte sich mal als Strafe für mich einen Aufenthalt im Kerker ausgedacht. Ich war nicht fügsam genug, und deshalb war er der Meinung, mein Wille sollte gebrochen werden.«

»Was? Das ist ja unfassbar! Wie lange hat er dich da festgehalten? Und wie alt warst du damals?« Ich muss mich setzen, so erschrocken bin ich über die Erziehungsmaßnahmen dieses Barbaren.

Er sieht mich intensiv an. »Bitte, Marie, es ist schon lange her. Ich war gerade mal acht Jahre alt, und er hielt mich drei Tage dort unten in diesem Loch fest. Ich bekam einmal am Tag einen Becher Wasser, damit ich nicht verdurstete. Hunger und Durst habe ich an diesem düsteren Ort zur Genüge gehabt.« Rory zuckt mit den Schultern, als wäre es nur eine Lappalie, ein Kind mit solchen Mitteln zu betrafen. Ich bin dermaßen empört, dass ich fast schon vor Zorn losschnauben muss. Er merkt offenbar, was in mir vorgeht, denn er steht auf, kommt zu mir und legt mir beschwichtigend die Hand auf die Schulter. »Lass es gut sein. Es ist eine Ewigkeit her. Ich habe ihm verziehen und verspreche dir, dass er nie auch nur die Gelegenheit bekommt, eines unserer Kinder in dieser Form zu bestrafen.«

Erschrocken blicke ich auf. Kinder? Und wieder wird mir die Misere klar, in der ich mich befinde.

»Sag, Liebes, warum bist du hergekommen?«, versucht er von dem heiklen Thema abzulenken.

Schnell versuche ich, die düsteren Gedanken abzuschütteln. »Ich wollte dir nur sagen, dass ich so weit bin. Wir könnten morgen zu dem Baum reiten, und ich könnte dich dann heilen. Aber nur, wenn du es noch willst«, scherze ich. Und es klappt, er lächelt und spielt kurz das kleine Theaterstück mit, indem er nachdenklich den Finger an die Lippen legt, als würde er diesen Vorschlag abwägen.

»Ich habe morgen nichts anderes vor, und es wäre mir eine Ehre, von solch heilkundigen Händen von dieser Plage befreit zu werden.« Mit einer galanten Verbeugung und einem Handkuss besiegelt er unsere Verabredung.

»Gut, dann werden wir es morgen in Angriff nehmen.«

* * *

Wir haben uns zwei Pferde satteln lassen, die nun schnaubend im Hof auf uns warten. Unruhig tänzeln sie auf der Stelle, während wir uns auf ihre Rücken schwingen. Wir werden an diesem frühen Morgen allein reiten, damit niemand weiß, wo sich der magische Baum befindet … außer natürlich Rory. Während der vergangenen Tage habe ich wie eine Besessene an einer Art Hosenrock genäht. Ein langer Rock, den ich vorne und hinten in der Mitte überlappen lassen kann. Dadurch sieht er wie ein normaler Rock aus, doch wenn ich ihn zurückschlage und festbinde, ist es eine Hose mit weitem Bein. Das erleichtert mir das Reiten.

Als ich das Pferd unter mir spüre, überkommt mich wieder dieses Gefühl von Freiheit. Der Wind weht mir um die Ohren, und die Geschwindigkeit berauscht mich.

Losgelöst und mit heißen Wangen verlangsame ich mein Tempo, als wir an die Waldgrenze gelangen. Ab und an den Schmerz des Verlusts zu vergessen, ist berauschend und dennoch habe ich kurz darauf Gewissensbisse, und meine Gedanken verharren wie von einem Magnet angesogen bei Richard.

Der Wald empfängt uns mit einer kühlen Luft, die ich tief einatme. Der Geruch nach dem Grün der Natur und dem Waldboden steigt empor und legt sich wie Balsam auf meine Seele.

»Er muss hier irgendwo sein.« Suchend blicke ich mich um, doch sehen kann ich ihn noch nicht. »Lass uns ein Stück weiter in den Wald reiten.«

Rory nickt und inspiziert neugierig jeden Baum, in der Hoffnung, den einen zu erkennen. Schmunzelnd reite ich weiter, und als mein Auge ein Strahlen rechts von mir wahrnimmt, beginnt mein Herz automatisch, aufgeregt zu hämmern. Ich gebe dem Pferd zu verstehen, dass es schneller laufen soll, und lenke es in die richtige Richtung. Eilig steige ich ab und starre den riesigen Baum an. Der Wind rauscht durch das Blätterwerk, und mich fröstelt es. Mich packt eine Art Reisefieber, und erst da merke ich, wie sehr ich von diesem Ort und dieser Zeit weg möchte. Hier ist mir Schreckliches widerfahren, und doch habe ich versprochen wiederzukommen.

»Ist er das?« Rory sieht sich den Baum sehr genau an. Er springt vom Pferd, und als er vor dem Stamm zum Stehen kommt, legt er seine Hand auf die Borke und fährt das Zeichen darüber. Er wartet, und ich beobachte ihn. Natürlich geschieht nichts, und ich kann ein klein wenig Enttäuschung in seinen Augen erkennen. Er wäre gern dieses fantastische Abenteuer eingegangen, doch das Schicksal ist nicht auf seiner Seite.

»Ja, das ist er. Aber er öffnet sich nur einem Gabenträger – niemand anders kann ihn nutzen, das habe ich dir doch erklärt.« Rasch überprüfe ich den kleinen Beutel, der unter den Stoffbahnen des selbstgenähten Kleidungsstücks sicher verwahrt ist. In meinem Kopf geistern tausend Fragen herum, und dennoch kann ich keine davon beantworten. Weder weiß ich, ob ich Rory heilen kann, noch ob ich überleben werde. Was wird mich im Irland der Sechziger Jahre erwarten? Wie lange wird mich der Baum in dieser Zeit behalten wollen?

»Das ist wirklich bedauerlich. Wie gern würde ich dich auf deiner Reise begleiten. Ich habe einfach Angst um dich und würde dich gern beschützen.« Sein Lächeln wirkt verlegen, und er kratzt sich am Kopf und sieht zu Boden.

»Ich werde gut auf mich aufpassen. In der Zeit, in die ich reisen werde, warten nicht allzu viele Gefahren auf mich. Also brauchst du dich nicht zu sorgen.« Beruhigend lege ich ihm meine Hand auf die Schulter. »Und nun lass uns beginnen.«

Beflissen strafft er seinen Körper und steht dann ganz still.

»Rory?«

»Ja?«

Ich muss auflachen. »Du bist viel zu groß. Komm, setz dich dort auf die Baumwurzel, damit ich an deinen Kopf rankomme.«

»Oh!« Schnell setzt er sich. Dann sieht er mich ernst an. »Ich verspreche dir, dich so schnell wie möglich in diesen Baum zu schieben, komme, was da wolle.«

»Das weiß ich, ansonsten würde ich dir nicht helfen. Ich bin ja nicht lebensmüde.« Ein Satz, der sich so leicht dahinsagt, doch bei genauerer Betrachtung entspricht er nicht der Wahrheit. Mein Vorhaben ist sehr riskant. Wenn nicht dieses, dann zumindest das, was ich Druigh antun möchte.

Vorsichtig lege ich Rory die Hand auf den Kopf und lasse die zweite unter sein Kinn wandern, sodass er den Hinterkopf an meinen Bauch legen muss. So nahe waren wir uns noch nie. Wieder spüre ich die Energie, die uns verbindet, auf fast schmerzliche Weise, und wieder wandern meine Gedanken zu Richard. Sein Lächeln, seine grünen Augen … Rasch reiße ich mich zusammen und konzentriere mich auf die Aufgabe, die vor mir liegt.

Wärme durchströmt meine Finger, als ich merke, dass ich die richtige Stelle erwischt habe. Ich lenke alle meine Energie auf diesen Punkt und spüre das Prickeln in jeder Faser meines Körpers. Ein Stöhnen entfährt Rorys Mund, und sein Körper drückt sich fester an meinen Bauch. Doch ich weiche keinen Zentimeter von der Stelle, an der ich stehe.

Ich merke, wie meine Kräfte immer schwächer werden und ich meine Hände nicht mehr an seinem Kopf halten kann. Dann werden meine Knie weich, und ich knicke ein. Schwärze empfängt mich, und ich spüre noch, wie mein Körper das samtige Moos auf dem Waldboden berührt.

# Kapitel 20

## Juni 1963

Mein Kopf hämmert wie ein Presslufthammer, und ich muss unvermittelt stöhnen, als eine erneute Welle des Schmerzes über mich hinwegrollt.

Etwas Feuchtes trifft mein Gesicht, und ich reiße schlagartig die Augen auf. Riesige dunkle Pupillen starren mich an und verschwinden dann wieder aus meinem Blickfeld. Ein süßer Hund tobt vor mir herum und freut sich, dass er mich endlich von den Toten erweckt hat.

Ich habe es geschafft! Ich habe die Heilung von Rory überlebt. Zumindest hoffe ich, dass ich ihn geheilt habe.

Der kleine Jack-Russell-Terrier springt aufgeregt an mir hoch und fängt an zu bellen. Es muss doch irgendwo ein Herrchen zu diesem süßen Racker geben. Suchend sehe ich mich um, als mein Blick auf den Baum fällt, der mir als Portal gedient hat. Meine Kinnlade klappt herunter, als ich etwas sehe, das mir den Atem raubt. In die Borke hat jemand Worte geschnitzt. Man kann sie noch einigermaßen erkennen – sie sind zwar verwittert von den vielen Jahren und kaum mehr lesbar, aber eindeutig für mich bestimmt.

*Liebste,*
*ich bin geheilt und warte auf dich!*
*M & R*

Obwohl ich weiß, dass die Nachricht von Rory ist, sehe ich in dem M & R nur Marie und Richard.

Ich habe es geschafft, wirklich geschafft. Er ist geheilt. Eine ungeheure Last fällt von mir ab, und ich freue mich so sehr für den Mann, der diese Worte geschrieben hat.

Wieder blicke ich mich um, und als ich den Besitzer des Hundes nirgends sehen kann, streiche ich hastig das Zeichen über die Borke. Wie ich bereits vermutet habe, passiert nichts. Ich sitze fest. Gefangen in einer Zeit, die mir bestimmt wohlgesinnter ist als alle anderen Zeiten, in die ich bisher gereist bin. Aber letztendlich komme ich hier nicht weg.

»Da bist du also.« Eine Frau mit flammend rotem Haar kommt um einen Baum herum, und als sie mich sieht, zuckt sie kurz zusammen. »Guten Tag.«

Ich lächle sie an, denn irgendetwas kommt mir an ihr bekannt vor, doch ich komme nicht darauf. »Guten Tag.«

Ihr prüfender Blick gleitet an mir und meinem ungewöhnlichen Aufzug herab. »Ist alles in Ordnung mit Ihnen? Sie sehen irgendwie … mitgenommen aus.«

»Ja, danke. Ich hatte nur starke Kopfschmerzen und habe mich gerade ein wenig hier ausgeruht. Ihr Hund hat mich wachgeküsst, als wäre ich Dornröschen.«

Sie antwortet mir mit einem glucksenden Lachen. »Das ist gut möglich, denn sein Name ist auch Prinz.«

»Nein! Wirklich?«

Sie nickt, und wir lachen gemeinsam und ausgelassen, bis der Hund aufgeregt zwischen unseren Beinen herumrennt und bellt, da er nicht versteht, um was es bei diesem emotionalen Ausbruch eigentlich geht. Ich kann die Frau neben mir nicht kennen, und doch habe ich das Gefühl, als wären wir uns schon einmal begegnet.

»Wie heißen Sie? Nicht Rosi als Abkürzung von Dornröschen oder so? Das wäre dann noch passender.« Immer noch lachend sieht sie mich an.

»Nein, ich bin Marie.« Sie ergreift meine Hand und schüttelt sie kräftig, und ich tue es ihr gleich.

»Ich heiße Dotty. Du kommst aber nicht aus Irland, oder? Ich meine, dein Akzent ist doch sehr ausgeprägt. Oh, entschuldige, es ist doch in Ordnung, wenn ich dich duze, oder?« Sie fragt neugierig, aber trotzdem nett.

»Ja, das ist völlig in Ordnung. Ich bin aus Deutschland und mache hier Urlaub.« Im Stillen beglückwünsche ich mich für die schnelle und gute Antwort.

»Und wo übernachtest du?«

»Ich bin mit dem Rucksack unterwegs und schlafe mal hier und mal da.« Erst zu spät fällt mir ein, dass ich gar keinen Rucksack dabei habe.

»Aha?« Skeptisch sucht sie den Waldboden ab.

»Er ist mir gestohlen worden, als ich allein unterwegs war. Eine Horde Jugendlicher hat sich einen Spaß daraus gemacht. Ich hab ihn hier gesucht, in der Hoffnung, dass sie ihn irgendwo ins Gebüsch geworfen haben, nachdem sie ihn geplündert haben. Aber bis jetzt bin ich noch nicht fündig geworden.« Enttäuschung vorgaukelnd, zucke ich mit den Achseln.

Sie schüttelt missbilligend den Kopf. »Das waren bestimmt die McCarthy-Brüder und ihre Kumpanen. Denen ist so etwas zuzutrauen. Die stellen ständig irgendetwas Dummes an.«

»Ich suche noch ein wenig, und wenn ich ihn nicht finden sollte, schlage ich mich erst mal bis Dublin durch, dort werde ich bestimmt Hilfe bekommen«, erkläre ich ihr.

»Prinz und ich werden dir helfen, deinen Rucksack zu suchen. Seine Spürnase findet ihn ganz sicher. Und ansonsten kannst du heute bei mir schlafen, und morgen fahren wir gemeinsam nach Dublin. Was sagst du dazu?«

Ich bin gerührt von so viel Freundlichkeit. »Vielen Dank, das ist total nett von dir. Gern, aber nur wenn es dir nicht zu viele Umstände macht.«

Sie wedelt genervt mit der Hand. »Papperlapapp. Natürlich ist das für mich okay, sonst hätte ich es dir nicht angeboten. Mein Mann wird Augen machen, was ich hier im Wald gefunden habe. Und meine Kinder auch.«

»Kinder? Wie viele hast du denn?«

»Drei. Zwei Mädchen und einen Jungen. Eine wahre Plage.« Sie lacht glücklich, sodass ich ihr nicht ganz glauben kann. Sie liebt die drei ganz offensichtlich aus vollem Herzen.

Gemeinsam machen wir uns auf den Weg.

»Ähm … Dotty?«

»Ja?« Fragend dreht sie sich zu mir um.

»Welchen Tag haben wir heute? Ich habe irgendwie die Zeit aus den Augen verloren«, füge ich erklärend hinzu.

»Wir haben heute Sonntag, den 23. Juni 1963, und ich bin froh, dass wir keinen normalen Wochentag haben, denn ansonsten wäre ich nicht in diesem schönen Abschnitt des Waldes spazieren gegangen. In der Woche bleibt nicht viel Zeit für Spaziergänge, da arbeite ich in dem kleinen Laden im Dorf und helfe dort aus. So polstere ich ein wenig die Haushaltskasse auf.« Sie lächelt dabei so unbefangen, dass man merkt, wie viel Spaß ihr dieser Job macht. In den Sechzigern des Zwanzigsten Jahrhunderts war es ja nicht unbedingt üblich, dass eine Frau trotz Haushalt und Kindern arbeiten gehen konnte oder besser gesagt durfte. Offensichtlich eine sehr moderne Familie.

Der 23. Juni 1963 sagt mir irgendetwas. Nur was? Egal, vorerst muss ich mir über andere Dinge Gedanken machen.

\* \* \*

Ein wunderschönes Cottage in einem noch schöneren Garten taucht vor uns auf. Natürlich haben wir den Rucksack nicht gefunden. Wie auch?

»Jeremy? Schau mal, wen ich im Wald aufgegabelt habe«, trällert Dotty, als wir das Haus betreten.

»Noch einen Hund?« Mit einem Lachen auf den Lippen kommt ein etwas rundlicher Mann um die Ecke und drückt erst einmal seiner Frau einen Kuss auf den Mund.

Kichernd schlägt sie ihm gegen die Schulter. »Nein, natürlich nicht. Das ist Marie aus Deutschland. Ihr Rucksack wurde gestohlen, wobei ich den starken Verdacht hege, dass die McCarthy-Brüder dahinter stecken.«

Der dunkelhaarige Mann dreht sich zu mir um und begrüßt mich: »Hallo, Marie aus Deutschland. Ich bin Jeremy O'Sullivan aus Irland.«

Wir schütteln uns die Hände, während Dotty kichernd wieder nach seiner Schulter schlägt. »Er ist unmöglich, sagte ich dir das bereits?«

»Nein, das hast du mir noch nicht gesagt, aber ich mag Männer mit Sinn für Humor.«

Triumphierend streckt Jeremy die Brust heraus.

»Du hast nur erwähnt, dass deine Kinder eine Plage sind.«

Wie aufs Stichwort kommen drei lärmende Kinder ins Haus gestürmt, doch als sie mich sehen, sind sie augenblicklich still und bleiben wie angewurzelt stehen. Der Kleinste ist über und über mit Schlamm verkrustet, so sehr, dass man nur noch seine blauen Augen erkennen kann.

»Ja, und ich glaube, ich habe nicht übertrieben, wie du es nun mit eigenen Augen sehen kannst. Ach ja, und meine Ohren nicht zu vergessen, die von den schrillen Tönen gequält werden.« Gespielt theatralisch verdreht sie die Augen, bevor sie sich den Kleinen schnappt und ihn zum Waschbecken zieht, wo sie unter lautem Geschrei des Jungen dessen Gesicht und Hände wäscht. »Still halten, ansonsten bade ich dich gleich draußen in dem großen Trog mit dem Regenwasser.« Schlagartig ist das Kind still und lässt die Tortur über sich ergehen.

»Dieser Schreihals ist übrigens Thomas. Die Mädchen, die da in der Tür stehen und so tun, als ob sie nichts mit der Sache zu tun haben, sind Jennifer und Monica. Lass dich nicht von ihnen täuschen, sie haben es faustdick hinter den Ohren.« Lachend führt mich Jeremy zu einem Tisch in der großen Küche. »Möchtest du eine Limonade?«

Ich bin im Himmel. »Ja, unheimlich gern.«

Er stellt eine große Karaffe vor mich hin. Darin schwimmen Zitronen, und mir läuft das Wasser im Munde zusammen. Das Glas trinke ich in einem Zug leer, nachdem Jeremy es eingegossen hat. »Von Durst kann man da nicht mehr sprechen. Wie lange hast du nichts mehr getrunken?«, fragt er, während er mir ein weiteres Mal einschenkt.

»Eine gefühlte Ewigkeit«, antworte ich ihm glücklich. Die Aromen der süßen Flüssigkeit explodieren in meinem Mund. Fantastisch – ich habe das Gefühl, noch nie etwas so Leckeres getrunken zu haben.

»Na dann ist's ja gut, dass du zu den O'Sullivans gekommen bist.« Grinsend geht er nach draußen.

Die Mädchen kommen langsam näher, betrachten mich allerdings skeptisch. Dann tritt die Größere der beiden vor. »Hallo, Marie.«

Mir bleibt der Mund offen stehen. Woher weiß sie, wie ich heiße? »Hallo.« Ich reiche ihr die Hand, und sie ergreift sie schnell.

»Ah, ihr habt euch schon bekannt gemacht«, sagt Dotty, als sie zu uns kommt. »Monica hat seit Kurzem ein reges Interesse an deiner Heimat, Marie. Sie war in der hiesigen Bibliothek und hat sich alle Bücher ausgeliehen, die sie über Deutschland finden konnte.«

Aufmerksam beobachte ich das Mädchen, sie tut es mir gleich. »Woher kommt dein Wunsch, so viel darüber zu erfahren?«, frage ich Monica.

»Ich werde eines Tages in Deutschland leben.« Verdutzt sehe ich zwischen ihr und ihren Eltern hin und her.

Dotty lacht. »Wir haben entfernte Verwandte in Deutschland, und Monica hat sich fest in den Kopf gesetzt, zu ihnen zu ziehen. Der kleine Albert hat es ihr besonders angetan. Und sie ihm auch. Er hat uns vor ein paar Jahren besucht, damals waren die beiden erst elf, aber offenbar alt genug, um sich füreinander zu interessieren.«

»Mama!« Monica ist das Ganze peinlich und so zieht sie mit ihren kleinen Geschwistern im Schlepptau von dannen.

»Es ist erstaunlich, aber ich mache mir Sorgen. Sie wird bald sechzehn Jahre alt, und diese Schwärmerei dauert einfach zu lange, um sie als solche abzutun.« Dotty wirkt traurig.

»Aber warum machst du dir Sorgen? Erwidert er ihre Gefühle nicht?«

»Nein, das ist es nicht. Mindestens einmal die Woche trudelt bei uns ein Brief von ihm für Monica ein. Es sind eher die innerdeutschen Entwicklungen. Diese Mauer, die trennt die Menschen von ihren Angehörigen. Und Albert wohnt nun mal im Gebiet der Kommunisten.«

Jetzt dämmert es mir.

»Aber es sind normale Menschen wie du und ich. Meine Urgroßmutter wohnt auch dort, und ab und zu können wir sie auch besuchen. Die Regierung vertritt andere Ansichten als die von Irland oder des anderen Teils von Deutschland, doch die Menschen dort sind deshalb nicht schlechter.« Ich kann ihre Ängste verstehen. Die Leute in dieser Zeit hatten Angst und dachten, dass der Teil Deutschlands an die Russen fallen würde.

»Ja, das weiß ich ja.« Kopfschüttelnd gießt sie mir Limonade nach. »Solltest du mal Kinder haben, wirst du mich verstehen. Es ist so weit weg, und wenn sie dort mal nicht mehr bleiben möchte, kann sie nicht zurück. Diese vermaledeite Mauer würde uns voneinander trennen.«

»Trotzdem solltest du ihr diese Entscheidung nicht verübeln. Das Herz geht manchmal Wege, auf die niemand Einfluss nehmen kann und sollte.« Ach, wie weise von mir – dennoch möchte ich nicht mit Dotty tauschen. »Und besuchen kannst du sie jederzeit.«

\* \* \*

Nach einer Nacht in einem einfachen, aber sehr gemütlichen Bett mit anschließendem herzhaften Frühstück machen Dotty und ich uns auf den Weg zur Bushaltestelle. Wir werden mit dem Bus nach Dublin fahren. Die O'Sullivans haben kein Auto, was im Jahre 1963 typisch ist. Nur wenige Menschen können sich ein solch teures Luxusgut leisten.

Dotty möchte ein paar Sachen einkaufen und hat sich extra für den heutigen Tag freigenommen. Es gab kurze Diskussionen, als wir gerade eben in dem Geschäft ankamen: einem urigen Tante-Emma-Laden, in dem ich mich liebend gern länger aufgehalten hätte. Ich hätte mir am liebsten jedes Teil, das dort verkauft wird, angesehen.

Dotty erklärte ihrer Chefin die Situation, und schon hellte sich deren Gesicht auf, und sie stimmt dem freien Tag zu. Sie wünschte uns sogar viel Spaß und mir insbesondere Glück für die Zukunft.

Der Bus, der nun vor uns hält, ist ebenfalls bemerkenswert, und meine Hand fährt ehrfürchtig über das Leder des Sitzes. Solche Gefährte kenne ich eigentlich nur aus alten Filmen, und umso beeindruckender ist es, in einem zu sitzen. Der Busfahrer trägt eine Uniform mit einem neckischen Hut auf dem Kopf. Ich grinse dümmlich vor mich hin und freue mich, diesen Abstecher gemacht zu haben. Die Fahrt dauert eine Weile, doch Dotty und ich plappern ohne Punkt und Komma, nur unterbrochen von unserem Gekicher. So vergeht die Zeit wie im Flug, und als wir in Dublin ankommen, kommt es mir vor, als wären wir gerade erst losgefahren.

Kichernd wie zwei Teenager steigen wir aus dem Bus. Fast falle ich hin, als ich die ersten Schritte auf dem Kopfsteinpflaster von Dublin wage, doch Dotty hakt sich schnell bei mir unter, und so bleibe ich auf den Füßen. Das entlockt uns einen weiteren Lachanfall. So albern war ich seit Ewigkeiten nicht mehr, und ein unsagbares Glücksgefühl macht sich in mir breit.

»Komm, Marie. Dort drüben ist das Geschäft.« Gemeinsam betreten wir den Laden. Ein Glöckchen kündet unser Erscheinen an, woraufhin gleich eine dicke ältere Dame aus dem Hinterzimmer in den Verkaufsraum stürmt. Ihr geschäftsmäßiges Lächeln erreicht allerdings nicht ihre Augen.

»Kann ich behilflich sein?«

Dotty zählt die Dinge auf, die auf ihrer Liste stehen, und die Verkäuferin sucht alles zusammen. Nachdem meine neue Freundin bezahlt hat und wir eigentlich schon den Laden verlassen wollen, kommt mir ein Gedanke. Ein irrwitziger Gedanke, doch einen Versuch ist es allemal wert. »Entschuldigen Sie bitte, Miss ...«

»Mrs Murphy.« Mit hochgezogenen Augenbrauen wartet sie ab, was ich von ihr möchte.

»Sagen Sie, Mrs Murphy, kennen Sie vielleicht einen Orden, der etwas mit einer weißen Orchidee zu tun hat?« Mir war eingefallen, dass Brigid erzählt hat, wie ihr Sohn dafür sorgen wollte, dass es den Orden in jeder großen Stadt geben würde.

Doch ihr ratloses Gesicht erstickt meine aufkeimende Hoffnung sofort. »Nein, davon habe ich noch nie gehört. Ist das eine katholische Vereinigung? Eine Art Bruderschaft von Mönchen?«

»Nein, es ist eher eine intellektuelle Vereinigung und hat mit dem christlichen Glauben recht wenig zu tun.«

Als ich mich zum Ausgang wende, sagt sie: »Warten Sie einen Moment, ich frage mal meinen Mann. Der ist der Intellektuelle in unserer Beziehung.« Glucksend geht sie zur Tür, die zum Hinterzimmer führt. »Bobby«, schreit sie schrill, und ich bin in Versuchung, mir die Ohren zuzuhalten. »Bobby, ich brauche dich mal im Laden.« Dann wendet sie sich wieder an uns. »Er wird gleich hier sein.« Sie zwinkert mir zu, was mich angesichts ihres bisherigen Verhaltens irritiert, doch ich kann mir denken, dass es ihr gefällt, ihren Mann herumzukommandieren.

Bereits nach wenigen Augenblicken kommt ein kleiner dünner Mann zu uns. Neben seiner Frau wirkt er winzig. Seine Halbglatze und die Nickelbrille mit so dicken Gläsern, dass man kaum noch seine Augen erkennen kann, vervollständigen das Bild einer Karikatur. Neben mir dreht sich Dotty schnell zu einem Regal und studiert die Auslagen, ihr Körper wackelt dabei verräterisch.

»Bobby, sieh mal, die Dame hat mir eine Frage gestellt, die ich nicht beantworten kann, aber mein intelligenter Ehemann ist vielleicht dazu in der Lage.« Aufmunternd tätschelt sie seine Schulter und grinst dabei verächtlich, was ihr gar nicht gut steht.

Der hochgelobte Mann schiebt erst einmal die Brille seine Nase hoch. »Wie kann ich behilflich sein, die Dame?«

»Ich suche nach einer Vereinigung, die sich der Orden der weißen Orchidee nennt. Es sind Intellektuelle. Der Ursprung des Ordens liegt in Deutschland«, versuche ich mein Glück.

Mit gerunzelter Stirn fährt sich Bobby Murphy nachdenklich mit dem Zeigefinger über die Oberlippe. »Orchidee sagten Sie?«

»Ja.«

»Mmh. Ich kenne nur die weißen Orchides. Aber vielleicht ist das von Ihrem deutschen Wort irgendwie und irgendwann einmal abgeleitet worden.« Fragend sieht er mich an.

Was soll ich ihm nun darauf antworten? »Ehrlich gesagt weiß ich das nicht. Aber könnten Sie mir eventuell die Adresse geben? Dann kann ich das selbst in Erfahrung bringen.«

»Es ist nur ein paar Straßen weiter.« Eifrig nennt er uns die Adresse. Dotty kennt die Straße, und so machen wir uns auf den Weg, nachdem wir uns bei dem kleinen Mr Murphy bedankt haben.

»Was ist das für ein Orden?«, will Dotty natürlich fast sofort nach Verlassen des Ladens wissen.

Nun komme ich doch ein wenig ins Rudern und täusche schnell einen Hustenanfall vor, um mir etwas einfallen zu lassen. Besorgt klopft mir Dotty auf den Rücken. »Hast du dich verschluckt? Nicht sprechen und schlucken gleichzeitig. Hat dir das deine Mutter nicht beigebracht?«, fragt sie mich augenzwinkernd.

Und dann habe ich eine Idee. »Danke, Dotty. Es geht schon wieder.« Erleichtert hole ich tief Luft und lüge, wie so oft in den vergangenen Monaten. »Der Orden ist der Arbeitgeber meines Vaters. Er ist Professor, und sie finanzieren seine Forschungen. Vielleicht könnten diese Leute Kontakt zu ihm aufnehmen, und dann kann er mir Geld schicken. Das wäre doch prima.« Euphorisch schaue ich sie an, und sie quittiert meine Erklärung mit einem gehobenen Daumen. Auch damals wusste man schon, wie man seinen Freunden ein *Gefällt mir* gibt.

\* \* \*

Der gute Mr Murphy hatte recht – innerhalb von fünf Minuten stehen wir vor einem alten Haus. Es wirkt schon etwas baufällig, und ich bin mir nicht sicher, ob ich die richtige Hausnummer vor mir habe.

»Das sieht nicht so aus, als würde hier eine Gesellschaft von Forschern ihr Unwesen treiben«, entfährt es Dotty. »Ich meine ja nur, es ist so heruntergekommen.«

»Lass uns trotzdem mal sehen, wer da wohnt.« Die Hoffnung stirbt zuletzt – mein neues Motto. Entschlossen ziehe ich an der alten Schnur und höre von drinnen ein Läuten. Ein Poltern, und schon wird die Tür geöffnet. Eine Frau mittleren Alters mit einer weißen Haube steht vor uns. Ist das heute der Tag der kuriosen Menschen? »Guten Tag, mein Name ist Marie von Reichen.«

Die Frau lacht kurz auf. »Aber das weiß ich doch, Sie haben uns doch erst letzte Woche besucht.«

Aus dem Augenwinkel kann ich noch sehen, wie sich Dottys Kopf ruckartig zu mir wendet. Ihren bohrenden Blick spüre ich brennend auf der Haut. »Ähm, ich glaube Sie, verwechseln mich.«

Die Frau schaut zwischen Dotty und mir hin und her, dann entscheidet sie sich, nicht weiter nachzubohren. »Kommen Sie herein, ich sage dem Professor Bescheid.« Sie führt uns in einen kleinen Raum, der von einem großen Tisch mit vier Stühlen dominiert wird. Vergilbte Tapeten lösen sich in den Ecken der Wände, und das winzige Fenster ist seit Monaten nicht mehr geputzt worden.

Kaum hat die Frau das Zimmer verlassen, platzt es schon aus Dotty heraus: »Du warst schon mal hier? Ich dachte, du kennst niemanden in Dublin.«

»Ich war hier auch noch nicht. Die Frau verwechselt mich mit jemand anderem.« Damit ist das Thema für mich beendet, doch Dotty wirkt skeptisch. Dahin ist unsere ausgelassene und alberne Gemeinschaft. Etwas steht nun zwischen uns. Sie glaubt mir nicht.

Wir schweigen uns an und warten auf den Professor.

\* \* \*

»Marie. Willkommen in meinem bescheidenen Heim.« Der Mann, der nun hereinschneit, ist genau das Gegenteil von dem, was ich erwartet habe.

Er ist groß, breitschultrig, gut aussehend und eindeutig schwul. Aber so was von! »Hallo, Herr Professor …?«

»Professor Crowley, Herzchen.« Er schaut zu Dotty. »Und Sie? Wer sind Sie?«

»Ähm … Dotty O'Sullivan, Sir«, stammelt Dotty. »Dorothy. Aber Sie können mich Dotty nennen.«

Er schenkt ihr ein entwaffnendes Lächeln á la Rock Hudson. Moment, war der nicht auch homosexuell? »Also, Dotty, hätten Sie etwas dagegen, wenn ich mit Marie kurz in das Labor nach oben gehe? Ich möchte ihr gern ein neues Forschungsergebnis präsentieren. Die gute Mrs Tamish wird Ihnen einen starken Tee servieren, und wir werden schnell wieder hier sein. Einverstanden?« Dotty ist aufgrund der Charmeoffensive nur noch zu einem Nicken fähig. »Gut, dann folge mir Marie.«

Wir steigen eine Wendeltreppe hinauf, der Flur ist eng und dunkel, und es riecht muffig. Oben angekommen öffnet er eine Tür, die so klein ist, dass er sich bücken muss, um hindurchzupassen.

Das winzige Turmzimmer ist kein Labor, wie angekündigt, sondern eine ziemlich umfangreiche Bibliothek, die mich augenblicklich neugierig macht. Sämtliche freie Flächen sind mit Büchern vollgestopft, und nur in der Mitte, mit Blick aus dem Fenster, stehen zwei gemütliche Sessel an einem Tischchen. »Du bist heute das erste Mal hier, nicht wahr?«, fragt mich der schwule Adonis. Wie immer, die gut aussehenden und gepflegten Männer sind andersrum. Das ist auch in diesem Jahrhundert nicht anders.

»Ja, das bin ich«, gebe ich zu. »Stimmt es, dass ich letzte Woche bereits hier war?« Immer wieder muss ich mir sagen, dass seine Vergangenheit nicht meine Vergangenheit ist. Das Gleiche wie mit Brigid, die mir auch erzählt hat, dass ich sie bereits öfter besucht hatte. Doch eines lässt mich stutzen. Wie kommt es, dass ich noch einmal hierherkommen werde? Wenn mein Plan aufgeht, müsste ich eigentlich in ein paar Tagen oder Wochen wahnsinnig sein, dadurch, dass ich Druigh mit meiner dunklen Gabe töte? Was wird passieren? Werde ich ihn auf eine ganz normale Art umbringen? Etwa mit einem Messer? Schnell schüttle ich den Kopf, um diese irren Gedanken zu vertreiben.

»Ja, Herzchen, und heute bist du das zweite Mal zu Besuch. In welchen Schwierigkeiten steckst du?«, fragt er und kommt gleich zum wichtigen Punkt.

»Ich bin für eine kurze Weile in dieser, in Ihrer Zeit gefangen und brauche etwas Geld, um über die Runden zu kommen.« Am besten gleich mit der Tür ins Haus fallen.

Er lacht. »Wie wäre es, wenn du dann bei uns bleibst, bis du wieder zurück kannst? In diesem Haus bist du sicher, und ich würde mich über ein wenig Gesellschaft wirklich freuen.«

Irritiert nicke ich, da es die sinnvollste Unterkunft für mich ist. »In Ordnung. Ich muss nur noch Dotty Bescheid sagen und mich von ihr verabschieden.«

»Das kannst du selbstverständlich tun.«

»Professor Crowley?«, frage ich.

»David, du kannst mich David nennen. Wir waren bereits beim Du.«

»Okay, David, ich würde gern wissen, wie die Orchides entstanden sind.« Ich lehne mich in dem kleinen Lesesessel nach vorne.

Er denkt kurz nach. »Die Orchides hier in Dublin oder der Orden der weißen Orchidee, wie wir uns in deiner Heimat nennen, wurden von einem Vorfahren gegründet, der genau wie du über die Gabe verfügt. Er hieß Donnchadh. Vielleicht hast du schon mal von ihm gehört.«

Ich nicke. »Ja, das habe ich. Er ist Brigids Sohn gewesen.«

»Ja, genau. Er hat halb Europa bereist und gründete an mehreren wichtigen Standorten Stützpunkte. Mit den Jahrhunderten wurden es mehr. Wir wissen nichts von den anderen und wollen es auch nicht. Sollte jemals eine Niederlassung einem Angriff zum Opfer fallen, besteht für die Angreifer nicht die Möglichkeit, die Dependancen in den anderen Ländern zu finden. Jede Niederlassung hat ein oberstes Mitglied, das dann jeweils andere Mitglieder akquiriert und den nächsten Anführer bestimmt. So funktioniert es seit den Anfängen, und jeder von uns ist stolz darauf, dazuzugehören.« Aufmunternd lächelt er mich an und gibt mir so die Möglichkeit, ihm die nächste Frage zu stellen.

»Wie werden Sie … entschuldige. Wie wirst du bezahlt?« Von irgendetwas muss er ja leben.

»Die meisten von uns gehen normalen Brotjobs nach, doch ich bin eines der kreativeren Mitglieder. Ich bin Autor. Ich schreibe Bücher, die andere Menschen gruseln sollen.« Zwinkernd steht er auf und greift in eins der Regale. Er zieht ein Buch heraus und wirft es mir in den Schoß. *David Crowley – Die Verdammten* prangt in dicken Lettern auf dem Buchdeckel. »Ich verdiene nicht viel, aber es reicht zum Überleben. Nur das Haus verfällt so langsam.«

Fassungslos starre ich das Buch an, dann den Autor. »Dieses Buch habe ich in meiner Jugend gelesen.« Ich verschweige, dass es mir nicht so sehr gefallen hat. Schließlich ist es Geschmackssache, und ich möchte ihn nicht vor den Kopf stoßen.

»Wirklich?« Aufgeregt richtet er sich auf. »In welchem Jahr war das?«

»Ich glaube, Anfang der 2000er Jahre.«

Er nickt nur und macht sich seine eigenen Gedanken. »Okay, Herzchen, lass uns nach unten gehen und mit deiner Dotty sprechen.«

Es fällt mir sehr schwer aufzustehen und nach unten zu gehen, um mich von ihr zu verabschieden. In den letzten vierundzwanzig Stunden ist mir die lebenslustige Frau sehr ans Herz gewachsen, doch es muss wohl so sein.

＊ ＊ ＊

Dotty sieht mich entgeistert an, als ich ihr eröffne, bei Professor Crowley bleiben zu wollen. Aber als ich ihr unter vier Augen versichere, dass ich nicht dazu gezwungen werde, akzeptiert sie meine Entscheidung.

»Marie, ich werde dich vermissen. Ich hab selten so viel gelacht, und ich mag dich wirklich sehr. Können wir in Kontakt bleiben?« Traurig sieht sie mich an und nimmt mich dann stürmisch in die Arme.

»Wehe, wenn nicht. Lass uns schreiben. Am besten, du schickst erst einmal deine Briefe an Professor Crowley, er leitet sie weiter, sobald ich meine neue Wohnung bezogen habe.« Sie nickt eifrig und wischt sich verstohlen die Tränen weg, die ihr langsam, aber stetig die Wangen hinabfließen. »Ich mag dich auch total gern, Dotty.«

Sie drückt mir noch einmal einen Kuss auf die Wange und eilt dann schnell aus dem Haus.

David legt besorgt den Arm um meine Schultern. »Sie scheint sehr nett zu sein.«

»Ja, das ist sie auf jeden Fall. Und ihre Familie auch. Wenn du mal Zuwachs für deinen Orden brauchst, kannst du sie gern fragen. Oder eins ihrer Kinder.« Den letzten Satz habe ich ausgesprochen, ohne überhaupt darüber nachzudenken. Doch nun, da die Worte durch den Raum hallen, finde ich, dass es eine großartige Idee ist. Und Davids Körpersprache drückt das ebenfalls aus. Im Geist macht er sich offensichtlich bereits eine Notiz.

# Kapitel 21

## Juni 1963

»Da müssen wir hin, David!« Eine Stimme, die schon fast hysterisch zu mir ins Gästezimmer hereinschallt, weckt mich.

Dann höre ich nur noch Gemurmel, doch an Schlaf ist nun nicht mehr zu denken. Schnell ziehe ich mir eine der Hosen an, die David angeblich schon letzte Woche auf meinen Wunsch hin für mich besorgt hat, und nehme noch eine saubere Bluse aus dem Schrank. Mittlerweile bin ich seit drei Tagen hier. Heute muss also der 27. Juni sein. Nächste Woche wird mich mein Gastgeber zu dem Baum zurückbringen, damit ich meine Rückreise antreten kann. Allein der Gedanke daran erfüllt mich mit Traurigkeit.

Als ich die Treppe nach unten gehe, höre ich immer noch zwei Männer miteinander reden, jedoch viel leiser. Ein angenehmer Geruch nach frisch gebrühtem Kaffee und Gebackenem zieht durchs Haus. Ich klopfe an, bevor ich in die große Wohnküche trete.

»Herein!«, antworten die beiden Herren im Chor.

Dann erkenne ich den Mann, der mit David gemeinsam am Tisch sitzt. Es ist sein Freund. Zumindest gehe ich davon aus, weil David auf seinem Schreibtisch ein Bild von diesem Herrn stehen hat. »Guten Morgen«, begrüße ich die beiden. »Ich bin Marie«, füge ich an den kleineren Mann gewandt hinzu.

»Ich weiß.« Lächelnd reicht er mir die Hand. »Wir sind uns bereits begegnet. Ich bin Jim.«

»Aha. Vermutlich letzte Woche.« Er antwortet mit einem Nicken, und ich würde liebend gern wissen, warum ich letzte Woche hier war. Doch ich verkneife mir die Neugier. »Worüber habt ihr so lautstark diskutiert?«, frage ich stattdessen, während ich mir einen Becher aus dem offenen Schrank nehme und ihn mit dampfendem Kaffee fülle.

Verlegen sieht mich Jim an. »Nichts Wichtiges. Wir haben nur über einen Ausflug gesprochen.«

»Ihr wollt einen Ausflug machen? Wann und wohin?« Vorsichtig puste ich in die Tasse und nippe an dem starken Gebräu.

David schweigt beharrlich, es wirkt fast so, als würde er schmollen, woraufhin mir Jim antwortet. »Wir wollten eigentlich am Samstag nach Shannon zum Flughafen fahren. Aber das fällt wohl ins Wasser.«

»Warum denn?«

»David ist der Meinung, dass das keine gute Idee mehr ist, jetzt, da du bei uns bist.« Jim sieht erst mich und dann David an. Herausforderung im Blick.

Entrüstet stelle ich die Tasse ab. »Moment mal, was hat das denn mit mir zu tun?«

»Der gute Professor Crowley denkt, dass er besser auf dich aufpassen sollte. Also habe ich ihn gefragt, ob wir dich denn nicht mitnehmen könnten, schließlich ist es ein geschichtlich höchst interessantes Ereignis. Doch auch davon hält er nicht viel.« Seine Worte triefen nur so vor Sarkasmus.

Nun bin ich neugierig geworden. »Um welches geschichtliche Ereignis handelt es sich denn?«

»Kennedy kommt!« Aufgeregt springt Jim von seinem Stuhl, der dabei gefährlich wackelt. »John F. Kennedy ist in Irland, und am Samstag wird er auf dem Flughafen von Shannon eine Rede halten. Ich will ihn gern hören. Er ist eine sehr charismatische Persönlichkeit. Hey, und wann hat man mal die Gelegenheit, einen echten amerikanischen Präsidenten, und dann noch mit irischen Wurzeln, live zu sehen?«

Kennedy? John F. Kennedy? Wahnsinn. Und dann fällt es mir wie Schuppen von den Augen, der 23. Juni 1963! Der Tag, an dem Kennedy seine berühmte Rede in Berlin gehalten hat. Der Tag, an dem er ein Berliner sein wollte. »Das ist wirklich eine außergewöhnliche Situation. Ihr müsst dort hin, und am liebsten würde ich euch begleiten. Kennedy sehen, das möchte ich auch!«

Triumphierend grinst Jim seinen Freund an, der unsere Unterhaltung nur mit einem Schnauben quittiert. Demonstrativ verschränkt er die Arme vor der Brust und verdreht die Augen, er zeigt die ganze Palette der Unmutsbekundungen, die es gibt.

»Komm schon, Schatz, das wird lustig. Wir beide und das Herzchen auf Tour! Spring doch über deinen Schatten, es wird schon nichts geschehen.« Jim sieht ihn treuherzig an und klimpert mit den Wimpern.

»Ihr beide seid euch einig, wie?«, fragt er unnötigerweise und bekommt von Jim und mir ein euphorisches Nicken. »Na schön. Dann fahren wir zum Flughafen nach Shannon.« Seinen strengen Ton enttarnt er mit einem kaum unterdrückten Lächeln als Lüge.

\* \* \*

Jim sitzt vor dem riesigen Radiogerät und dreht wie ein Besessener an dem kleinen runden Knopf, um einen besseren Empfang zu haben. Gleich kommen die Nachrichten, und wir alle sind sehr gespannt, was es Neues über Kennedys Aufenthalt in Irland zu berichten gibt.

»... Menschen säumen die Straßen, die Mr Kennedy passiert. Unmengen von Schildern werden in die Höhe gehalten, auf vielen steht ein Willkommen an den amerikanischen Präsidenten. Das irische Volk feiert seinen heimgekehrten Sohn, und das Strahlen auf dessen Gesicht ist für uns Iren ein Dank, den wir gern annehmen. Willkommen in der Heimat, Mr President. Das war Ian Saunders für ....« Jim dreht das Gerät aus.

»Heute Abend kommt ihr beide zu mir, und dann schauen wir uns die Abendnachrichten im Fernsehen an. Ich werde Mrs Meyer bitten, etwas für uns zu kochen. Hey, das ist überhaupt die Idee!«

David und ich sehen ihn verständnislos an.

»Ihr kommt etwas früher, und so schlagen wir zwei Fliegen mit einer Klappe. Mrs Meyer werden wir nämlich erzählen, dass Marie deine Verlobte ist.« Freudig strahlend sieht er David an, der kurz die Augen verdreht.

Und dann wird es mir klar. Die Sechziger Jahre sind nicht unbedingt die Zeit, in der sich Schwule zu ihren Partnern bekennen dürfen. »Ich mach mit. Das ist kein Problem für mich.«

David ist skeptisch, doch Jim strahlt über das ganze Gesicht. »Gut, dann ist auch das eine beschlossene Sache. David, du musst ein wenig lockerer werden. Freu dich einfach mal ein bisschen. Wir werden Kennedy sehen. Und weißt du was? Ich werde das Buch mitnehmen, vielleicht kommen wir nah genug an ihn ran, dass er uns eine Widmung hineinschreiben kann.« Das Buch hatte ich in meiner Jugendzeit gelesen, und daher weiß ich sofort, um welches es sich handelt.

Jim steht auf und greift zielsicher ins Regal, um ein mittlerweile schon sehr abgegriffenes Exemplar herauszuziehen. Auf dem Einband steht *John F. Kennedy – Zivilcourage.*

Das Buch hatte John F. Kennedy geschrieben, um die Menschen auf die Zivilcourage von acht Männern hinzuweisen. Er schrieb es neutral und doch so, dass es die Leute motivieren sollte, für das einzustehen, an was sie glaubten. Die acht Politiker traten für ihre Überzeugung ein, was nicht selten in deren Tod endete. Von allen Tugenden bewunderte der damalige Präsident der Vereinigten Staaten von Amerika keine mehr als den Mut. In diesem Buch zeigte er auf, wie Mut in der Politik umgesetzt wurde. Er selbst lebte bis zu seinem Tod den politischen Mut aus, den die damalige Zeit zu schätzen wusste. Leider haben die meisten mutigen Menschen Gegner, und auch in Kennedys Fall kamen diese zum Zug.

Tief in Gedanken versunken erschrecke ich leicht, als Jim seine Hand auf meine Schulter legt, da ich nicht gemerkt habe, wie er mich ein paar Mal angesprochen hat. Besorgt sieht er zu mir. »Alles in Ordnung mit dir, Kleines?«

Traurig nicke ich. Ich kann ihm ja schlecht erzählen, dass der Mann, den er so anhimmelt, in nicht einmal einem halben Jahr einem hinterhältigen Anschlag zum Opfer fällt. »Ja, ich habe nur ein wenig an meine Familie gedacht.« Was nicht gelogen ist, denn meine Mutter war eine innige Verehrerin von Kennedy gewesen. Das Buch *Zivilcourage* stand in zwei verschiedenen Ausführungen in unserem Regal, und sie hütete beide wie einen Schatz.

»Dann ist es ja gut.« An David gewandt fügt er noch hinzu: »Wir sehen uns heute Abend, und morgen machen wir uns auf zur großen Fahrt nach Shannon. Ich freue mich schon so, doch jetzt muss ich los, sonst wird mich mein Personal noch bestehlen, und dahin ist dieses feudale Leben.« Mit einer Bewegung zeigt er einmal von oben bis unten an sich hinab. Sein Lächeln und das Augenzwinkern lassen mich kurz aufkichern, und auch David grinst verliebt.

* * *

Es gibt einen großen Unterschied zwischen Jim und David. Während der junge Autor offensichtlich kaum über die Runden kommt, schwimmt der andere im Geld. Das freistehende Haus, in dem Jim wohnt, ist eine kleine Stadtvilla mit einem bezaubernden Vorgarten. Als wir klingeln, öffnet uns eine junge Frau in einer adretten Uniform, die aus einem schwarzen Kleid mit weißer Schürze und einem Häubchen auf dem Kopf besteht.

»Guten Abend, Professor Crowley. Kommen Sie herein. Mr Snider erwartet Sie und Ihre Verlobte schon.« Sie versucht, ihren neugierigen Blick zu verbergen, doch ich habe gesehen, wie sie mich schnell von oben bis unten gemustert hat. Mir soll es recht sein.

Ein Kronleuchter hängt an der hohen Decke und erhellt die mit Marmor ausgelegte Eingangshalle. Das gesamte Haus strahlt in purem Luxus. Ganz Gentleman, hilft mir David aus dem Mantel, den er von seiner Schwester ausgeliehen hat, genauso wie das Kleid und die Schuhe, die mir ein klein wenig zu groß sind. Beim Gehen muss ich aufpassen, dass mir nicht der Schuh vom Fuß rutscht, was fast passiert wäre, als ich in den Bus einstieg. Elinor hatte wohl bereits in der vergangenen Woche ihren Kleiderschrank aussortiert und mir ihre Garderobe vermacht. David hatte in weiser Voraussicht alles aufgehoben, falls ich ein weiteres Mal zu Besuch kommen würde.

Das Abendessen ist ein Gedicht, die gute Mrs Meyer hat sich große Mühe gegeben, und ich genieße das hervorragende Essen. Bald werde ich wieder im vierzehnten Jahrhundert sein und dann … nein, eigentlich möchte ich mir meine letzten unbeschwerten Tage nicht verderben lassen, also fokussiere ich meine Gedanken wieder auf das Hier und Jetzt. Das ist einfacher, und ein wenig Glück möchte ich doch noch empfinden, und so genieße ich das Essen und die angenehme Gesellschaft der beiden Herren.

»Kommt, ihr zwei, wir gehen ins Wohnzimmer und machen schon mal den Fernseher an.« Jim geht vor und öffnet die beiden Flügeltüren. Ein dezent beleuchteter Raum mit riesigen Panoramafenstern, die den Blick auf den wunderschönen Garten freigeben, lädt zum Verweilen ein.

Als der Fernseher an ist, hört man zunächst nur ein Rauschen und sieht grauen Schnee flimmern. »So ein Mist! Die Zugehfrau hat schon wieder die Antenne verschoben. Zum Staub wischen muss man doch nicht die Inneneinrichtung umstellen!«, meckert Jim vor sich hin, während er versucht, die Antenne in die richtige Position zu bringen. Das ist etwas, das ich völlig vergessen habe. Im Zeitalter des Kabelfernsehens denkt man gar nicht mehr daran, wie es war, als man noch die metallische Vorrichtung hin und her schob. Und wie ich es in Erinnerung habe, verschlechtert sich das Bild in dem Moment, als er die Antenne loslässt. Ich muss unwillkürlich lachen, was mir einen bösen Blick von Jim einbringt.

Nach ein paar Minuten haben wir einen sauberen Empfang, und die Nachrichten beginnen auch schon.

Man kann sehen, wie Kennedys Flugzeug landet und er die irischen Politiker begrüßt. Menschenmengen jubeln auf den Straßen, und auch die vielen Schilder sind zu sehen, von denen der Moderator am heutigen Morgen im Radio gesprochen hat. Bei einem Kameraschwenk kann ich sogar auf einer der Reklametafeln eines Kinos den Schriftzug *Welcome Kennedy* erkennen. Die Iren sind außer sich und versuchen, an allem hochzuklettern, um einen besseren Blick auf den umjubelten Mann zu haben. Es herrscht eine Freude im Volk, wie ich sie auch bei den hier Anwesenden spüre. Mittlerweile hat sich das Personal zu uns gesellt, um die Nachrichten von Kennedy mitzuverfolgen. Jim ist offenbar ein sehr netter Chef.

Als die Übertragung zu Ende ist, ziehen sich die Angestellten diskret zurück. Jim gießt uns noch einen Rotwein ein, der im Schein der Kerzen dunkelrot wie flüssiger Rubin schimmert.

»Ich glaube, dass dieser Mann Großes bewegen kann und die Menschen zu einem besseren Verhalten animieren wird. Bei mir jedenfalls funktioniert es.« Schmunzelnd hebt David das Glas. »Auf den amerikanischen Präsidenten, der uns lehrt, dass man nur mutig genug sein muss, um etwas Positives in der Gesellschaft zu bewegen!«

Wir tun es ihm gleich und heben unsere Gläser. »Auf Kennedy!«, sagen wir drei fast gleichzeitig.

\* \* \*

Am nächsten Morgen stehen wir nun abfahrbereit vor dem Haus in der Churchstreet und warten auf Jim, der uns abholen wollte. Er verspätet sich.

»Sag mal, David ...«, beginne ich.

»Ja?« Mit der Kopfbedeckung sieht er einfach zu niedlich aus.

»Wusstest du, dass ich noch mal bei euch aufkreuzen würde? Ich meine, schließlich hast du auch die Kleidungsstücke für mich aufgehoben.«

»Ja, du hattest erwähnt, dass du mindestens ein weiteres Mal kommen würdest. Und dass wir dir nichts erzählen sollten, außer, dass du schon mal da gewesen wärst.« Zwinkernd fährt er fort. »Also versuche mich nicht auszuquetschen, mein Mund ist versiegelt.«

Ein aberwitziger Gedanke huscht durch mein Gehirn. »War ich allein? War ein Mann bei mir?«

Sein Gesicht verdunkelt sich ein wenig, nur den Bruchteil einer Sekunde, doch ich habe es gesehen, und mein Herz sackt wieder zurück in den Keller aus Trauer, aus dem es kurz herausgeschaut hatte.

»Das darf ich dir nicht sagen, Marie.«

Seine Worte geben mir Gewissheit, dass Richard tot ist. Ein Zittern fährt durch meinen Körper, und in mir tobt ein Wort: Druigh!

»Schau nur, Marie! Da kommt unser Mann von Welt.« Lächelnd sieht er seinem Freund entgegen. Aufgrund des milden Wetters hat er alle Fenster heruntergekurbelt, doch das nimmt diesem Auto nicht den Charme. Das knallrote Gefährt mit der verchromten Stoßstange und den dazu passenden Zierleisten ist eine absolute Augenweide. Eine lang gezogene Motorhaube, die an einem Kühlerrost endet und einen silbernen Jaguar vorweist, runden das Bild des englischen High-Society-Wagens ab.

»Wow! Was ist das für ein Modell?«, frage ich den stolz vor sich hingrinsenden Besitzer, als er zu uns tritt.

Er dreht sich um und schaut sich sein Eigentum noch einmal genau an. »Das ist ein Jaguar aus dem Jahr 1961, ein MK II 3.8. Eine Limousine, die in 9,5 Sekunden auf hundert Stundenkilometern ist. Ich bin selbst schon auf über zweihundert gekommen. Das werden wir drei nachher mal ausprobieren. Nicht wahr?« David nickt ergeben, doch ich kann ihm genau ansehen, wie sehr es ihm Spaß machen wird. Andächtig steige ich auf die Rückbank des Gefährts, während David neben Jim Platz nimmt, der hinter dem Steuer sitzt, das ganz nach englischer Bauart auf der rechten Seite ist.

Kaum hat sich die letzte Tür geschlossen, gibt Jim auch schon Gas und schlängelt sich durch die engen Gassen Dublins. Als er endlich auf der Landstraße angelangt ist, gibt er wieder Gas, und der Motor heult freudig auf. Der Fahrtwind, der durch die offenen Fenster weht, zerzaust mir meine Haare. Trotz des Knotens, den ich gemacht habe, lösen sich die Locken und umwehen mein Gesicht. Dazu die Sonne, und aus dem Radio dröhnt ein Lied, das ich schon oft gehört habe.

»Come on, come on, please, please me …«, singe ich laut-stark mit.

»Du kennst die Beatles?«, fragt mich David.

»Ja, in meiner Zeit kennt fast jeder die Beatles. Die sind absoluter Kult«, erkläre ich und trällere weiter.

Die beiden sehen sich an und lachen, ob nun über meine mäßigen Gesangskünste oder über die Tatsache, dass die Beatles einmal Kultstatus annehmen werden, erschließt sich mir nicht. Doch das macht überhaupt nichts, denn es ist einfach genial, in diesem Auto zu sitzen, die wunderschöne Natur Irlands an mir vorbeirauschen zu sehen und dann dazu noch die Beatles zu hören. Wäre ich eine Katze, würde ich nun schnurren, so wohl fühle ich mich in diesem Moment. Warum kann das Leben nicht immer so einfach sein? Es wäre perfekt, wenn neben mir Richard sitzen und meine Hand halten würde. Gemeinsam könnten wir den Wind, die Natur und die Musik genießen und uns am Abend in den Armen halten, während wir die Augen über den Shannon schweifen ließen.

Eine Berührung an meiner Wange lässt mich zusammenzu-cken. David hat sich zu mir nach hinten gebeugt und mit dem Daumen eine Träne weggewischt, die sich aus meinem Augen-winkel gelöst hat, ohne dass ich es selbst gemerkt habe. Immer diese verdammten Tränen!

\* \* \*

Ich muss eingeschlafen sein, denn ich schrecke hoch, als der Wagen vor dem Bed and Breakfast hält. Mein Kopf rutscht an der Scheibe nach hinten, und ich stelle beschämt fest, dass ich mit offenem Mund geschlafen habe. Hoffentlich hab ich nicht geschnarcht oder sogar gesabbert. Jim schrei-tet zielstrebig auf ein kleines Haus mit blühendem Garten und Spitzengardinen an den kleinen Fenstern zu. Kurz nachdem er geläutet hat, öffnet eine ältere Dame die Tür. Ihr weißes Haar strahlt über einem lächelnden Gesicht wie ein Heiligenschein.

»Ah, Mr Snider, nicht wahr?«

»Ja, da haben Sie recht. Wir haben zwei Zimmer bei Ihnen reserviert. Ein Doppel- und ein Einzelzimmer. Darf ich Ihnen meinen Freund Professor Crowley und seine bezaubernde Gattin vorstellen?«

Aha, von der Verlobten zur Ehefrau. Das geht aber schnell.

»Willkommen in meinem bescheidenen kleinen Heim. Die Zimmer habe ich schon hergerichtet. Ich denke, Sie werden sich bestimmt wohl bei mir fühlen. Kommen Sie, ich zeige Ihnen alles.«

Wir folgen ihr in das Häuschen.

Drinnen duftet es nach Kuchen oder irgendetwas Süßem. Mir läuft das Wasser im Mund zusammen. Im ersten Stockwerk angekommen, zeigt sie uns die beiden Zimmer, die fast die ganze Etage in Anspruch nehmen, so schmal ist das Haus geschnitten. Doch sie sind wirklich sehr gemütlich, sehr weiblich eingerichtet. Mir gefällt es, und ich lächle die Frau an, während ich in das Einzelzimmer gehe, was mir einen fragenden Blick von ihr einbringt. Und dann bemerke ich mein Missgeschick. Ich muss ja die Ehefrau von David mimen.

»Jim, dein Zimmer ist aber wunderschön«, versuche ich die Situation zu retten und gehe gleich darauf wieder in das Doppelzimmer, wo ich mich demonstrativ auf das Bett setze und zufrieden zu meinem vermeintlichen Göttergatten schaue. »Fast wie zu Hause, Darling.«

Jim räuspert sich. »Entschuldigen Sie, Mrs ...«

»Mein Name ist Lucy.« Sie lächelt ihn aufmunternd an, als wenn er das nötig hätte.

Innerlich kichere ich amüsiert, denn er hat die alte Dame innerhalb kürzester Zeit um den Finger gewickelt.

»Gibt es in der Nähe ein Pub, das wir heute Abend besuchen können? Vielleicht eins, wo man auch etwas zum Abendessen bekommt.«

»Oh ja, beim alten Jake, zwei Straßen weiter. Seine Frau kocht auf Bestellung, man muss zwar ein wenig warten, aber dafür ist es frisch zubereitet. Absolut empfehlenswert.« Sie nickt bekräftigend.

»Danke, dann werden wir es mal ausprobieren.« Er schaut uns an, woraufhin wir wie zwei Wackeldackel nicken.

»Wenn Sie etwas benötigen, meine Zimmer sind in der unteren Etage. Rufen Sie einfach, und ich komme.« Sie wirkt zufrieden. »Das Frühstück serviere ich morgen früh ab sieben Uhr im Salon. Und über die Zimmeraufteilung entscheiden sie allein.« Mit diesen Worten reicht Sie mir die Schlüssel und lässt uns allein.

Mir bleibt der Mund offen stehen. Ein sehr eindeutiger Hinweis von ihr, dass sie unsere Scharade durchschaut hat.

»Danke, Mrs Lucy!«, ruft ihr David noch hinterher.

»Oh, Marie, da hast du uns ja verraten.« Jim gluckst vor sich hin und wirft sich dann mit vollem Schwung auf das Doppelbett, wodurch ich fast herunterkatapultiert werde. Wir albern noch eine Weile herum und schmieden Pläne, wie wir den Abend miteinander verbringen werden, bevor wir letztendlich aufbrechen, um uns ein wenig die Gegend anzusehen.

\* \* \*

Am nächsten Morgen fahren wir schon früh los. Wir wollen so früh wie möglich da sein. Vermutlich werden Tausende auf den Straßen auf Kennedy warten, und es wird schwierig sein, nah genug an den Flughafen zu kommen, damit Jim seine Beziehungen spielen lassen kann. Einer seiner Geschäftsfreunde, der dort das Sicherheitspersonal stellt, will uns auf das Gelände lassen, damit wir uns auch die Rede des Präsidenten anhören können.

»Kommt, hier entlang«, ruft uns der Mann zu, als er uns sieht.

Schnell laufen wir zu ihm und schleichen durch die Absperrung, die er uns ein Stück aufhält. Hinter uns drücken die Menschen nach vorne, um es uns gleichzutun, doch die Sicherheitsleute machen sofort wieder alle Durchgänge zu, sobald wir durch sind.

Mittlerweile bin ich schon sehr aufgeregt. Kennedy! Nie im Leben hätte ich mir vorgestellt, so etwas zu erleben. Es ist fantastisch. Wie toll wäre es, wenn Richard dabei wäre. Genau in diesem Moment huscht mein Blick über die Menge hinter mir, und für den Bruchteil einer Sekunde, sehe ich ein Gesicht. Ein Gesicht, das ich unter Millionen anderen erkennen würde. Richard. Doch schon im nächsten Moment ist er verschwunden. Vermutlich halluziniere ich. Wunschdenken. Ihn noch einmal zu sehen, ist ein Wunsch, der so stark in mir brennt, dass ich mir seine Gegenwart schon einbilde.

»Hey, Marie.« David sieht mich besorgt an. »Ist was? Du siehst aus, als wäre dir schlecht.«

Um den Kopf klarzubekommen, schüttele ich ihn kurz, und es hilft. Ich sehe Geister. Schluss jetzt, ich werde gleich Kennedy sehen. Ich zwinge mir ein Lächeln auf die Lippen, doch David sieht mich skeptisch an. Er bietet mir seinen Arm an, und ich hake mich unter. Erst da merke ich, dass meine Knie ganz weich geworden sind und ich ein wenig Probleme habe, das Gleichgewicht zu halten. Doch David gibt mir Halt und lotst mich hinter Jim und dessen Bekannten weiter über das Areal des Flughafens. Wir gehen durch das große Gebäude bis aufs Rollfeld, wo schon einige Schaulustige warten. Einige ist gut, es sind sehr viele, doch wir haben einen hervorragenden Platz und werden den Präsidenten gut sehen können.

»Viel Spaß euch dreien. Ich muss nach vorne, die Meute beruhigen. Es dauert nicht mehr lange.« Der Mann tippt sich zum Abschied an seinen Hut und verschwindet. Wir müssen wirklich nicht allzu lange warten – bereits einige Minuten später erfasst die Menge eine Unruhe, und ohne ihn zu sehen, ist mir klar, dass sich John F. Kennedy schon auf dem Gelände befindet. Und dann bemerke ich ihn. Er ist nicht besonders groß, doch ihn umgibt eine gewisse Aura, und ich kann fast im selben Moment nachempfinden, was die Leute so sehr an ihm fasziniert. Er hat Charisma. Sein Lächeln nimmt die Menschen ein, auch mich. Er macht sich die Mühe und bleibt alle paar Meter stehen, um mit den Anwesenden ins Gespräch zu kommen. Und dann steht er plötzlich vor uns, und es verschlägt mir die Sprache. David sagt etwas zu ihm, doch das Blut in meinen Ohren rauscht so laut, dass ich nichts verstehe. Jim reicht ihm das Buch und einen Stift, den er vorhin noch geistesgegenwärtig eingesteckt hat. Kennedy schreibt ein paar Worte und setzt dann schwungvoll seine Unterschrift darunter. Im nächsten Moment zwinkert er uns zu, lächelt und geht weiter.

In sechs Monaten wird er erschossen werden, bei einem feigen Attentat. Ich hätte ihn warnen können. Hätte es etwas genützt? Können wir Träger der Gabe wirklich nicht die Zukunft verändern? Was ist, wenn das nur ein Mythos ist, um andere vor der Macht zu schützen, die wir dann innehätten? Was wäre, wenn? Wenn ich Richard retten könnte?

Ein Pfeifen aus den Lautsprecherboxen lässt mich zusammenzucken und reißt mich zurück in die Realität.

Kennedy steht auf einer Tribüne und schaut ernst in die Menge, während er ein Gedicht rezitiert:

»... Thus returns from travels long, years of exile, years of pain, To see old Shannon's face again, O'er the waters dancing.« Er erklärt, dass er dieses Gedicht gerade erst auswendig gelernt hat. Kennedy schaut zur Seite und deutet auf eine Frau. »Die

Frau von Premierminister Eamon deValera hat es mir gestern Abend beigebracht. Und ich werde wiederkommen, um das alte Gesicht des Shannon wiederzusehen. Und ich werde Sie alle mit mir nehmen nach Amerika.«

Und damit ist seine Rede beendet. Tosender Applaus begleitet ihn die Gangway empor.

Auch wenn er gern Shannon wieder besuchen möchte, weiß ich doch, dass es nicht passieren wird. Diese Endgültigkeit macht mich sehr traurig. Ich werde diesen brillanten Mann nicht retten können.

# Kapitel 22

## Juni 1963

Nachdem wir Shannon verlassen haben und uns auf dem Rückweg nach Dublin befinden, erfasst mich eine Schwermütigkeit, die ich nicht abzuschütteln vermag. Ich werde nichts an der Geschichte ändern können, oder vielleicht darf ich es auch einfach nicht. Niemand soll gerettet werden. Warum eigentlich nicht? Hat es schon mal jemand probiert?

Ich bin verwirrt und hänge meinen Gedanken nach, während die beiden Männer pausenlos von Kennedy reden, von seinem Aussehen, seiner Rede, seinem Buch, ja sogar seiner Schrift in dem Buch, die Jim immer wieder andächtig bestaunt. David fährt zurück, gemächlicher als auf dem Hinweg. In zwei Tagen werden die beiden mich zu dem Baum bringen, den ich schon auf der Hinreise benutzt habe. Werde ich so mir nichts, dir nichts den Weg in meinen gewissen Untergang gehen können? So sicher, wie ich es noch vor einer Woche war, so sicher bin ich mir nicht mehr.

»Was willst du an den letzten beiden Tagen im schönen Jahr 1963 machen?« Jim schaut mich fragend an.

»Ich glaube, das eben mit Kennedy, das ist nicht zu toppen. Wenn ich das meiner Großmutter erzähle. Sie war damals in Berlin dabei.«

David sieht kurz in den Rückspiegel. »Du meinst, am Sonntag war sie in Berlin. Oder?« Er zwinkert mir zu, als ich merke, was ich da erzählt habe.

»Ja, genau. So langsam verliere ich den Überblick, in welchem Jahr ich mich befinde. Es wird Zeit, dass ich wieder in meine Gegenwart zurückkehre und ein ruhigeres Leben führe.« Traurig richte ich den Blick aus dem Fenster. Bäume und Sträucher ziehen in einem endlosen grünen Film an mir vorbei.

»Glaub mir, das wirst du.« Jim greift nach hinten und legt mir kurz die Hand auf den Unterarm.

»Jim!«, sagt David in einem scharfen Ton, den ich diesem sanften Kerl nicht zugetraut hätte.

Jim sieht mich bedauernd an, zuckt mit den Achseln und dreht sich wieder nach vorne. »Sie hat es nicht verdient, so unglücklich zu sein.«

David senkt die Stimme, doch ein paar Worte verstehe ich noch. »... versprochen, nichts ... erzählen ...«

Dann schweigen sich beide an wie zwei schmollende Teenager, und ich sehe noch ein wenig aus dem Fenster, bewundere die Gegend, durch die wir fahren. Meine Augen brennen, und die Lider werden mir langsam schwer. Die Aufregung der letzten beiden Tage steckt mir ganz schön in den Knochen.

\* \* \*

Wir sind nirgends mehr hingefahren, ich wollte es nicht. Stattdessen habe ich mich in das Turmzimmer zurückgezogen und habe mich noch mal dem Buch gewidmet, das David geschrieben hat.

Mit dem Abstand und der Lebenserfahrung, die ich in den vergangenen Monaten sammeln durfte, ist es gar nicht mal so schlecht. Ich kann die Lehrerin gut verstehen, dass sie es zur Pflichtlektüre ihres Unterrichts gemacht hat. Es berührt, und gleichzeitig gruselt es den Leser. David hat viele Erfahrungen, die er mit dem Orden gesammelt hat, darin verarbeitet. Wie so viele Autoren hat er ein wenig Autobiografisches eingearbeitet, was mir ein Schmunzeln entlockt. Ich klappe das Buch zu und stelle es zurück an seinen Platz im Regal.

Sollte mein Weg mich wider Erwarten doch wieder in mein wunderschönes Zuhause führen, nehme ich mir fest vor, ein Exemplar dieses Buches zu erstehen.

Wenn …

\* \* \*

»Eine Überraschung haben wir noch für dich. Ganz ohne wollten wir dich nicht ziehen lassen«, erklärt mir David, als wir in die Nähe der Stelle kommen, an dem sich der Baum befindet.

Eine Überraschung? Er lächelt mich glücklich an. Ich kann nicht anders, aber meine Gedanken schießen sofort zu Richard. Ist er noch am Leben? Wird er mich am Baum abholen? »Welche Überraschung?«, presse ich unter Mühen hervor.

»Na, wenn ich dir das schon vorher sage, ist es doch keine Überraschung mehr, Herzchen.« Er lacht und wirkt so gelöst. Vermutlich ist er froh, dass er mich nun sicher meines Wegs ziehen lassen kann und mir in seiner Zeit nichts passiert ist.

David kramt in seiner Tasche und zieht ein frisch gebügeltes Taschentuch hervor. »Hier, das musst du dir vor die Augen binden.«

Verdutzt greife ich nach dem Stoff und folge seiner Anweisung. Wir fahren noch eine Weile, dann hält der Wagen. Die beiden steigen aus, und einer öffnet dann die Tür auf meiner Seite.

»Kommen Sie, Euer Durchlaucht«, scherzt Jim und greift nach meiner Hand, um mir beim Aussteigen behilflich zu sein.

Unter meinen Füßen knirschen Steine. Wir sind also nicht im Wald, außerdem nehme ich den Geruch nach Essbarem wahr. Und dann überwältigt mich die Umarmung eines nicht sehr großen, weichen Körpers.

»Marie! Ich bin so froh, dich noch mal zu sehen.« Da wird es mir schlagartig klar, wo wir uns befinden. Es ist Dotty, die mich umarmt.

Entschlossen reiße ich das Tuch von den Augen. Kurz muss ich blinzeln, da die Sonne mich blendet, dann sehe ich zwei zufrieden grinsende Männer, die sich an die Seite gestellt haben.

»Dotty! Das ist ja wirklich eine Überraschung. Wie toll. Danke, David und Jim.« Die beiden nicken huldvoll. »Wie habt ihr das geschafft? Ich meine, Dotty hat doch gar kein Telefon.«

»Ich habe gestern ein Telegramm von einem Jim Snider bekommen. Du kannst dir bestimmt vorstellen, wie sehr ich mich erschreckt habe. Man denkt ja sofort, es wäre etwas Schreckliches passiert. Doch stattdessen steht da, dass ich heute Besuch von euch bekommen werde. Kommt rein, ich hab uns einen leckeren Kuchen gebacken.« Sie zieht mich hinter sich her, und Jim und David folgen uns glücklich.

Drinnen duftet es umso stärker nach dem köstlichen Kuchen. Mir läuft das Wasser im Munde zusammen. Wie lange schon habe ich keinen Kuchen mehr gegessen?

Als wir kurze Zeit später mit vollen Bäuchen im Garten sitzen und die Geräusche der spielenden Kinder auf uns wirken lassen, legt Dotty ihre raue Hand auf meine. »Sag, Marie, über was wolltest du mit mir reden?«

Verständnislos schaue ich sie an. »Wie kommst du darauf?«, frage ich, doch inzwischen hege ich einen Verdacht.

»In dem Telegramm von Mr Snider stand, dass du mit mir über die Orchides sprechen möchtest.« Ihre Stirn hat sie in Falten gelegt, während sie beflissen die Krümel von der Tischdecke sammelt.

David räuspert sich. »Du meintest, sie gäbe ein hervorragendes Mitglied ab. Und wer würde sie besser rekrutieren als du?«

Aha, daher weht der Wind.

»Und Mr O'Sullivan am besten gleich mit dazu.«

Jeremy und Dotty sehen mich beide an, und ich bin mir nicht sicher, ob ich die Richtige bin, zwei völlig Ahnungslose mit der Tatsache zu konfrontieren, dass Zeitreisen möglich sind.

»Ähm ja, eine wirklich tolle Idee, doch das machst du bestimmt besser als ich, David.« Aufmunternd nicke ich ihm zu. Er lacht und schüttelt kurz den Kopf.

»Bisher dachte ich immer, du wärest eine mutige junge Frau, Marie!« Doch er zeigt Erbarmen und wendet sich den beiden O'Sullivans zu.

»Vor langer Zeit, als ich für die Orchides angeworben wurde, erzählte man mir eine wundervolle Geschichte.«

Er meint die Geschichte, die mir damals meine Urgroßmutter in einem Brief mitgeteilt hatte. Die von Brigid und Donnchadh.

»Sie handelte von einem kleinen Jungen, der zusammen mit seiner Mutter einen Baum pflanzte. Die Mutter war eine berühmte weise Frau, die über heilende Kräfte verfügte. Während sie den Setzling in die Erde brachten, sprach sie magische Worte und versprach ihrem Sohn, dass er in diesem Baum immer eine Zuflucht und Quelle seiner Kraft haben würde. Als der Junge nun zum Mann herangereift war, geschah es, dass er von Feinden verfolgt wurde. Auf seiner Flucht kam er an der Eiche vorbei, die bereits größer war, als ein Baum dieses Alters normalerweise sein sollte. Mittlerweile hatte er seine Verfolger abgeschüttelt, aber er wusste, lange wäre er nicht sicher, denn sie waren ihm auf den Fersen. Er ging zu dem majestätischen

Baum und strich das Zeichen, das seine Mutter ihm beigebracht hatte, über die Rinde. Und sie hatte die Wahrheit gesagt – der Baum öffnete seinen Stamm und gewährte dem Mann Einlass. Niemand fand ihn oder wusste, wo er war. Ein paar Tage später tauchte er wieder auf. Er hatte sich verändert, er hatte von der Magie seiner Mutter gekostet und sein Erbe angenommen. Sie hatte ihm viel erzählt und erklärt, aber bis jetzt war ihm nicht klar gewesen, welche Kraft er besitzen würde. Ab da wurde das Erbe immer an einen Blutsverwandten weitergegeben. Bis heute.«

Gebannt lauschen alle der Geschichte, sogar die Kinder, die es sich in den Armen ihrer Eltern gemütlich gemacht haben.

»Dieses Erbe wollen wir schützen, oder besser gesagt, die Menschen, die dieses Erbe in sich tragen. Das ist der Sinn der Orchides, oder wie er in Deutschland heißt, der Orden der weißen Orchidee. Und nun kommen wir zu dem Teil, der nicht für Kinderohren bestimmt ist«, sagt er augenzwinkernd zu den Kleinen, die sich auch sofort erheben und ins Haus rennen. Nicht ohne mürrische Gesichter zu ziehen, doch ohne ein Wort des Protests.

Dotty sieht mich skeptisch an, unausgesprochene Fragen auf den Lippen.

»Marie hat mich auf die Idee gebracht, dass wir sie beide als Mitglieder unserer Gemeinschaft anwerben könnten.« David wartet.

»Und welche Aufgaben hätten wir?« Jeremy hat sich offensichtlich schneller im Griff.

»Im Moment kaum eine. Doch irgendwann braucht vielleicht wieder eine oder ein Träger der Gabe ihre Hilfe.« Dottys Kopf schnellt zu mir, und ihre Augen durchbohren mich.

»Ich wusste es doch! Irgendetwas war von Anfang an mit deiner Geschichte nicht in Ordnung, und auch die Kleidung und dein Verhalten kamen mir merkwürdig vor.«

Strenge Worte, dennoch huscht ein Lächeln über ihre Lippen, und ich bin erleichtert, dass sie uns die Geschichte glaubt. Bis dahin habe ich gar nicht gemerkt, dass ich die Luft angehalten habe.

»Woher kommst du?«

»Aus Deutschland«, scherze ich kurz, was mir einen Knuff am Oberarm einbringt. »Aus dem Jahr 2013.«

Zwei entgeisterte Gesichter starren mich an.

»Dotty, mach den Mund zu, sonst kommen Fliegen rein.«

Automatisch schließt sie ihn, um ihn gleich wieder zu öffnen. »2013?«

»Ja. Aber als wir uns begegnet sind, kam ich gerade aus dem Jahr 1353, in das ich auch gleich wieder reisen werde.« Mein Herz schnürt sich zusammen bei dem Gedanken daran.

Dotty springt auf und läuft aufgeregt hin und her. »Das ist unfassbar. Du bist eine Zeitreisende? Wie soll ich dir das glauben?«

Ich zucke mit den Schultern.

»Und du Jeremy, du sagst gar nichts dazu!«, wirft sie ihrem Mann vor.

Er schaut wie ein begossener Pudel drein. »Was soll ich dazu sagen? Ich kann das ja selbst gar nicht glauben.«

Da kommt mir eine Idee. »Ich werde es euch nachher beweisen, sobald ich zurückkehre. Wenn ihr es wirklich seht, werdet ihr dann dem Orden beitreten? David braucht dringend Leute, auf die er sich verlassen kann.«

Dotty grinst frech. »Natürlich. Ich bin schon sehr gespannt auf diese Vorführung.«

\* \* \*

Wir laufen das Stück bis zum Wald. Die Kinder sind zu Jeremys Eltern geschickt worden. Unsere kleine Gruppe von fünf Leuten hat Dotty in stillem Einvernehmen zum Führer erkoren. Sie leitet uns zurück zu der Stelle, wo sie mich gefunden hatte.

»Hier war das.« Sie zeigt zu einer Stelle.

Ich gehe um den Baum herum und dann noch ein Stückchen weiter. Ein Leuchten, und ich weiß, wo sich der Baum befindet. Auf der Borke kann ich noch die Buchstaben erkennen, die Rory für mich hineingeritzt hat.

Lächelnd drehe ich mich um und sehe in vier sehr traurige Gesichter. Abschied nimmt wirklich niemand gern.

»David?«

»Ja, Marie?«

»Gibst du bitte Dotty meine Adresse, damit sie mir schreiben kann? Urgroßmutter Lizzy wird die Briefe bestimmt in ...« Es fällt mir schwer, seinen Namen auszusprechen. »... Richards Kiste packen.« An Dotty gewandt füge ich noch hinzu: »Schreib drauf, dass ich sie nicht vor dem Jahr 2014 öffnen darf. Dann weiß ich Bescheid.«

Dotty nickt eifrig und wischt sich mit dem Handrücken eine Träne weg. »Das werde ich, Dornröschen.«

Ihre Anspielung auf unsere erste Begegnung lässt mich aufkichern wie ein junges Mädchen. Schnell gehe ich zu ihr und schließe sie in die Arme. Ich schenke ihr ein wenig meiner Gabe, woraufhin sie ungläubig aufkeucht. »Wie hast du das gemacht?«, will sie fassungslos wissen.

»Das ist eine meiner Gaben. Ich denke, David und Jim werden euch beiden noch eine Menge erklären müssen. Das werdet ihr, oder?«

Die beiden sehen mich an, und Jim tritt nach vorne. »Das werden wir. In allen Einzelheiten.«

Auch er nimmt mich in den Arm und macht dann Platz, damit David sich ebenfalls verabschieden kann. Jeremy reicht mir zum Abschied die Hand und murmelt einige Worte, die ich nicht richtig verstehe.

Die Emotionen in mir haben sich zu einem dicken Knäuel in meinem Magen zusammengeballt. Angeschlagen von so viel Freundschaft drehe ich mich um und gehe zu dem Baum. Entschlossen fahre ich mit der Hand das Zeichen über die Borke und trete in das Portal. Einem Impuls folgend, drehe ich mich noch mal um und sehe in die vier Gesichter. Zwei von ihnen schauen mich mit offenem Mund an und staunen. Als ich mich umdrehe, sehe ich aus dem Augenwinkel eine kleine Gestalt im Dickicht hocken. Monica, Dottys Tochter, sieht mich mit großen Augen an, doch ich kann die anderen nicht mehr auf sie aufmerksam machen, denn der Baum verschließt sich, und um mich herum wird alles dunkel.

# Kapitel 23

## Juli 1353

Als ich aus dem Baum trete und mich umschaue, erfasst mich ein mulmiges Gefühl. Hier bin ich also, zurück, um einen Menschen zu töten. Mein Hass auf Druigh ist nicht schwächer geworden, nur die Lust zu leben, ist zurückgekehrt. Der Aufenthalt bei den Orchides hat mich geprägt, aber der Hass brennt noch immer sein loderndes Feuer in mir.

Ich werde ihn töten, und vielleicht werde ich es schaffen, ohne dass ich den Verstand verliere.

Die kleine Monica kommt mir in den Sinn. Es muss ein Schock für sie gewesen sein, mich während des Übergangs zu sehen. Ich hoffe, die vier Erwachsenen haben sie bemerkt und kümmern sich um sie.

Ich gehe ein paar Schritte, und dann sehe ich Rory, der schlafend an einen Baum gelehnt sitzt. Er wirkt so jung, so hilflos. Ich setze mich in das Moos der gegenüberliegenden Eiche und schließe ebenfalls die Augen. Noch ein wenig die Ruhe genießen, einen Schlachtplan entwickeln. Doch die Zeit habe ich nicht.

»Marie!«

Als ich die Augen öffne, erkenne ich Rory, der sofort aufgesprungen ist und zu mir eilt.

»Du bist zurück!«

Seine Augen funkeln, und ich kann keinerlei Fehlstellung mehr erkennen. Er wirkt gesund. Ich habe es wirklich geschafft, ihn zu heilen.

Ich lächle ihn an, und er kniet vor mir nieder, ergreift meine Hände.

»Rory, ich hatte dir doch versprochen, dass ich zurückkomme. Ich halte stets meine Versprechen«, antworte ich ihm scherzhaft.

Doch er sieht mich ernst an, führt meine Hand zum Mund und küsst sie.

Es ist mir unangenehm. Die Verbindung, die ich noch vor meinem Aufbruch gespürt habe, ist verschwunden. Er ist nur ein Mann, der mich begehrt, während ich nichts für ihn empfinde. »Ich bin jeden Tag hierher geritten, in der Hoffnung dich wiederzusehen. Und nun bist du wirklich da.«

»Kannst du mir aufhelfen?«, frage ich und reiche ihm die Hand, um ihn abzulenken.

Kraftvoll zieht er mich hoch, doch leider befördert mich das in eine noch verfänglichere Situation, denn er nutzt die Gelegenheit, um mich näher an sich heranzuziehen. Seine Arme halten meine Taille umklammert, sodass ich nicht in der Lage bin, mich ihm zu entziehen. Zwischen unsere Körper passt kein Blatt Papier mehr, und in seinen Augen lodert ein Feuer, das ich nicht stillen möchte. »Ich habe dich vermisst, jeden einzelnen Tag.«

Was habe ich mir nur dabei gedacht, ihn so hinzuhalten und ihm Versprechungen zu machen, die ich nun wirklich nicht halten will? Vermutlich nichts, denn in meinem Kopf war nur Raum für meine Rache.

»Ähm Rory, bitte nicht so schnell. Lass mich erst mal ankommen.«

Das bringt ihn zur Vernunft.

Beschämt zieht er sich zurück. »Entschuldige, Marie. Meine Gefühle für dich sind gerade mit mir durchgegangen. Natürlich werde ich dir noch ein wenig Zeit lassen.« Er lacht verschmitzt. »Aber nicht mehr viel.«

\* \* \*

Auf was habe ich mich eigentlich eingelassen? Ich liege in dem Gästezimmer, und der Vollmond scheint hell hinein. Jeden Augenblick rechne ich damit, dass Rory zu mir kommt und seine ehelichen Rechte einfordert, schließlich habe ich ihm das versprochen. Aber so weit kann ich nicht gehen. Auch wenn Richard nicht mehr lebt, ist er dennoch immer noch mein Mann. Vielleicht ist es mir möglich, ihn in irgendeiner Zeit ein weiteres Mal zu treffen. Warnen darf ich ihn nicht, doch einen Versuch wäre es wert, oder nicht?

Ich muss es ausprobieren. Aber zuerst muss ich testen, ob es funktioniert. Es sollte etwas sein, das ich ändern will, das aber keinen Einfluss auf die Geschichte nimmt, die ich bisher kenne. Nur was?

Vielleicht sollte ich versuchen, dass der Baum gerettet werden wird. Der Baum, der vor meinen Augen verbrannt ist. Der Baum in Serwest. So, wie ich Brigid verstanden habe, könnte meine Urgroßmutter ihn retten, wenn sie zu diesem Zeitpunkt noch am Leben wäre. Doch zu dem Zeitpunkt ist sie bereits tot. Also muss ich jemanden finden, den ich dahin schicken könnte. Jemanden, der die Gabe besitzt und die Notwendigkeit erkennt. Nur wen?

Mein Kopf dreht sich. Moment, das ist doch etwas, was auch schon passiert ist. Das ist die Erklärung dafür, dass der

Baum trotzdem noch in der Zukunft benutzbar war. Das ist gut, also muss ich jemandem mitgeteilt haben, dass der Baum gerettet werden muss. Ohne zu wissen, was ich eigentlich tue, greife ich nach dem für diese Zeiten sehr edlen Papier und einer Feder. Dann kommt mir eine Idee. Ich tauche den Schreibkiel in die dunkle Flüssigkeit und beginne zu schreiben.

*Liebe Uromi Lizzy,*
*ich vermisse dich schrecklich. Und ich weiß, dass du sehr skeptisch dem gegenüber bist, was in diesem Brief steht. Ich kann dir diese Skepsis vermutlich nicht nehmen. Es geht um den Baum. Unseren Baum. Er wird verbrennen, und das zu einem Zeitpunkt, an dem du nicht mehr lebst. Nein, lege den Brief bitte nicht weg. Es ist wichtig. Bitte! Ich werde dir nichts über deinen Tod verraten, nur eins musst du für uns alle tun: Du musst unseren Baum retten. Zu irgendeinem Zeitpunkt in deinem Leben musst du es schaffen, in das Jahr 1844 zu gelangen. Am 24. Januar. Es ist wichtig, dass du den Baum heilst, nachdem wir diesen Ort verlassen haben. In Gefangenschaft. Du darfst uns nicht zu Hilfe kommen. Bitte vertrau mir, so wie ich dir nun vertraue. Ich lege dir eine Karte bei, die sämtliche magischen Bäume in Irland darstellt. Bitte zerstöre sie danach.*
*In Liebe, Deine Marie*

Gut, das wäre erledigt, und da der Baum in meiner Zeit benutzbar war, weiß ich doch, dass sie es tun wird. Nur hilft mir das nicht mit meinem Problem, dass ich die Zukunft verändern möchte. Etwas Simples, etwas, das keine Auswirkungen hat, für mich aber klar zu erkennen ist. Was könnte das sein?

Ich tauche die Feder erneut in das Gefäß mit der Tinte, die im Schein der Kerze schwarz wie Pech ist.

*P. S.:*
*Ich schreibe dir dies, weil ich etwas ausprobieren möchte,*
*das mich, sehr glücklich machen wird.*
*Bitte streiche das Haus in Serwest von außen in einem*
*warmen und dunklen Rotton, wenn das möglich ist.*
*Deine Marie.*

Kichernd lege ich das Schreibgerät weg und bin mir nicht sicher, ob ich das wirklich abschicken sollte. Doch warum nicht. Es wäre etwas, das niemanden stört und keinem auffällt, außer mir, wenn ich irgendwann wieder nach Hause komme. Und sollte das Haus dann dunkelrot sein, könnte ich Richard warnen. Und ihn dadurch zurückholen.

Entschlossen falte ich das Papier, verschließe es mit einem Siegel und stecke es in meinen Beutel, der zwischen den Rockfalten gut verwahrt ist.

Morgen werden wir zurückreiten. Zurück auf die Burg.

* * *

Die Hoffnung, die mir der Brief und die Farbe Dunkelrot an den vergangenen beiden Tagen verleihen, bringen mich dazu, mir Gedanken über meine Rache zu machen.

Ist es wirklich notwendig? Ja, schreit es in mir. Doch wenn Richard gerettet werden könnte, wäre dieser Druigh gar nicht sein Mörder. Mir schwirrt der Kopf, während ich durch die kühlen Gänge nach unten in den großen Saal eile. Rory und sein Vater frühstücken bereits. Letzterer wirft mir einen herablassenden Blick zu, während Rory aufsteht und nach meiner Hand greift, der er sofort einen zarten Kuss aufdrückt.

Druigh beobachtet jede meiner Bewegungen. Ich muss mich zusammenreißen. Er würde es sofort bemerken, wenn ich seinem Sohn nicht den genügenden Respekt zolle. Ich lächle gezwungen und hauche Rory einen Kuss auf die Wange, was sein Gesicht zum Leuchten bringt. Er sieht so glücklich aus, dass es mir im Herzen wehtut, ihn so hinters Licht zu führen.

Ein Scheppern reißt mich aus meinen Überlegungen und Rory aus seiner Traumwelt. Druigh steht an dem Tisch, beide Handflächen liegen auf der Tischplatte. Mit hasserfülltem Gesicht starrt er erst mich, dann seinen Sohn an, der unweigerlich einen Schritt nach hinten macht. »Wusste ich es doch!«, donnert der alte Mann durch den Saal.

Mehrere Wachen kommen mit gezogenem Schwert näher, um ihren Herrn zu beschützen. Er schickt sie nicht weg, im Gegenteil – mit einem Wink gibt er ihnen zu verstehen, dass sie Rory in Gewahrsam nehmen sollen.

»Vater, was soll das?«, will sein Sohn wissen.

Der lacht höhnisch und kommt näher. »Was das soll? Glaubst du wirklich, dass ich ein Narr bin?«

Die Männer kommen immer näher. »Nein, Vater, das denke ich nicht.«

»Gut, mein Sohn, dann halte mich auch nicht zum Narren, indem du mir erzählst, du hättest dieses Weibsbild bereits bestiegen. Wäre es so, würde sie dich nicht mit einem Kuss auf die Wange so um den Finger wickeln können.« Einhalt gebietend hebt er die Hand, und die Wachen stoppen. »Ich hatte gedacht, dass das nicht notwendig sein würde, doch du weißt, dass ich meine Drohungen wahr mache. Weißt du noch, welche ich in Bezug auf diese Frau von mir gegeben habe?«

Rory sieht gehetzt zwischen Druigh und mir hin und her. Er weiß es, genau wie ich.

»Na, das wird doch mal was werden. Hier in dieser Halle habe ich noch kein Weib genommen. Das wird heute das erste Mal sein.« Der Lord der Burg nestelt bereits an seinem Wams herum.

»Du wirst sie nicht anrühren. Mit keinem Finger. Hast du mich verstanden, Vater?« Rory baut sich bedrohlich vor seinem Vater auf, der nur missbilligend den Kopf schüttelt. Dann geht alles sehr schnell. Die Männer ergreifen Rory und versetzen ihm ein paar Schläge in die Nieren, woraufhin er stöhnend zusammensackt. Mein Fluchtreflex setzt entschieden zu spät ein, denn als ich losrennen möchte, greift auch schon eine der Wachen in mein Haar und hält mich so zurück. Er zieht mich bis zu einem der großen Tische, den er mit einer Bewegung seines Unterarms von allem befreit, was vorher darauf lag, während ich hilflos versuche, mich von ihm zu befreien. Meine neu entdeckte Hoffnung, Richard irgendwie wieder zu bekommen, hindert mich daran, meine Gabe einzusetzen, um mich zu wehren. Mein Blick huscht über den Tisch, vielleicht liegt noch ein Messer darauf, aber der Soldat des Lords hat ganze Arbeit geleistet. Es ist nichts in greifbarer Nähe, das mir irgendwie von Nutzen wäre.

Nun ist es also so weit. Ich werde mich doch rächen müssen, denn nie im Leben werde ich zulassen, dass dieses Schwein versucht, mich zu schwängern.

Der Mann der Wache hält mich noch immer an den Haaren fest, unterdessen schubst er mich auf den Tisch, sodass ich mit dem Bauch darauf zum Liegen komme. Meine Hände versuchen, nach ihm zu greifen, doch Druigh tritt an mich heran und presst sich mit dem Becken gegen meinen Hintern. Dadurch bin ich fast bewegungsunfähig, bis auf meine Hände. Und gnade Gott diesem Unmenschen, wenn ich ihn nur irgendwo berühre.

»Gebt mir zwei der kleinen scharfen Messer, die ihr immer mit euch führt.« Die Ruhe und Bestimmtheit, mit der er das sagt, lässt mir einen eisigen Schauer über den Rücken jagen, und im nächsten Moment weiß ich auch, warum. Ein fürchterlicher Schmerz erfasst meine rechte Hand, nachdem Druigh sie festgehalten hat, und als ich denke, es kaum noch auszuhalten, schießt die gleiche Qual durch meine Linke. Ein fürchterlicher Schrei hallt durch die Halle. Mein Schrei. Meine Augen sehen etwas, doch mein Gehirn ist nicht fähig, es zu verarbeiten. Ich starre noch immer fassungslos auf meine Hand und wimmere wie ein kleines Kind. Sie ist mit dem Messer an den Tisch fixiert. Durchbohrt. Dieser Mann kennt wirklich keine Skrupel.

»Hast du wirklich geglaubt, dass du mich mit deiner Gabe verletzen könntest?« Sein heißer Atem streift mein Ohr.

Der Schmerz in meinen Händen lähmt mich so sehr, dass ich noch nicht mal mehr fähig bin, meinen Kopf nach hinten zu rammen.

Ich muss würgen. Wie gut, dass ich noch nicht gefrühstückt habe, sonst würde ich vermutlich an meinem Erbrochenen ersticken.

Druigh merkt es, was ihm nur ein diabolisches Lachen entlockt. Ein Tritt gegen meine Kniekehlen lässt mich zusammensacken, und ein noch schrecklicherer Schmerz durchfährt meine Hände, als das Gewicht meines Körpers an den Wunden reißt. Mein Mund öffnet sich wie von allein zu einem Schrei.

»Halt deine Klappe!« Ich spüre noch seine Faust an meiner Schläfe, doch dann wird es schwarz um mich.

\* \* \*

»Pst, alles gut.« Eine vertraute Stimme tröstet mich. Sina sitzt neben mir auf dem Bett und kühlt meine Stirn mit einem nassen Lappen.

Geschockt von den Erinnerungen richte ich mich auf und reiße die Decke an mich. Das Gefühl, beschmutzt worden zu sein, zerfrisst meine Selbstbeherrschung und ich beginne, wie wild um mich zu schlagen. Erst da sehe ich die Verbände, doch das kann mich nicht stoppen. Ich bin völlig von Sinnen. Dieses Schwein hat sich das genommen, was ich ihm nie freiwillig geschenkt hätte.

»Er hat mich ...« Ich kann es nicht aussprechen.

»Nein, mein Kind, hat er nicht.« Sina sieht mir eindringlich in die Augen, und es hilft, die aufkeimende Panik niederzukämpfen.

Ich horche in mich hinein und versuche die Signale meines Körpers richtig zu deuten, doch die Schmerzen in den Händen überlagern jegliche andere Empfindung. »Aber ...«

»Nichts aber. Er ist gar nicht dazu in der Lage. Schon seit Jahren nicht mehr.«

Sie zieht die Augenbrauen hoch, und doch begreife ich erst einige Sekunden später, was sie mir damit sagen will.

»Er ist ...« Wie drückte man sich in dieser Zeit aus? »Ähm, kein richtiger Mann mehr?«

»Ja. Nach dem Tod seiner Frau hat es keine der Frauen, die er zu sich kommen ließ, geschafft, ihm ... Standkraft zu verleihen.« Angesichts dieser Erklärung beginnt sie zu kichern, da es ihr offenbar peinlich ist, über solche Dinge zu sprechen. »Sein Ziel ist es, dass du und Rory einen Erben zeugt. Und das so schnell wie möglich. Er wollte euch beiden nur Angst machen.«

»Das hat er geschafft. Meine Hände ...« Prüfend schaue ich mir die Verbände an, die ordentlich über den Wunden zugebunden sind. Blut kann ich nicht erkennen. Es sieht aus, als wären die Blutungen gestoppt.

»Er wusste genau, was er da tat. Die feinen Messer der Wachen stammen aus Schottland, damit hat er sehr zielsicher deine Hand aufgespießt, ohne dich groß zu verletzen. Er kennt die Stelle, an der er das Messer einstechen muss, ohne bleibenden Schaden zu verursachen.«

Ungläubig sehe ich sie an, dann meine rechte Hand. Vorsichtig versuche ich, meine Finger zu bewegen. Es klappt, auch wenn es eine Qual ist.

»Das hat er gelernt, frag mich nicht, von wem. Doch bei uns in der Burg hat er schon einige mit dieser Kunst beeindruckt. Er ist ein Mann, der gern andere quält. Es wird eine Zeit dauern, dann sind deine Hände wieder wie vorher. Glaub mir, das verheilt recht schnell.«

Erschöpft lasse ich mich zurück aufs Bett fallen. Es ist unfassbar, dass ein Mensch so bestialisch mit seinen Untertanen umgeht, und mit seinem eigenen Sohn! Am liebsten würde ich meinen Hass auf ihn in die Welt hinausschreien, doch ich weiß, dass das auch eine Spielart meiner Gabe ist. Eine sehr heimtückische noch dazu. Und ich werde sie nicht zum Einsatz kommen lassen, denn nun habe ich ein Ziel. Ich werde Richard zurückholen, koste es, was es wolle. »Ich hasse diesen Mann!«

»Ich weiß, Marie. Ich weiß. Das Beste ist, du trägst so schnell wie möglich ein Kind unter deinem Herzen. Das wird ihn beruhigen und von dir fernhalten. Bis dahin wird er euch beiden das Leben zur Hölle machen.« Fürsorglich deckt sie mich zu und geht zur Tür. »Er hat befohlen, dich in diesem Raum einzuschließen. Es tut mir leid, aber ich muss dem Folge leisten. Sobald es dir besser geht, kannst du zurück in eure Gemächer, doch auch dort wirst du zukünftig bewacht werden. Er befürchtet, dass du eine Flucht planst.«

So ein Mist! Wie soll ich das alles bewerkstelligen, wenn ich keine Möglichkeit habe, aus dieser verdammten Burg wegzukommen? Mein Magen zieht sich schmerzhaft zusammen vor Frustration. Ich bin eine Gefangene, egal, wie man es dreht und wendet.

* * *

»Rory?«, frage ich den Einzigen, dem ich annähernd vertraue.

Er hebt den Kopf und sieht mich fragend an.

»Würdest du Fionbharr eine Nachricht zukommen lassen? Es ist ein Brief für meine Großmutter. Ich möchte ihr ein paar Zeilen schreiben, damit sie sich nicht zu sehr sorgt.«

»Selbstverständlich. Wir gehören doch nun zusammen, und ich werde dich in allem unterstützen«, antwortet er lächelnd. »Ist er schon fertig? Dann schicke ich einen Boten.«

»Nein, ich muss ihn noch zu Ende schreiben. Jetzt, da meine Hände bald verheilt sind, steht dem nichts mehr im Wege.«

Ich bin heute von Sina und zwei Wachen zu Rorys und meinen Gemächern gebracht worden und sitze nun vor dem großen Kamin, in dem allerdings kein Feuer brennt.

»Wenn Sina heute Abend die Verbände abnimmt, wirst du sehen, ob du so weit bist.«

Ich empfinde keine Dankbarkeit. Für mich ist Rory zwar ein netter Mann, aber er hat kein Rückgrat. Trotz des Vorfalls speist er jeden Tag mit seinem Vater in dem großen Saal. Das ist, als würde er akzeptieren, was dieser Barbar mir angetan hat. Das enttäuscht mich bitter, auch wenn ich im Begriff bin, ihn ebenfalls zu hintergehen.

Heute Abend werde ich von den Verbänden befreit, und ich weiß, was das bedeutet. Rory wird heute auf sein eheliches Recht bestehen. Eine Andeutung von ihm kam bereits. Er meinte, irgendwann müssten wir schließlich für Nachwuchs sorgen. Je länger wir warten würden, desto gefährlicher würde das Leben auf der Burg für mich.

Zukünftig werde ich alle Mahlzeiten in diesem Zimmer zu mir nehmen. Der Lord möchte mich erst wieder zu Gesicht bekommen, wenn mein Leib durch eine Schwangerschaft gerundet ist. So oder so ähnlich hat er sich wohl ausgedrückt. Mir soll es recht sein, ich lege keinen Wert darauf, mit diesem Tyrannen und Barbar an einem Tisch zu sitzen. Ich hege einen solchen Hass auf diesen Mann, dass ich nicht weiß, ob ich meine Gabe lange genug im Zaum halten könnte, um Richard überhaupt noch irgendwie zu retten.

Während der vergangenen Tage in dem einsamen Zimmer wurde ich nur wenige Male von Sina und Rory besucht und hatte somit viel Zeit zum Nachdenken. Und nun habe ich einen klaren Plan, den ich, sobald ich eine Feder halten kann, zu Papier bringen werde.

Für heute Nacht will ich uns Wein bestellen, in den ich ein paar von Brigids Kräutern mischen werde. Das sollte genügen, um mir Rory bis zum nächsten Tag vom Leib zu halten.

Das ist der erste Teil meines Plans. Der zweite besteht darin, noch einmal zum Dorf von Fionbharr zu reisen.

\* \* \*

Die Feder kratzt erneut über das Papier. Die Aufregung macht es mir schwer, die richtigen Worte zu finden. Bereits vor einer Stunde habe ich mich an den Tisch gesetzt und angefangen, meiner Urgroßmutter diesen Brief zu schreiben. Einen neuen, einen mit zusätzlichem Inhalt.

Ich will ihr sagen, dass sie es irgendwie schaffen muss, an diesem einen schicksalshaften Tag nach Serwest zu gelangen, um den Baum zu retten. Ich bin mir sicher, dass ich damit nicht in die Zeitgeschehnisse eingreife. Er muss bereits gerettet worden sein, sonst wäre der Baum für uns nicht mehr nutzbar gewesen. Und der Brief, den ich erst vor Kurzem in den Händen hielt, war genau der, den ich gerade schreibe. Die Besorgnis in Uromis Blick, als sie dachte, ich wolle die Zukunft verändern ... und ich habe ihr versprochen, dies niemals auch nur in Erwägung zu ziehen. Wie schlecht kannte ich mich selbst zu diesem Zeitpunkt. Das Schicksal hat es nicht gut mit mir gemeint, selten lief es so, wie es hätte laufen müssen. Immer nahm es mir Menschen weg, die mir viel bedeuten. Doch dieses eine Mal werde ich nicht kampflos aufgeben.

Und dann setze ich die Sätze auf das Papier, die etwas verändern sollen, etwas, das ich mir wünsche und doch nicht anders bekommen könnte. Ich schreibe ihr den genauen Tag ihres Todes und den Namen ihres Mörders auf und hoffe von ganzem Herzen, dass ihr Dickkopf es annimmt.

* * *

Rory schläft wie ein kleines Kind. Der Wein mitsamt den Kräutern hat seine Wirkung nicht verfehlt. Ich hoffe nur, dass ich die Zutaten richtig dosiert habe und bis zum Morgen meine Ruhe habe. Er sitzt noch immer in dem Sessel vor dem Kamin. Mein Gewissen macht mir ein wenig zu schaffen, und so hole ich rasch eine Decke und breite sie über ihm aus. Die Nächte in diesen dicken Mauern können kalt werden, trotz der warmen Temperaturen am Tag.

Das Bett unter mir fühlt sich gut an, und ich weiß, dass ich trotz meines Vorhabens schnell einschlafen werde. Die Wirkung des Adrenalins in meinen Adern lässt langsam nach. Ein dünnes Tuch gibt mir ein wenig Geborgenheit, bevor ich die Augen schließe.

Doch die Unruhe in mir sorgt dafür, dass ich nicht einschlafen kann. Genervt von mir selbst werfe ich mich auf die rechte Seite und starre die Wand an. Ich bin müde, mein Körper ist es, doch mein Geist treibt Spielchen mit mir und lässt mich nicht zur Ruhe kommen.

Mit einem Mal bin ich mir gar nicht mehr so sicher, ob es eine gute Idee ist, noch einmal in Fionbharrs Dorf zu gehen. Was soll mir das bringen? Ihn kann ich eh nicht erreichen. Wer sonst vertraut mir so sehr, dass er meine Seele willkommen heißen würde? Egal! Ich habe das Gefühl, es ist das Richtige.

* * *

Ein unsanftes Rütteln reißt mich aus dem Schlaf – oder habe ich noch gar nicht geschlafen? Die Seelenreise, die ich eigentlich unternehmen wollte, ist das jedenfalls nicht.

»Marie! Wach auf!«, flüstert eine tiefe, mir sehr bekannte Stimme in mein Ohr.

Der Geruch von Wald und Regen dringt mir in die Nase, und erschrocken reiße ich die Augen auf.

Ein Keuchen verlässt meinen Mund, und rasch legt sich eine große Hand auf meine Lippen. »Fionbharr!«

»Ja, Kleine. Wir haben endlich einen Weg gefunden, dich zu befreien. Komm, wir müssen uns beeilen, sonst werden wir entdeckt.« Mit einer entschlossenen Geste legt er mir einen Mantel um die Schultern und zieht mich hoch.

»Aber ... Druigh und Rory ... sie werden nach mir suchen.« Mein Gestammel verwirrt mich zusätzlich.

»Die werden keine Möglichkeit mehr dazu haben.« Die Entschlossenheit in Fionbharrs Stimme lässt ein ungutes Gefühl in mir emporsteigen.

»Was? Sind sie tot?« Meine Stimme hallt schrill von den Felswänden zurück, als ich energisch die Fersen in den Boden stemme und mich gegen ein Weitergehen wehre.

»Druigh habe ich persönlich die Kehle durchgeschnitten.« Er spuckt auf die Erde, und aus seinen Augen sprüht so viel Hass, wie sie nur ein Mann empfinden kann, der sein Kind durch die Hand eines anderen verloren hat.

Und auch mir fällt ein Stein vom Herzen, dass dieser Barbar mir nichts mehr tun kann. Nun hat er endlich seine gerechte Strafe erhalten. Obwohl ... wenn ich ehrlich bin, ist sie fast noch zu mild für ihn.

»Und Ruadhrí werde ich mir auch noch vorknöpfen, oder du tust es selbst, sobald er wach ist. Ich werde keinen Mann im Schlaf ermorden.«

»Nein!«, entfährt mir ein Entsetzensschrei. »Tu das nicht.«

Angewidert sieht er mich an. »Hast dich also schnell trösten lassen von diesem Sohn eines Barbaren!«

Unweigerlich trete ich einen Schritt zurück. »Nein … nein, das verstehst du falsch.«

Mit hochgezogenen Augenbrauen fährt er mich an: »Was soll ich da nicht verstehen?« Sarkasmus trieft aus seinen Worten. »Am besten, ich gehe und störe nicht länger euer trautes Glück. Wenn Richard das wüsste!«

»Nein, warte.« Den Namen aus Fionbharrs Mund zu hören, ist wie ein Schlag in die Magengrube. Ich krümme mich, um den körperlichen Schmerz, den meine Trauer immer wieder verursacht, zu kompensieren. »Ich komme mit dir. Aber verschone Rory, er ist ein guter Mann.«

Sein skeptischer Blick haftet auf mir, als wollte er mir in die Seele schauen. Dann brummt er und geht in das angrenzende Zimmer. Schnell folge ich ihm. Zwei von Fionbharrs Männern haben Rory zwischen sich, während ein dritter versucht, ihn aus seinem komatösen Schlaf zu holen, indem er immer wieder ins Gesicht schlägt.

»Er wird nicht wach und lallt nur ab und zu den Namen Marie«, erklärt einer der Kerle.

Na toll, das gibt Fionbharr natürlich neues Futter für seine Annahme, ich hätte etwas mit Rory angefangen.

»Ich habe ihm Kräuter in den Wein gemischt, damit er schläft«, gebe ich kleinlaut zu.

Vier Augenpaare sehen mich an, und jeder der Männer weiß, warum ich es getan habe, was mir die Hitze ins Gesicht steigen lässt. Betreten schaue ich zu Boden, doch Fionbharr fängt an zu lachen und schließt mich dann in die Arme.

»Und ich dachte schon, du wärst zum Feind gewechselt. Braves Mädchen.« Die riesige männliche Gestalt, die mich liebevoll im Arm hält, löst etwas in mir, woraufhin ich anfange zu zittern. Nur nicht weinen, sage ich mir immer wieder. Er hält mich, bis er merkt, dass ich mich beruhigt habe. »Ist gut Kleine, ist gut. Bist jetzt in Sicherheit. Es tut mir leid, dass ich nicht schon früher gekommen bin.«

Tapfer nicke ich, doch ich nehme mir fest vor, ihn zu fragen, warum er jetzt erst zur Rettung geeilt ist.

»Gut. Was sollen wir mit ihm machen?« Fionbharr sieht mich fragend an.

»Ich will mich zumindest von ihm verabschieden.« Mir ist klar, dass keiner versteht, warum, doch das ist mir egal. Ich bin ihm zwar nichts schuldig, aber ich fühle mich irgendwie dazu verpflichtet.

Mit ausgestreckter Hand gehe ich zu ihm und lege sie ihm auf die Brust. Ein wenig meiner Gabe genügt, und er öffnet verschlafen die Augen. Er lächelt mich verträumt an, um sich schon im nächsten Moment nach Leibeskräften gegen die Männer zu wehren, die ihn in eisernem Griff halten.

»Was geht hier vor? Lasst mich auf der Stelle los.«

»Nein, das werden sie nicht, Rory. Erst einmal hörst du mir jetzt zu. Einverstanden?«, frage ich.

In seine Augen tritt ein Ausdruck, der eindeutiger nicht hätte sein können. Er fühlt sich verraten, nickt mir aber zu.

Der Kloß in meinem Hals sorgt dafür, dass ich mich erst räuspern muss, bevor ich ihm erkläre: »Es tut mir leid, dass ich nicht die Frau an deiner Seite sein kann, die du dir so sehr wünschst. Bitte verzeih mir das, aber in meinem Herzen war immer nur Platz für Richard.«

Resigniert sackt er zwischen den Männern zusammen.

»Ich werde mit Fionbharr gehen, und bitte folge uns nicht. Egal, was du tust, nichts würde mich in meiner Entscheidung beeinflussen.« Schnell sauge ich noch so viel Sauerstoff in meine Lungen, wie möglich. »Du bist nun der Herr dieser Burg.«

Sein Kopf ruckt nach oben, und er sieht mich mit weit aufgerissenen Augen an.

Traurig lege ich ihm die Hand an die Wange, schenke ihm ein wenig Geborgenheit und Trost. »Es tut mir leid, aber das hätte ich früher oder später selbst getan. Ich hasse deinen Vater selbst jetzt noch mehr als alles andere. Er hat es verdient. Mach das Beste daraus und sei ein besserer Herr als er. Dein Volk hofft, enttäusche es nicht.«

Er schluckt einige Male, dann sieht er mir in die Augen. »Ich wusste von Anfang an, dass du stets nur ein Traum bleiben würdest. Ein süßer, nie erreichbarer Traum. Ich schenke dir die Freiheit und werde deinem Wunsch nachkommen. Und mein Volk wurde lange genug tyrannisiert, das wird es unter mir nicht mehr geben.« Dann wandert sein Blick zu Fionbharr. »Wir sind quitt.«

Die Männer lassen ihn auf einen Wink ihres Clanführers los. Rory wankt ein wenig, doch er gibt sich nicht die Blöße und bleibt stehen. Er neigt leicht den Kopf. »Lebe wohl.«

Wir verlassen die Burg durch die Tore, die sich auf Geheiß vom neuen Lord öffnen.

Der Mond scheint hell, und die Wolken haben sich verzogen. Schmatzende Geräusche dringen an mein Ohr. Die Hufe der Pferde versinken bei jedem Schritt in dem vom Regen aufgeweichten Boden. Es kribbelt in meinem Nacken, und als ich mich umdrehe, entdecke ich Rory auf der Brüstung. Seine Augen fixieren mich, und in seinem Gesicht ist keine Regung zu sehen.

# Kapitel 24

## Juli 1353

Stumm reiten wir nebeneinander her. Seit wir losgeritten sind, hat niemand mehr ein Wort gesagt. Mir ist das ganz recht, denn ich muss erst mal mit dem Tornado in meinem Inneren klarkommen. Mein Kopf dreht all meine Vorhaben hin und her, und doch weiß ich nicht, wie ich das anpacken soll. Ich will Richard zurück, mit aller Macht.

»Wir müssen so schnell wie möglich zu Brigid.« Ich falle beinahe vom Pferd, so sehr erschreckt mich die tiefe Stimme Fionbharrs.

»Was? Wieso?«, stammle ich, während ich mich aufrichte und wieder die Zügel in die Hand nehme.

»Sie wird wissen, wie wir Richard zurückholen können. Sie kümmert sich bereits darum, meinte aber, dass sie dich dafür braucht.«

Allein bei dem Gedanken daran schlägt mein Herz schneller, und unwillkürlich gebe ich dem Tier unter mir zu verstehen, dass ich es eilig habe.

Fionbharr lächelt, weil er genau erkennen kann, wie sehr ich mich freue.

\* \* \*

Es ist ein langer Ritt. Die Wolken haben sich wieder gegen uns verschworen. Es regnet, und wir sind alle nass bis auf die Haut. Mein Kleid hat sich vollgesogen und zieht schwer an meinen Schultern. Wir haben beschlossen, weiter zu reiten, denn nass sind wir ohnehin schon. Schlimmer kann es nicht werden, und selbst wenn wir rasten würden, unsere Kleider blieben nass. Je schneller wir ins Trockene an eine Feuerstelle kommen, desto besser.

Das Pferd unter mir verströmt einen Geruch, der mir auf geheimnisvolle Weise Geborgenheit schenkt. Die Körperwärme des Tiers wärmt mich ein wenig, und so versuche ich den Regen um mich herum zu vergessen.

Ich bin so gespannt, was mir Brigid berichten wird. Offenbar hat Fionbharr den gleichen Gedanken gehabt wie ich. Nur welcher Grund spricht dagegen, auch seine Tochter zu retten? Um ehrlich zu sein, traue ich mich nicht, ihm diese Frage persönlich zu stellen. Und da wir durchgehend reiten, komme ich auch gar nicht dazu.

Eine bleierne Müdigkeit erfasst mich. Nun macht sich bemerkbar, dass ich in der Nacht nicht geschlafen habe. Ich muss mich richtiggehend zusammenreißen, um aufrecht sitzen zu bleiben. Stur schau ich geradeaus und blinzle die Regentropfen aus den Augen.

Die Pferde vor mir werden langsamer, bis schließlich Fionbharr anhält. »Von hier aus reiten wir allein weiter.« Der strenge Ton gilt seinen Männern, die er mit einem Wink wegschickt. Sein Kopf dreht sich zu mir. »Die Männer kehren ins Dorf zurück.«

Mit einem Nicken gebe ich ihm zu erkennen, dass ich verstanden habe. Niemand weiß, was es mit den Bäumen auf sich hat, und niemand außer uns soll erfahren, um welche Bäume es sich handelt.

Als sich die Gruppe trennt, beschleunigen wir beide noch unser Tempo, bis wir endlich vor dem Baum stehen, der uns zu Brigid bringen soll.

»Marie, ich gehe zuerst.«

»In Ordnung.«

Am Himmel türmen sich dunkle Wolken, ein Gewitter zieht heran. Der Baum gibt ein Ächzen und Knarren von sich. Kurz darauf ist Fionbharr verschwunden, die alte Eiche hat ihn verschluckt, was bei diesem Wetter eine gruselige Darbietung war. Mir ist fürchterlich kalt, und als ich innerlich bis hundert gezählt habe, folge ich ihm. Voller Hoffnung.

\* \* \*

»Ihr müsst so schnell wie möglich zu Brigid.« Oran zerrt an Fionbharrs Arm, der sichtlich irritiert ist und nicht weiß, um was es geht.

Gerade eben noch umfing mich die schützende Wärme des Baums, und nach einem kurzen Fußmarsch stehe ich an der Umgrenzung des kleinen Dorfs, in dem Brigid lebt, und lausche den beiden Männern.

Fionbharr, der seinem Gegenüber nicht traut, bleibt stur stehen. »Oran«, zischt er zwischen zusammengebissenen Zähnen hervor. »Wenn du mir nicht augenblicklich sagst, warum du so aufgeregt bist, vergesse ich mich.«

Der viel kleinere Mann reißt entsetzt die Augen auf, und sein Gesicht nimmt fast die Farbe an, für die er benannt ist. Kleiner blassgrüner Oran. »Sie liegt im Sterben.«

Langsam sickern die Worte in mein Gehirn, und auch Fionbharr erwacht aus der Starre. Wir hasten beide hinter dem Bruder von Brigid her. Alle Zweifel sind weggewischt, übrig bleibt die kalte Angst.

Um die kleine Hütte, in der die alte Frau lebt, stehen einige Dorfbewohner und unterhalten sich leise miteinander. In jedem Gesicht kann ich die Betroffenheit erkennen. Ein Gefühl von tausenden von Ameisen rieselt meinen Rücken hinab. Sie machen uns Platz und lassen uns ungehindert in das kleine hölzerne Haus eintreten.

Muffige Luft schlägt uns entgegen, der Geruch nach Krankheit raubt mir den Atem.

»Oh, gut, dass du da bist.« Der ältere Mann, der neben dem Bett von Brigid gesessen hat, kommt auf uns zu und begrüßt Fionbharr.

Ich werde ignoriert, was mich aber nicht weiter kümmert, da meine Gedanken bei der Frau sind, die mir so ans Herz gewachsen ist.

Sie liegt mit geschlossenen Lidern da, eingefallene Wangen und die Ränder unter den Augen zeugen von ihrem Kampf. Einem Kampf auf Leben und Tod.

Unsichtbare Finger strecken sich nach mir aus und ziehen mich unnachgiebig zu Brigid.

»Warte!« Fionbharr eilt an meine Seite und hält mich zurück.

»Worauf soll ich warten? Sie braucht Hilfe. Dringend!«, fahre ich ihn wütend an.

»Ich wollte dich nur warnen, sie ist von einem Bären angegriffen worden. Der Druide hat mir erzählt, dass ihr ein Teil des Beins fehlt. Brigid wurde von dem Tier attackiert, als sie sich auf dem Weg zum Wald befand. Sie haben versucht, die Blutung zu stillen, doch sie hat sehr viel ihres Lebenssafts verloren. Es passierte gestern, und nun hat sich die Wunde verändert. Erschreck dich nicht, Kleine.« Er drückt mir kurz die Hand, dann lässt er mich los.

Jede Faser in mir schreit, dass ich es nicht sehen will. Entschlossen drehe ich mich zu den Leuten in der Hütte um. »Bitte verlasst alle das Haus und macht die Tür frei, damit wir Luft und Licht bekommen.«

Irritiert sehen sich die Menschen an, dennoch kommt Leben in die Menge, und nach und nach leert sich der Raum. Nur Fionbharr und ich bleiben übrig. Gemeinsam treten wir zu der Verletzten und heben die dünne Stoffbahn an.

Mit einem zischenden Laut holt Fionbharr Luft, das Entsetzen in seinem Gesicht kann man vermutlich genauso in meinem ablesen. Der Geruch nach Fäulnis schlägt uns entgegen, und am Rande des notdürftigen Verbands erkenne ich eine feine dunkelrote Linie, die unter der Haut nach oben gewandert ist.

Selbst in meiner Zeit ist der Glaube weit verbreitet, dass ein roter Streifen auf der Haut, der an einer Wunde beginnt, ein untrügliches Zeichen für eine Blutvergiftung ist. Und dass die Lage bedrohlich wird, sobald der Streifen in die Nähe des Herzens gelangt. Das stimmt jedoch so nicht, wie ich in meiner Zeit gelernt habe, als ich unbedingt Medizin studieren wollte. Damals habe ich alles gelesen, was ich über dieses Fachgebiet in die Hände bekommen habe.

Der Strich, den ich vor mir sehe, deutet auf eine Entzündung der Lymphgefäße hin, das nennt man Lymphangitis. Es ist also kein eindeutiges Zeichen für eine Blutvergiftung, sondern lediglich ein Hinweis auf eine örtliche Entzündung. Im schlimmsten Fall kann sich allerdings eine Blutvergiftung aus ihr entwickeln, darum muss die Lymphangitis so schnell wie möglich behandelt werden. Doch hier habe ich nur die Möglichkeit, meine Gabe anzuwenden. Oder Fionbharr. Ansonsten wird Brigid sterben.

Die Schweißtropfen auf ihrer Stirn und die Unruhe, die hin und wieder ihren Körper schüttelt, lassen darauf schließen, dass die Vergiftung ihren Körper doch schon in Besitz genommen hat und sie fiebert.

»Du oder ich?«, frage ich meinen Begleiter.

»Du«, sagt er bestimmt. »Sollte deine Kraft nicht ausreichen, werde ich dich stärken und selbst weitermachen.«

Ich nicke und trete ganz nah zu Brigid. Der süßliche Gestank raubt mir fast die Sinne, und ich versuche, krampfhaft durch den Mund einzuatmen. Meine Hände schweben über dem Bein, ich kanalisiere meine Kraft, und zeitgleich bete ich. Ich bete zu dem Gott, der mich in meiner Kindheit begleitet hat, und das tue ich voller Inbrunst. Das Vaterunser verlässt murmelnd meine Lippen. Krampfhaft halte ich die Augen geschlossen, um nicht ein Fünkchen meiner Konzentration einbüßen zu müssen. Irgendwann versiegt die Wärme, die meine Hand abgegeben hat. Zurück bleibt nichts, es umfängt mich auch keine Schwärze, also öffne ich rasch die Augen.

Der Strich an ihrem Bein ist verschwunden, und Brigids Teint weist einen gesünderen Ton auf. Sie schläft immer noch, erholt sich jetzt aber. Ihr Bein ist unterhalb des Knies abgetrennt worden.

»Der Verband muss ab, er ist voller Eiter.« Zusammen mit Fionbharr entferne ich die Stoffbahnen. Darunter ist dank meiner Gabe ein verheilter Stumpf zu sehen.

»Ich denke, dass es nichts Schlimmeres war, ansonsten hättest du sie nicht allein heilen können. Vielleicht wäre ohne unsere Hilfe ein Wundbrand oder ähnliches entstanden, aber wir kamen zu einem günstigen Zeitpunkt. Sie wird gesund werden und muss sich dann mit dem fehlenden Bein abfinden.« Mit den Schultern zuckend wirft er das dreckige Verbandszeug ins Feuer, das unnötigerweise entzündet worden ist.

»Bestimmt hast du recht.« Traurigkeit angesichts dieser Zerstörung erfasst mich. »Trotzdem hat sie das nicht verdient.«

Ein Schnauben von der Tür lässt mich verharren. »Ich habe ihr vor langer Zeit vergeben, aber ob sie es verdient hat, ist eine andere Frage.« Orans Ton ist leise ohne jede Boshaftigkeit.

314

Müde richte ich mich auf, leichter Schwindel erfasst mich. Er sieht ernst auf seine Halbschwester hinab.

Hinter ihm treten zwei Männer ins Haus, doch ich kann ihre Gesichter nicht mehr erkennen, weil nun doch die Schwärze nach mir greift. Den Aufprall auf den Boden erwartend sacke ich in mir zusammen, doch ich falle nicht. Zwei starke Arme fangen mich auf.

\* \* \*

Ich habe wieder diesen wunderschönen Traum gehabt. Richard und ich zusammen in dem Gutshaus. Gemeinsam haben wir die Wände des Zimmers gestrichen, und mein Bauch war schon so dick, dass er mir ständig im Weg war. Und ich habe es gefühlt, das Glück, das aus jeder meiner Poren drang.

Mit diesem unglaublichen Gefühl werde ich wach. Lächelnd und zufrieden.

»Sie wacht auf.« Fionbharrs tiefe Stimme ist so nah, dass der Bass in meinem Bauch vibriert. »Marie? Wir haben es geschafft. Brigid ist gerettet. Hörst du?«

»Mmh. Ich weiß.« Ich blinzle und werde von dem hellen Sonnenschein geblendet, der schmerzhaft in meine Augen dringt. Offensichtlich bin ich außerhalb des Hauses. Um mich herum höre ich das geschäftige Treiben des Dorfs, und ein paar Vögel zwitschern ein Lied. »Das habe ich noch mitbekommen, bevor ich ohnmächtig geworden bin.«

Fionbharr lacht. Er wirkt gelöst. »Stimmt. Wir hatten uns ja noch darüber unterhalten.«

»Dieses ständige ohnmächtig werden geht mir auf die Nerven. Wusstest du, dass ich früher nie das Bewusstsein verloren hatte? Erst seitdem ich die Gabe angenommen habe und solch kuriose Sachen mache wie durch die Zeit reisen und andere Menschen heilen.« Lachend schlage ich dann doch die Augen auf. »Wie geht es ihr?«

Fionbharr wird wieder ernst. »Sie hat noch nicht ganz verstanden, was mit ihrem Bein passiert ist. Jetzt schläft sie wieder, doch wenn sie wach wird, wäre es schön, wenn du dich um sie kümmern könntest. Notfalls mit ein paar Kräutern.«

»Selbstverständlich. Kannst du mir noch etwas zum Trinken besorgen? Und vielleicht noch eine Scheibe Brot? Ich habe seit einer Ewigkeit nichts mehr zu mir genommen.« Demonstrativ lege ich die Hand auf meinen Bauch, der in den vergangenen Wochen sehr flach geworden ist. Ich war nie besonders schlank, doch das hat sich geändert.

Fionbharr grinst, als er sich erhebt. »Ich schau mal, wo ich etwas für dich auftreiben kann. Bin gleich zurück.«

Lächelnd schaue ich ihm hinterher und werde mir schmerzhaft der Ähnlichkeit bewusst, die er mit seinem Sohn hat.

Im nächsten Moment habe ich das Gefühl, jemand stößt mir ein Messer in die Eingeweide. Ich kann nicht glauben, was ich da sehe. Wen ich da sehe.

»Was …? Wie …?« Ungläubig starre ich zu einem der Häuser. Auf einer Bank davor sitzt ein Mann. Mein Mann! »Richard …«, stoße ich geschockt hervor. Nur ein Flüstern, aber es genügt. Er wendet den Kopf und sieht zu mir herüber.

Irgendetwas ist nicht richtig. Er sitzt völlig teilnahmslos da, sieht mich an …

Alle Wärme ist aus seinem Blick verschwunden. Er ist völlig emotionslos. Sein Kopf wendet sich von mir ab, und ich habe das Gefühl, als reiße er mir damit das Herz heraus. Was ist hier los? Warum lebt er noch? Warum kommt er nicht zu mir? Warum sieht er mich an, als wenn er mich nicht mehr lieben würde? Ein Kloß in meinem Hals sorgt dafür, dass ich kaum noch schlucken kann.

Am liebsten würde ich zu ihm hinlaufen und ihn in den Arm nehmen, doch ich klebe an der Holzbank, auf der ich sitze, als wäre ich festgenagelt. Nicht mehr fähig, mich zu bewegen.

»Hier, meine Kleine.« Mit diesen Worten reicht mir Fionbharr einen Kanten Brot und einen Holzbecher. Geistig abwesend greife ich danach. »Du siehst aus, als wäre dir nicht gut. Brauchst du etwas?«, fragt er besorgt.

Erschüttert reiße ich den Blick von Richard los und sehe Fionbharr mit großen Augen an. »Richard ...«, sage ich und deute mit dem Kinn in Richtung der Bank, auf der mein Mann sitzt.

»Ja, ich weiß. Er ist nicht mehr derselbe. Ich wusste nicht, wie ich es dir erzählen sollte. Ich habe ihn direkt nach dem Überfall hierher gebracht. Sie hielten uns für tot, das war unsere Rettung. Ich habe ihn geheilt. Seine Verletzung war schlimm, doch ich schaffte es ... aber er wachte nicht auf.« Erschüttert von den Erinnerungen fährt er sich über das Gesicht. »Brigid gab ihm einen Kräutersud zu trinken, und es half. Er ist aufgewacht und wiederum auch nicht. Richard schleicht als leblose Hülle im Dorf herum. Die Bewohner haben Angst vor ihm, sie sagen, er wäre ein Geist.«

»Oh, mein Gott! Das ist schrecklich. Oh, nein.« Entsetzt schüttele ich den Kopf und sehe wieder zu ihm. Er sitzt immer noch da, als wäre nichts passiert. Als würde er mich nicht kennen und hätte mich nie geliebt. Mit einem stupiden Gesichtsausdruck starrt er wieder auf den Wald.

»Ja, das ist es.«

Er folgt mir, als meine Füße von allein ihren Weg zu Richard finden. Meine Knie knacken, als ich vor ihm in die Hocke gehe. Sein Blick ist leblos und erschreckend fremd.

»Brigid hat versucht, ihn zu heilen, doch sie meint, er weigere sich und will nicht gesund werden. Sie hat sich etwas überlegt, und dafür braucht sie dich.« Seine riesige Hand zieht mich hoch und streicht über meine Wange, da kann ich nicht mehr anders und werfe mich schluchzend in seine Arme. Richard so zu sehen, ist noch schrecklicher als alles andere. Es ist, als hätte ich ihn ein weiteres Mal verloren. Tröstend hält er mich, bis ich mich ausgeweint habe. »Sobald es Brigid besser geht, werden wir versuchen, Richard zu helfen. Einverstanden?«

Schniefend nicke ich und vermeide es, in Richards Richtung zu sehen.

\* \* \*

Fionbharr und ich haben uns noch lange unterhalten, und mittlerweile verstehe ich, was in der Zwischenzeit passiert ist. Nachdem Fionbharr Richard zu Brigid gebracht hatte, versuchte er Männer aufzutreiben, um mich zu retten. Das hat gedauert, da sein eigener Clan bei dem Angriff von Druighs Barbaren derart dezimiert worden war, dass er es niemals geschafft hätte, zu mir durchzukommen. So beschränkte er sich darauf, mir den Brief zu schreiben, und erklärte Sina, dass Richard noch lebte und sie mir das bitte ausrichten solle. Die gute Sina, die Rory nicht ins Unglück stürzen wollte, sagte natürlich kein Wort darüber zu mir. Wenn ich die in die Finger bekomme!

Der Brief ohne diese Information riss mir den Boden unter den Füßen weg, und ich gab natürlich auf. Irgendwann hatte Fionbharr dann genug kräftige Männer zusammen, mit denen er einen Plan ausheckte und mich befreite.

Während ich die ganze Zeit überlegte, wie ich den Lauf der Dinge beeinflussen konnte, lebte Richard noch … oder besser gesagt, er vegetierte und tut es nach wie vor. Das ist nicht Richard! Nur sein Körper. Auch mir macht er Angst.

All das schießt mir durch den Kopf, während ich neben Brigids Bett auf dem Boden liege. Ich will bei ihr sein, sobald sie wach wird, und wenn ich ehrlich bin, möchte ich gleichzeitig so weit weg wie möglich von diesem Geist sein.

\* \* \*

»Marie?« Das Flüstern weckt mich.

»Ja?«

Es ist Brigid. Kraftlos streicht ihre Hand über meine Wange. »Endlich, ich dachte schon, du kommst nicht mehr.«

»Ich wäre schon viel früher gekommen, wenn es mir möglich gewesen wäre«, beteuere ich ihr. Vorsichtig ergreife ich ihre Hand. Ich habe Angst, dass ich ihr wehtue oder sie zerbreche, sie wirkt so verletzlich.

»Das weiß ich doch, das weiß ich doch.« Ihre Stimme klingt zittrig, und doch drückt sie meine Hand recht kraftvoll. Ganz so, als wolle sie mir zeigen, dass sie wieder da ist.

»Hast du noch Schmerzen?«

»Nein, du hast ganze Arbeit geleistet.« Vorsichtig richtet sie sich auf, und ich beeile mich, sie zu stützen. Der Stumpf baumelt traurig über das Bett. »Damit muss ich wohl in Zukunft leben.«

»Es tut mir so leid Brigid.«

»Marie, gewöhne dir endlich ab, dich ständig für etwas zu entschuldigen, für das du nicht verantwortlich bist.« Zornig funkelt sie mich an, auch ihre Stimme ist lauter geworden.

Betreten schaue ich zu Boden und überlege, wie ich sie am besten auf Richard anspreche.

»Du hast ihn schon gesehen, oder?«, kommt sie mir zuvor. Ihre knochige Hand legt sich auf meinen Arm.

Ich nicke.

»Dann brauche ich dir nicht zu sagen, dass Richard nicht hier ist. Das, was du gesehen hast, ist nur eine Hülle.« Sie schnalzt mit der Zunge, um ihren Unmut kundzutun.

»Aber … was kann man dagegen tun? Fionbharr meinte, du hättest eine Idee, bräuchtest mich aber dafür.« Hoffnungsvoll warte ich auf eine Antwort.

»Eine Idee …« Schnaubend richtet sie den Blick ins Leere. »Eine Idee schon, aber ich weiß ehrlich gesagt nicht, ob es funktioniert.«

»Wie?« Flehend gehe ich vor ihr auf die Knie und fasse nach ihren Händen. Mein Blick sucht ihren.

»Ich habe versucht, ihn zu besuchen. Eine Seelenreise, aber ich habe ihn nicht erreichen können. Ich weiß nicht, ob er sich verschließt, ob er nicht erreicht werden kann, so wie Fionbharr, oder ob seine Seele im schlimmsten Fall sogar verloren ist.« Unergründliche Augen sehen mich an und erwarten eine Reaktion. Eine Reaktion, die mir viel Stärke abverlangt.

»Was soll ich tun?«, stoße ich hervor.

»Vielleicht kannst du ihn finden. Dir vertraut er.«

»Eine Seelenreise? Aber das habe ich schon versucht, allerdings in einer anderen Zeit«, gebe ich zu bedenken.

»Dann konntest du ihn gar nicht erreichen, denn es funktioniert nur, wenn ihr euch in der gleichen Zeit aufhaltet. Fionbharr hat ihn hergebracht, als er noch bewusstlos war. Seine Seele muss hier sein, nur findet sie ihren Weg nicht zu uns.« Ihre Faust klopft rhythmisch auf dem gesunden Bein, so als würde ihr das helfen, Richard zurückzuholen. So, wie es Fionbharr in seinem Brief formuliert hatte. Jetzt verstehe ich den Inhalt des Schreibens. »Allerdings müssen wir uns sicher sein, wo sich sein Körper zu diesem Zeitpunkt befindet. Du musst ihn schließlich zurückbringen.«

Zeitreisen, Seelenreisen, entseelte Körper, Heilungen, das sind alles Sachen, die ich nicht verstehe und doch praktiziere, als wären sie selbstverständlich. Ich habe jedes Gefühl für mein Leben, das ich noch vor wenigen Monaten geführt habe, verloren. Manchmal habe ich sogar mich selbst verloren, nur Richard gab mir die Sicherheit, Wurzeln zu haben. Ohne ihn bin ich jeglichen Halts beraubt. »Wann?«

»In der kommenden Nacht. Wir werden Fionbharr Bescheid sagen, er kümmert sich um Richards Körper und wir beide um alles andere.« Ihre Worte klingen zuversichtlicher, als sie sich fühlt, das erkenne ich an ihren Augen. »Wichtig ist, dass du dich so sehr auf ihn konzentrierst wie möglich. Nur dann können wir ihn finden.«

Mir schwindelt. »Aber wie schaffst du es, bei mir zu bleiben?«

»Indem ich mich auf dich konzentriere, so sehr wie möglich«, fügt sie mit einem Lächeln hinzu.

# Kapitel 25

## Juli 1353

Bisher hat alles geklappt. Brigid und ich stehen vor ihrem Haus, in dem unsere schlafenden Körper sind. Allein der Gedanke daran ist gruselig.

»Ich bin bei dir, Mädchen, konzentriere dich jetzt auf deinen Mann. Du wirst ihn finden.« Aufmunternd blickt sie mich an, und ich hoffe so sehr, dass sie recht behält.

Richard, wo bist du? Wo? Entschlossen schließe ich die Augen und fokussiere alle Gedanken auf ihn. Ein Sog packt mich, und ich gleite über das Dorf hinweg, in Richtung Wald. Tiefe Schwärze umfängt mich, leider scheint heute Nacht kein Vollmond. Neben mir ist Brigid, ich spüre sie, während meine Augen suchend durch den Wald irren. Ich kann kaum etwas erkennen. Hier und da leuchten ein paar gelbe oder orangefarbene Pupillen auf. Nachttiere auf der Suche nach Beute. Dann halte ich ganz plötzlich, und doch kann ich ihn nicht sehen. Es ist einfach zu dunkel.

»Richard?«, flüstere ich zaghaft.

Nichts.

»Ich bin es, Marie.«

Wieder nichts.

Hilflos sehe ich zu Brigid, die mir aufmunternd zunickt. Suchend taste ich mich um den Baum herum, als meine Hand etwas Weiches berührt.

»Geh!« Die Stimme, die ich unter allen erkennen würde, klingt kalt und abweisend.

»Nein!«, entgegne ich bestimmt. Warum will er, dass ich wieder gehe, jetzt, da ich ihn gefunden habe? »Warum sollte ich?«

»Ich ertrage diese sprechenden Traumbilder nicht mehr.« Ein Schatten löst sich von dem Baum, mit dem er, so scheint es, verschmolzen war.

»Ich bin kein Traum.« Meine Hand sucht zögerlich nach einer Berührung, greift nach ihm, doch er weicht aus. »Bitte dreh dich um, dann wirst du es selbst sehen.«

Er kommt meiner Bitte nicht nach, schüttelt den Kopf und macht sich daran, fortzugehen.

»Richard von Reichen, spiele jetzt ja nicht den Unnahbaren! Ich habe Höllenquallen gelitten, weil ich dachte, du wärst tot. Du hast nicht das Recht, mir jetzt den Rücken zuzukehren!« Ich merke selbst, wie wütend meine Stimme durch den Wald schallt. Es raschelt im Gebüsch, und ich höre Vögel davonflattern.

Auch bei Richard habe ich etwas bewirkt, denn er verharrt in seiner Bewegung und dann dreht er sich abrupt um. Trotz der Dunkelheit kann ich das Funkeln der grünen Augen erkennen.

Ungläubig sieht er mich an und kommt noch einen Schritt näher zu mir. »Marie?«

»Wer denn sonst?«, stoße ich wütend hervor. Es ist, als würde sich all mein Frust der letzten Monate entladen. »Du bist es wirklich.«

»Mann, was bist du doch für ein Schlaumeier!« Mein Finger bohrt sich in seine Brust. »Warum sollte ich es nicht sein?«

Zärtlich streichen seine Finger über meine Wange. »Du hast mich so oft besucht, doch nie hast du so mit mir gesprochen. Du hast mir deine Liebe versichert, aber die Aufmüpfigkeit ist neu. Und auch, dass ich dich anfassen kann. Bisher konnte ich dich nicht berühren.« Plötzlich lässt er seine Hand resigniert sinken. »Aber vielleicht ist das wieder nur so eine Spielerei des Wahnsinns, der mich erfasst hat.«

»Du bist nicht wahnsinnig, und ich bin wirklich hier, bei dir.« Ohne Zögern ergreife ich seine Hand. »Wie kommst du nur auf den Gedanken?«

Seine Augen verweilen auf unseren ineinander verschränkten Händen, während er die Stirn in Falten legt. »Es ist nicht real. Ich kann meine Gabe nicht nutzen. Du spürst nichts, also träume ich nur. Ein wunderschöner Traum allerdings.« Gequält lächelt er mich an.

Ein Räuspern lässt uns zusammenzucken. Brigid kommt näher. »Entschuldigt. Ich dachte, ich mische mich nun doch ein.« Sie tritt zu uns. »Richard, du träumst nicht, aber du bist auch nicht richtig wach. Wir besuchen dich mittels einer Seelenreise.«

Fragend sieht er zwischen uns beiden hin und her. Wie soll ich ihm erklären, was ich selbst nicht verstehe?

Brigid nimmt ihn an der anderen Hand, sodass wir ihn in der Mitte haben. »Komm, mein Junge, wir bringen dich nach Hause. Versuche zumindest, uns zu vertrauen. Mehr verlange ich nicht.«

Erstaunlicherweise lässt er sich darauf ein, auch wenn seine Skepsis ganz klar zu erkennen ist.

Innerhalb weniger Augenblicke sind wir zurück im Dorf und bringen ihn zu Fionbharr, der über Richards Körper in einer Hütte wacht, die bis auf das Bett leer ist. Er sieht uns natürlich nicht, doch Richard versucht, ihn anzusprechen. »Vater!« Er bekommt keine Reaktion. Dann sieht er seinen Körper und erschrickt. »Seht ihr das?«

Ich drücke seine Hand. »Ja, wir sehen das auch. Deine Seele hat ihre Hülle verlassen. Wir wissen nicht, warum, und haben nach dir gesucht. Gott sei Dank haben wir dich finden können.«

»Ich möchte, dass du jetzt ganz fest daran denkst, wach zu werden und in deinen Körper zurückzukehren. Hast du mich verstanden Richard?« Brigid redet streng mit ihm, ganz so, als wäre er ein kleines Kind.

Fassungslos nickt er. Konzentriert wendet er sich der Liege zu. Die Energie im Raum ist fast mit Händen greifbar, und es funktioniert. Er kehrt zurück und vereint sich mit seiner lebenden Hülle.

* * *

Hastig springe ich auf und eile nach draußen, zu der Stelle, an der Richard gerade noch gelegen hat.

Tränen rinnen mir die Wangen hinab. »Richard!«, rufe ich, während ich in die Hütte trete, und stürze mich auf den Mann, der sich gerade von seinem Lager aufrichtet.

Ein Paar grüne Augen sehen mich verwirrt an und bremsen mich in meiner Euphorie. »Du lebst wirklich?« Seine Stimme klingt rau, da er sie so lange nicht mehr benutzt hat.

»Ja!« Freut er sich denn gar nicht?

»Träume ich schon wieder? Ich habe während der vergangenen Wochen so oft an dich gedacht, bin so oft von dir besucht worden, und doch warst du es nie. Wie kann ich mir sicher sein?«

Sein Unglaube bringt mich dazu, einen Schritt vorzutreten. »Deshalb!« Noch einen Schritt. Entschieden nehme ich sein Gesicht in meine Hände und lege meine Lippen auf seine. Erst geschieht nichts, doch ich bin geduldig, genieße die Wärme der Berührung, bis er sich entspannt und meinen Kuss erwidert.

Jemand räuspert sich, doch ich kann den Kopf jetzt nicht drehen und will es auch nicht.

»Ich geh mal nach Brigid sehen und schlafe heute Nacht dort.« Fionbharr entfernt sich raschen Schrittes, und ich höre noch die Tür, die geschlossen wird.

Richards Hände sind überall. An meinen Wangen gleiten sie hinab bis zum Hals, streicheln mir über die Arme, fassen nach meinen Fingern, während sich unsere Lippen keine Sekunde voneinander lösen.

Wiederstrebend kappe ich die Verbindung. »Richard?« Ich will ihm in die Augen schauen, erkennen können, dass er wieder da ist. Und als sich unsere Blicke treffen, lösen sich alle meine Bedenken in Luft auf.

* * *

Sanftes Streicheln und einige Sonnenstrahlen wecken mich am nächsten Morgen. Wir haben uns geliebt, geredet, noch einmal geliebt und sind im Morgengrauen uns gegenseitig im Arm haltend eingeschlafen. Mit diesen Erinnerungen an die vergangene Nacht werde ich selig lächelnd wach. Blinzelnd schlage ich die Augen auf und schaue in die grünen Augen des Mannes, den ich so sehr vermisst habe.

»Na, meine kleine Langschläferin«, zieht er mich auf. »Du siehst zufrieden aus. Wie eine Katze, die eine Maus verspeist hat.«

»Einen Mäuserich.«

»Gut, dann bist du der Käse für mich.«

Es ist wieder wie früher. Wir scherzen, spielen uns gegenseitig die Bälle zu. Und es schmerzt in meinem Herzen, daran zu denken, dass wir irgendwann vielleicht ein weiteres Mal getrennt werden könnten. Es scheint weit weg, aber in Anbetracht der vergangenen Wochen müssen wir damit leben, dass wir, solange wir in solch unsicheren Zeiten unterwegs sind, getrennt werden könnten. Dennoch lenke ich meine Gedanken zurück ins Hier und Jetzt, versuche zu genießen und nicht mehr zu zweifeln.

Mittlerweile weiß er, was in den Wochen passiert ist, in denen er nicht da war. Er weiß von Druigh und Rory und auch von der Hochzeit, und für kurze Zeit konnte ich in seinen verdunkelten Augen die alte Eifersucht erkennen, die ihn packte und erst wieder losließ, als er hörte, dass diese Ehe nicht vollzogen wurde.

»Wann machen wir uns auf den Weg nach Hause?«, fragt mich Richard und reißt mich aus meinen Gedanken.

»Ehrlich gesagt habe ich darüber noch nicht nachgedacht. Aber so schnell wie möglich, wenn es nach mir geht. Ich kann nicht mehr.« Den letzten Satz wollte ich eigentlich gar nicht sagen. Er ist mir einfach herausgerutscht.

Richard nimmt mich in den Arm, seine Hand legt sich schützend auf meinen Hinterkopf. »Marie, mir geht es genauso. Ich möchte einfach nur mal die gemeinsame Zeit mit dir genießen. Ohne Mord und Totschlag, Entführungen und die ständige Angst, dich zu verlieren.«

»Dann lass uns mit Fionbharr und Brigid reden.«

»Ja, das machen wir.« Er hält mich noch lange im Arm, ehe wir gemeinsam nach draußen gehen, wo das geschäftige Treiben des Dorfs uns empfängt.

Weiter hinten auf einem freien Platz kann ich Fionbharr erkennen, der einige Jungen darin unterrichtet, wie man sich mit einem Messer gegen einen Feind wehrt. Die vielleicht Zehnjährigen stürzen sich der Reihe nach mit Kampfgebrüll auf den Berg von einem Mann. Er wirbelt sie herum und legt seine Beute dann auf den Boden. Der Sand, der dabei aufgewirbelt wird, verleiht dem Szenario etwas Mystisches.

Als wir nur noch wenige Meter entfernt stehen, räuspert sich Richard. »Vater?« Seine Stimme klingt belegt, und ich kann nur erahnen, dass er sich vermutlich wünscht, eins der Kinder zu sein, balgend mit seinem Vater. Doch so schnell diese Stimmung gekommen ist, so schnell ist sie auch wieder verflogen.

»Richard, mein Junge!« Fionbharr kommt zu uns. »Endlich!« Seine riesigen Arme nehmen seinen Sohn in den Schwitzkasten. Der macht ein verdutztes Gesicht, und im nächsten Augenblick kann man erkennen, dass er glücklich grinst.

Irgendwann gibt er sein Opfer frei und sieht mich provozierend an. »Möchtest du auch einen kleinen Kampf mit mir ausfechten, liebe Schwiegertochter?« Mit verschränkten Armen sieht er mich siegesgewiss an.

Schnell hebe ich beschwichtigend meine Hände. »Nein. Nein. Ich gebe freiwillig auf.«

Plötzlich wird Fionbharr ernst. »Ich bin so froh, dass du zurück bist, Richard. Glaub mir das. Es hat mich geschmerzt, meinen Sohn so zu sehen.« Er schüttelt sich kurz, ganz so, als wollte er die trüben Gedanken abschütteln, dann wendet er sich an die Jungen. »Ihr werdet nun ein wenig ohne mich kämpfen. Morgen machen wir weiter.« Ein strenger Blick in die Runde. »Verstanden?«

Ungefähr zehn Köpfe nicken eifrig.

»Gut. So, und nun zu euch beiden. Das Frühstück ist zwar schon vorbei, aber bei Brigid bekommen wir sicherlich noch was für euch.«

* * *

»Ich kann euch verstehen und werde euch nicht aufhalten. Ganz im Gegenteil, meinen Segen habt ihr.« Brigids Hand fährt mir liebevoll übers Haar, so als wäre ich ein kleines Mädchen. Das entlockt mir ein Lächeln. »Werdet glücklich. Bekommt Kinder. Sorgt dafür, dass unser Blut nicht ausstirbt.«

Mit heißen Wangen sehe ich sie an. »Das werden wir. Versprochen.«

»Seht ihr, das wollte ich doch nur hören. Wann wollt ihr aufbrechen?«

»Morgen früh«, antwortet Richard für uns beide. »Wir werden einen der Bäume wählen, die uns so weit wie möglich in die Zukunft bringen, und dann noch einmal einen anderen nehmen. Es gibt keinen Baum, der uns so weit in die Zukunft befördern kann. Das Jahr 2013 ist doch ganz schön weit entfernt.«

Er sagt das so dahin, aber es sind harte Fakten. Nachher werde ich erst einmal die Karte studieren und nachsehen, welche Bäume wir benutzen können. Und dann haben wir noch das Problem, dass wir von der grünen Insel nach Deutschland zurück müssen. Ob wir das schaffen, ohne eine erneute Panne, einen Überfall oder sonstiges in der Art, steht noch in den Sternen.

Ich sehne mich so sehr nach dem alten Gutshof und danach, mit Richard allein und einfach nur mal glücklich zu sein. Einen gemeinsamen Alltag zu entwickeln und uns vielleicht auch mal gegenseitig auf die Nerven zu gehen. Alles in allem möchte ich einfach nur eine normale Beziehung führen.

\* \* \*

Eine unbändige Vorfreude erfasst mich, und ich bin kurz davor, wie ein kleines Mädchen herumzuhüpfen.

»Was bringt deine Augen so sehr zum Strahlen, dass mich der giftige Stachel der Eifersucht sticht?« Richard setzt sich zu mir an den großen Tisch, auf dem die Karte mit den Bäumen ausgebreitet vor mir liegt.

»Ich werde dir jemanden vorstellen, und darauf freue ich mich schon sehr.«

»Und wer wäre das?« Mit verschränkten Armen sieht er mich abwartend an. Seine grünen Augen blitzen vor Neugier.

Ich verneine mit einem Winken des Zeigefingers. »Das ist ein Geheimnis.«

»Ich dachte immer, du magst keine Überraschungen?«

Ich kichere. »Nur, wenn man mich überraschen möchte.«

Kopfschüttelnd sieht er mich an, und ich kann die Liebe in seinen Augen erkennen. Automatisch erhebe ich mich und setze mich auf seinen Schoß. Sofort legen sich seine Hände um meine Taille und um seinen Mund erscheint ein selbstsicherer Ausdruck. »Von dir lasse ich mich gern überraschen, solange du bei mir bist.« Zärtlich legen sich seine Lippen auf meinen Mund. Fiebrig gleiten seine Hände über meinen Körper, und ich tue es ihm gleich.

»Ich will euch beide nicht stören, doch wir warten alle auf euch. Brigid und die Dorfbewohner haben euch zu Ehren ein Abschiedsessen zubereitet.« Fionbharrs Schmunzeln treibt mir die Röte ins Gesicht, dann wendet er sich ab und verlässt uns.

»In Ordnung, Vater, wir kommen.« Wieder einmal fasst sich Richard als Erstes und schiebt mich von seinem Schoß herunter, leichtes Bedauern im Blick. »Bald haben wir alle Zeit und Ruhe der Welt. Und du wirst noch manches Mal bejammern, ständig mit mir allein zu sein.«

Ein erregendes Gefühl macht sich in mir breit. »Ich kann es kaum erwarten«, hauche ich gewollt lasziv. Ich kann noch sehen, wie sich Richards Pupillen vergrößern, bevor ich kichernd seiner Hand ausweiche.

»Lass uns zu den anderen gehen, du Sirene, sonst kann ich für nichts mehr garantieren.«

Gern lasse ich mich von ihm nach draußen ziehen, so glücklich, wie ich bin. Er gibt mir das Gefühl, etwas Besonderes zu sein. Das tut so gut.

Es sind alle gekommen, um uns zu verabschieden, auch Oran, der jetzt auf uns zukommt.

»Marie. Ich danke dir.« Als er mir seine Hand reicht, ergreife ich sie, ohne zu zögern. »Ich bin froh, dass du meine Schwester retten konntest, auch wenn einige daran zweifeln. Sie ist ein wichtiger Teil meiner Familie, und was damals passiert ist, wäre nicht passiert, wenn wir nicht überfallen worden wären.«

»Warum sagst du das nicht deiner Schwester? Ich denke, dass es sie freuen würde. Sie macht sich immer noch schreckliche Vorwürfe.«

Betreten sieht er zu Boden. »Das werde ich, und auch mit Fionbharr muss ich reden. Es wird Zeit, dass wir uns aussprechen und versöhnen. Das menschliche Dasein ist zu kurz, um in solcher Disharmonie mit seinen Angehörigen zu leben.«

»Welch wahre Worte«, mischt sich Richard ein. Er wirkt ernst und sieht sein Gegenüber misstrauisch an.

Oran beachtet ihn nicht weiter. »Nochmals danke, Marie. Und kommen Sie gut nach Hause.« Mit diesen Worten dreht er sich um und taucht zwischen den anderen Dorfbewohnern unter.

Mit zusammengezogenen Augenbrauen sieht Richard ihm hinterher. »Ich mag diesen Kauz nicht. Man kann bei ihm nie sicher sein, dass er nicht etwas im Schilde führt.«

»Ach, komm.«

Er reicht mir den Arm, und ich hake mich bei ihm unter.

»Sei nicht so streng mit ihm. Er hat auch viel durchgemacht. Vielleicht besinnt er sich auf seine alten Tage und schließt wirklich Frieden mit seiner Schwester. Es kann sein, dass dieser Unfall ihn wachgerüttelt hat.«

»Vertrauen ist gut, Kontrolle ist besser. Tut mir leid, Marie, aber mein Vertrauen hat er sich noch nicht wirklich verdient.«

Arm in Arm gesellen wir uns zu den netten Menschen.

# Kapitel 26

## Juni 1963

»Nun sag schon, wo du mit mir hinwillst!« Richard lässt sich widerwillig von mir durchs Gebüsch ziehen.

»Wie gesagt, es ist eine Überraschung. Sei kein Spielverderber.« Schmollend sehe ich ihn an, was ihm ein Lächeln entlockt.

»Also gut. Einverstanden. Ich gehe mit dir. Ich verstehe trotzdem nicht, warum wir nicht gleich zu dem nächsten Baum gehen und dadurch so schnell wie möglich in deiner Zeit landen.«

»Och, Richard, das haben wir doch jetzt schon hundert Mal durchgekaut. Ich werde bei jemandem etwas abgeben, das ich nicht mit der Post schicken kann!« Wütend schnaube ich vor mich hin. Warum sind Männer manchmal so uneinsichtig?

Als er urplötzlich stehen bleibt, kippe ich fast um. »Marie?«
»Ja?«

In einer fließenden Bewegung zieht er mich zu sich heran. »Wir sind allein.« Seine hochgezogenen Augenbrauen wandern auf und ab, was mir ein nervöses Kichern entlockt.

»Wirklich? Das habe ich noch gar nicht gemerkt«, necke ich ihn. Doch sein Mund an meinem Hals macht mich immer nervöser.

»Ich weiß, dass ich dich nervös mache. Du brauchst gar nicht versuchen, es zu überspielen.« Während seine Zähne an meiner Unterlippe knabbern, schmilzt mein Widerstand. Plötzlich lässt er mich los. »So, meine kleine Orchidee, das war ein kleiner Vorgeschmack.«

»Ein Vorgeschmack?«, stoße ich atemlos hervor. Frustriert starre ich ihn an, was mir ein Lächeln von ihm einbringt.

»Ja, davon gibt es mehr, aber erst, wenn wir zu Hause sind. Ich wollte dir einen kleinen Anreiz bieten, schneller fertig zu werden.«

Mein Boxhieb entlockt ihm nur ein Lachen, und den nächsten Versuch erstickt er im Keim, indem er meine Faust einfach festhält. »Du musst ein wenig an deiner Schnelligkeit arbeiten«, feixt er.

Wütend stapfe ich davon. Hinter mir höre ich ein tiefes Lachen, das mir folgt.

»Warte. Ich komm mit. Ich hab dir gesagt, dass du mich von nun an nicht mehr so schnell los wirst.«

Und als ich seine grünen Augen sehe, in denen der Schalk sitzt, kann ich nicht mehr böse sein.

»In Ordnung, ich nehme dich mit. Ausnahmsweise.« Ich hake mich bei ihm ein, und gemeinsam gehen wir zu der staubigen Straße. In meinem Beutel krame ich ein wenig Klimpergeld heraus, das von meinem letzten Besuch noch übrig ist. Ich bete zu Gott, dass es reicht, um den Bus zu bezahlen, der glücklicherweise schon zu sehen ist.

»Guten Tag, die Herrschaften.« Der Fahrer tippt sich an die Mütze.

»Wir hätten gern zwei Tickets bis Dublin.« Als er mir den Preis nennt, fällt mir ein Stein vom Herzen. Rasch bezahle ich und suche mir mit Richard einen Sitzplatz.

»So, und nun sagst du mir wenigstens, in welchem Jahr wir uns befinden?«, will er wissen.

»1963. Ich war hier, nachdem ich Ruadhrí geheilt habe.« Um ihn nicht eifersüchtig zu machen, wähle ich mit Absicht nicht den Spitznamen. Bei Richard weiß man schließlich nie.

»Davon hast du mir noch gar nichts erzählt.«

»Viel Zeit zum Erzählen ist mir ja nicht geblieben. Wenn wir allein waren, hatten wir meistens anderes zu tun.« Ich zwinkere ihm verschwörerisch zu.

»Das stimmt. Und ich bin froh, dich bald öfter nur für mich zu haben.« Seine Lippen berühren meine Fingerspitzen und der tiefe Blick, den er mir dabei zuwirft, verursacht eine Vorfreude, die ich kaum zu bändigen vermag. Dann wird er wieder sehr ernst. »Und nun erzähl mir davon, bitte.«

Und das tue ich. Ich berichte ihm von Jim und David. Von Kennedy, und wie ich Dotty kennengelernt habe. Ich merke selbst, wie sehr mir der Aufenthalt in dieser Zeit gefallen hat. Meine Stimme schliddert aufgeregt durch die Erlebnisse, während er mir aufmerksam zuhört.

»Das klingt wirklich toll. Ich bin sehr gespannt, die beiden Männer kennenzulernen.«

»Ähm, eines muss ich dir noch dazu sagen«, beginne ich nervös.

Fragend sieht er mich an.

»Die zwei sind homosexuell. Mich stört das nicht, ich hoffe, dich auch nicht«, füge ich schnell hinzu.

»Marie, so etwas gab es auch in meiner Zeit. Ich meine sagen zu können, dass es das in jeder Zeit gab. Ich bin niemand, der das verteufelt, nur sehr wohl ist mir nicht in der Gegenwart solcher Männer.«

Der Gedanke an einen Richard, der sich als Sexualobjekt schwuler Männer sieht, bringt mich zum Lachen. »Glaub mir, die beiden haben nur Augen füreinander, du brauchst keine Angst zu haben.«

»So ein Quatsch. Ich hab doch keine Angst!«

Draußen zieht die wunderschöne Landschaft Irlands an uns vorbei, Richards Hand hält meine, und sein Daumen streichelt sanft über meine Haut. Ich bin so glücklich, dass ich seufzen muss.

* * *

Churchstreet Nummer 101 prangt auf einem Schild neben der Eingangstür.

»Und in diesem Haus wohnen die beiden Herren?«

»Nein, wo denkst du hin. Hier wohnt nur David Crowley. Sein Lebensgefährte Jim Snider wohnt woanders. Sehr vornehm, er ist wohlhabend«, erkläre ich ihm.

Ich läute. Die Vorfreude packt mich, und ich trete von einem Fuß auf den anderen, während wir warten.

Endlich wird die Tür geöffnet, und Mrs Tamish sieht mich fragend an. »Sie wünschen?«

»Guten Tag, Mrs Tamish. Ich bin Marie von Reichen, und das ist mein Ehemann Richard. Wir würden gern Professor Crowley sprechen.« Hastig füge ich hinzu: »Natürlich nur, wenn das möglich ist.«

Sie beäugt mich misstrauisch. »Kennen wir uns?«

»Nein. Ihr Name wurde nur in Zusammenhang mit Professor Crowley genannt.« Ich lächle sie unbedarft an und scheine ihre harte Schale geknackt zu haben.

»In Ordnung. Kommen Sie herein.« Sie führt uns in den gleichen Raum, in den sie mich in einer Woche ebenfalls führen wird. Innerlich kann ich nicht umhin zu grinsen. So ein Durcheinander. Jetzt, da ich hierher komme, kennt mich niemand. Und als ich das erste Mal hier war, kannte ich niemanden. Verworren, verworren. »Ich hole den Professor. Warten Sie bitte hier und nehmen Sie ruhig Platz.«

»Warum wusste sie nicht, wer du bist?«

Ich kann ihm offenbar nichts vormachen. Nicht so wie der guten alten Mrs Tamish.

»Als ich das letzte Mal zu Besuch war, wussten alle, wer ich bin, aber ich kannte niemanden.«

Er sieht mich weiterhin an, als erwarte er weitere Ausführungen.

»Mein Treffen findet in dieser Zeit erst in einer Woche statt.«

»Oh. Das erklärt natürlich einiges.« Er lächelt.

Draußen ist ein Rumpeln zu hören, und im nächsten Augenblick kommt David zur Tür herein. Sein Haar steht ihm wild vom Kopf ab.

»Alles in Ordnung mit dir, David?« Als die Worte heraus sind, fällt mir ein, dass es für ihn sehr befremdlich sein muss, von einer wildfremden Person geduzt und mit Vornamen angesprochen zu werden.

»Ja … ähm danke.« Er schließt beflissen die Tür. »Sind Sie ein Mitglied der Orchides oder eventuell sogar eine Trägerin der Gabe?«

»David, es ist nicht das erste Mal für mich, dass ich dieses Haus und die Orchides besuche. Ich bin Trägerin der Gabe, und mein Mann Richard ist auch einer von uns.« Man muss ihm zugutehalten, dass er sich sehr schnell wieder unter Kontrolle hat. Nur ganz kurz kann ich ein Stirnrunzeln wahrnehmen.

»Oh, na dann herzlich willkommen in meinem bescheidenen Haus.« Überschwänglich reicht er uns die Hand. »Dann brauche ich mich ja nicht mehr vorstellen. Konfus, sehr konfus.« Er lacht nervös. »Ich hoffe, ich habe mich bei Ihrem Besuch tadellos benommen.«

»Das hast du. Und Jim auch.«

Mit großen Augen sieht er zuerst mich an und dann Richard, der schmunzelnd antwortet: »Ich war nicht dabei.«

»Gut, dann lasst uns mal zum Wichtigsten kommen. Benötigt ihr meine Hilfe?« Er lehnt sich vor und legt seine ineinander gefalteten Hände auf den Tisch.

»Nur bedingt.« Auch ich lehne mich ein wenig vor. »Ich möchte gern einen Brief schreiben und ihn an meine Großmutter schicken. Einen weiteren habe ich bereits fertig. Der soll an meine Urgroßmutter. Es wäre nett, wenn du dich darum kümmern könntest. Und wir benötigen noch ein wenig Kleingeld für den Bus. Wenn wir eine Nacht bleiben könnten, wäre uns ebenfalls sehr geholfen.«

Davids Nase ist leicht gekräuselt, als er antwortet. »Selbstverständlich könnt ihr beide bei mir schlafen. Einen Bus werdet ihr nicht benötigen, Jim und ich werden euch morgen früh dort hinfahren, wo ihr hinwollt. Und um deinen Brief werde ich mich auch persönlich kümmern. Du kannst ihn gern oben im Turmzimmer schreiben. Ich werde ihn dann zur Post bringen.« Nach kurzem Überlegen fügt er hinzu: »Du weißt wahrscheinlich, wo das Turmzimmer ist, oder?«

Ich nicke lächelnd.

»Gut. Und das Gästezimmer auch?«

Wieder nicke ich. »Ja, das weiß ich auch.«

Verwirrt zuckt er mit den Schultern. »Bitte entschuldigt, aber ihr seid die ersten Reisenden, die bei mir Zuflucht suchen. Ich warte darauf schon ewig, und nun bin ich ein wenig paralysiert.«

»Das ist nachvollziehbar und nicht verwerflich«, wirft Richard kurz ein.

»Ich werde gleich mal meine Schwester anrufen, damit sie dir, liebe Marie, etwas zum Anziehen vorbeibringt. Sie besitzt definitiv zu viele Kleidungsstücke und wird dadurch endlich mal einen Grund haben, ein wenig auszusortieren. Und Richard

337

kann etwas von mir bekommen.« Mit diesen Worten erhebt er sich und verlässt den Raum.

»Komm, ich zeige dir unser Zimmer. Und heute Abend schauen wir uns mal Dublin an. Was sagst du dazu?« Ermutigend strecke ich ihm meine Hand entgegen, die er auch sofort ergreift. Gemeinsam gehen wir in das winzige Zimmer mit dem Bett, das für zwei Personen eigentlich viel zu klein ist.

* * *

Am nächsten Morgen bin ich hundemüde, und auch Richard sieht mich aus verquollenen Augen an, während er an seinem schwarzen Kaffee nippt. Ich weiß nicht, wie man dieses Getränk ohne Milch zu sich nehmen kann.

Wir waren die halbe Nacht mit Jim und David unterwegs, die uns zu einem Club mitgenommen haben, in dem eine Live-Band spielte. Es war großartig, doch der Alkohol, an den ich nicht gewöhnt bin, gibt mir nun die Quittung.

»Ich werde mal nach oben in das Turmzimmer gehen. Sobald ich den Brief geschrieben habe und die zwei Turteltäubchen wach sind, können wir losfahren.« Mein Stuhl schabt über das alte Parkett, doch bevor ich den Raum verlasse, gieße ich mir noch mal die Tasse mit Kaffee und Milch voll, um sie mit nach oben zu nehmen.

Das kleine Bibliothekszimmer ist muffig, und als Erstes reiße ich ein Fenster auf. Eine Taube fliegt erschrocken davon, und ich genieße für einen kurzen Augenblick die Aussicht über Dublin. Auf der Straße unter mir herrscht schon Trubel, da ein Stück weiter ein kleiner Markt ist. Frauen mit Körben flanieren durch die Gänge und schauen sich die Auslagen der einzelnen Stände an. Es wirkt so harmonisch.

Bedauernd reiße ich mich von dem Anblick los und setze mich an den Tisch. In der Schublade liegen Papier und Stifte bereit, und so mache ich mich daran, einen weiteren Brief in die Zukunft zu schicken.

*Liebe Oma,*
*Richard und ich werden im Juli des Jahres 2013 in Dublin eintreffen. Leider werden wir dann kein Geld haben, um zurück nach Deutschland zu gelangen. Da du die Vollmachten für mein Konto hast, möchte ich dich darum bitten, ein Konto in Irland zu eröffnen und genug Geld dorthin zu überweisen, damit Richard und ich zurück nach Deutschland fliegen können.*
*Bitte schick meinen Pass und den von Richard (du findest ihn in der Holzkiste im alten Ziegenstall) auch hierher, und zwar an die Adresse:*

*Orchides*
*Churchstreet 101*
*Dublin/Irland*

*Wir werden uns bald wiedersehen.*
*Hab dich ganz doll lieb!*
*Marie :-)*

Das müsste funktionieren. Ich falte das Papier ordentlich zusammen und schreibe noch darauf, dass sie ihn nicht vor Juni 2013 öffnen darf. Aus meiner Jeanstasche nehme ich noch den Brief an Urgroßmutter, den ich aber in den Mülleimer werfe. Dann schreibe ich einen weiteren an sie, der im Wortlaut derselbe ist. Nur den Passus mit der Farbe des Hauses und ihrem Todestag nehme ich nicht mehr mit rein. Ich bitte sie lediglich um die Heilung des Baums. Wie gern würde ich versuchen, die Zukunft zu verändern, doch das steht mir nicht zu.

Ich lasse die beiden Briefe zusammen mit der Adresse auf dem kleinen Schreibtisch liegen und mache mich auf den Weg nach unten. David wird sich darum kümmern, dass sie ihr Ziel erreichen.

Als ich die Küche betrete, riecht es wundervoll nach süßen Pancakes. Das Wasser läuft mir im Mund zusammen. Mrs Tamish steht mit umgebundener Kittelschürze an dem riesigen Herd und brutzelt uns ein leckeres Frühstück. Erst da bemerke ich, wie mein Magen von dem starken Kaffee rebelliert und nach Nahrung verlangt. Gut, dass die Geräusche in dem Raum das Knurren übertönen.

Die drei Männer sitzen mit erwartungsvollen Gesichtern am Tisch und beobachten jeden Handgriff der älteren Dame. Die Szenerie entlockt mir ein Grinsen. Sie erinnern mich an kleine Jungen, die völlig ausgehungert ihrer Mahlzeit entgegenfiebern.

»Komm, setz dich zu uns«, sagt in diesem Moment Jim zu mir. »Mrs Tamish ließ sich nicht davon abbringen, euch ein kleines Abschiedsfrühstück zu zaubern. Wenn sie ein wenig jünger wäre, müsstest du auf deinen Richard Acht geben. Sie frisst ihm praktisch aus der Hand. Er durfte bestimmen, was es zum Frühstück gibt. So etwas gab es in diesem Haus noch nie. Mitspracherecht in der Küche, dass ich nicht lache!«

»Und du hast dir Pancakes gewünscht?«, frage ich interessiert.

Richard lächelt zufrieden. »Ja, ich habe darüber mal etwas gelesen und wollte sie unbedingt mal probieren. Mrs Tamish ist so nett und erfüllt mir diesen Wunsch. Sie ist ein Engel.« Zwinkernd und mit einem Lächeln, das von einem Ohr zum anderen reicht, sieht er die Betreffende an.

Kopfschüttelnd setze ich mich zu den Männern. Beherzt greifen alle zu, und Mrs Tamish kann gar nicht so schnell für Nachschub sorgen, wie die kleinen Küchlein verspeist werden.

Es ist immer wieder erstaunlich, wie viel manche Männer verputzen können.

Als wir satt sind, bereiten wir alles für unseren Aufbruch vor. Mrs Tamish nimmt uns noch einmal in den Arm. »Passt auf euch auf. Kommt gut nach Hause.« Sie weiß nicht, was es mit unserer Reise auf sich hat. Ihre Aufgabe ist der Haushalt, sie ist nicht eingeweiht.

»Das werden wir, Mrs Tamish.«

»Gut, gut, dann ab mit euch.«

Wir nehmen sie beim Wort und winken ihr noch einmal zu, als sich das Auto von Jim in Bewegung setzt.

* * *

Bald geraten wir in einen Stau, und zu alledem hat sich auch noch der Himmel zugezogen. Es schüttet wie aus Eimern. Mein Kopf lehnt an der Scheibe, die beschlagen ist und zum Malen einlädt. Doch ich reiße mich zusammen und versuche erwachsen zu sein, obwohl es mich in den Fingern juckt.

Der Baum, den ich ausgesucht habe, wird uns exakt ein halbes Jahrhundert in die Zukunft bringen. Unsere Reise dauert mittlerweile über elf Monate – das bedeutet aber, dass wir in der Zeit von 2013 nur sechs Monate verschwunden waren. Umso besser, weniger Zeit, in der sich Oma Sorgen um uns machen musste.

Dann fällt mir noch etwas ein. »David?«

Er dreht sich zu mir. Sein Gesicht wirkt angespannt, angesichts der Unannehmlichkeiten dieser Warterei. »Ja?«, doch seine Stimme klingt freundlich wie immer.

Ich setze mich gerade hin und erkläre: »Wenn ich dich noch einmal besuche, erwähne bitte Richard mit keinem Wort. Auch wenn ich todunglücklich bin, darfst du nicht sagen, dass ich mit ihm bei dir gewesen bin. Okay?«

Richard nimmt meine Hand und streichelt die empfindliche Haut am Handgelenk. Diese Berührung verscheucht die Schwermut, die mich erfasst, nur bedingt. Die Erinnerungen an die Zeit, in der ich dachte, Richard wäre tot, sind noch zu frisch. Der Schmerz sitzt noch wie ein Stachel in meiner Brust, und nur Richard allein vermag mich eines Tages davon zu befreien.

»In Ordnung. Ich halte mich daran. Ach, und deine Briefe werde ich selbstverständlich auch abschicken. Mach dir keine Sorgen.« Die Fragen, die in seinem Kopf herumschwirren und die ich an seinen Augen ablesen kann, will ich nicht beantworten. Das wäre eine zu lange Geschichte, und sie wäre zu traurig.

Endlich setzt sich die Blechlawine vor uns in Bewegung, und auch der Regen lässt langsam nach.

\* \* \*

Mein Blick huscht noch einmal hinter mich, und ich sehe in die Gesichter der beiden. David und Jim schauen mich traurig an.

Werden wir uns wiedersehen? Ich weiß es nicht. Und doch ist eine ungewisse Zukunft mit Richard genau das, was ich mir wünsche.

Im Stillen mache ich mir Vorwürfe, dass ich nicht wenigstens versucht habe, Uroma Lizzy zu retten. Doch wie oft wurde mir nun eingebläut, dass ich die Zukunft nicht beeinflussen darf und kann?

Ich hebe meine Hand und winke den Männern noch einmal zu, als mich auch schon die Wärme zu sich zieht. Ohne Zweifel wende ich mich der Dunkelheit vor mir zu. Richard entgegen.

# Kapitel 27

## Juli 2013

Seit einer geschlagenen Stunde versuchen wir, ein Auto dazu zu bringen, uns mitzunehmen. Anhalter sind schon lange nicht mehr gern gesehen, und dann gleich zwei. Da wir noch kein Geld haben, bleibt uns nichts anderes übrig, als per Anhalter nach Dublin zu kommen. Leider fährt hier kein Bus mehr wie früher und unser Kleingeld hilft uns nicht wirklich weiter. Nur gut, dass das Wetter heute nicht so verregnet ist wie vor fünfzig Jahren.

»Pass auf, Richard, wir versuchen mal etwas anderes. Versteck dich bitte dort hinter dem Baum, und ich probiere es mal allein. Sobald jemand anhält und ich dir ein Zeichen gebe, kommst du. Einverstanden?«

Er wirkt skeptisch. »Meinst du wirklich, das klappt?«

»Einen Versuch ist es wert. Besser, als an diesem gottverlassenen Ort die ganze Zeit herumzustehen, und niemand hält an«, gebe ich zu bedenken.

»In Ordnung.« Missmutig zieht er sich zurück, und ich starre die endlose Straße runter. Endlich kann ich in der Ferne einen Wagen erkennen.

Tapfer recke ich den Daumen in die Luft, und tatsächlich hält der Fahrer des Kleintransporters an und lässt die elektrische Fensterscheibe hinunter.

»Entschuldigung. Wäre es möglich, dass Sie mich und meinen Mann mitnehmen? Wir müssten nach Dublin in die Churchstreet Nummer 101.« Ich versuche, den älteren Herrn entwaffnend anzulächeln, und es wirkt.

»Wo ist denn Ihr Mann?« Er versucht, an mir vorbei zu sehen.

»Richard, komm bitte! Der nette Mann möchte uns mitnehmen.« An den Fahrer gewandt setze ich hinzu: »Vielen Dank.«

Hastig steigen wir ein, damit er es sich nicht noch mal anders überlegt.

»Was machen denn zwei nette Menschen wie Sie mitten im Nirgendwo?«, fragt er und wirft dabei einen Blick in den Rückspiegel.

Nur gut, dass wir uns vorher abgesprochen haben, denn nun antwortet Richard, ohne zu zögern. »Wir waren wandern, als wir auf eine Horde Jugendlicher trafen, die uns bedrohten und letztendlich mit unseren Taschen und allem, was wir bei uns hatten, von dannen zogen.«

Oh, nein, seine Ausdrucksweise! So redet doch heutzutage niemand mehr. Aber der Mann hat es offenbar nicht bemerkt, denn er zuckt mit keiner Wimper.

»Diese Jugend von heute. Nur Flausen im Kopf. Videospiele vernebeln ihnen den Verstand. Da muss irgendwann mal irgendwer einen Riegel vorschieben. Die verlieren doch alle den Bezug zur Realität.« Verärgert schüttelt er den Kopf. »Gerade letztens hat so ne Bande einen Mann krankenhausreif geprügelt. Schwere Hirnverletzungen, haben die im Radio gesagt. Unfassbar.«

»Ich vermute, da haben Sie nicht unrecht.« Richard schüttelt den Kopf. »Es liegt wahrscheinlich daran, dass sie keine richtigen Aufgaben mehr haben. Sie langweilen sich und suchen ein Ventil für ihre überschäumenden Hormone.«

»Ganz genau meine Worte. Sie sind ein guter Mensch, junger Mann. Nicht viele verstehen heute noch die Zusammenhänge.« Er nickt wissend, während er seinen Gedanken nachhängt. »Churchstreet, sagten Sie?«

Der Unterton in seiner Stimme lässt mich alarmiert den Kopf heben. »Ja. Warum?«

»Ach nur so, ist ne reiche Gegend. Aber ich bring sie hin, keine Sorge.«

Hoffentlich steht das Haus noch. Es war vor fünfzig Jahren schon in einem heruntergekommenen Zustand, und das hat sich mit Sicherheit nicht geändert. Es sei denn, David ist zu einem unverhofften Geldsegen gekommen.

Als wir kurz darauf dort halten, fällt mir die Kinnlade herunter, und auch Richard sieht ungläubig zu dem luxuriösen Gebäude.

Wir bedanken uns rasch für die Hilfe und steigen aus. An der Hauswand ist ein poliertes Messingschild montiert, auf dem in großen Lettern das Wort *Orchides* prangt. Wir sind definitiv richtig.

Ehrfürchtig drücke ich den Klingelknopf und hoffe, nicht irgendwelche Fingerabdrücke auf der strahlenden Metallfläche zu hinterlassen.

Die Gegensprechanlage surrt, und über der Tür leuchtet ein roter Punkt auf, der an der dort befestigten Überwachungskamera zu sehen ist.

»Ja, bitte?«, ertönt eine männliche Stimme.

»Guten Tag, wir sind das Ehepaar von Reichen, und wir benötigen die Hilfe der Orchides«, erkläre ich.

»Oh!« Fast im gleichen Augenblick ertönt der elektrische Türöffner.

Schnell drücke ich gegen die Tür, bevor das Summen verstummt.

Drinnen empfängt uns eine Halle, die in weißem Marmor gehalten ist. Kühle schlägt mir entgegen, und ein tiefer Bariton sagt: »Willkommen, Reisende. Wir erwarten Sie schon. Marie und Richard, wenn ich richtig informiert bin.« Ein Mann, vielleicht dreißig Jahre alt, der mir entfernt bekannt vorkommt, reicht uns zur Begrüßung die Hand.

»Ja, da sind Sie richtig informiert.« Richard wirkt vorsichtig angesichts der Kenntnisse des Mannes.

»Gut, dann hat mein Vorgänger Mr Crowley ja recht behalten. Er nannte den genauen Tag und ihre Namen. Er wartet im Salon auf Sie. Folgen Sie mir bitte.«

*Er lebt noch,* schießt es mir durch den Kopf. *David ist noch am Leben!* Das freut mich so sehr. Nach kurzem Rechnen komme ich zu dem Ergebnis, dass er so um die achtzig Jahre alt sein muss. Innerlich wappne ich mich, den Anblick eines alten, gebrechlichen Davids zu ertragen. Doch als der Mann vor uns die Tür zu dem Salon öffnet und den Blick ins Innere freigibt, erkenne ich, dass meine Befürchtungen völlig umsonst waren.

»David!«, rufe ich und stürze mich nach vorne in seine Arme. Er hat immer noch diese tolle Ausstrahlung, nur dass er eben viel älter ist. Manche Männer behalten ihre Schönheit, und manche werden sogar noch attraktiver.

»Marie, wie schön, dass du unsere Verabredung einhalten konntest.« Die Falten, die sein Gesicht zieren, vertiefen sich noch ein wenig. »Fünfzig Jahre, und du hast dich nicht verändert. Du trägst sogar noch die Sachen meiner Schwester. Gott hab sie selig.«

Richard klopft ihm auf die Schulter. »Fünfzig Jahre für dich, für uns sind lediglich ein paar Stunden vergangen. Schau, ich trage noch die Kleidung, die du mir vermacht hast.«

»Ja, das stimmt. Und es ist alles wieder in Mode.« Dann wird er ernst. »Jim wollte euch so gern auch wiedersehen, doch er ist vor einigen Jahren von uns gegangen, wie so viele Menschen, die mein Leben begleitet haben.« Er wirkt gebrochen. Seine große Liebe ist vor ihm gestorben, ein harter Schlag, der seine Spuren hinterlassen hat.

»Das tut mir leid, David. Unendlich leid.« Ich kann nicht anders, ich muss ihn noch einmal in die Arme schließen. Wie gut ich es nachvollziehen kann, nach dem, was Richard und mir zugestoßen ist.

»Lass gut sein.« Unbeholfen tätschelt er meinen Rücken. »So, und nun lasst uns ein wenig speisen. Ihr habt sicherlich Hunger. Schließlich ist euer Frühstück bereits fünfzig Jahre her.«

Wir lachen gemeinsam, fast so wie damals.

»Ich muss euch allerdings noch eine Hiobsbotschaft überbringen«, erklärt er, während wir uns an den bereits gedeckten Tisch setzen. »Eure Pässe sind nicht eingetroffen.«

»Was?«, entfährt es mir. »Wieso das?«

»Das kann ich dir nicht sagen. Bis heute früh dachte ich, sie kommen noch an. Doch nichts.« Entschuldigend zuckt er mit den Schultern.

»Mmh.« Richard kratzt sich am Kopf. »Vielleicht kommen sie morgen an.«

»Ja, genau. Bis morgen warten wir noch.« David hebt sein Glas zum Toast. »Auf unsere Freundschaft und auf die, die nicht mehr bei uns sind!«

Wir prosten uns zu und genießen gemeinsam das Essen. Als wir fertig sind, bitte ich David darum, sein Telefon benutzen zu können, um Oma anzurufen.

Ich wähle die Nummer zehnmal, doch nicht ein einziges Mal bekomme ich eine Verbindung.

\* \* \*

Am nächsten Morgen als der Postbote die Briefe ausliefert, sind die Pässe wieder nicht dabei, und auch telefonisch habe ich keinen Erfolg. Ich bin ratlos. Ein beklommenes Gefühl breitet sich in meinem Magen aus. Irgendetwas stimmt hier nicht. Mich erfasst eine kaum zu bändigende Unruhe. Ich muss so schnell wie möglich nach Deutschland, nur wie, ohne Pass? Und was ist mit dem Geld, das Oma auf ein irisches Bankkonto überweisen sollte? Ohne Pass und ohne Ahnung, auf welcher Bank es hinterlegt wurde?

David tritt zu mir und legt mir beschwichtigend die Hand auf die Schulter. »Wir werden euch helfen. Mach dir keine Gedanken. Ich habe noch ein paar Verbindungen. Wir werden euch Pässe besorgen, und auch das Geld ist kein Problem. Mach dir keine Gedanken.«

»Danke, David. Für alles.«

»Nichts zu danken. Dafür sind doch Freunde da. Ich werde gleich mal einen Bekannten anrufen.«

Er verschwindet im Arbeitszimmer, und ich bin allein in der großen Küche. Allein mit meinen Sorgen.

* * *

Noch am Vormittag erscheint ein Typ, er ist gepierct und tätowiert an jeder Stelle des Körpers, die nicht mit Kleidung bedeckt ist. Er macht Fotos von uns und druckt gleich im Anschluss die Dokumente aus. Ist Fälschen wirklich so einfach?

»Damit müsstet ihr bei einer kurzen Überprüfung keinerlei Probleme haben, durch die Kontrollen zu kommen. Da es sich um eine innereuropäische Reise handelt, sind die Anforderungen an die Dokumente nicht allzu hoch«, erklärt er uns.

Irgendwie klingt das nicht so beruhigend. Doch was bleibt uns anderes übrig?

»Gut, dann haben wir alles. Euer Flug geht in zwei Stunden. Ihr landet um siebzehn Uhr in Berlin. Ich werde euch noch Geld mitgeben für Taxifahrten, Hotel und was es sonst noch alles gibt. Seid ihr bereit?« Es geht alles ganz schnell, und ich kann nur noch nicken.

\* \* \*

»Bitte schnallen Sie sich an, Sir«, haucht die Stewardess meinem Mann zu. Die blonde Schönheit mit den langen Beinen sieht ihn für meinen Geschmack ein wenig zu lange an.

Als mein Blick auf ihn fällt, verstehe ich allerdings ihr Interesse an ihm. Er ist kalkweiß, und Schweißtropfen haben sich auf seiner Stirn gebildet. In dem ganzen Vorbereitungsstress habe ich völlig außer Acht gelassen, dass er noch nie geflogen ist. Vermutlich ist es für ihn ein Höllenritt, und er sieht aus, als würde er gleich kollabieren.

Die Stewardess wendet sich an mich. »In dem Netz des Sitzes vor Ihnen sind Papiertüten. Sollte er sich nicht beruhigen und mit dem Hyperventilieren beginnen, lassen Sie ihn bitte damit atmen.« Ich nicke und versuche, Richard mit meiner Gabe zu beruhigen, doch es funktioniert nicht. Wie auch? Ist es doch wieder eine reine Kopfsache. Hätte ich das vorher gewusst, hätte ich ihm einen Kräutersud brauen können, doch so weit habe ich nicht gedacht. So ein Mist.

Als wir über den Wolken dahingleiten, entspannt er sich zusehends. »Soll ich dir etwas zu trinken bestellen?«

»Nein, lieber nicht. Danke!«

Sein liebevoller Blick geht mir durch und durch.

»Deine Nähe reicht mir völlig aus. Und nun, da der Start vorüber ist, ist es gar nicht mehr so schlimm.«

Da wir nicht mehr angeschnallt sein müssen, erhebe ich mich. »Weißt du was, setz du dich ans Fenster, dann kannst du besser sehen. Ich bin schon so oft geflogen, für mich ist das nichts Besonderes mehr.«

Eine plötzliche Turbulenz lässt mich wanken, und ich lande auf Richards Schoß. »Na, na, nicht so stürmisch«, scherzt er.

»Warum denn nicht?«

Seine Pupillen weiten sich, und ich freue mich, dass meine Ablenkungsstrategie zu funktionieren scheint, wenn auch anders als gewollt.

»Vor langer Zeit sagte ich dir mal, dass du nicht mit dem Feuer spielen sollst.«

Ich kann mich erinnern. Es war in der Nacht, in der ich von meinem fürchterlichen Ex-Freund geträumt hatte und Richard auffiel, dass ich nur ein dünnes Hemd trug, durchnässt von dem Wasser des kühlenden Tuchs. Ein Lächeln stiehlt sich auf mein Gesicht.

Er grinst wissend. »Du kannst dich also erinnern.«

»Wie könnte ich das vergessen?«, gebe ich zurück.

Der Kuss, den er mir nun schenkt, raubt mir den Atem.

»Bitte nehmen Sie wieder Ihre Plätze ein. Aufgrund von Turbulenzen bitten wir Sie, sich anzuschnallen«, ertönt es störend aus dem Lautsprecher. Widerwillig löse ich mich von Richard, und wir tauschen rasch die Plätze.

Jedenfalls wirkt er nun völlig entspannt, und es ist nichts mehr von der Aufregung in seinem Gesicht zu erkennen. Dafür spüre ich, wie das Blut in meinem Gesicht sein Unwesen treibt. Wahrscheinlich leuchte ich wie eine Rotlichtlampe.

\* \* \*

Das Taxi bringt uns in die Schlossstraße in Charlottenburg, und mein Magen verkrampft sich immer mehr.

Richard bezahlt den Taxifahrer, während ich schon zur Haustür eile. Mein Finger drückt automatisch auf den Klingelknopf, doch im nächsten Moment zucke ich zurück. Dort, wo schon immer der Name meiner Oma stand, ist nun gähnende Leere – kein Name auf dem Schild. Nackte Angst packt mich, und ich schlage mit der flachen Hand auf die Klingelknöpfe des Hauses.

Der Türsummer erklingt, und ich stürme die Treppe hinauf, immer zwei Stufen auf einmal nehmend. In meinem Kopf schreit eine schrille Stimme immer wieder den gleichen Satz: *Das kann nicht sein! Das kann nicht sein! Das kann nicht sein!*

Die zweiflügelige Tür gegenüber der Wohnungstür meiner Oma steht offen, und Tante Waltraud wartet schon auf mich. Sie sieht mich traurig an, außer Atem komme ich vor ihr zum Stehen. Eigentlich ist sie nicht meine Tante, doch von klein auf habe ich sie so genannt. Ich bin unfähig, auch nur einen Ton herauszubekommen. Fragend sehe ich sie an.

»Es tut mir leid, Marie. Ich habe versucht, dich zu erreichen, doch es ging immer nur der Anrufbeantworter ran. Sie ist vor drei Wochen gestorben.«

Ich taumle einen Schritt nach hinten. Richard steht wie ein Fels hinter mir und legt die Arme um mich, gibt mir Halt.

»Nein!«, keuche ich. »Nein!«

»Ich habe zusammen mit deinen Nachbarn, den Eheleuten Peters, alles Organisatorische übernommen. Irgendwann habe ich nämlich in dem Dorf, in dem du wohnst, herumtelefoniert und die beiden am Apparat gehabt. Sie meinten, du wärst auf einem Überlebenstrip in Südamerika, deshalb konnte dich niemand erreichen. Wir haben Ella vor zehn Tagen beerdigt.« Sie tritt näher und streichelt mir tröstend übers Gesicht. »Sie hatte Krebs im Endstadium, aber sie wollte nicht, dass du es weißt, deshalb hat sie es geheim gehalten. Mir hat sie es erst an ihrem letzten Tag erzählt.« Bei diesen Worten wirkt sie plötzlich sehr alt.

Der Rest der Unterhaltung zieht an mir vorbei. Ich habe das Gefühl in einer Seifenblase festzustecken. Ich sehe, was um mich herum passiert, kann aber keinerlei Einfluss darauf nehmen. Tante Waldtraut gibt uns die Schlüssel der Wohnung, und wir gehen gemeinsam in mein altes Zuhause. Es riecht muffig, doch darunter kann ich noch den typischen Geruch von Oma Ella wahrnehmen, Waschmittel, Weichspüler und Parfum. Mir zieht sich der Magen zusammen, ein riesiger Knoten, der versucht, mein Innerstes nach außen zu stülpen.

Warum bin ich nicht früher gekommen? Wäre es mir möglich gewesen? Ja, als ich das erste Mal in Dublin war, hätte ich in meine Zeit reisen können. Wenn ich sie besucht und das Ausmaß ihrer Krankheit erkannt hätte, wäre es mir vielleicht möglich gewesen, sie zu heilen. Vielleicht. Ich mache mir bitterliche Vorwürfe.

»Ich habe einen Brief für dich. Er ist von deiner Oma.« Sie reicht mir ein zusammengefaltetes Blatt. »Während du liest, werde ich euch beiden etwas zum Abendessen bringen. Ruht euch aus und verarbeitet erst einmal diese schreckliche Neuigkeit. Ich komme dann wieder rüber.« Waltrauds knochige Hand streichelt mir tröstend übers Haar, so wie sie es immer getan hat, als ich noch ein Kind war und mit aufgeschrammten Knien vor ihr stand.

Als die Tür ins Schloss fällt, ist es still in der Wohnung. Totenstill. Langsam falte ich das Papier auseinander, was sich unnatürlich laut anhört.

*Liebe Marie,*
*es tut mir leid, doch als ich von der Krankheit erfuhr, hast du schon vorgehabt, auf den alten Gutshof zu ziehen und dort zu leben.*
*Als wir uns die nächsten Male sahen, schaffte ich es nicht, und dann war Richard dabei. Ich wusste von Anfang an, dass ich unheilbar krank bin. Du hättest mir nicht*

*helfen können, und ich wollte euer Glück nicht trüben mit
etwas, das nicht zu ändern war.*

*In Wirklichkeit bin ich sogar froh, dass du mich in den
letzten Wochen nicht sehen musstest – und ich nicht dein
schockiertes und mitleidiges Gesicht. Es klingt hart, doch
es ist besser so. Behalte mich in Erinnerung, wie ich war,
bevor mich die Krankheit zerfressen hat.*

*Vielleicht erklärt dir das auch, warum ich nicht mehr
gegen diese Gabe argumentierte. Ich wollte dich nicht an
mich binden, an einen zum Tode verurteilten Menschen.
Und ich bin froh, dass ich dich ziehen ließ. Der Brief, von
dem ich sprach, als wir auf das Thema kamen, warum ich
plötzlich nicht mehr dagegen war, war der Brief meines
Arztes. Die negativen Ergebnisse, die mir verdeutlicht
haben, dass ich bald sterben würde.*

*Ich liebe dich, du warst der Sonnenschein in meinem alten
Leben.*

*Deine Oma*

Tränen rinnen mir unaufhaltsam die Wange hinab, ich schniefe
und wimmere. Richard zieht mich auf seinen Schoß und wiegt
mich wie ein Kind. »Es tut mir so leid, dass wir nicht früher
zurück sein konnten.«

Traurig schüttele ich nur den Kopf, dann lege ich ihn an
seine Schulter, schließe erschöpft die Augen und gebe mich der
Trauer hin.

\* \* \*

Diffuses Licht breitet sich aus. Die Vorhänge sind zugezogen.
Ich muss eingeschlafen sein. Noch immer sitze ich auf Richards
Schoß, spüre seine feste Umarmung.

»Sie ist tot«, sage ich unnötigerweise.

»Ich weiß, mein Schatz. Ich weiß.« Sanft streichelt er mein Gesicht, als ich ihn ansehe. »Es tut mir so leid.«

Nickend atme ich ein und versuche, mein Zwerchfell in den Griff zu bekommen, damit ich nicht wieder anfange zu weinen.

An der Tür höre ich einen Schlüssel im Schloss, und für einen absurden Augenblick hege ich die Hoffnung, es wäre Oma, doch es ist Waltraut.

»Ich hatte geklopft, aber es hat keiner geöffnet, also hab ich den Ersatzschlüssel genommen«, rechtfertigt sie sich.

»Das ist in Ordnung, Frau ...« Richard stockt, da er sie nicht ohne ihr Einverständnis Tante Waltraut nennen möchte.

»Schulze. Ich heiße Schulze, aber du kannst mich selbstverständlich auch Waltraut oder Tante Waltraut nennen. Du gehörst doch jetzt zu Marie. Ella hat erzählt, dass ihr geheiratet habt.« Neugierig mustert sie Richard und lächelt ihn anschließend an. »Schade, dass eure Hochzeitsreise von einem Trauerfall überschattet wird.« Kräftig durchatmend schüttelt sie den Kopf. »Ich hab euch Kartoffelsuppe gemacht, nach Berliner Hausfrauenart. Suppe wärmt die Seele.«

Geschäftig geht sie mit dem Topf in die Küche, von wo wir anschließend Geschirrklappern hören. Sie kennt sich in der Wohnung aus. Oma und Waltraut waren gute Freundinnen, jede ging bei der anderen ein und aus.

»Ich verschwinde mal kurz ins Bad.«

»Mach das.« Er drückt mir einen Kuss auf die Nasenspitze und lässt mich dann aufstehen.

Im Badezimmer stehen noch die Dinge von Oma. Ich greife nach einem Parfumflacon und rieche daran. Oma! Eine Träne rinnt meine Wangen hinab, und als ich in den Spiegel schaue, erschrecke ich. Ich bin schrecklich blass und habe so traurige Augen, dass ich augenblicklich Mitleid mir gegenüber empfinde.

Das hätte Oma nicht gewollt. Nicht umsonst hat sie mich im Unklaren gelassen, was ihre Krankheit betrifft. Sie wusste sogar davon, als ich sie das letzte Mal gesehen habe. Deshalb hat sie auch am helllichten Tag geschlafen – jetzt verstehe ich das. Bis dahin war es überhaupt nicht ihre Art gewesen, einen Mittagsschlaf zu halten.

Hastig spritze ich mir kaltes Wasser ins Gesicht, und als ich langsam klarer im Kopf werde, frage ich mich, warum Herr und Frau Peters für mich gelogen haben.

\* \* \*

Der Wind rauscht durch die offenen Fenster in das Innere des Taxis. Wir sind auf dem Weg nach Hause. Nach Serwest. In Berlin haben wir uns während der letzten Tage um den Nachlass gekümmert. Einige Dinge haben wir schon aussortiert, andere hat Waltraut bekommen. Die Papiere hat Richard geordnet und in Ordnern abgeheftet, die wir im Kofferraum des Taxis mitgenommen haben. Der Mietvertrag wird noch einige Monate bestehen, sollten wir keinen Nachmieter finden, also können wir uns mit dem Ausräumen etwas Zeit lassen. Dennoch ist es eine Aufgabe, die erledigt werden muss.

Die Bäume der wunderschönen Allee brechen das Licht der Sonne, und mein Kopf liegt an Richards Schulter, während ich nach draußen starre.

Immer wieder gleiten meine Gedanken ab und verfangen sich in Erinnerungen.

»Wir sind gleich da.« Der Taxifahrer sieht durch den Rückspiegel zu uns. Er ist schon älter und kann die Trauer erkennen, die uns im Griff hat. Sein mitleidiger Blick sagt alles.

Langsam biegen wir um die Ecke, und ich kann das Gutshaus sehen. Aber irgendetwas stimmt nicht. Das kann doch nicht wahr sein – ich habe den Brief doch weggeschmissen. Dann fällt mir schlagartig ein, dass ich ihn nicht zerrissen habe. Vermutlich hat ihn Mrs Tamish oder David aus dem Mülleimer herausgenommen, in der Annahme, er wäre dort hineingeweht worden.

Die Fassade des kleinen Gutshauses ist in dunklem Weinrot gestrichen, und die Fenster haben einen weißen Rahmen. Es sieht wunderschön aus.

Ich keuche auf. Richards Stirn liegt in Falten, während er das Haus betrachtet. Wir sehen uns fragend an.

»Macht dann hundert Euro, die Herrschaften.«

Wir hatten uns auf einen Pauschalpreis geeinigt, den Richard nun eilig bezahlt.

Der Motor heult kurz auf, und das Taxi ist verschwunden. Meine Ungläubigkeit wächst dafür umso mehr.

»Kannst du dir das erklären Marie?«

Mit gekräuselten Lippen nicke ich.

»Gut, dann erwarte ich eine Erklärung, sobald wir wieder allein sind.«

Allein? Ich sehe mich fragend um.

Monika und Albert Peters, meine Nachbarn, kommen auf uns zu. Herr Peters ist der Postbote in unserem Dorf. Mit den beiden verbindet mich eine mittlerweile innige Freundschaft. Als ich gerade hierher gezogen war, kamen wir ins Gespräch, und sie sicherten sich einen festen Platz in meinem Herzen.

»Ja, das ist besser. Ich werde dir alles erklären, zumindest das, was ich erklären kann.« Ich hoffe inständig, dass er nicht wieder den Oberlehrer raushängen lässt. Ich schüttle kurz den Kopf und sehe die beiden Menschen an, die zu uns treten.

Frau Peters nimmt mich ohne ein weiteres Wort in den Arm, und ihr Mann tätschelt unbeholfen auf meiner Schulter herum.

»Ich dachte schon, wir sehen dich nie wieder.« Eine Träne stiehlt sich aus ihrem Auge. »Gott sei Dank.«

Dann wendet sie sich an Richard. »Hallo, Herr von Reichen. Ich bin Monika Peters, und das ist mein Mann Albert.«

Richard reicht ihr höflich die Hand. »Guten Tag, Frau Peters. Woher wissen sie, wie ich heiße?«

Sie lächelt geheimnisvoll. »Ich habe Sie schon einmal von Weitem gesehen. Sie und Marie. Allerdings war ich da noch ein kleines Kind. Sie waren beide auf einer Reise.«

Etwas in meinem Kopf ist gerade damit beschäftigt die Puzzleteile an ihren richtigen Platz zu schieben, als sie hinzufügt: »Marie kennt mich wahrscheinlich besser unter meinem Mädchennamen. Monica O'Sullivan.«

Das ist ja unfassbar. Das kann doch kaum möglich sein. Monica, das Mädchen, das unbedingt nach Deutschland auswandern wollte, um ihren Traumprinzen Albert zu heiraten.

Ich ringe nach Luft, als mich die Erkenntnis überrollt. Dottys Tochter ist ein Mitglied des Ordens! Sie hatte sich um Uroma Lizzys Grundstück bemüht, als die bei ihrer Familie im neunzehnten Jahrhundert gewesen war. Sie war es, die das Haus aufgeräumt hatte, nachdem meine Uroma gestorben war. Und sie war es auch, die mit Oma Ella den Kontakt hielt und sich nach deren Tod um ihre Beerdigung gekümmert hatte. Zusammen mit Tante Waltraud.

»Ja, Marie. Ich konnte es dir nur nicht früher sagen, du hättest nicht gewusst, wer ich bin, und ich wollte dir nicht schon vorher einen Teil deiner Geschichte erzählen. Komm, wir gehen erst mal ins Haus. Willkommen daheim, ihr zwei.«

\* \* \*

Am Abend sitzen wir gemeinsam in unserem wundervollen Wohnzimmer. Richard beruhigt sich langsam wieder, nachdem ich ihm gebeichtet habe, dass ich in einem Brief an Uroma Lizzy darum gebeten hatte, dass sie die Hausfarbe verändern solle.

Irgendwie muss dieser Brief, den ich ja nicht zerrissen hatte, aus dem Müllkorb nach Serwest gelangt sein. Ich habe tatsächlich die Zukunft verändert. Eines jedoch lässt mich immer wieder stutzen, sobald ich an den Brief denke: Warum hat Uroma Lizzy nicht überlebt? Richard habe ich davon noch nichts erzählt, denn ich weiß nicht, was er dazu sagen würde.

»Aber das sind ja Tatsachen, die Unbeschreibliches nach sich ziehen.« Richard setzt sich auf. »Warum haben all die Generationen immer wieder behauptet, es würde nicht funktionieren? Sie haben uns sogar davor gewarnt, es auszuprobieren.« Richard fährt sich aufgeregt durch die Haare.

»Ich weiß es nicht. Vielleicht birgt es Gefahren, die wir gar nicht abschätzen können. Wir sollten diese Macht jedenfalls nicht benutzen, wenn es nicht absolut notwendig ist. Am besten gar nicht.« Ich nippe an meinem viel zu heißen Tee. »Wir sollten uns aus diesen ganzen Zeitspielchen heraushalten. Ich möchte vorerst keine Reisen mehr unternehmen.«

»Da bin ich ganz deiner Meinung.« Vorsichtig nimmt er mir die Tasse aus der Hand und steht auf. »Und nun werde ich meine ehelichen Pflichten einfordern. Vorausgesetzt, du willst auch noch in dieser Zeit meine Ehefrau bleiben.«

Fragend sieht er mich an, und ich kann einen Anflug von Unsicherheit in seinem Blick erkennen.

Ich lasse ihn ein wenig zappeln, nicht zu lange, nur ein wenig. »In jeder Zeit, Richard. Für immer. Eigentlich solltest du das schon lange wissen.«

Kraftvoll zieht er mich von der Couch in seine Arme. Sanfte grüne Augen sehen mir bis in die Seele, und diese unglaublich warme, tiefe Stimme flüstert: »Ich liebe dich, meine kleine Orchidee. Für immer.«

Unsere Lippen treffen sich, um unser Versprechen zu besiegeln, und ich möchte, dass es nie endet.

# Epilog

## Oktober 2014

»Soll ich dir etwas zu trinken bringen?«, rufe ich die Treppe hinauf.

»Ja, gern.«

Schnell greife ich mir eine Wasserflasche und gehe vorsichtig die Treppe hinauf. Mittlerweile fällt es mir schwerer als noch vor ein paar Wochen. Mein Weg führt mich in das Gästezimmer, das wir gerade renovieren. Richard streicht die Wände in einem warmen Gelbton, den ich mir ausgesucht habe. In der Ecke steht Oma Ellas Schaukelstuhl und lädt zum Träumen ein. Einige meiner alten Kinderzimmermöbel haben auch einen Platz gefunden. Ich habe die Kiefermöbel abgeschmirgelt und weiß gestrichen. Es tut gut, ein paar dieser Dinge bei sich zu haben.

Konzentriert schaut Richard die Wand an. Aus jedem Winkel wird noch einmal überprüft, ob etwas nachgebessert werden muss. Einem eventuellen Schatten wird sofort der Garaus gemacht. Es soll schließlich perfekt werden. Ich reiche ihm die Flasche, die er sofort gierig an die Lippen führt.

Ich umarme ihn von hinten, doch mein Bauch ist im Weg, was mir ein Lächeln entlockt. Die Erinnerung an den Traum, der gar keiner war, hinterlässt ein warmes Gefühl in meinem Magen.

Bald ist es so weit. Der Termin ist in zwei Wochen, doch ich glaube, so viel Geduld hat es nicht mehr, das kleine Wesen in mir. Wie als Antwort auf meine Gedanken tritt es kräftig zu.

»Hey, es ist jetzt schon eifersüchtig auf mich«, scherzt Richard. Er hockt sich vor mich hin und redet meinem Bauch gut zu: »Pass auf, du Wunschkind. Deine Mama gehört zu mir. Ich teile sie gern mit dir, doch wegnehmen lasse ich sie mir nicht.«

Glücklich strubbel ich ihm durch die Haare. »Für immer. Auch mit Kindern.«

»Ganz genau, du kleiner Racker.«

»Oder Rackerin«, werfe ich ein. Wir haben uns nicht sagen lassen, ob es ein Junge oder Mädchen wird. Es soll für uns eine Überraschung sein.

Sollte es ein Mädchen werden, wird sie Elisabeth Lena Ella von Reichen heißen. Sollte es entgegen meinen Erwartungen ein Junge werden, wird er Paul David Burkhardt von Reichen heißen.

Schmunzelnd sehe ich mich im Zimmer um. Indirekte Beleuchtung soll dafür sorgen, dass es nicht so hell ist, wenn das Baby nachts wach wird. Das Bett haben wir schon aufgestellt, darüber ein Mobile, an dem der kleine Schutzengelanhänger baumelt, den ich in dem süßen kleinen Laden in Dublin gekauft habe. Er hieß Missis Engel, und als wir unterwegs waren, um mit Jim und David etwas zu unternehmen, stachen mir die Auslagen ins Auge. Wunderschön verziert mit Perlen und Silber lagen sie auf schwarzem Samt. Ich musste einen solchen Schutzengel haben. Und nun soll er unser Kind beschützen. Dann huscht mein Blick weiter, ich bin zufrieden und kann es kaum erwarten, bis das Zimmer bewohnt wird.

Ich habe sämtliche Literatur übers Kinderkriegen gelesen, die ich bekommen konnte. Und trotzdem wird es ein Abenteuer sein, dessen Zukunft ich nicht überblicken kann. Ich freue mich darauf, wie ich mich noch nie auf etwas gefreut habe.

Dennoch bin ich ängstlich und übervorsichtig. Und Monica meinte, es wird noch schlimmer, sobald das Kind da ist. Dann fällt mein Blick auf den Mann, der immer noch vor mir kniet. Mittlerweile liegt sein Ohr an meinem Bauch, er murmelt etwas Unverständliches und nickt.

Richard – er gibt mir die Sicherheit, jedes Hindernis und jede Prüfung, die noch kommen mag, zu bestehen.

Ich sinke ebenfalls auf die Knie, sehe ihm tief in die Augen und bin mir sicher: Richard, und nur er, für immer!

ENDE

# Bonusgeschichte: *Ilarias Schicksal*

## 1616

Mein Name ist Ilaria, ich bin 29 Jahre alt und Trägerin der Gabe des Ordens der weißen Orchidee. Ich kann heilen und in die Vergangenheit reisen. Doch das, was in mir wütet, kann niemand mehr entfernen.

Der Rahmen des Fensters gibt mir Halt, damit ich nicht in die Tiefe stürze. Krampfhaft krallen sich meine Fingernägel in das Holz. Ich will nicht sterben. Alles in mir schreit laut Nein. Warum stehe ich hier? Ist es mein eigener Entschluss oder der des Wahnsinns, der in dem Moment von mir Besitz ergriffen hat, als ich wie eine Furie um das Überleben gekämpft habe? Als ich meine Kräfte, die ich bisher immer nur dafür verwendet hatte, Gutes zu tun, nutzte, um anderen Schaden zuzufügen. Ich weiß es nicht. Mein Blick huscht in die Ferne. In die Vergangenheit. In eine Zeit, in der meiner Meinung nach alles möglich war.

## 1359

Ich stand an der Reling und ließ mir den irischen Wind um die Ohren wehen. Die grüne Insel hatte schon jetzt mein Herz berührt. Fast hatte ich das Gefühl, meine wahre Heimat gefunden zu haben. Es war eine beschwerliche Reise gewesen. Ich hatte den Baum genutzt, um 250 Jahre zurück in die Vergangenheit zu gelangen, und doch hatte ich das Gefühl, dass es sich lohnen würde.

Als ich kurze Zeit später das Schiff verließ, fiel mein Blick auf einen hochgewachsenen, breitschultrigen Mann. Seine grünen Augen fixierten mich, beobachteten jede meiner Bewegungen. Er zog mich an wie ein Magnet, und so suchten meine Füße wie von allein ihren Weg zu ihm.

»Hallo, Fräulein Ilaria, ich bin Fionbharr Ó Bradáigh.« Sein Mund verzog sich zu einem Lächeln. Er überragte mich um mindestens zwei Köpfe. »Ich habe schon auf Sie gewartet.«

Er hatte auf mich gewartet? »Kennen wir uns?«

»Noch nicht.«

»Und woher kennen Sie meinen Namen?«

»Mir wurde Ihr Besuch angekündigt.«

Sein warmes Lachen öffnete mein Herz. Er reichte mir seine Hand, und als sich unsere Hände berührten, erkannte ich, was er war. Er war wie ich ein Träger der Gabe. »Ich habe gehört, Sie sind hierher gekommen, um ihre Wurzeln zu suchen. Dabei möchte ich gern behilflich sein.«

Ich kann nicht sagen, warum, aber ich vertraute ihm. Er war ein Clanoberhaupt und lud mich ein in sein Dorf. Ich folgte ihm, ohne zu ahnen, wohin das alles führen würde.

Eines Abends, er stand neben mir und zeigte mir eine Sternenkonstellation, gestand er mir seine Liebe und bat mich, bei ihm zu bleiben. Ich nickte scheu.

An diesem Punkt würde ich gern sagen, wir lebten glücklich bis an unser Lebensende, doch so war es leider nicht. Die Jahre in der Ferne und in einer anderen Zeit ließen in mir immer wieder den Wunsch aufkeimen, meinen Vater zu besuchen. Wir warteten darauf, dass unsere Liebe Früchte trug, jedoch vergebens. Ich wurde nicht schwanger. Fionbharr merkte, dass ich immer trauriger wurde, und plante eine Reise in das Jahr 1616. Seine Eltern besaßen beide die Gabe, wodurch ihm das Reisen in die Zukunft möglich war. Während der Reise nach Italien erfüllte sich endlich mein Kinderwunsch, und wir waren überglücklich.

Wie hätten wir ahnen können, dass wir bald Schreckliches erleben würden? Die Achse unserer Kutsche brach, die Pferde gingen durch, und das gesamte Gefährt stürzte eine Schlucht hinunter. Wie durch ein Wunder war ich herausgeschleudert worden, und mir geschah nichts, abgesehen von ein paar blauen Flecken. Doch als ich Fionbharr fand, war er bereits tot. Sein Genick war gebrochen. Ich konnte nichts mehr für ihn tun. All meine Heilkräfte nützten nichts, sie reichten nicht aus, um jemanden von den Toten zurückzuholen. Ich weinte, bis keine Tränen mehr kamen.

Ich war verzweifelt, hatte zwar noch etwas Geld, doch ohne männliche Begleitung war ich praktisch Freiwild. Und so dauerte es auch nicht lange, bis ich den ersten Wegelagerern begegnete und mich wehren musste. Mein Mann hatte mir beigebracht, wie ich die Kräfte gegen einen Menschen einsetzen konnte. Diese negative Energie funktionierte nur, wenn ich dem Feind nahe genug kam, um ihn berühren zu können. Und so tat ich es, ließ meinem Hass seinen Lauf. Ich tötete das erste Mal. Danach kam es immer wieder vor, bis ich endlich unseren Familiensitz erreichte.

Ich merkte, dass ich öfter Phasen hatte, die ich schlichtweg nicht mitbekam. Ich konnte mich dann nicht daran erinnern, was passiert war. Angst erfüllte mich, stand ich doch kurz vor der Niederkunft.

Und dann kam das Kind auf die Welt, das schönste Geschenk, das Gott mir machen konnte. Meine Unsicherheit wuchs immer mehr. Was, wenn ich dem Säugling etwas antun würde?

Als ich den magischen Baum erreichte, fiel mir ein Stein vom Herzen. Entschlossen fuhr ich mit meiner Hand das Zeichen über die Borke. Der Stamm gab den Weg frei, und ich trat ein. Aber als ich in meiner Zeit ankam, war mein Vater bereits gestorben.

Mein Mann und mein Vater waren nicht mehr am Leben, und ich stand kurz davor, die Kontrolle über mich zu verlieren.

Ich entschied mich, die von Lübbens aufzusuchen und um Hilfe zu bitten. Mir war klar, dass sie über die Gabe unserer Familie Bescheid wussten und ich ihnen mein Kind bedingungslos anvertrauen konnte.

Fionbharr hatte mir erklärt, dass wir nicht dauerhaft unsere Gabe falsch einsetzen durften, da wir ansonsten dem Wahnsinn verfallen würden.

Das erklärte den Gemütszustand, in dem ich mich nun befand. Ich hatte es zu oft getan. Menschen getötet. Wir waren Heiler und keine Mörder.

Ich wartete, bis Marie bei den von Lübbens eintraf, da ich wusste, dass sie sich um alles kümmern würde. Marie war der Schlüssel zum Schicksal meines Kindes, das war mir bewusst geworden.

## 1616

Meine Augen schweifen noch einmal über den wundervollen Garten. Meine Lungen atmen noch einmal die Luft der Heimat ein. Ein letzter Gedanke an unser Kind, und dann springe ich. Ohne Zweifel nehme ich meinem Leben sein vorherbestimmtes Ende. Oder war dies hier schon immer mein Schicksal? Und würde mich jemand fragen, ob ich es bereue, an dieser Stelle zu stehen, würde ich ohne Zweifel verneinen, auch wenn der Wahnsinn mir bereits die Sinne trübt.

Zeitfracht Medien GmbH
Ferdinand-Jühlke-Straße 7
99095 Erfurt, Deutschland
produktsicherheit@kolibri360.de

Druck:
CPI Druckdienstleistungen GmbH
im Auftrag der
Zeitfracht Medien GmbH
Ein Unternehmen der Zeitfracht - Gruppe
Ferdinand-Jühlke-Str. 7
99095 Erfurt